EIN KRIMI AUS DEM MITTELALTER

Köln Anfang des 14. Jahrhunderts

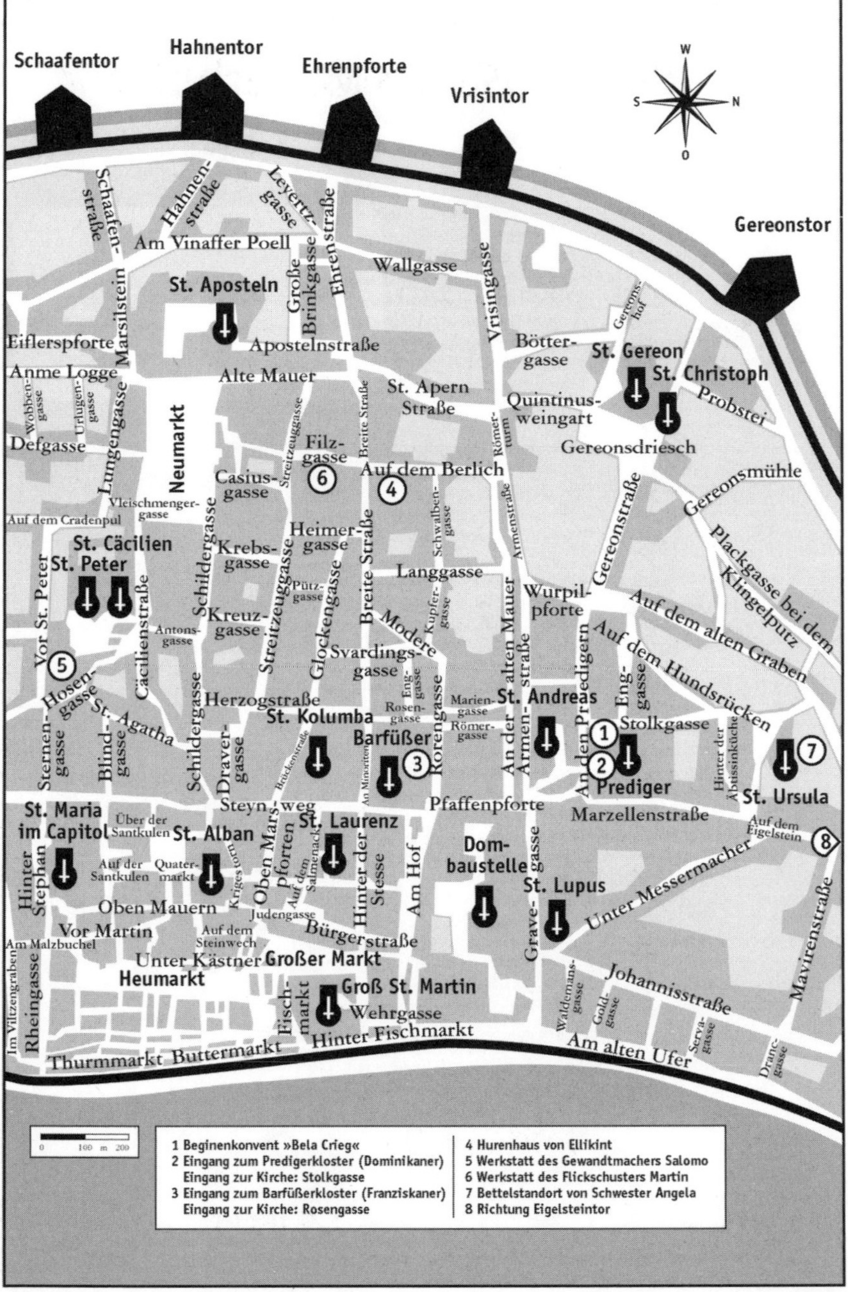

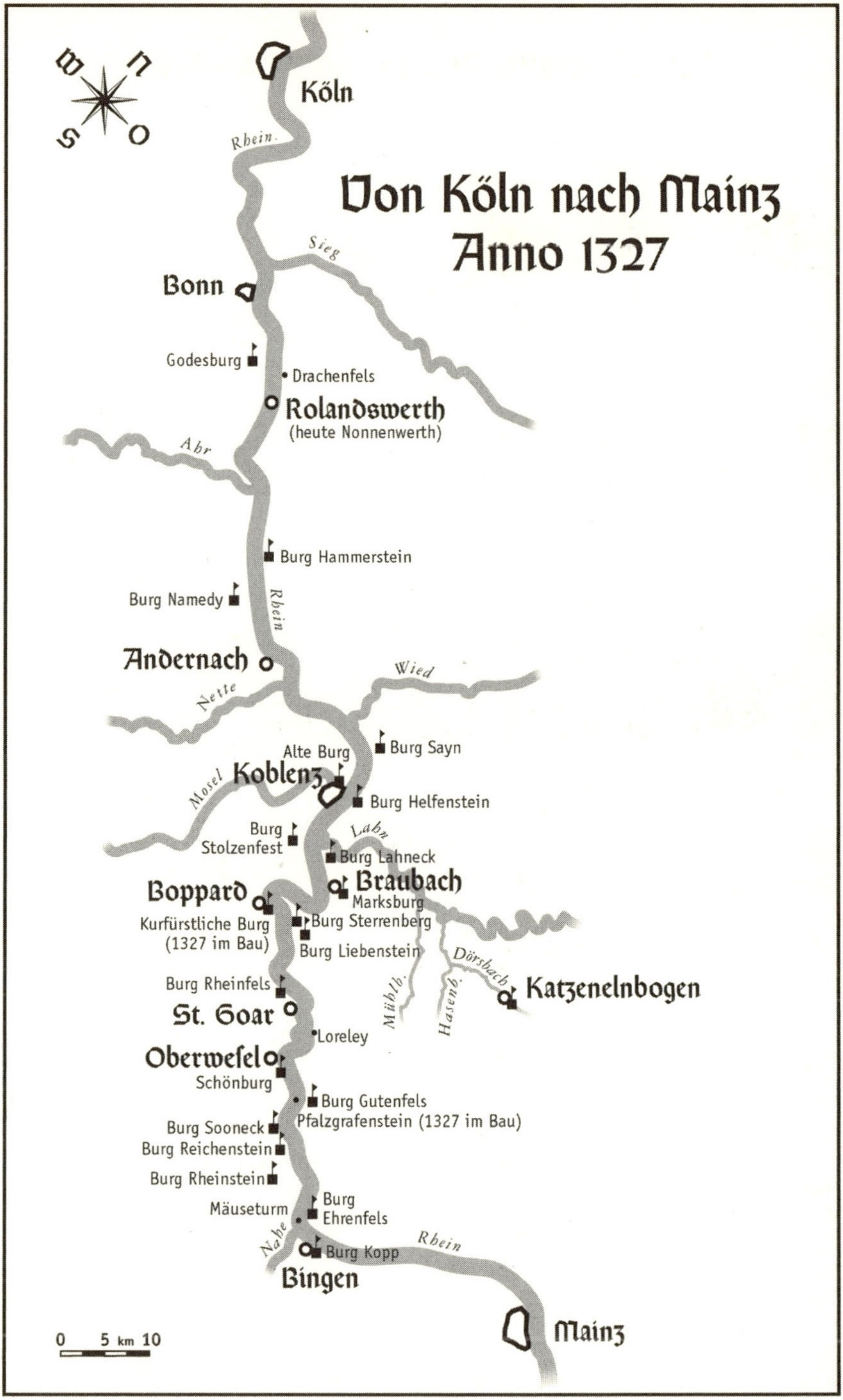
Von Köln nach Mainz
Anno 1327
W
N
S
O
Köln
Rhein
Sieg
Bonn
Godesburg
Drachenfels
Rolandswerth
(heute Nonnenwerth)
Ahr
Burg Hammerstein
Burg Namedy
Rhein
Andernach
Wied
Nette
Burg Sayn
Alte Burg
Koblenz
Mosel
Burg Helfenstein
Lahn
Burg
Stolzenfest
Burg Lahneck
Braubach
Marksburg
Boppard
Kurfürstliche Burg
(1327 im Bau)
Burg Sterrenberg
Burg Liebenstein
Dörsbach
Mühlb.
Hasenb.
Katzenelnbogen
Burg Rheinfels
St. Goar
Loreley
Oberwesel
Schönburg
Burg Gutenfels
Pfalzgrafenstein (1327 im Bau)
Burg Sooneck
Burg Reichenstein
Burg Rheinstein
Mäuseturm
Burg
Ehrenfels
Nahe
Burg Kopp
Rhein
Bingen
Mainz
0 5 km 10

Stefan Blankertz, Jahrgang 1956, promovierter Soziologe, leitet zusammen mit seiner Frau ein Unternehmen für Personalentwicklung und ist Autor der Mittelaltertrilogie »Die Konkubine des Erzbischofs«, »Die stumme Sünde« und »Credo«, die ebenfalls im Emons Verlag erschienen sind.

Dieses Buch ist ein Roman. Die Handlung ist frei erfunden, wenngleich im historischen Umfeld eingebettet. Einige Personen, Ereignisse und Orte sind historisch, einige sind es nicht. Schriften damaliger Autoren werden sinngemäß, nicht wörtlich zitiert. Der Anhang enthält ein Glossar.

STEFAN BLANKERTZ

DEMUDIS

EIN KRIMI AUS DEM MITTELALTER

Emons Verlag

Umschlagzeichnung: Heribert Stragholz
Druck und Bindung: Clausen & Bosse GmbH, Leck
Printed in Germany 2005
ISBN 3-89705-366-7

www.emons-verlag.de

Inhalt

Je heißer die Seele bleibt,
umso schneller schlägt sie Funken:
Je mehr sie brennt,
umso herrlicher leuchtet sie.
Mechthild von Magdeburg

Hüte dich vor dir selbst,
so hast du wohl gehütet.
Meister Eckhart

Die Personen

Die zwölf Beginen im Konvent der Bela Crieg, Stolkgasse
Angela, Witwe
Beatrix Jude, Witwe, geschäftstüchtig
Demudis, Witwe
Dideradis von Falkenburg, Witwe
Godelivis, Jungfrau
Guta, entlaufene Braut
Hardrun von Aren, entlaufene Ehefrau, asketisch
Jutta von der Mühlengasse, Witwe
Lora Overstolz, Witwe
Mentha von Kastilien, Halbschwester von *Eleonore von Kastilien (1240–1290), Kreuzfahrerin, Witwe, ehemalige »Schwester des freien Geistes«
Sela Kone, Witwe des Juden Baruch Levi, Magistra (Vorsteherin des Konventes)
Sophia von Limburg, Witwe

Brüder im Predigerkloster, Stolkgasse
Ansgar, Physikus
Einhard, Torwächter
Frulof, Torwächter
*Heinrich Seuse (1295–1366), Schüler von Eckhart
*Hermann de Summo, Student der Theologie, Zeuge der Anklage bei der Inquisition
Hinkmar, Torwächter
*Johannes Eckhart (1261–1328), von seinen Brüdern »Meister«, von seinen Schwestern »Hechard« genannt
Johannes von Köln (1252–1329), Mönch mit Schweigegelübde
*Johannes Tauler (1300–1361), Schüler von Eckhart
*Nikolaus von Straßburg († nach 1331), Verteidiger bei der Inquisition
Norbert, Abt

*Wilhelm Nidecke, Student der Theologie, Freund von Hermann

Brüder im Barfüßerkloster, Rorengasse

Agelomus von Luxenil, Ankläger bei der Inquisition

Dirolf von Michelsberg, Stellvertreter von Hanß, Ankläger bei der Inquisition

Dudo, Begleiter von Hanß

Hanß von Mondorf, Abt

Ruotger, Bote von Dirolf

Thietmar, Torwache

Weitere Personen

Anna, Magd in Katzenelnbogen, Nennschwester von Martin

Ellikint, Hure auf dem Berlich, ehemalige »Schwester des freien Geistes«

Engelradis von Berg, Witwe Adolf von Riehls

*Heinrich II. von Virneburg (1244–1332), Erzbischof von Köln

Irmgard, Magd auf der Burg von Katzenelnbogen

Jakob, ein Schyssfeger

Liutprand, Predigermönch in Koblenz

Lucgard, Begine in Koblenz

Martin, Knecht in Katzenelnbogen

Mathilde von Berg, Begine in Koblenz, Base (Kusine väterlicherseits) von Guta

*Matthias von Bucheck (1275–1228), Erzbischof von Mainz

Paul, Abt des Barfüßerklosters in Andernach

Salomo, Gewandmacher

*Walter von Ketwich, Notar

Walram von Katzenelnbogen, Graf mit Bürgerrechten in Köln

Historische Personen sind mit einem Stern gekennzeichnet. Die Darstellung ihres Verhaltens und ihres Charakters im Roman entspricht jedoch nicht in jedem Fall den historischen Tatsachen.

1299–1327

Von der Empfehlung der Person

Die freie Minne muss stets das Höchste am Menschen sein.
Mechthild von Magdeburg

Ihrem Herrn, ja vielmehr Vater!
Ihrem Friedel, vielmehr Bruder!
Seine Magd, nein, seine Tochter!
Seine Buhle, nein, seine Schwester!
Ihrem Ein und Alles!

Der neuerliche Ruf, den du mir über deinen getreuen Knecht hast überbringen lassen, ehrt mich mehr, als ich es verdiene, und rührt mich tiefer, als ich es ertragen kann.

Wenn es dich, wie du schreibst, nunmehr reut, dass du mich hast gehen lassen und mir diesen Ort bei den Beginen in Köln anwiesest und mich um dessentwegen dringend aufforderst, in deine mir ach so vertrauten Arme auf immer zurückzukehren, die für mich weit offen stünden, aber nicht als Buhle, sondern als deine dir rechtmäßig angetraute Gattin, so verschweigst du, dass ich es selbst war, die es so bestimmt hat. Und klingt es auch befremdlich, dass das Weib, nein, die Magd, dem Manne, nein, dem Herrn, den Weg weiset, so verstoßen wir dergestalt nicht minder wider die natürliche Ordnung der Dinge als mit unserer verbotenen Liebe schlechthin.

Dass ich dir von den Gründen, um derentwillen ich dein Eheweib nicht werden kann, wie ich dir oftmals schon unter Sturzbächen heißer Tränen beteuern musste, den durchaus wichtigeren Teil nicht offenbaren kann, nimm selbst als weiteren Grund, denn ein Eheweib darf kein Geheimnis gegen ihren Ehemann in ihrem Herzen tragen.

Aber sollten wir uns unsere Minne nicht bewahren, anstatt dass ich unter deiner Eifersucht zu leiden hätte und du unter meiner Streitsucht, so wie es nach aller Erfahrung unvermeidlich zu sein scheint, wenn zwei Menschen von der Minne zur Ehe schreiten? Ist es vermessen, wenn ich von dir verlange, dass du mich lieben sollst, ohne jedoch dabei irgendein Recht zu beanspruchen außer dem der Gunst und der Freiheit? Sollte es dir nicht als Zeichen meiner übergroßen Liebe und Sehnsucht nach dir gelten, dass ich wünsche, du seiest und bliebest dein eigener Herr, völlig frei, ohne dich zu binden? Willst du nicht glauben, dass ich unmissverständlich daran festhalte, die Minne könne ihre Kräfte nicht bei einem Ehepaar entfalten, weil das, was es sich gegenseitig gewährt, nicht mehr freiwillig ist?

Erfülle mir, o mein Herr, noch diese letzte Bitte, dir ins Gedächtnis zu rufen, dass du mich nur darum besitzen konntest, weil ich dem drohenden Kerker der Ehe mich durch Flucht entzogen habe.

Wenn du mich nach diesen offenen und zugegebenermaßen für deine Magd ungehörigen Worten nicht mehr wiedersehen wolltest, würde es mir die Eingeweide aus dem Leibe reißen, aber ich könnte es verstehen, mehr noch als wenn du mich, was ich mit allen Fasern meines Leibes herbeisehne, triffst, wo wir Himmel und Hölle zugleich zu finden pflegten und auch, so es deinem süßen Willen entspricht, weiter finden werden. Das wäre mehr wert, als wenn wir unsere Liebe verlören, um unsere Qualen durch eine Eheschließung zu beenden – sei versichert, dass ich unter den Bußen, die mir mein Beichtvater für die Sühnung meiner Schuld vor Gott auferlegt, nicht weniger leide als du, weil du meine Abwesenheit nicht erträgst.

Nun entscheide also, wie immer du dich entscheiden musst, und teile mir mit, wie immer deine Antwort ausfallen mag.

Gegeben durch Schwester Guta vom Beginenkonvent der Bela Crieg in der Stolkgasse zu Köln, am 25.3.1299

*

Köln, Predigerkirche, am Nachmittag des 3.2.1323

Johannes Eckhart, den seine Predigerbrüder »Meister« und seine Schwestern »Hechard« nannten, spürte, dass die Begine zitterte. Dabei sah er nicht einmal ihren Mund. Sie hielt ihn ein wenig von der Öffnung im Beichtstuhl entfernt, so als fürchte sie eine zu große Nähe. Aber es war ihm, als versetze das Weib das Holz ganz leicht in Schwingungen. Trotz seines hohen Alters ließ ihn das nicht kalt. Nie ließ es ihn kalt. Er hatte Mitleid mit der Seele, noch bevor sie zu sprechen begann. Er erbat sich die Kraft vom Herrn, ihr helfen zu können, ganz gleich, was es für Vergehen sein mochten, die eine derartige Erregung in ihr auslösten.

»Meine Tochter, wer bist du?«, fragte er und versuchte seiner Stimme einen besänftigenden Ton zu verleihen.

Stille. Keine Antwort. Nur ein kaum vernehmbares Geräusch wie ein stark unterdrücktes Räuspern.

»Ich weiß es nicht«, antwortete sie nach einer geraumen Weile.

Das hatte er nicht erwartet. »Warum weißt du es nicht?«

»Weil ich weder Mädchen bin noch Weib, ehrwürdiger Vater, weder Mann noch Magd noch Frau«, erklärte die Begine.

»Deine Worte klingen wundersam in meinem alten Ohr, liebe Tochter«, sagte Eckhart angerührt. »Erkläre mir genauer, was du meinst.«

»Wäre ich ein Mädchen ... würde ich noch unschuldig sein. Wäre ich ein Weib ... würde ich Gott in meiner Seele gebären. Wäre ich ein Mann ... könnte ich allen Sünden widerstehen. Wäre ich eine Magd ... so würde ich meinem Herrn ohne Widerrede dienen. Wäre ich aber ... eine Frau, so würde ich ...« Sie unterbrach ihre eh schon stockende Rede und setzte dann aufs Neue an. »Vater, mir ist so weh ums Herz ... und ... ich möchte nicht, dass Ihr Euch wider mich ... mich erschreckt ... da es noch nie zuvor an Euer heiliges Ohr gedrungen ist«, fuhr sie zögernd mit bebender Stimme fort. Die dazugehörige unsichtbare Person mochte, schätzte Eckhart, der ein erfahrener Beichtvater war, nicht mehr jung sein, jedoch gute zwanzig Jahre jünger als er selbst.

Eckhart fühlte, wie ihn das Licht durchströmte und er sie so nicht weitersprechen lassen konnte. »Schwester«, sagte er mit seiner tiefen, etwas schleppenden Stimme, »wenn es dir gestattet ist, deinen Herrn als ›Bruder‹ anzureden, sollst du es dergestalt auch mit mir halten, der ich nicht weniger ein Sünder bin, als du es bist, und nur durch die überfließende Gnade des Herrn dazu auserkoren, Ihm mein Ohr zu leihen.«

Da er dies gesagt hatte, war ihm, als pulsiere all sein Leben in seinem Ohr, das zu glühen begann. Er fühlte sich, als sei sein Geist aus dem Körper getreten und könne sich dergestalt selbst auf dem harten Beichtstuhl sitzen sehen, wie er reglos zwischen den aus dunklem Holz gedrechselten Säulen mit den wachsamen Engeln eingeklemmt war. Aber er konnte weder mit seinen anderen Sinnen empfinden, noch verfügte er eine Erinnerung an irgendetwas in seinem Leben. So wähnte er sich in der Lage, vollkommen von sich abzusehen. Er wusste nun, dass er bereit war.

»... wäre Schwester Guta, wie man mich nämlich heißt, eine Frau, so hielte sie also ihrem lieben einzigen Gemahl die Treue«, vollendete die Begine ihre unterbrochene Selbstanklage.

»Sag mir, wie es dir geht, liebes Kind«, forderte Eckhart.

»Es geht mir übel. Mir sind Himmel und Erde zu eng«, seufzte Schwester Guta.

»Sag mir ein Wort darüber«, beharrte der Beichtvater.

»Es gibt da einen Mann«, hörte das Ohr Schwester Guta endlich flüstern, »dessen Minne mir mehr bedeutet als die meines Herrn Jesus Christus.« Obwohl er gedämpft gesprochen war, hörte sich der Satz wie leicht dahingeplaudert an. Er war gewachst und glänzend poliert wie die Säulen am Beichtstuhl. Sein Inhalt konnte also nicht der Grund sein, schloss Eckhart, warum sie so sehr von Angst erfüllt schien.

»Wir wollen beten«, sagte er nach einer Pause, »beten, dass es nicht deine Minne ist, die deinem Friedel zufliegt, noch die seinige, die dich umgarnt, sondern dass das ewige fließende Licht der Liebe des Herrn euch durchfluten möge.«

Eckhart wartete geduldig auf eine Antwort. Als er sie schließlich vernahm, deuchte es ihm, dass der Ton eine Spur an Schärfe enthielt:

»Dafür, dass ich unkeusch war, Vater ...«, sie unterbrach sich hastig, »nein: Bruder, welche Strafe erlegst du mir auf darob?«

Dass Eckhart sich ein fast schon abschätziges Lächeln erlaubte und das Haupt langsam schüttelte, konnte Schwester Guta natürlich nicht sehen. Vielleicht jedoch erahnen? Eckhart hoffte, dass dies nicht geschehen würde, denn es war eine Geste, die seinem eigenen sündigen Hochmut geschuldet war, den er all die Jahre nicht zu unterdrücken vermocht hatte.

»Weiter sage ich: Du erwartest die Strafe, meine Tochter.«

»Ja«, hauchte sie, »mit ganzem, freudig erregtem Herzen.«

Eckhart fuhr unbeirrt fort: »Darüber hinaus sage ich: Alle die Pfaffen, die vor mir das offene Ohr des Herrn für dich hätten sein sollen, haben dir gar schreckliche Strafen auferlegt, um dein sündiges Fleisch zu züchtigen.«

Obwohl Eckhart seine Stimme am Ende des Satzes nicht gehoben hatte, antwortete Schwester Guta, als sei es eine Frage gewesen: »Ja, Bruder.«

Eine ärgerliche Stirnrunzel zeigte sich senkrecht in dem zerfurchten Gesicht des Alten. »Und dies also muss ich nämlich betrübt feststellen: Du hast es genossen. Die Angst davor und die Züchtigung danach hast du gekostet wie ein Labsal!«

»Ist es uns nicht aufgetragen, voll unbändiger Freude die von allumfassender Liebe getränkte Zurechtweisung des gerechten Herrn zu erwarten?«, begehrte Schwester Guta auf, wie Eckhart meinte, denn er erkannte den trotzigen Klang in ihrer Stimme.

»Nein«, beschied er mit überaus scharfer Zunge. »Sich an der Pein zu ergötzen, das ist die wahre Unkeuschheit.«

»Und wahre Keuschheit, was wäre dahingegen dieselbe?«, fragte Schwester Guta wissbegierig, anscheinend unberührt von seinem Tadel.

»So zu sein, wie du warst, bevor du da warst, das ist wahre Keuschheit«, erwiderte Eckhart und fand zu seiner gewohnten Milde zurück. »Bloß dieserart kannst du den Herrn in dir empfangen. Zuerst also jungfräuliche Keuschheit, dann allerdings musst du auch ein Weib sein, damit Gott in dir fruchtbar werde. Darum ist ›Weib‹, nicht ›Frau‹, das edelste Wort, das man zur Seele sagen kann, denn allein durch die Fruchtbarkeit, die der jauchzenden, alles erquickenden Vereinigung in der Minne folgt, zollt der Mensch dem väterlichen Herzen Gottes Dank.«

»So ... lebe ich nicht ... nicht in Sünde?« Die Erleichterung in der Frage Schwester Gutas berührte Eckhart unangenehm. Solche Überheblichkeit zu bändigen war das ihm auferlegte Kreuz, schon damals, als man ihn vor fast zehn Jahren als Stellvertreter des Ordensgenerals nach Straßburg berufen hatte, um dort die Seelsorge für die in ihrer brennenden Gottesminne bisweilen über die Stränge schlagenden Beginen zu übernehmen und sie vor der Gefahr der Ketzerei zu bewahren.

»Schwester Guta, dir gebricht es an Demut!«, donnerte er, wie er sich sofort zerknirscht eingestehen musste, ein wenig zu laut. Er hielt inne und zwang sich, um hernach ruhiger weiterzusprechen, und es gelang ihm, indem er die passenden Worte wählte: »Wohingegen du demütig lieben solltest, wie ich gesagt habe, ob es nun der Herr sei oder dein Friedel: Es dürfte nicht deine Minne sein, sondern die Gottes durch dich. Nimm dieses Wort demütig an als die dir von Ihm zuerkannte Strafe. Dies möge dir in seiner Güte der gewähren, der in vollkommener Dreieinigkeit lebt und regiert: Gott von Ewigkeit in Ewigkeit. Amen.«

*

Jenseits des Eigelsteintores, am Nachmittag des 3.2.1327

Auf den Tag genau vier Jahre später erinnerte sie sich an diese erste Beichte bei Hechard. Seitdem hatte er vor allem auf ihren gemeinsamen Wanderungen nach Koblenz alle menschenmöglichen Mühen obwalten lassen, bei ihr den Glauben zu stärken, dass Liebe und Wahrheit in Gott keinen Widerspruch darstellen. Sie solle die Liebe nicht aufgeben, aber zur Wahrheit finden. Sie hatte diesen Weg nie eingeschlagen, weil sie die Folgen nicht tragen wollte – aus, wie Hechard nicht müde wurde, mit sanftem Nachdruck zu sagen, Mangel an Glauben.

Bis jetzt. Doch jetzt war es zu spät gewesen, wie sie schmerzlich zu spüren bekam, als sich die kalten Finger ihres Peinigers um ihren Hals legten. Die Bilder ihres Lebens liefen in rasender Geschwindigkeit vor ihrem inneren Auge ab, während ihr die Luft langsam ausging. Hatte sie bisher daran festgehalten, dass es die unwiderstehliche Minne war, mit der sie die Menschen um sich herum unglücklich gemacht hatte, musste sie in diesem Augenblick, als des Lebens ganze Wucht sie eingeholt hatte und ihm das Ende bereiten sollte, erkennen, dass es sich wirklich verhielt, wie Hechard ihr wieder und wieder zu bedenken gegeben hatte: Der Mangel an Wahrheit war ihr Unglück, beruhend auf einem Mangel an Glauben. Der Glaube hätte Liebe und Wahrheit zu einer guten Wirklichkeit fügen können, wie Hechard es lehrte. Hätte.

Sie wunderte sich, dass sie keine Todesangst empfand. Nachdem sie erkannt hatte, wer ihr Richter war, schaffte sie es vielmehr sogar, ihm einen mitleidigen Blick zuzusenden, denn auch er würde in der zwischen Liebe und Wahrheit zerrissenen Wirklichkeit, ihre Wirklichkeit, sein Schicksal finden. Schon bald.

»Vergib mir, Paul«, stöhnte sie, und ihre Seele trennte sich von ihrem Körper. Sie hatte keine Gegenwehr geleistet.

Ihr Meuchler hielt den Hals der toten Schwester Guta noch eine kleine Weile im festen Würgegriff, bevor er ihren entseelten Körper in den Schnee gleiten ließ. Er schaute sich verstohlen um, denn daran hatte er in seiner mörderischen Raserei nicht gedacht, dass er nämlich bei seiner Meucheltat hätte beobachtet werden können. Nachdem er sichergestellt hatte, dass das nicht der Fall gewesen war, machte er sich befriedigt von dannen. Vom Gewissen wollte er sich nicht beißen lassen. Noch nicht.

1327

Von der wunderbaren Enthaltsamkeit

Minne sonder Erkenntnis
dünkt die weise Seele Finsternis.
Mechthild von Magdeburg

Köln, Ellikints Hurenhaus, am Abend des 29.1.1327

Nein, nicht noch einen Humpen von dem erzbischöflichen Kirschbier, stark, schwarz und süß, so herrlich es auch riechen und so köstlich es auch munden mochte. Mehr fasste Wilhelms Magen beim allerbesten Willen nicht, auch wenn der inzwischen einiges gewohnt war. Er fühlte sich randvoll abgefüllt. Aber sein hartnäckiger Freund ließ nicht locker.

»Einen noch, Bruder Wilhelm«, bettelte Bruder Hermann aufgekratzt, »damit dein Fiedelbogen macht, als wie du ihn heißt.«

Wilhelm gewahrte, dass sich das wundervolle Bier bei Bruder Hermann in schlechten Atem verwandelt hatte, und verzog angewidert das Gesicht. Sein eigener Atem würde wohl nicht besser sein.

»Weitere Sünden?«, lallte er in schwacher Gegenwehr. Sein schwerer Kopf dröhnte ihm, und er nahm das Wirtshaus nur verschwommen wahr. Es roch muffig in der engen Stube. Vereinzelt züngelten kleine blaue Flammen aus der Glut, wie um sich gegen das unvermeidliche Sterben des Feuers aufzulehnen. Erbarmungslos kroch die Kälte durch die allzu zahlreichen Ritzen der Wände. Wilhelm aber spürte nichts davon. An der Tür, die windschief im Rahmen hing, war auf dem Boden verschüttetes Bier schon gefroren. Nur ganz flüchtig streifte Wilhelm der Gedanke, dass sie, wenn sie denn gingen, aufpassen mussten, dort nicht auszugleiten. Kaum noch andere Gäste befanden sich im Raum. Wilhelm konnte nicht genau ausmachen, ob überhaupt noch welche da waren. Ellikint, die Wirtin von geheimnisvoller Schönheit, wollte schließen. Das wusste er. Sie legte mit deutlich vernehmbarem Klappern den Deckel auf das verbliebene Fass Bier, das neben dem Feuer stand, um es lecker warm zu halten. Sie entzündete auch keine weitere Kerze, und nachdem die vorletzte verloschen war, flackerte bloß eine vor Hermann und verbreitete den angenehmen Duft von Bienenwachs, den Wilhelm so sehr liebte. Mit einer schnippischen Drehung ihrer Schulter griff Ellikint nach dem einzigen Stück Käse, das noch auf dem Tisch vor Hermann lag. Hermann war jedoch schneller und stopfte es sich in den Mund.

Schluss machen, hallte es Wilhelm im Schädel. Was für ein Leben! Ellikints Mägde Gepa und Junta, eine erschien dem bierseligen Blicke betörender als die andere, kauerten dicht beieinander im hinteren Dunkel, wohin sie sich zurückgezogen hatten, denn sie hofften wohl eher, dass sie keine Geschäfte mehr machen würden ... Ach ja, Geschäfte, Bruder Hermann zahlte ja gar kein Bettgeld. Das musste einen Grund haben, welcher ihm aber entfallen war. Oder hatte Bruder Hermann ihm diesen gar nicht anvertraut?

»Sie werden uns abgelassen, die Sünden, alle Sünden, darunter auch die schwersten! Hast du das vergessen, stumpfer Pickel?« Bruder Hermann puffte ihn kräftig und verschluckte sich an dem Käse. Beduselt, wie er war, hatte er zu heftig zugestoßen. Schwer wie ein nasser Sack fiel Wilhelm von dem groben Brett, das ihnen als Sitzgelegenheit diente. Wilhelm hatte wie stets, wenn er mit Bruder Hermann hier weilte, ganz am Rande gesessen, mit nur einer Arschbacke auf dem Brett, und war auch nicht weiter in die Mitte gerutscht, nachdem sich die Reihen der Gäste gelichtet hatten.

»So viel Stunden zählt kein Tag«, heulte Wilhelm auf den modrigen und verdreckten Bodendielen liegend, »als dass wir die Sünden beichten könnten, die wir begehen.«

»Elender Jammerlappen«, brachte Bruder Hermann zwischen Husten hervor, und einige Käsekrümel flogen im hohen Bogen durch die Luft. Einer traf in Wilhelms Auge, der Rest ging zu Boden und kullerte in die Spalten. Dort würde der Käse vergammeln und den Kriechtieren als Speise dienen. Nachdem Bruder Hermann ausgeprustet hatte, bückte er sich und griff Wilhelm fest in die Kutte, zog ihn hoch und warf ihn Gepa in die Arme.

Wie stark er doch ist, dachte Wilhelm bewundernd, fast wie ein stolzer Ritter voll männlichem Saft, ich wiederum bin ein fetter, wabbliger Mönch. Wenn es Bruder Hermann erlaubt wäre, sein dunkles Haar und seinen kräftigen Bart wachsen zu lassen und fürstliche Kleider zu tragen, würde er einen stattlichen Helden abgeben. Er könnte Drachen töten, anstatt seine strahlend blauen Augen beim Lesen von Buchstaben zu verderben; könnte zur Erbauung des Volkes das Herz einer anmutigen Prinzessin im Sturm erobern, anstatt sich heimlich der Huren bedienen und dafür schämen zu müssen.

»Mach, dass er diese Nacht nicht vergisst«, befahl Bruder Hermann Gepa, »trotz des zu viel genossenen Bieres. Schließlich muss er morgen vor dem Erzbischof eine ausgezeichnete Figur machen.«

Sich in ihr Schicksal fügend nahm Gepa Wilhelm in Empfang. Sie stützte ihn, damit er es die Treppe hinauf in die Kammer schaffte. Als sie bei Junta vorbeikamen, flüsterte sie ihr etwas zu, doch Wilhelm konnte nicht erfassen, um was es ging.

Wilhelm wusste genau, was er sagen wollte. Aber es war schwierig, den Mund dazu zu bewegen, es auch kundzutun.

»Freundschaft«, brabbelte er schließlich. »Ist sie nicht das herrlichste Geschenk des ... des Herrn?«

Gepa legte Wilhelm sanft auf das wacklige Bett mit den einst sorgsam gedrechselten Seiten, die nun jedoch abgestoßen und grau waren. Sie deckte ihn mit einem zerschlissenen Kissen zu, aus dem das Stroh quoll. Wilhelm merkte erst jetzt, dass er zitterte, anscheinend also frieren musste, und war ihr dankbar. Es war der härteste Winter, seit er denken konnte, und die Älteren, deren Gedächtnis noch weiter zurückreichte, wussten auch kaum von einem schlimmeren Wüten der Kälte, ausgenommen jenes schreckliche Jahr des Herrn 1316, in dem so viele Menschen erfroren oder verhungert waren. Das warme Bier benebelte die Sinne, aber konnte den Leib dennoch nicht lange betrügen.

»Ein bisschen raubeinig ist er ja, dein Freund«, sagte Gepa und streckte ihre Füße zu Wilhelm unter das Kissen. »Aber na ja. Weißt du, Junta ist auch so eine. Immer borgt sie sich ein paar Pfennige von mir und gibt sie nie zurück, als hätte ich genug davon. Aber jetzt, da kann ich mich auf sie verlassen. Sie wird Hermann so trunken machen, dass er nicht hereinkommt mit ihr und Acht gibt, dass du tust, was er von dir erwartet. Ich kann mich auf sie verlassen. Sie ist meine Freundin. Und er ist dein Freund.«

Ich meinte nicht ihn, dachte Wilhelm, ich meinte dich. Oder euch. Er vergaß aber, es laut auszusprechen.

Gepa kicherte. Dann nahm sie vorsichtig seinen Arm und strich ihm sanft über den Ellbogen. »Tut es weh, wo du draufgefallen bist?«

Sie ist so gut zu mir, dachte Wilhelm. Gepa trug ein gelbes Tuch um den Kopf, so locker jedoch, dass ihre dicken braunen Haare überall herauslugten. Ihr Gesicht war weiß und fast ebenmäßig. Doch die Härte des Lebens zeichnete sich scharf in ihre Züge ein. Die Lippen waren jetzt blau, aber Wilhelm wusste, wie rot sie im Sommer waren. Er mochte das Funkeln in ihren dunklen, unergründlichen Augen. Der Kälte wegen hatte sie viele löchrige Kleider übereinander gezogen; soweit er es erkennen konnte, keines in einer anderen Farbe als Gelb, wie es ihr Stand nach dem weisen Ratschluss der Stadtväter gebot. Der viele Stoff machte ihre Formen fließender, und man konnte kaum erahnen, dass ein kräftiges, fast kantiges Weibsbild darunter verborgen war. Wilhelm erinnerte sich gut an das feste Fleisch ihrer Hüften. Verborgen. So sollte es auch bleiben, heute. Bald werde ich Magister der Theologie, frohlockte Wilhelm. Was habe ich bloß dieserorts zu schaffen? Muss Gott nicht einen solchen Heuchler wie mich bestrafen? Wenn er es aber nicht tut ... na, dann ist er halt selbst schuld. Sagte der Meister Eckhart nicht immer wieder, es komme nicht auf die äußeren Werke an, sondern auf die inneren? Und dass sich im Bösen Gottes Herrlichkeit ebenso zeige wie im Guten?

»Bei den Barfüßern in Aachen«, setzte Wilhelm seinen Gedanken nun laut fort, »wo ich als Waise aufgewachsen bin, habe ich hungern müssen um des Herrn willen. Als sich der elfte Finger aufzurichten begann und manchmal des Nachts ... du weißt schon, was tat ...«, Gepa nickte, und Wilhelm nahm es als Zeichen, dass er das Peinliche nicht auszusprechen musste, »habe ich

Schläge bekommen … wurde hierher geschickt, weil ich einen starken Geist habe … doch mein Fleisch ist schwach … hier ist es umgekehrt, ist es umgekehrt, hier bekomme ich Schläge … von meinem Freund, umgekehrt, wenn ich …« Wilhelms Rede löste sich ins Unverständliche auf. Alles drehte sich in seinem Kopf.

Wie von weiter Ferne hörte er nach einer Weile, in der er völlig weggetreten gewesen zu sein schien, dass Gepa fragte: »Was sollte ich anstatt dessen tun?«

Wahrscheinlich hat sie mir die Geschichte ihres Lebens und Leidens erzählt, dachte Wilhelm, aber ich habe sie nicht mitbekommen. Was soll ich jetzt tun?

»Hast du schon mal daran gedacht, dich den Beginen anzuschließen?«, fragte er und hoffte, dass sie das als Antwort auf das nehmen konnte, was sie gesagt hatte.

Wilhelm sah, wie sich Zornesröte auf Gepas Gesicht ausbreitete. Wie hübsch sie doch ist!, dachte er.

»Dafür muss man im vierzigsten Jahr stehen«, schnaubte sie.

Ja, Wilhelm entsann sich der neuerlichen Verfügung des garstigen Herrn Erzbischofs: Nur Weiber, die mehr als vierzig Lenze zählten, sollten sich den Laienschwestern anschließen dürfen, die ein armes und keusches Leben im Dienst des Herrn führten, vornehmlich Witwen. Der ehrwürdige Vater wird schon seine guten Gründe dafür haben. Ehrwürdiger Vater? Erzbischof Heinrich? Morgen? Gute Figur machen? Ich muss geträumt haben. Das konnte er noch denken. Weiteres nicht.

*

Köln, Beginenkonvent der Bela Crieg, am Abend des 29.1.1327

Demudis versuchte gerade, sich dem süßen Schlummer hinzugeben, als sie merkte, dass Schwester Godelivis neben ihr unter der Decke zitterte. In den vier Betten des Gemaches lagen immer drei Schwestern beieinander, aber es änderte sich oft, welche bei welcher. Nächst Schwester Godelivis schnarchte Schwester Mentha, die Älteste von ihnen. Es war Demudis, als wolle Schwester Mentha alle Bäume Kölns gleichsam eigennäsig absägen.

»Gütiger Gott«, sagte Demudis, »du wirst mir doch nicht krank werden!«

Fürsorglich rückte sie näher an die zitternde Godelivis heran. Sie war nicht kalt, aber hatte auch keine überschüssige Hitze. Schwester Godelivis war eine Magd, die noch nie einen Mann erkannt hatte, eigentlich viel zu jung für die Beginen, jedenfalls laut Verfügung des ehrwürdigen Vaters und Herrn Erzbischofs. Eigentlich. Aber es gab immer einen Weg, wenn man nur wollte. Die Eltern von Schwester Godelivis waren mit ihrer eigensinnigen Tochter nicht zurechtgekommen und wollten sie in ein Kloster geben. Da hatte sie sich verweigert, bis sie nach vielem Hin und Her einwilligte, sich den Beginen anzuschließen. Ihre Eltern mussten dafür nicht nur dem Konvent eine angemessene Stiftung machen, sondern auch den zornigen Erzbischof mit einigen Oboli beruhigen. Oboli halfen bei diesem alten Sack von Erzbischof immer, dachte Demudis belustigt. Wie konnte der Herr ihn nur so unglückselig lange am Leben erhalten, während er andere, würdigere Menschen viel früher zu sich befahl? Oder wenigstens hätte er ihm die Weisheit und die Milde des Alters geben sollen, wie Hechard, anstatt ihn mit Torheit zu schlagen! Der Grund für die ungewöhnliche Dauer von Erzbischof Heinrichs Leben hienieden konnte nur sein, dass Gott es so lange wie möglich herauszögern wollte, dessen Gesellschaft dulden zu müssen. Konnte er ihn nicht einfach zur Hölle schicken, auch wenn er Erzbischof war?, überlegte Demudis und grinste schuldbewusst in sich hinein.

Schwester Godelivis war wild, wild wie ein Bursche, eine richtige Maennyn, wie man so sagte. Im großen Ganzen konnten die Bewohnerinnen des Hauses mit ihr auskommen und sie bemuttern, bis auf Schwester Hardrun, mit der es immer nichts als Streit gab. Schwester Hardrun achtete streng auf Gottesfürchtigkeit. Dieselbe ließ Schwester Godelivis bisweilen vermissen, wenn sie auch nicht, wie Schwester Angela, allen hinterherstieg, denen Glocken zwischen den Beinen läuteten.

Der Atem von Schwester Godelivis ging stoßweise. »Was bist

du doch unendlich schön, meine allersüßeste Jungfrau Maria!«, jauchzte sie und kuschelte sich eng an Demudis.

Demudis streckte den Arm aus und umfasste Schwester Godelivis. Es war angenehm, den jungen Körper zu spüren. Üblicherweise gerieten die Schwestern nicht abends vor dem Schlafen in Verzückung, vielmehr geschah dies morgens beim Erwachen. Aber es kam auch eher selten vor, dass die Schwestern die Vereinigung mit der Mutter Maria ersehnten statt mit ihrem Bräutigam, dem Herrn. Nichts an Schwester Godelivis war gewöhnlich.

Was bedeutete es wohl, fragte sich Demudis, dass sie selbst noch keine Erscheinung des Herrn oder der Jungfrau Maria gehabt hatte? Sie wusste, dass es nicht nur ihr, sondern auch Hechard bisweilen lästerlich anmutete, wenn die Schwestern den Herrn betrachteten, als breite er die beseligenden Arme für sie aus, um ihre Brautschaft zu empfangen, und senke sein Haupt, um ihnen den Hochzeitskuss zu geben, während er doch vom Menschen geschändet und leidend am Kreuze hing. Schwester Lora war einmal im Angesicht des Kreuzes so in Wallung geraten, dass sie sich, wie sie erzählte, ihrer Kleider vollständig entledigt und sich Ihm ganz hingegeben hatte. Demudis behielt ihre Einwände für sich. Immerhin waren es ihre Schwestern. Der Konvent war ihr Zuhause geworden in den beiden Jahren ihrer Witwenschaft. Jede musste selbst wissen, wie sie mit dem Herrn verkehren wollte. Es reichte, dass der Erzbischof es immer besser wusste und ständig neue Vorschriften erließ. Wie gut, dass die Beginen nicht dem Weltklerus unterstanden, sondern den Predigerbrüdern, die Hechard zu den ihren zählten, den Gelehrtesten und Gütigsten unter den Menschen.

Ein leichtes Kribbeln verbreitete sich über ihren Körper, als sie an Hechard dachte. Er war kein Mann wie die anderen, die Weibern wie ihr Gewalt antaten und hinab in den Schlund der Hölle gehörten.

Schwester Godelivis war, wie Demudis meinte, eingeschlafen, aber bewegte wohl unwillkürlich die Hand angenehm sanft über Demudis' Tütelin, und bald war auch Demudis selbst mit einem seligen Seufzer entschlummert. Trotz des ohrenbetäubenden Rasselns aus Schwester Menthas Nase.

*

Köln, Barfüßerkloster, am Abend des 29.1.1327

Nach der Vesper würde Hanß ein wenig allein sein können. Er liebte die Brüder, war aber doch froh, nun als Abt der Barfüßer ein eigenes Haus beanspruchen zu können, um für sich zu sein, wenn ihm danach war. Er würde Gott um Gnade für die Sünden seiner Mutter bitten, die er so sehr vermisste. Wenn ihn sein kaputtes Auge schmerzte, dachte er sogar bisweilen noch an Agnes. Würde der Herr diesen Stachel nie aus seinem Fleische entfernen? Gebenedeite Jungfrau, voll der Gnaden, betete er zu Maria, der Mutter Gottes, bitte lass mir deine keusche Liebe genug sein!

Als die Brüder die eiskalte Kirche verließen und ins nicht weniger kalte Dormitorium strömten, um sich zur Ruhe zu begeben, und Hanß zum Abthaus abbog, gewahrte er zunächst nur undeutlich, dass sich jemand neben ihn gedrängt hatte. Er schaute auf. Es war ein gewaltiger Fettberg, Bruder Dirolf, einer seiner fähigsten Mitstreiter, wenn er ihm auch mitunter etwas engstirnig vorkam. Die einzige Sünde, die er sich erlaubte, war es, soweit Hanß wusste, seinem ungeheuren Hunger nachzugeben.

»Ich brauche dein Ohr für eine Kerzenlänge«, sagte Bruder Dirolf keuchend.

Hanß nickte. Es würde wohl nichts werden aus der beschaulichen Einsamkeit vor dem Schlafen. Für morgen hatte ihn der ehrwürdige Vater und Herr Erzbischof Heinrich einbestellt. Da musste er ausgeschlafen sein, denn ihm schwante nichts Gutes. Zwar war ihm der Grund der Unterredung nicht mitgeteilt worden, aber Hanß hatte gehört, dass Erzbischof Heinrich sich wieder mit dem Vorhaben trug, gegen diejenigen das Schwert zu erheben, die er der Ketzerei zieh – Bettelorden, Barfüßer, Prediger, Begarden, Beginen, Brüder und Schwestern des freien Geistes, den berühmten Meister Eckhart: Alle wurden in einen Topf geworfen, ohne einen Unterschied zu machen! Es war Hanß zuwider, sich mit diesen eines Christen unwürdigen Händeln der Welt herumzuplagen, bei denen die Glaubensdinge nur zum Vorwand im gotteslästerlichen Ringen um Macht und Geld dienten.

Bruder Dirolf war rücksichtsvoll genug, um auf dem Weg über den verschneiten Kreuzgang und den vereisten Vorhof ins Abthaus nichts zu sagen. Sie mussten vorsichtig auf ihre Schritte in der Dämmerung Acht geben, um nicht auszugleiten. Im Abthaus angelangt, holte Hanß einen Krug Wein und entzündete eine Kerze. Er setzte sich, und Bruder Dirolf ließ sich neben ihm schwer auf den Stuhl fallen. Hanß befürchtete schon, der Stuhl würde auseinander brechen unter dem Gewicht des Bruders, aber er knarrte nur, wenn auch bedenklich, und hielt Stand.

Bruder Dirolf wischte sich mit der Hand den Schweiß aus dem Gesicht und stöhnte. Wie kann er trotz der Kälte derart schwitzen?, dachte Hanß flüchtig.

»Es geht um diesen Prediger, Johannes Eckhart, den sie den Meister nennen; die Weiber rufen ihn Hechard«, begann Bruder Dirolf düster. Seine Stirn zeigte tiefe, speckige Sorgenfalten. »Er lehrt Dinge, die gegen den Glauben gehen.«

»So, so«, knurrte Hanß, um etwas zu sagen. Das war kein Gesprächsstoff, den er liebte. Es reichte, wenn der Erzbischof ihn nötigen würde, sich damit zu befassen.

»Er sagt zum Beispiel, die äußeren Werke wie die der Keuschheit seien nichts wert, denn es käme vielmehr bloß auf den Willen an, den guten Willen. Und dann, wenn man mit gutem Willen handele, wäre, gleich was man täte, die Übereinstimmung mit dem Willen des Herrn bereits gegeben«, fuhr Bruder Dirolf fort, ohne sich durch Hanß' abweisende Art abschrecken zu lassen.

»Das wird den Weibern, den Beginen, nicht gefallen, die sich so in der Zucht ihrer Körper üben«, sagte Hanß und lachte Bruder Dirolf an. Vielleicht ließ sich die Angelegenheit ins Närrische ziehen und auf diese Weise abtun und übergehen. Denn jeder wusste doch, dass das, was man von den Beginen erwartete, von ihnen bloß überaus selten auch eingelöst wurde.

»Und doch lieben sie ihn über alles«, sagte Bruder Dirolf abschätzig.

»Wir haben mit derlei nichts zu tun«, beschied ihn Hanß. Er musste also doch noch deutlicher werden! »Wir folgen dem heiligen Franz in seiner Einfachheit, Demut und Armut und tun damit unserer Christenpflicht genüge.«

»Ich weiß, dass du so darüber denkst.« Bruder Dirolf wurde hitziger. Hanß meinte, einen anklagenden Unterton zu vernehmen. »Aber vielleicht sind die Unterschiede zwischen den Beginen und Eckhart geringer, als du wahrhaben willst. Was dieser Eckhart lehrt, hört sich gefährlich nach dem an, was auch die ketzerischen ›Brüder und Schwestern des freien Geistes‹ gesagt haben. Und was ist aus der einen geworden, die du vor dem gerechten Zorn des ehrwürdigen Vaters und Herrn Erzbischof Heinrichs gerettet hast? Eine Hure!«

»Die Wege des Herrn sind unerforschlich«, wich Hanß müde aus. »Er verlangt von uns, jedem Sünder, auch dem verderbtesten, die Möglichkeit offen zu halten, sich aus eigenem Willen zu Ihm zu bekehren. Denke an den heiligen Augustinus, der es uns in seinen Bekenntnissen überliefert hat, welch sündiges Leben er geführt hat …« Leise fügte Hanß hinzu: »Und an mich.«

»Doch kann es nicht geduldet werden, dass Derartiges auch noch gepredigt wird und damit die zarten Gemüter der Leute, die sich wie Schilfrohr im Winde biegen, ins Verderben gestoßen werden«, ereiferte sich Bruder Dirolf. Sein Mund zuckte, und von der Stirn tropfte eine Schweißperle auf den Tisch. »Das darf nicht geduldet werden! Die Kirche muss dem Einhalt gebieten!«

Hanß fühlte die heftigen Worte wie Peitschenhiebe im Kopf. »Bruder Dirolf, du bist so wundersam rechtschaffen. Dein Eifer für den Herrn ist überaus löblich.« Er breitete die Hände aus. »Aber ich bitte dich, vertraue mit mir auf das Tun des Herrn. Lass uns im Gebet vereinigt sein mit allen christlichen Seelen und ihre Errettung erflehen.«

An der Stirnseite der engen Abtstube befand sich ein Kruzifix mit einem kleinen Altar davor. Die Magd hatte ein paar frische Tannenzweige darauf gelegt. Hanß erhob sich und ging vor dem Altar auf die Knie. Er begann zu beten. Er versank ganz in Gedanken und genoss die süße Zuneigung des Herrn. Als er sich erhob, sah er, dass Bruder Dirolf gegangen war. Hanß stöhnte erleichtert auf. Wie konnte er sich den Brüdern verständlich machen?

Er trank noch den letzten Schluck Wein und bettete sich dann. Wie vorgeschrieben, entkleidete er sich nicht. Im Winter war das eine durchaus erfreuliche Regel. Ganz anders verhielt es sich in der Hitze des Sommers. Hanß dachte an den Sommer, als er die klamme Decke über sich zog. Die Hände waren ihm kalt, und so führte er sie zwischen die Schenkel, um sie zu wärmen. Ihn ergriff eine schier unbezwingliche Sehnsucht. Kein Mensch kann keusch sein und sich gegen die fleischlichen Gelüste wappnen, wenn er nicht die gnädige Mithilfe des Herrn dazu findet, hatte der heilige Augustinus gesagt, entsann sich Hanß, während er sein steifes Dynck rieb. Darum also wird es wohl Sein Wille sein. Hanß versuchte noch, sich für seine Gedanken zu hassen, aber das Bild der unwiderstehlich liebreizenden Magd Agnes schob sich davor. Sie erstrahlte vor seinem Auge in ihrer ganzen herrlichen Wunderbarkeit. Es war nicht frostiger bösartiger Winter, sondern warmer, mildtätiger Sommer. Ihre festen runden Tutten mit den kecken rosigen Wertzlin, ihre gut geformten Hüften, der verführerische Duft ihrer samtweichen Haut wurden so gegenwärtig, dass Hanß meinte, er könne sie spüren. Allein diese Erinnerung war das eine Auge wert, das er um ihretwillen hatte hingeben müssen. Schließlich konnte er auch mit dem anderen Auge noch genug sehen!

Doch schnell, allzu schnell war es vorbei, und die Kälte hatte ihn wieder eingeholt. Was bin ich für ein niedriges Geschöpf, haderte Hanß mit sich, dass ich für derart flüchtige Freuden das ewige Seelenheil aufs Spiel setze und dem elenden Genuss keine Schranken setzen kann! Wie viel glücklicher wäre ich, wie es in der Schrift heißt, als einer derjenigen, »die sich selbst verschnitten haben um des Himmelreiches willen«, o heilige Jungfrau, in Erwartung deiner seligen Umarmung. Aber nein, ein Verschnittener hat ja keinen Zugang zum Himmelreich, wie es im Buch Mose heißt, so danke ich dir, o Gott, dass ich sündigen darf.

Lange fand Hanß keinen Frieden, ehe ihm vor Müdigkeit die Augen zufielen.

Von dem Nutzen der Versuchung

Die sehnende Minne schafft reinen Herzens sehr viel süße Not.
Mechthild von Magdeburg

Köln, Predigerkloster, am Morgen des 30.1.1327

Als die Glocke am folgenden Tage, dem Fest der heiligen Martina, zur Matutin rief und Wilhelm aus unruhigem Schlaf erwachte, wusste er nicht mehr, wie sie, Bruder Hermann und er, gestern Nacht zurück ins Predigerkloster gelangt waren. Sein Kopf schmerzte höllisch. Er erhob sich und torkelte mit den Brüdern aus dem Dormitorium über die schmale Treppe in die Kirche. Beinahe wäre er gestürzt. Die liebkosenden Stimmen des Gesangs während der Messe, die er sonst als so zart und himmlisch empfand, klangen nun wie furchtbare Hammerschläge. Er überstand auch das.

Dann, beim Waschen mit eiskaltem Wasser, vermeinte Wilhelm, die Haut wolle ihm vom Leibe abplatzen. Sein Blick glitt über die Brüder, bis er bei Bruder Johannes verweilte. Man erzählte sich, dass dieser auch dereinst einem holden Weibe verfallen gewesen war, fünfzig Jahre musste das nun her sein! Seitdem hatte er zur Sühnung ein heiliges Gelübde abgelegt, nicht ein Wort mehr über seine Lippen kommen zu lassen, und dies auch bis auf den heutigen Tag eingehalten. Seine Heiligkeit wurde von jedermann, selbst von den Barfüßern, anerkannt. Vielleicht bin auch ich noch nicht gänzlich verloren, dachte Wilhelm und betrachtete den Greis wehmütig. Möge Gott Gnade walten lassen und mir die Kraft schenken, Seinem Willen gemäß zu leben!

Nach der Säuberung des sündigen Leibes scherte ihn Bruder Hermann, der ebenfalls stumm litt. Als die Reihe an ihm war, Bruder Hermann zu scheren, wie es die Bruderpflicht befahl, konnte er die Hand nicht ruhig führen und schnitt ihn. Dafür handelte er sich einen kräftigen Knuff ein. Bruder Hinkmar, der nächst ihnen Bruder Frulof die Tonsur erneuerte, fragte klatschsüchtig:

»Höre mal, Bruder Hermann, wo wart ihr, du und Bruder Wilhelm, denn gestern zur Vesper?«

Wilhelm wusste, dass Bruder Hermann nichts sehnlichster erwartete als den Tag, an dem er ehrerbietig als Magister angeredet werden würde; und richtig, Bruder Hermanns Gesicht verfinsterte sich auf die Frage hin bedrohlich ob der Anrede.

»Des Christen Barmherzigkeit tätig üben in Melaten bei den Leprosen«, knurrte er.

Bruder Hinkmar lächelte ein schmallippiges, wissendes Lächeln. Aber konnte es sein, dass sich in Bruder Frulofs Blick Abergunst und Anerkennung in eigentümlichem Widerstreit befanden?

Wilhelm schleppte sich mit den anderen in den Kapitelsaal, um mit Abt Norbert das Tagewerk zu besprechen. Mit einem Plumps ließ er sich auf einem der noch freien Stühle an dem lang gestreckten Tisch nieder. An dem Tisch fanden alle Brüder Platz. Hinten, viel zu weit hinten im Saale brannte ein Feuer, das wenigstens etwas Wärme verbreitete. Wilhelm merkte, dass er gleichwohl entsetzlich fror. Und die lebenspendende Glut war so weit weg. Der Stuhl fühlte sich kalt und hart unter seinem weichen Arsche an, der sich nach dem Bett sehnte. Im Gedränge hatte er Bruder Hermann verloren. Er saß woanders. An welcher Stelle? Wilhelms Blick kreiste unstet umher. Die Wände schienen zu wanken, und er sah die Gesichter der Brüder nur umrisshaft. Ach da, zwischen den Brüdern Tauler und Seuse, geachtete Schüler des Meisters, hatte Bruder Hermann Platz genommen. Wilhelm kam sich verlassen vor. Aber immerhin war beruhigend, dass er Bruder Hermann im Blick halten konnte. Wenn er bloß klar zu sehen vermochte! Das Hören fiel ihm noch schwerer. Seine Gedanken glitten ab in den Sommer. Es war mollig warm, richtiggehend heiß. Der salzige Schweiß troff ihm von der Stirn in den Mund. Seine Kleider wurden durchnässt. Er war ein kleiner Junge. Die Barfüßer in Aachen waren nicht ausnahmslos schlecht. Bruder Jordan gab ihm einen Apfel. Einen wohlmundenden weichen Apfel. Sie saßen im ausgedörrten, fast schon wie Heu aussehenden und riechenden Gras, und Bruder Jordan schnitt hauchfeine Scheibchen ab, legte sie ihm in den Mund; so dünn waren sie, dass sie auf der Zunge fast von allein zerfielen. Geduldig hatte der Bruder weitergemacht, weil Wilhelm nicht genug von diesem Spiel bekommen konnte. Wilhelm sehnte sich plötzlich nach Bruder Jordan. Alles, was gesagt wurde, rauschte an ihm vorbei, bis sich Bruder Hermann zu Wort meldete und mit stolzgeschwellter Brust verkündete:

»Ehrwürdiger Vater und Herr Abt Norbert, wir, also Bruder Wilhelm und ich, werden zur Terz beim ehrwürdigen Vater und Herrn Erzbischof Heinrich II. von Virneburg erwartet.«

Welche Ehre!, dachte Wilhelm und konnte den Stolz seines Freundes nur zu gut verstehen.

Abt Norbert dagegen zog die Augenbrauen hoch. Wilhelm konnte sich aber nicht entscheiden, ob sein Blick Missbilligung ausdrückte oder so etwas wie eine unerklärliche Angst. Bruder Hermann hatte einen forschen, herausfordernden Ton angeschlagen, mit welchem er alle Brüder in Schrecken versetzen konnte. Alle? Es gab Ausnahmen. Meister Eckhart, sicherlich auch Bruder Johannes. Aber Wilhelm meinte, dass Abt Norbert nicht weniger unter Bruder Hermann litt als er selbst. Bruder Norbert war ein edler Mensch, mildtätig zu jedermann, nachsichtig den kleinen Fehlern der Brüder gegenüber. Er entstammte einer der bedeutendsten Familien der Stadt, den Overstolzen, die ihn, als er noch ein Knabe gewesen war, der Kirche geweiht hatten, damit er für sie ihrer zahllosen Sünden wegen beten möge. Er ergab sich demütig in sein Schicksal. Nie hatte Wilhelm ihn klagen gehört. Er liebte das Essen und die Ruhe. Niemand konnte ihm etwas Arges nachsagen. Aber Bruder Hermanns kraftvollem Wesen zeigte er sich nicht gewachsen.

»Gehet hin in Frieden«, sagte Abt Norbert langsam und, wie es Wilhelm schien, niedergedrückt. Dabei betonte er das Wort »Frieden«, sodass sich Wilhelm bange fragte, um was es sich denn handeln würde.

Die Brüder erhoben sich, und Wilhelm tat es ihnen nach. Er suchte die Nähe von Bruder Hermann.

»Die Sache mit dem ehrwürdigen Vater und Herrn Erzbischof Heinrich. Davon wusste ich ja gar nichts«, raunte er ihm zu.

»Wie konntest du es vergessen? Gestern bei Ellikint!«, ereiferte sich Bruder Hermann. Doch dann legte er Wilhelm den Arm um die Schultern und sagte sehr leise in sein Ohr: »Eine ganz große Sache. Du wirst schon sehen. Alles wird gut, alles wird sich zum Besten wenden.«

Wilhelm begnügte sich damit, wie immer. Er folgte Bruder Hermann sowieso auf Schritt und Tritt. Er hatte doch niemanden sonst, der sich um ihn kümmerte! Es ist, als wäre ich noch ein Kind, dachte Wilhelm.

»Komm mit«, forderte Bruder Hermann ihn auf. »Uns verbleibt etwas Zeit. Wir wollen uns an der unvergleichlichen Weisheit des Meisters laben.«

Sie trafen Meister Eckhart in der Bibliothek an. Er saß dort vertieft in einem großen Werk lesend. Sein welliges Haar war lang, sehr dünn und schlohweiß. Es ging über in einen ebenso weißen und ebenso langen Bart. Wie aus einem Wollknäuel schaute eine hohe zerfurchte Stirn heraus. Die Augen waren fast geschlossen. Wilhelm fragte sich, wie der Meister so überhaupt zu lesen vermochte. Den linken aus seiner Kutte stakenden, knochigen Arm hatte er auf die Lehne seines schweren, mit kostbarem Leder bezogenen Stuhls gestützt. Die Hand hielt den Kopf, während die Rechte das Buch umklammerte. Fast fünf Jahre weilte der Meister jetzt unter ihnen. Er war aus Straßburg gekommen, wo er den Beginen gepredigt hatte, unglaublicherweise auf Diutisch, weil sie, wie er sagte, als Laien des Lateins, der Sprache des Herrn, nicht mächtig waren. Als Generalvikar war er der Stellvertreter ihres Ordensgenerals gewesen, aber die Neider streuten das Gerücht, die Beginen hätten ihn zur Ketzerei verführt. Er musste Straßburg verlassen und verlor seinen Posten. Wie glücklich sich das gefügt hatte, dachte Wilhelm, so konnten wir in den Genuss seiner Anwesenheit kommen, denn Abt Norbert holte ihn, damit er hier in Köln das Studium beaufsichtigen möge. Doch auch hier ließ man nicht ab von ihm. Wilhelm hatte gehört, Erzbischof Heinrich, dessen Feindschaft den Beginen gegenüber die ganze

Kirche der Stadt entzweite, würde die Inquisition gegen ihn hetzen. Nicht auszudenken, was geschehen könnte! Würde der Meister verbrannt wie die ersten Märtyrer des Herrn Jesus Christus, dachte Wilhelm, so müsste auch ich verbrennen.

Bei der Ankunft der beiden Brüder hatte der Meister kaum aufgemerkt.

Bruder Hermann zog sich einen niedrigen dreibeinigen Schemel heran und setzte sich dicht dem Meister gegenüber. Wilhelm blieb notgedrungen stehen.

»Verehrter Meister«, unterbrach Bruder Hermann frech und beugte sich vor. Wilhelm sah, wie der Schemel zu kippen drohte, aber Bruder Hermann fing sich rechtzeitig ab. Er führte seine Handflächen zusammen, versenkte sie in der Kutte zwischen den Beinen und rieb sie ein wenig, vermutlich um sie zu wärmen. »Ich habe da eine Frage.«

Meister Eckhart klappte sehr langsam das Buch zu, ließ es auf seinen Knien liegen und schaute Bruder Hermann in die Augen. Er nahm seinen linken Arm von der Lehne und legte die Hand auf Bruder Hermanns rechten Unterarm.

»Mein Sohn«, sagte er. Wilhelm kannte niemanden, der eine solch begütigende Stimme besaß. »Dies ist das Buch des Philosophen über die Seele. Es ist ein sehr, sehr weises Buch. Und es ist wahrlich Aristoteles nicht vorzuwerfen, dass er nicht getauft ist, denn der neue Bund mit unserem Herrn Jesus ward noch nicht geschlossen zu der Zeit, als er dies geschrieben hat.«

»Meine Frage«, erinnerte Bruder Hermann ungeduldig und betonte unverschämt das »meine«. »In der Disputatio neulich wart Ihr aufgefordert worden zu erläutern, warum Gott die Welt nicht früher erschaffen habe. Ihr aber habt dagegen gehalten, die Welt sei von Ewigkeit her gewesen. Wie kann sie da geschaffen worden sein?«

Wilhelm erinnerte sich, dass er nach der Disputatio dies zu Bruder Hermann gesagt hatte. Er stiehlt mir meine Frage!, empörte er sich innerlich. Aber warum stellt er sie jetzt und nicht in einer neuerlichen Disputatio?

Meister Eckhart räusperte sich. »Ich sage dir: Nichts kann wirken, bevor es da ist. Also kann die Welt nicht erschaffen worden sein, bevor Gott da war. Weiter nämlich sage ich: Da Gott die Wirklichkeit der Welt schlechthin ist, muss Er sie, wie auch den Sohn, zugleich geschaffen haben, sobald Er auch da war. Und noch mehr sage ich: Da Er lebt und herrscht von Ewigkeit zu Ewigkeit, wie es heißt, muss die Welt von Ewigkeit her da gewesen sein.«

»Die Schrift sagt uns, dass Gott am Anfang die Welt erschuf. Was aber erschaffen ist, ist nicht da, bevor es da ist: Also ist das Geschaffene nicht ewig, denn was ewig währt, ist immer da.« Bruder Hermann hatte schnell und ein wenig schrill gesprochen. Wilhelm fand es mutig, dass sein Freund es wagte, dem übermächtigen Meister zu widersprechen. Aus ihm wird sicherlich einmal ein ganz Großer, dachte er voller Bewunderung.

Meister Eckhart sog tief Luft ein und stieß sie dann geräuschvoll aus. »Mein Sohn«, sagte er, »du redest wahr, soweit es den Menschen betrifft. Ich aber sage dir noch: In Gott ist keine Zeit. Das Ewige, der Anfang und das Erschaffen sind in Gott ein und dasselbe, so wie Er ungeteilt und einfach ist.«

Bruder Hermann wandte sich an Wilhelm, der über die weisen Worte des Meisters nachgrübelte. Es war schwer, ihn zu verstehen. Er war so in Gott versenkt, dass es kaum möglich war, ihm zu folgen. Unterzog man sich jedoch der Mühe, gelangte man zu Einsichten in das Wesen Gottes, die so tief und unergründlich waren, dass die Freude darüber unermesslich wurde. Ein Gefühl, dachte Wilhelm, als würde man eins mit Gott! Bruder Hermanns Worte rissen Wilhelm aus seinen Gedanken.

»Ist es nicht großartig, wie ein so vollkommener Geist immer wieder in so verständlichen und klaren Worten uns die ewige Wahrheit des Herrn verkünden kann?«

Bruder Hermann erhob sich vom Schemel. »Danke, verehrter Meister, wir wollen Eure Zeit nicht länger für die nichtswürdigen Fragen von Anfängern verschwenden, wo Ihr doch so viel Wichtigeres zu bedenken habt.«

Meister Eckhart gab einen Grunzlaut von sich und schlug sein Buch wieder auf.

Was geht hier vor, macht sich Bruder Hermann über den Weisen lustig?, fragte sich Wilhelm, aber Bruder Hermann ließ ihm keine Zeit zum Nachsinnen.

»Wir gehen«, sagte er schroff.

Wilhelm trottete einen Schritt hinter Bruder Hermann her durch die Bibliothek vorbei an den großen Schränken, die hinter ihren schweren Türen all die bedeutenden Bücher beherbergten, um zu der engen Wendeltreppe zu gelangen, die hinunter in die Universität führte. Ohne nach rechts oder links zu schauen, stürmte Bruder Hermann an den Räumen vorbei, wo die gelehrten Disputationen stattfanden, denen er eigentlich hätte beiwohnen sollen. Wilhelm warf sehnsüchtig einen Blick hinein und sah die glücklichen Brüder, die dort lauschen durften. Warum nur folge ich ihm?, dachte er. Aber ach!, ich kann eben nicht anders. Er zog seinen Kopf zwischen die Schultern.

Sie überquerten den Vorplatz. Der Schnee war karstig und dreckig.

»Nun nimm endlich Haltung an«, befahl Bruder Hermann, der sichtlich in Aufruhr geraten war. »Wir müssen gut dastehen vor dem Erzbischof Heinrich. Es ist wichtig.«

»Wäre es da nicht besser gewesen, gestern nicht ...«, fragte Wilhelm.

»Ich musste mich vorbereiten auf das, was da kommen mag, meinem Fleische zu seinem Recht verhelfen ...«, begann Bruder Hermann. Doch als sie das Tor des Klosters durchquerten, nachdem sie Bruder Frulof, der die Torwache hielt, flüchtig zugenickt hatten, unterbrach sich Bruder Hermann jäh und schaute unwirsch um sich. »Sobald ich das Kloster verlasse, ist mir, als folgten mir Augen. Zwei Augen. Allüberall Augen.«

»Das allwissende Auge Gottes ruht missgünstig auf dir«, brummte Wilhelm. Bruder Frulof wäre gern an meiner Stelle, dachte er. Sollte ich also nicht stolz darauf sein, dass Bruder Hermann mich auserwählt hat, ihm zu dienen?

»Nein, nein«, beharrte Bruder Hermann, »es sind Augen der Menschen. Eines Menschen. Sie folgen mir. Sie beobachten mich.«

Wilhelm schaute sich um. »Alle Menschen haben zwei Augen«, sagte er nach gründlicher Abwägung schließlich, »aber sie folgen nicht dir, sondern jeder dem eigenen Weg. Nur Gott …«

»Ach, halt den Mund davon«, unterbrach Bruder Hermann mit einer wegwerfenden Geste.

Wilhelm gehorchte, aber fürchtete, sein Freund würde den Verstand verlieren und zum Narren werden.

Um von etwas anderem zu sprechen, fragte er nach ein paar Schritten: »Sag mal, Bruder Hermann, wieso brauchen wir, brauchst du bei Ellikint … warum nimmt sie keinen Hurenlohn?«

Bruder Hermann lachte heimtückisch. »Seinerzeit hatte Ellikint einen Friedel, einen Begarden von den Brüdern und Schwestern des freien Geistes, Bonzino mit Namen, und im Jahre des Herrn 1325, als Erzbischof Heinrich das ganze Gesindel ausgemistet hat, verhalf sie ihm zur Flucht. Niemand weiß es, außer mir. Und weil es dabei bleibt, ist es doch nur recht und billig, dass sie mir einen Gefallen schuldet.«

Wilhelm nickte.

Vom Predigerkloster zum erzbischöflichen Sitz am Dom war es nur ein kurzes Wegstück durch die Pfaffenpforte, und nun standen sie schon vor dem reichen Palast. Wilhelm blickte die ehrfurchtgebietende Fassade hinauf und erkannte seine eigene Kleinheit im Angesicht der mächtigen Kräfte, die der Geist zu schaffen in der Lage war. Das gewaltige, mit üppigem Eisen beschlagene Portal des Palastes war eingefasst in Säulen, an denen Löwen- und Falkenköpfe prangten. Heinrich II. von Virneburg ist ein Fürst, kein Diener der armen Kirche in der Nachfolge des Herrn, empfand Wilhelm traurig. Er zupfte Bruder Hermann am Ärmel und hielt ihn so zurück, einzutreten.

»Nein«, sagte er heftig, »es ist nicht recht und auch nicht billig, was du Ellikint antust.«

»Na hör mal«, widersprach Bruder Hermann aufgeräumt und gab Wilhelm einen freundschaftlichen Klaps auf die Schulter, »ist es etwa recht, dass ein Dummkopf wie Norbert Abt ist, und ich, nein, und wir, die wir viel mehr im Kopf haben als er, ihm Gehorsam schulden? Das muss sich ändern. Das wird sich ändern. Schon bald.«

Bruder Hermann lachte. Wilhelm traute sich nicht einzuwenden, dass das eine mit dem anderen nun überhaupt nichts zu tun habe. Die rechtschaffene Logik ist so schwach ihm gegenüber, stellte Wilhelm zerknirscht fest.

*

Köln, Beginenkonvent der Bela Crieg,
am Morgen des 30.1.1327

Schwester Hardrun hieb die Handflächen kraftvoll aufeinander, sodass es vernehmlich dröhnte, und Demudis erwachte mit einem erschreckten Ruck. Es war immer wieder dasselbe. Vorsichtig schob sie Schwester Godelivis' Kopf zur Seite, der auf ihrem Bauch lag. Sie rieb sich den Schlaf aus den Augen, reckte die Arme und gähnte herzhaft und laut. Schwester Hardrun schaute sie missbilligend an.

Demudis strich Schwester Godelivis vorsichtig über die Wange, um sie zu wecken. Durch das Klatschen von Schwester Hardrun ließ sie sich inzwischen nicht mehr in ihrem verdienten Schlafe stören.

Was für ein schöner Tag, dachte Demudis. Sie wusste wohl, dass der Winter für alle hart war. Aber sie waren zusammen, und der Herr gab ihnen ihr tägliches Brot. Was wollte sie mehr?

»Schwester Godelivis«, flüsterte sie zart in deren Ohr, »du musst aufwachen. Lass dir Zeit, ich bringe Wasser.«

Mit einem Satz war Schwester Godelivis aus den Federn. »Ich kann schon selbst«, fauchte sie und lief los.

»Ihre königliche Hoheit ist aber ungnädig heute, tü, tü, tü, tü«, meinte Schwester Jutta und schmunzelte, wie es Demudis schien, ein wenig bösartig.

Mag sein, dass ich zu früh gemeint habe, es werde ein schöner Tag, dachte Demudis, man soll ihn nie vor dem Abend loben. Aber sie nahm sich vor, sich das Gemüt nicht schwer machen zu lassen. Nicht von Schwester Jutta, nicht von Schwester Hardrun und auch nicht von Schwester Godelivis.

Als Schwester Godelivis zurückkehrte, hatte sie sogar einen Krug für Demudis mitgebracht. Danke, liebe Schwester, wollte sie gerade sagen, als es plötzlich krachte. Demudis zuckte zurück. Schwester Godelivis hatte ihr den Krug vor die Füße geknallt, sodass das eiskalte Wasser Schwester Jutta und Schwester Hardrun an die Beine spritzte. Schwester Jutta kreischte, aber lachte dabei neckisch.

Schwester Hardrun dagegen blieb stumm, verabreichte Schwester Godelivis vielmehr eine gepfefferte Ohrfeige. Schwester Godelivis holte ihrerseits aus.

»Schwestern«, griff nun Magistra Sela in das Gerangel ein. Sie hatte den Beginn des Wortes, das sie bis zum Äußersten lang zog, mit Nachdruck herausgepresst, aber beendete es sehr, sehr leise. Alle Schwestern wussten, was das hieß. Keine rührte sich, auch Schwester Godelivis hielt mitten im Schlag inne, und ihr ausgestreckter Arm hing albern in der Luft.

»Schwestern«, wiederholte Magistra Sela, »wenn eine von euch vorhat, wieder ein Sodom und Gomorrha aufzumachen, dann bitte ich diejenige, unverzüglich das Haus zu räumen. Für immer.«

»Uuiihh«, machte Schwester Jutta und schüttelte die rechte Hand heftig. »Kleine Ursache, große Wirkung. Ich widerspreche dir ja nicht gern, Magistra, aber ist das nicht ein wenig hart?«

»Die Magistra hat Recht«, mischte sich Schwester Guta ein, »wir schlagen über die Stränge. Es geht nicht nur um dieses Mal, sondern wir müssen uns mehr am Riemen reißen. Danke, Schwester Magistra, dass du uns die notwendige Zucht angedeihen lässt.«

Magistra Sela seufzte. »Schwestern, nehmt es mir nicht übel. Ich hab es nicht so gemeint. Nur, ich bitte euch, bleibt friedlich, wie es unserem Stand gebührt. Ansonsten macht, was ihr wollt.«

»Wenn du so nachgiebig bist«, maulte Schwester Hardrun, »wird die Androhung der Strafe auf die Gottlosen keine züchtigende Wirkung mehr haben, von der Schwester Guta so ehrerbietig gesprochen hat.«

»Halt die Klappe, du vertrocknete Magd«, stichelte Schwester

Angela. »Witwen sind ja schön und gut, aber wenn eine nimmer einen Mann erkannt hat, gehört die doch ins Kloster, oder?«

»Und was ist mit mir?«, fragte Schwester Godelivis mit aufgerissenen Augen.

Demudis sah, wie Magistra Sela hängenden Kopfes das Schlafgemach verließ. Sie ist so empfindsam, dachte Demudis, viel zu empfindsam für unseren derben Haufen.

*

Köln, Palast des Erzbischofs, am Vormittag des 30.1.1327

Erzbischof Heinrich empfing Bruder Hermann gnädig, indem er ihm die Wange zum Kusse bot, übersah Wilhelm dagegen geflissentlich. Überdies war noch ein Mann zugegen, den Wilhelm als Abt Hanß der Barfüßer erkannte. Erzbischof Heinrich II. von Virneburg war so alt wie die Erzväter Israels, älter gar als der große Magister Albertus je geworden war, dessen Geist im Predigerkloster nach all den Jahren seines Heimganges immer noch lebendig war. Erzbischof Heinrichs Gesicht war eingefallen, seine Haut wie Leder, seine Gestalt hager, aber trotz seines hinfälligen Körpers umwehte ihn ein Hauch von Kraft und Macht. Kerzengrade stand er im vollen Ornat da, angetan mit einem kostbaren, goldgesäumten Mantel, der ihn vor der Kälte schützen sollte. Der einäugige Abt Hanß dagegen, kaum halb so alt wie der Erzbischof, war wohlbeleibt und machte einen krummen und schiefen Buckel in seiner einfachen braunen Kutte. Barfuß allerdings ging er nicht, nicht bei dieser Kälte. Das Auge hatte er, wie die Sage ging, in jungen Jahren im Kampf um die Gunst der Magd Agnes verloren, die die Männer, die um sie buhlten, gegeneinander gehetzt hatte. Während der Genesung bekehrte Hanß sich auf Geheiß der Mutter und leistete das Gelübde der ewigen Keuschheit, um nur noch mit der himmlischen Jungfrau zu verkehren und ihr Treue zu halten. Ihm war es zu verdanken, dass seit vielen Jahren die anderenorts herrschende gewaltsame Feindschaft zwischen den Barfüßern und den Predigern in Köln beigelegt war und die beiden Bettelorden weitgehend in Frieden Seite an Seite leben konnten. Gebe Gott, dass dies so bleiben möge!, wünschte Wilhelm.

»Wer ist der da?«, fragte Abt Hanß, abschätzig die Mundwinkel heruntergezogen und mit dem Finger zeigend. Aus seinem linken Mundwinkel tropfte Sabber. Wilhelm wich unangenehm berührt zurück. Die Stimme von Abt Hanß war erstaunlich tief, wenn er auch bisweilen schrille Obertöne erzeugte.

Die Antwort von Bruder Hermann fiel, während er auch dem Abt die Wange küsste, die dieser allerdings schnell zurückzog, honigsüß aus. »Ehrwürdiger Vater und Herr Abt Hanß, ich verbürge mich für ihn. Er wird sich mit Äußerungen zur Gänze zurückhalten, wie es ihm geziemt, aber unser Treffen bezeugen können.«

Abt Hanß wandte sich an Erzbischof Heinrich. »Haltet Ihr das für nötig, ehrwürdiger Vater und Herr?«

»Für unumgänglich«, knurrte der Gefragte.

Wilhelm schaute verdutzt von einem zum anderen und wäre am liebsten im Boden versunken. Nur Bruder Hermann schien sich wohl zu fühlen.

»Wollt Ihr unsereins verdursten lassen?«, fragte er den Erzbischof vorlaut.

Abt Hanß wehrte ab: »Wollen wir es nicht kurz machen, denn …?«

Der Erzbischof unterbrach allerdings und wollte wohl gastfreundlich wirken, aber es schien Wilhelm, als verberge sich unter seiner Fröhlichkeit etwas anderes, nämlich eine tiefe Traurigkeit. Denn wenn irgendwo in seinem Inneren verborgen auch nur der kleinste Funke wahren Glaubens glühte, musste er doch, fühlte Wilhelm, an dem Abgrund leiden, der sich zwischen seinem Amt und der vom Herrn geforderten Milde auftat. »Warum nicht? Freunde sind uns stets willkommen. Wir brauchen dazu keinen Grund. Dies ist keine Verschwörung, wenn uns jemand fragt.« Der Erzbischof klatschte kurz in die Hände und befahl einem Diener, Wein zu bringen.

Langsam hinter dem mühsam schlurfenden Erzbischof Heinrich hertrippelnd begab man sich an eine Tafel, die mit einer wertvollen schweren Decke aus Damast bedeckt war. Der Erzbischof nahm umständlich auf einem reich mit Gold und Edelsteinen verzierten Thron mit purpurfarbenen dicken Polstern Platz, während den anderen Stühle aus poliertem schwarzem Holz angewiesen wurden, ebenfalls kostbar, aber sie machten sich doch an der Afterpelle unangenehm kalt und hart bemerkbar.

»Es gibt da einen überaus misslichen Umstand«, begann der Erzbischof gebieterisch seinen Stab hochhaltend, nachdem sich alle gesetzt und ein Diener die schweren Stühle an den Tisch gerückt hatten. Er gurgelte die Worte, als würde er ertrinken. »Unsere Goldspeicher sind leer gefegt wie immer, und die Pfennigspfaffen machen uns die Hölle heiß, weil die Leute ihre Oboli und Almosen zu den Bettelorden tragen anstatt zu ihnen. Man fordert lauthals, dass wir eingreifen …«

Als wenn der kein Pfennigspfaffe wäre, dachte Wilhelm, der hinter nichts als dem lieben Geld der Leute her ist und Seelsorge nur gegen klingende Münze gewährt. Aber natürlich schwieg er still, wie es ihm Bruder Hermann bedeutet hatte. Das wäre allerdings nicht nötig gewesen, denn er hätte sich ohnehin nicht getraut, in dieser Runde den Mund aufzutun.

Der Wein, rot wie die funkelndsten Rubine der Welt, wurde aufgetragen, und alle nippten davon. Nein, bei genauerem Hinsehen stellte sich heraus, dass Bruder Hermann einen großen Schluck nahm, während Wilhelm eher so tat, als tränke er. Vornehm handelten nur Erzbischof Heinrich und Abt Hanß.

Der Erzbischof fuhr fort: »Es muss nicht lange erklärt werden, woran das alles liegt, ihr wisst es so gut wie wir. Die Beginen, heute zahlreicher noch als in jenem gottverfluchten –«

»Heinrich!«, ermahnte Abt Hanß empört und vergaß darüber, dass es sich nicht nur um den Erzbischof handelte, der ihm vorgesetzt war, sondern auch um den bedeutend Älteren von beiden.

»Gottverflucht!«, kreischte der Erzbischof trotzig. »In jenem gottverfluchten Jahr des Herrn 1325, als wir gezwungen waren, aufzuräumen unter den Ketzern, die sich unverschämt die ›Brüder und Schwestern des freien Geistes‹ nannten, den Begarden und Beginen –«

Erneut unterbrach der Abt, diesmal aber mit der gebotenen Ehrerbietung: »Gütiger Vater und werter Herr Erzbischof, zügelt Eure hochwohlgeborene Zorneswallung und gesteht zu, dass die Beginen nichts gemein haben mit den Brüdern und Schwestern, die sich ›des freien Geistes‹ heißen.«

»Nichts gemein haben?« Der Erzbischof erhob sich vom Thron und wedelte mit den Fingern vor des Abtes Nase. »Haben sich die Beginen nicht allerorten der Sünde der Unkeuschheit miteinander hingegeben und fleischlich vereinigt, wo sie nur gedachten, es tun zu wollen?«

Der Abt schnappte nach Luft, doch nun griff Bruder Hermann ein. Wilhelm hatte gesehen, wie sich Bruder Hermanns Gesicht mit zunehmender Dauer des Gespräches verfinsterte. Nun zwang er sich, wie Wilhelm vermutete, zu einer heiteren Rede. »Aber, aber, angesehene Väter und Herrn, müssen wir über Vergangenes streiten? Lasset uns anpacken, was Gott uns zu tun aufgibt.«

»Werdet ihr beiden Grünschnäbel, noch nicht ganz trocken hinter den Ohren, uns in unserem ehrwürdigen Alter den Mund verbieten?«, fragte der Erzbischof und wandte seinen Blick vorwurfsvoll von Bruder Hermann zu Abt Hanß und zurück. Er hielt seinen Körper dabei ganz still, aber sein Gesicht geriet in Zuckungen, sämtliche zahlreich vorhandenen Falten und Furchen schienen in Bewegung versetzt worden zu sein. Es dauerte einen Augenblick, bis er sich wieder in der Gewalt hatte. »So dürfen wir denn erneut das Wort an uns nehmen. Die so zahlreichen Beginen wenden sich nicht nur selbst der Seelsorge wegen an die Predigerbrüder ...« Der Erzbischof schaute vorwurfsvoll auf Bruder Hermann. »Sondern sie verführen auch das Volk, nicht bei den Pfarreien der Gemeinden, sondern bei den Bettelorden sich seelsorgerisch betreuen zu lassen; und dorthin fließt also das Geld, das doch den Pfarreien zusteht –«

Abt Hanß gelang es wieder nicht, den Erzbischof ausreden zu lassen. »So großzügig seid Ihr denn nun auch wieder nicht, wie Ihr tut, ehrwürdiger Vater und Herr Erzbischof Heinrich, denn Ihr seid es doch, der bei dem Weltklerus abschöpfen will, um Euren eigenen Geldschrein zu füllen, nur darum sorgt Ihr Euch um deren Einnahmen.«

»Was ist falsch daran?«, fragte der Erzbischof und tat recht unschuldig. »Die Kirche muss stark und vermögend sein, während ihre Diener arm sind, aber um dem Herrn geben zu können, was ihm zusteht, muss die Kirche über die dementsprechenden Mittel verfügen.«

»Geschwätz!«, murmelte der Abt.

Das schrumpelige Gesicht des Erzbischofs lief tiefdunkel an, er öffnete den Mund, sodass zu sehen war, über wie wenige Zähne er noch verfügte; doch er schloss den Mund wieder, ohne etwas zu sagen. Er schluckte und warf den alten, spärlich weiß behaarten Kopf nach hinten. Dann sagte er: »Wir haben das überhört. Macht Euch nicht anheischig, uns maßregeln zu wollen, denn Ihr habt in der schrecklichen Zeit, von der wir soeben zu sprechen uns gezwungen sahen, einigen der Ketzerinnen Zuflucht bei Euch gewährt, Ketzerinnen der so genannten Schwestern des freien Geistes, die fürbass unbehelligt leben konnten. Diese ungeheuerliche Treulosigkeit uns gegenüber haben wir all die Jahre geduldet und demütig getragen als unser Kreuz. Bislang haben wir unsere Augen missgünstig bloß auf die Prediger gerichtet, aber wenn es Euch lieber ist, grad' mit ihnen unseren heiligen Zorn zu erregen, macht nur weiter so, lieber Herr Abt Hanß.«

Wilhelm sah, wie Abt Hanß zunächst die Augenbrauen erschreckt hochzog, dann aber die Augen gefährlich zu Schlitzen werden ließ.

»Was seid Ihr doch, ehrwürdiger Vater und Herr Erzbischof, für eine armselige Gestalt, dass Ihr meint, solcherart mit dem Abt der Minoriten reden zu sollen?

»Der Streit bringt doch nichts«, versuchte Bruder Hermann wieder, Einfluss auf den Gang der Ereignisse zu erlangen. »Überlegen wir besser, was zu tun ist.«

Abt Hanß lehnte sich zurück in seinem Stuhl und schaute Bruder Hermann an. »Was hat das eigentlich für eine Bewandtnis, dass Ihr hier sitzt und Euch, wie es mir deuchen will, gegen die Prediger, Euren eigenen Orden, verschwört?«

Wilhelm erschrak. Erst jetzt wurde ihm bewusst, allerdings nur unbestimmt, woran er hier, wiewohl schweigend, teilnahm. Nein, die lieben Brüder wollte er nie und nimmer verraten. Man sollte schließlich zusammenhalten im Guten wie im Schlechten. Andererseits musste er auch seinem Freund zur Seite stehen. Was führte dieser im Schilde? Der Abt hatte Recht: Warum stimmte er in die Hetze des Erzbischofs wider die Prediger und die Beginen ein? Er sah zu Bruder Hermann hinüber. Er schien mit der Antwort zu zögern.

Der Erzbischof antwortete an Bruder Hermanns Statt: »Es macht uns um ein Vielfaches glaubwürdiger, wenn es einer aus den Reihen der ihren ist, der die Anklage gegen diesen Ketzer Eckhart erhebt. Das Volk wird ihm Glauben schenken, uns nicht.«

»Er will Abt werden«, stellte Hanß mit Abscheu fest. »Er will Bruder Norbert beerben, der, wie zugegeben werden muss, nicht die größte Leuchte unter unsereins ist, aber, soweit ich sehe, tadellos.«

Wilhelm sah, wie der Erzbischof bestätigend lächelte. Oh, was für ein schöner Gedanke, ging es Wilhelm durch den Kopf, wenn mein großherziger Freund wirklich dereinst Abt werden würde! Aber durfte er das auf Kosten der Mitbrüder? War es Recht, das hehre Ziel auf diese Weise zu erreichen? Gar Meister Eckhart war erwähnt worden! Offenbar war Bruder Hermann eingeweiht in ein Vorhaben, von welchem er, Wilhelm, nichts geahnt hatte. Nun erst, verspätet, begann ihm die ganze Tragweite des Gespräches zu dämmern. Er erstarrte, denn er konnte es sich im Augenblick nicht erlauben, darüber nachzudenken, was er davon halten sollte.

»Ehrenwerter Vater und Herr Abt Hanß«, sagte Bruder Hermann mit einschmeichelnder Stimme, nachdem er erneut einen großen Schluck Wein genommen hatte. »Es erfüllt mich mit unendlicher Betrübnis, dass Ihr so schlecht von mir denkt. Aber lasst mich Euch die Lauterkeit meiner Absichten beweisen. So habe ich mich noch unmittelbar, bevor wir zu diesem Treffen uns begaben, der ketzerischen Gedanken des fälschlich verehrten

Bruders Johannes Eckhart vergewissert, den sie den Meister nennen. Bruder Wilhelm hier ist mein Zeuge.«

Wie ohne es zu wollen, nickte Wilhelm zur Bestätigung.

»Bruder Eckhart predigt von der Ewigkeit der Welt«, berichtete Bruder Hermann von der Unterredung, »das aber steht im Widerspruch zur Schrift, die die Welt sowohl als erschaffen bestimmt, nämlich in der Genesis im alten Buch, wie auch als vergänglich, nämlich durch das Jüngste Gericht, von dem der Herr im neuen Buch zu uns spricht.«

»Die Ketzerei der Sarazenen«, bestätigte Abt Hanß. »Dafür seid ihr Prediger ja anfällig. Das stammt aus der Metaphysik des Aristoteles, des ungetauften Philosophen.«

»Erzählt ihm von der Dirne, der dreckigen Begine, die er rippelt!«, rief der Erzbischof erregt Bruder Hermann zu. Wilhelm fand bestätigt, dass der Erzbischof schon ausführlich mit Bruder Hermann über Meister Eckhart geredet haben musste.

»Ja, es gibt da eine Schwester im Konvent der Bela Crieg, Guta mit Namen ...«, begann Bruder Hermann.

Der Erzbischof aber quiekte weiter: »Und das in seinem Alter! Stellt Euch das vor, Herr Abt Hanß, mein Junge, wir bitten Euch. In seinem Alter! Ist das nicht widerlich? Widerlich! Einfach widerlich!«

»Gedenkt, in welchem Alter Abraham nach Gottes ausdrücklichem Willen den Isaac zeugte, wie es in der Schrift berichtet wird«, wandte Abt Hanß ein. »Doch habt Ihr Recht, ehrwürdiger Vater und Herr Erzbischof. Es ist eine Schande für die Kirche. Ist schlecht für das Volk. Es wird zügellos darob, wie Bruder Dirolf zu sagen pflegt. Da muss man wohl einschreiten, wenn es denn wahr ist. Ist es wahr?«

»Darauf sollt Ihr meinen heiligen Eid haben«, sagte Bruder Hermann feierlich. »Schon lange besteht das Ärgernis. Denn es ist bemerkenswert, dass der Meister des Öfteren mit der Begine – hatte ich schon erwähnt, dass sie Guta heißt, Schwester Guta? – auf gemeinsamer Wanderung war. Er hat sie, wie er beteuert, nach Koblenz begleitet, zu ihrer Base, ebenfalls eine Begine; man kennt sie auch hierzulande, denn sie hat Visionen, Mathilde ist ihr Name –«

»Kommt auf den Punkt!«, forderte der Abt.

»Also, das war das Gerede. Aber sie sind so sehr dem Fleische verfallen, dass sie es ... Ich bitte Euch, es ist nicht für zarte Ohren bestimmt wie die Euren –«

»Was meint Ihr, was ich in den Beichten zu hören bekomme?«, fragte der Abt.

»Beichte, ja das ist es. Im Beichtstuhl habe ich sie erwischt, wie sie sich ... wie sie ... wie sie einander beigelegen haben. Das schwöre ich, so wahr mir Gott helfe.«

Wilhelm schüttelte sich. Sollte das geschehen sein? Er hatte den Meister immer für den tugendhaftesten Menschen gehalten, der ihm je begegnet ist. Warum hatte Bruder Hermann es ihm bislang verschwiegen? Vielleicht hat er sich geschämt, dachte Wilhelm. Unkeuschheit mit einer Begine? Was für ein schrecklicher, unverzeihlicher Frevel! Auch wenn wir nicht besser sind und zu den Huren gehen ... Wie konnte Bruder Hermann den Splitter im Auge von Meister Eckhart sehen, nicht jedoch den Balken im eigenen, wie es in der Schrift heißt? Wilhelm schaute beschämt zu Boden.

»Ketzerische Thesen und Abirrung im Lebenswandel«, fasste Abt Hanß zusammen. »Das ergibt eine aussichtsreiche Grundlage für eine Anklage. Ich könnte unseren übereifrigen Bruder Dirolf beauftragen, die entsprechenden Stellen aus dem Werk dieses Eckharts für die Inquisition zusammenzutragen. Er wird das mit Freude besorgen. Sodann ist eine Begine verwickelt, was Euch, ehrwürdiger Vater und Herr Erzbischof Heinrich, vortrefflich in den Kram passen dürfte. Die Anklage der Unkeuschheit wird aus den Reihen der Prediger selbst geführt, nämlich diesem Bruder Hermann, damit ausgeschlossen wird, dass es sich um Missgunst handelt. Die Sache scheint demzufolge hieb- und stichfest zu sein, als sei sie dem Geist des Leibhaftigen entsprungen.«

»Ihr braucht keine sündhaft hochmütige Rede zu führen, Abt Hanß. Denn nur um Euren eigenen armseligen Arsch zu retten, werdet Ihr uns willfahren und nicht etwa eingreifen auf Seiten der Beginen oder der Prediger«, drohte Erzbischof Heinrich.

Bin ich denn umgeben von lauter unehrenhaften Leuten?,

fragte sich Wilhelm betrübt. Dem Barfüßerabt geht es um das eigene Wohlergehen und das seiner Brüder, dem Erzbischof um die Einnahmen, und mein Freund will Abt werden und ist bereit, seinen Meister zu verraten. Mein Freund. Wilhelm kam sich verlassen und verloren vor. Auch ich werde mich entscheiden müssen, ob ich will oder nicht, stellte er mit Schrecken fest. Wenn ich mich überhaupt noch entscheiden kann und nicht schon viel zu sehr verstrickt bin …

»Pah«, machte Abt Hanß. »Eingreifen auf Seiten der Prediger, das ist unsere Sache nicht. Eigentlich. Doch Ihr habt Recht, wenn es um das heilige Prinzip der evangelischen Armut in der Nachfolge unseres Herrn geht, müssen die Bettelorden zusammenstehen … müssten wir … wenn Ihr in Eurer großen Weisheit mir nicht ein so überaus verlockendes Angebot unterbreitet hättet, den einen Bettelorden anzugreifen, um den anderen zu verschonen.«

»Eure Rede ist dunkel«, rügte der Erzbischof ungehalten. »In der Schrift lesen wir aber, Eure Rede sei Ja, Ja oder Nein, Nein und alles andere von Übel.«

»Ja, ja«, bestätigte Abt Hanß mürrisch.

*

Köln, Hosengasse, am Vormittag des 30.1.1327

Nach dem Aufstehen und Waschen buk Demudis einträchtig mit Schwester Lora und Schwester Jutta dunkles Sauerbrot und besorgte die Wäsche. Beides nicht nur für sich, sondern auch für Salomo, den alten Gewandmacher, der bis vor kurzem deren Gildemeister gewesen war, aber nunmehr so hinfällig, dass er der barmherzigen Hilfe der Beginen bedurfte.

Salomo bewohnte noch sein Haus in der Hosengasse. Seine Werkstatt aber verfiel. Seinem erstgeborenen Sohn war es in Köln zu eng geworden, und so hatte er Vater und Mutter verlassen, um in Mailand oder Florenz sein Glück zu machen. Der zweite Sohn hatte sich Fahrensleuten angeschlossen und ward ebenfalls nicht mehr gesehen. Die Töchter waren gut in der Auswahl ihrer Gatten vorgegangen, aber keiner der Schwiegersöhne scherte sich um Salomos kleine Schneiderei, da jeder seinem eigenen Handwerk nachging. Als Salomo zu lahmen begann, hatte seine Frau Liebirath noch dann und wann Flicken für die Nachbarn eingesetzt. Im vorletzten Winter verstarb sie plötzlich, und die Werkstatt verwaiste vollends. Salomo brütete dumpf vor sich hin und wäre wohl verhungert, wenn nicht Demudis ihm zur Hilfe gesandt worden wäre.

Das war sie ihm schuldig. Auf dem Weg von der Stolkgasse, wo sich der Beginenkonvent an der Seite des Predigerklosters zwischen den Häusern der Stuhlmacher befand, in die Hosengasse dachte sie daran. Sie zwängte sich durch die Öffnung in der alten Mauer und kam über die Mariengasse in die Rosengasse, in der sich das Barfüßerkloster befand. Die Häuser wie die Gassen der ganzen Stadt lagen unter einer dichten Schneedecke. Das Dach des linken Flügels des Barfüßerklosters hatte unter der weißen Last etwas nachgegeben. Flüchtig betete Demudis für die Brüder, dass es nicht einstürzen möge. Manchmal meinte sie, es wäre wahrlich leichter, wenn sich der Beginenkonvent den Barfüßern und nicht den Predigern angeschlossen hätte, weil die Barfüßer anders als die Prediger viel weniger Unannehmlichkeiten mit dem ehrwürdigen Vater und Herrn Erzbischof, dem Obolifresser, hatten. Vielleicht bekämen die Barfüßer aber die gleichen Unannehmlichkeiten, wenn sie die Beginen betreuen würden. Denn allzu oft ging es um die Beginen, weil sie dem Weltklerus ein Dorn im Auge waren ... Nein, sie wollte sich ja den Tag nicht verderben lassen und zwang sich, wieder an Salomo zu denken. Sie freute sich auf den Besuch. Wenn er nicht verwirrt war, konnten sie sich dem Schachzabel hingeben, dem Spiel der Sarazenen.

Sie musste ihm so dankbar sein. Dass sie bei den Beginen ein Auskommen gefunden hatte, war sein Verdienst. Demudis blickte sich fröhlich um und betrachtete das bunte Treiben in den Gassen. Einige Leute grüßten sie freundlich, weil sie an ihrer sandfarbenen Tracht unschwer als Begine zu erkennen war. Die Beginen standen bei vielen Leuten in hohem Ansehen, obwohl Demudis auch schon das Gegenteil gehört hatte. Heute aber waren die, die sie traf, ihr wohlgesinnt. Manch einer steckte ihr ein Almosen zu, und sie sprach ein kurzes Gebet.

Sie hatte es so viel besser als früher, trotz der schlimmen Zeit, die sie dafür durchleben musste. Alexander war kein schlechter Mann gewesen, gewiss nicht, sie konnte beim besten Willen keine Klage wider ihn führen. Es ließ sich nicht in Worte fassen. Es war da nur eine große Leere, wenn sie zurückdachte. Alexander war ein tüchtiger Tuchmacher gewesen, genau wie ihr Vater, und sicherlich hätte er genug verdienen können, um eine Familie zu ernähren, wenn sie nur hätte Kinder bekommen können ... Und dann hatte ihr Theoderich Oasterseye, der Geselle von Salomo, Gewalt angetan. Bei der Erinnerung war ihr, als träte sie aus ihrem Körper heraus und betrachte sich selbst, wie sie da, blutverschmiert, in der Werkstatt gelegen hatte. Warum war sie dort gewesen? Sie wusste es nicht mehr. Wahrscheinlich hatte sie ein Kleid abholen wollen. Theoderich Oasterseye hatte gemeint, der Herr sei auf dem Tuchmarkt, aber Salomo war umgekehrt, weil er seinen Beutel mit Münzen vergessen hatte. Nur so war es möglich gewesen, die Schuld von Theoderich Oasterseye unzweifelhaft zu bezeugen.

Als ihr Gatte Alexander von der Schändung erfuhr, geriet er außer sich. Demudis hatte nie etwas Ähnliches gesehen, und sie wünschte sich, dass dies so bliebe. Er wollte für ihre Ehre einstehen, und das sollte sie ihm hoch anrechnen, aber er war Theoderich Oasterseye nicht gewachsen gewesen und musste im Kampfe, der sonder Frage offen und gerecht gewesen war, sein Leben lassen. Salomo aber hieß die Gilde der Gewandmacher, für Demudis die Stiftung an den Beginenkonvent der Bela Crieg in der Stolkgasse aufzubringen, um die Schmach von den Gildebrüdern abzuwenden, die Theoderich Oasterseye über sie gebracht hatte, während die Schöffen ihn auf ewig aus Köln verbannten.

Die Erinnerungen drohten Demudis zu überwältigen. Ihre Sinne versagten ihr den Dienst. Sie torkelte und stürzte in eine tiefe Schneewehe. Jemand fing sie auf.

»Ergeht es Euch nicht wohl, ehrwürdige Schwester?«, fragte der Bursche.

Ein Bursche. Demudis zuckte zusammen, raffte ihren Umhang, um geschwind von dannen zu kommen. Keinen Dank. Keinen Gruß. Nur weg. Undeutlich vernahm sie noch, wie der Bursche ihr etwas über die stadtbekannte Unverschämtheit der Beginen nachrief und den Spottvers anstimmte:

»Beginen, Beginen,
nicht so heilig, als sie schienen.«

So schnell lief sie, dass die Schneeflocken nur so um sie her stieben. Durch die Herzogstraße, die Schildergasse kurz runter, dann an Sankt Agatha rauf, und schon war sie dort. In Sicherheit. Bei Salomo würde sie in Sicherheit sein.

Demudis drückte die Pforte auf, die nicht mehr richtig schloss. Eine Angel war entzweigegangen. Sie muss gerichtet werden, dachte Demudis, es dringt zu viel Kälte ein. Räuber würden sich hier nicht schadlos halten, denn es gab nichts mehr von Wert. Sie sollte mit Magistra Sela darüber sprechen. Vielleicht könnten sie ein wenig von den Almosen erübrigen, um bei einem Schmied eine neue Angel machen zu lassen. Anbringen könnte sie sie mit Schwester Godelivis. Die war stark genug dazu.

Die Stufen zu Salomos Stube knarrten. Demudis warf einen flüchtigen Blick in die ebenerdige Werkstatt. Die Tür zur Stube stand offen. Es war ein Jammer. Warum eigentlich sollten wir Salomo nicht fragen, ob Schwester Angela mit ihren geschickten Händen hier arbeiten dürfe?, fragte sich Demudis. Zuerst aber musste sie sich vergewissern, ob Schwester Angela dies überhaupt wollte und ob Magistra Sela es erlaubte.

Salomos Stube war kalt. Das Feuer, das sie von unten in der Küche erwärmte, glomm wohl kaum noch. Aber Salomo war in bester Verfassung. Demudis begrüßte ihn und stieg wieder hinunter. Sie heizte zuerst das Feuer tüchtig ein. Dann holte sie einen Eimer voll Schnee und stellte ihn neben das Feuer, damit er schmolz. Salomo hatte einen Brunnen hinter dem Haus, doch er war zugefroren. Sie packte das Brot aus, das sie mitgebracht hatte, und bereitete ihm ein Mahl. Ein wenig Käse, das wusste sie, war von gestern noch übrig. Seiner schlechten Zähne wegen schnitt sie winzig kleine Stückchen. Etwas von dem geschmolzenen Schnee schöpfte Demudis in einen Krug, den sie auf den Herd stellte. Mit dem Brot in der einen und dem Eimer Wasser in der anderen Hand kehrte sie zu Salomo zurück. Sie reichte ihm das Brot. Mit dem Wasser im Eimer wusch sie ihm die Füße und half ihm dann, sich frisch einzukleiden. Sie nahm sein Nachtgeschirr, das er, weil er nicht mehr die Treppe hinunter- und hinaufkam, auch tagsüber benutzte, und leerte es in der Grube neben dem Brunnen. Sie sah, dass sie dem Schyssfeger Bescheid geben musste, das »braune Gold«, wie es genannt wurde, mit der nächsten Nachtkarre abzuholen. Auf dem Weg zurück zu Salomo brachte sie aus der Küche das heiße Wasser mit nach oben. Aus ihrer Tasche im Kleid nahm sie ein kleines Fläschchen mit Theriak. Bruder Ansgar, der Physikus der Prediger, hatte es ihr gegeben, denn er meinte, es gäbe nichts Besseres zur Stärkung des allgemeinen Befindens als eben diese Arznei. Fünf Tropfen zählte sie in den Krug und hieß Salomo, das Wasser zu trinken. Schwester Lora, die sich damit auskannte, hatte ihr eingeschärft, dass nichts nötiger für die Alten sei, als genügend Wasser zu sich zu nehmen, damit sie nicht vertrockneten.

Nachdem sie ihm den Haushalt gerichtet hatte, setzten sie sich zum Zabel. Es war wichtig, dabei nicht ein Wort zu sprechen. Demudis genoss diese Zeit mit Salomo. Heute war sein Geist gewandt. Gleichwohl gelang es ihr, seinen König mit ihren Bischöfen und ihrer Königin einzukreisen und zu Fall zu bringen. Wenn sie gewann, dann mit den Bischöfen. Sie bewunderte die Figuren aus Elfenbein, die die Bischöfe in vollem Ornat zu Pferde zeigte, umgeben von fünf Pfaffen und vierzehn Rittern am Sockel. Obwohl die Figuren eindeutig Bischöfe waren, nannte Salomo sie hartnäckig »Richter«. Es war der wahrscheinlich einzige Überfluss, den sich Salomo je in seinem Leben erlaubt hatte, als er vor etlichen Jahren einem fahrenden Händler das wertvolle Schachzabel abkaufte.

Salomo schaute auf seinen geschlagenen weißen König hinunter und schüttelte den Kopf. Dann hob er den Blick und sah Demudis lange an. Sie fühlte, wie stolz er auf sie war.

Doch dann senkte sich Betrübnis auf sein Gesicht, und sie konnte es sich nicht erklären.

»Was habt Ihr, Salomo?«, fragte Demudis unsicher.

»Weißt du was, Schwester«, antwortete er und lehnte sich zurück, »Pfarrer Ottokar sieht ab und zu vorbei und schaut, ob ich noch am Leben bin oder ob er schon ein Geschäft mit meiner Beerdigung machen kann.«

»Das ist sehr ungehörig von ihm«, sagte Demudis scharf. Sie fühlte, wie die Hitze des Zorns in ihr aufstieg und ganz von ihrem Körper Besitz ergriff. »Man wartet nicht auf den Tod von jemandem und hofft auf ein Geschäft!«

»Na, na«, beschwichtigte Salomo nachdenklich. »Der Sensenmann klopft schon bei mir an. Du weißt das, ich weiß das, und er weiß das. Er muss auch sehen, wo er bleibt ... Es ergeht ihm nicht wohl, hat wenig einzunehmen derzeit, die Leute sparen an der Seelsorge in diesen harten Zeiten.«

»Recht geschieht es ihm!«, zischte Demudis. »Ihn soll der Teufel holen, den Pfennigspfaffen, der aufs Gold schielt, statt sich den Seelen zu widmen.«

»Er ist ein heiliger Mann«, beharrte Salomo, »und ich freue mich, dass er für mich die Messe lesen wird.«

Demudis spuckte verächtlich auf den Boden. Dann sprang sie auf und rief: »Das nennt Ihr heilig? Strengt Euren Kopf an! Wenn Ihr heilige Männer sucht, sucht bei den Predigern!«

»Ja, ja«, sagte Salomo, aber Demudis merkte schnell, dass es keine Zustimmung war. »Es gibt Gerede über sie und die Beginen, übel riechendes Geschwätz.«

»Woher wollt Ihr das wissen? Ihr tut keinen Schritt aus dem Haus und redet mit niemandem!«, wehrte Demudis ab.

»Manch alter Genosse steckt hin und wieder den Kopf herein«, belehrte Salomo sie. »Außerdem höre ich die Wände reden. Es liegt in der Luft.«

»Und Ihr schenkt dem Geschwätz, wie Ihr es nennt, Gehör?«

Demudis war verletzt. »Was ist mit mir? Sorge ich nicht gut für Euch?«

Salomo schüttelte verwirrt den Kopf. »Bitte, denk das nicht! Aber Pfarrer Ottokar sagt ...«

Demudis stand noch immer. Wie kann ich ihn nur zur Vernunft bringen, den störrischen Alten?, überlegte sie. Sie wandte sich zum Gehen und sagte scharf über die Schulter: »Ihr könnt wählen zwischen Ottokar, der nichts sehnlichster erwartet als Euren Tod, und mir, die ich Euer Leben pflege ...«

»Wählen?«, stammelte der Greis verzweifelt.

Demudis machte kehrt, hockte sich vor ihn und nahm seine Hände in die ihren. Sie blickte ihm fest in die Augen und versuchte, ihrer Erregung Herr zu werden und ganz sanft zu sprechen. »Ich werde Euch einen Prediger senden, bei dem Ihr beichten könnt. Und wenn Ihr vom Herrn dereinst abberufen werdet, werden die Prediger Euch beerdigen und für Euch beten. Ihr könntet keine bessere Wahl treffen.«

Salomo nickte schwach.

*

Köln, Predigerkloster, am Nachmittag des 31.1.1327

Wilhelm saß an seinem Pult im Scriptorium und überlegte, wie er es anpacken sollte, den Auftrag von Bruder Hermann auszuführen.

Der neue Tag hatte begonnen wie stets. Und doch war etwas anders geworden seit der gestrigen Unterredung mit Erzbischof Heinrich sowie Abt Hanß von den Barfüßern. Wilhelm schauderte. Er konnte es immer noch nicht fassen, dass in dem ehrwürdigen Meister Eckhart ein widerlicher Lüstling sich verborgen hielt. Aufmerksam hatte er dessen Gesicht studiert. Langsam vermochte er die Fratze hinter dem unschuldigen Schein zu sehen. Es gab keine Frage mehr, wie er sich entscheiden musste, nämlich zugunsten seines Freundes. Was sonst hieße Freundschaft? Er stellte sich vor, wie die begehrenswerte Begine mit den prallen glutroten Lippen die tief zerfurchte Stirn des Meisters berührte, mit ihren feinen elfenbeinfarbenen Fingern durch sein schütteres, zerzaustes weißes Haar strich und seinen krausen Bart kraulte. (Was nahm er sich eigentlich heraus, einen Bart zu tragen, obgleich er doch Mönch war!, erboste sich Wilhelm.) Wie die Hand über die Kutte glitt und den Weg zwischen seine Schenkel suchte.

Versonnen spielte Wilhelm mit der Feder, bis er bemerkte, dass sich die Tinte in seine linke Handfläche ergoss. Es war ihm peinlich, und er wischte sich, ohne nachzudenken, über die Kutte, deren Weiß nun auch befleckt wurde. Wilhelm lief rot an.

»Unser Denker!«, rief Bruder Hinkmar fröhlich vom Pult nebenan. »Schaut mal, Brüder, so hat er sich in den Herrn versenkt, dass er nicht einmal bemerkt, wie er sich versaut.«

»Das nenne ich wahre Heiligkeit«, bestätigte Bruder Frulof höhnisch.

Wilhelm tat, als hörte er den Spott nicht, und zwang sich, auf das Pergament zu blicken.

Bruder Hermann hatte ihm bedeutet, eine Predigt in Diutisch zu verfassen, mit der er, Bruder Hermann, den Gläubigen von Köln die Verwerflichkeit des Meisters und der Beginen würde kundtun können.

Wie sollte er beginnen?

Wilhelm fiel eine der unvergleichlichen Predigten ein, die er einmal von Meister Eckhart vernommen hatte. Die ging von dem Schriftwort aus: »Darin ist erschienen die Liebe Gottes unter uns, dass Gott seinen eingeborenen Sohn gesandt hat in die Welt, damit wir durch ihn leben sollen.«

Wilhelm schaute sich um. Er wusste, wie neugierig die Brüder waren. »Pass auf, dass niemand davon erfährt«, hatte ihm Bruder Hermann eingeschärft. Wilhelm beschloss, um die Geheimhaltung zu gewährleisten, so vorzugehen, dass das Schriftbild aussehen würde, als würde man es im Spiegel betrachten. Das fiel ihm nicht schwer. Er konnte es sich nicht erklären, aber als er das Schreiben gelernt hatte, wollte er stets die falsche, die linke Hand benutzen, was natürlich unmöglich war. Zu Recht hatte ihn sein Lehrer, Bruder Giselbert von den Aachener Barfüßern, dafür gezüchtigt, vielmehr nicht ihn, sondern seinen Körper, damit dieser seinem Geist gehorchen möge. Als er dann den Griffel in die richtige, die rechte Hand genommen und die Buchstaben in die Wachstafel geritzt hatte, so tat er dies in der Art, dass sie spiegelverkehrt waren. Es hatte lange gedauert, bis er die angemessene Schreibweise lernte. Gleichwohl konnte er, wann immer er wollte, zu der alten schlechten Gewohnheit zurückkehren. Nun erwies es sich als Gabe! Niemand würde herausbekommen können, was er da niederlegte. Alles würde ein Geheimnis bleiben. Die Weisheit der göttlichen Vorsehung war wahrhaft unerschöpflich.

Wilhelm begann, indem er an die Predigt anknüpfte, die er letztens vom Meister gehört hatte. »Wenn nun ein reicher König wäre, der eine schöne Tochter hätte, die er eines armen Mannes Sohne zur Frau gäbe, würden alle, die zu seinem Geschlechte gehörten, davon erhöht und gewürdigt.«

Ich kann es wie der Meister selbst, dachte Wilhelm nach diesen ersten Worten freudig und schrieb weiter: »Nun spricht der Meister: Gott ist Mensch geworden, davon ist das ganze Menschengeschlecht erhöht und gewürdigt worden. Darum mögen wir uns wohl freuen, dass Christus, unser Bruder, aus eigener Kraft über alle Chöre der Engel aufgefahren ist und zur rechten Hand des Vaters sitzt. Der Meister spricht wahr. Aber was hülfe es mir, hätte ich einen Bruder, der ein reicher Mann wäre, aber ich bliebe darüber ein armer Mann? Was hülfe es mir, hätte ich einen Bruder, der ein weiser Mann wäre, aber ich bliebe darüber ein Tor?«

Wilhelm geriet in Eifer. »Ich sage anderes und was darüber hinaus geht: Gott ist nicht allein Mensch geworden, sondern mehr: Er hat menschliche Natur angenommen.«

Er hielt inne. So weit, so gut. Das hatte er ja so oder so ähnlich vom Meister selbst vernommen. Wie sollte er nun den Zusammenhang knüpfen, um seine Aufgabe zu erfüllen? »Aber ich sage wahrheitsgetreu.« Indem er die Formulierung niederschrieb, die der Meister so gern gebrauchte, fühlte sich Wilhelm stark.

Er schrieb: »Wenn Er unsere Natur angenommen hat, müssen wir seine Natur annehmen, um nicht arm und töricht zu bleiben, sondern wie Er reich und weise zu werden. Und das wisst ihr mit großer Bestimmtheit, dass Er wie auch seine selige Mutter Maria sein ganzes Leben als Mensch über in Keuschheit und Gehorsamkeit seinem Vater gegenüber verbracht hat.«

Wilhelm sah sich in die Fußstapfen des Meisters treten und schrieb wieder, wie er es so oft beim Meister gehört hatte: »Ich sage anderes und Schwierigeres.«

Die Gedanken flogen ihm mit großer Leichtigkeit zu. »Wenn wir also unkeusch werden, so verleugnen wir Gottes Natur, die die Natur des Menschen geworden ist. Die Natur aber zu verlieren, bedeutet den Tod. Ihr habt richtig gehört: den Tod. Ihr alle vernehmt die tödliche Kälte, die Gott da draußen gegen uns wüten lässt, weil wir erlauben, wie in unserer Mitte die Keuschheit mit Füßen getreten wird. Das aber sind, wie kein Zweifel aufkommen kann, die kupplerischen und schwatzhaften Beginen, die sich anheischig machen, zu leben wie die Nonnen, es aber nicht sind. Was meint ihr, was herauskommt, wenn der Löwe wollte wie eine Taube sein? Wenn der Wolf meinte, ein Lamm zu sein? So aber halten sie es …«

Wilhelm war zufrieden. Er schrieb und schrieb und vergaß alles um sich herum. Er verfasste eine Predigt, die ihm wie der brennende Busch selbst vorkam, wie das Donnergrollen des Rächergottes. Er sah das Volk vor sich, wie es andächtig den Worten von Bruder Hermann lauschen und sich erheben würde, um das Unrecht aus ihrer Mitte zu tilgen und dem Frühling zu erlauben, zu kommen und die Kälte abzulösen.

*

Köln, vor St. Ursula, am frühen Vormittag des 3.2.1327

Als der reich gekleidete Mann aus der Kirche St. Ursula, gleich hinter dem Predigerkloster, trat und einige Pfennige aus seinem Beutel nahm, streckte Angela rasch ihre frostgeplagten Hände aus und fing geschickt die Münzen auf, die wohl eigentlich für den Lahmen bestimmt waren, der vor Kälte bibbernd im Schnee hockte und dumpf vor sich hin stierte.

»Für eine heilige Jungfrau gebe ich gern. Bitte, betet nur fleißig für unser Seelenheil«, sagte der Mann.

»Das tun wir mit Inbrunst«, beteuerte Angela fröhlich. »Und wir müssen es, da die Pfennigspfaffen es versäumen.«

Der Mann wendete sich an sein Weib. »Ja. Kommt es dir nicht auch oft so vor, dass unser Pfarrer Franz auf dem Ohr Gottes ziemlich taub ist?«

»Du sagst es«, bestätigte sie.

»Geht doch wie wir zu den Predigern«, hakte Angela schnell ein. »Sie haben immer ein offenes Ohr.«

»Und einen offenen Geldbeutel«, murmelte der Lahme.

Der reich gekleidete Mann hatte es anscheinend nicht gehört oder beachtete es nicht, jedenfalls sagte er zu seinem Weibe: »Wir werden es gnädig erwägen.« Dann gingen die beiden.

Angela aber spürte, es sei doch wohl ein Unrecht, dass sie, die zwei starke und gesunde Hände hatte, um damit zu arbeiten, den anderen Bettlern, den Lahmen, den Blinden und den Kranken, die Almosen vor der Nase wegschnappte. Sie reichte die Pfennige weiter an den Lahmen.

»Vergelt's Euch Gott«, sagte er und lächelte selig.

Darauf achtete Angela nicht, denn sie sah einen jungen Burschen, den sie vor dieser Kirche schon öfter getroffen hatte. Er hatte sich ihr stets genähert, um ihr und niemand anderem ein paar Pfennige zu geben. Sie verfolgte ihn mit den Augen. Doch heute machte er einen weiten Bogen um sie herum. Sie spürte einen Stich im Herzen.

Als hätte sie ihn mit ihren Blicken gefangen genommen, kehrte der Bursche zurück. Er stellte sich vor sie und wurde rot. Angela sah, wie Schweißperlen auf seine Stirn traten. Ach, wie liebreizend er doch ist!, schmachtete sie. Der Bursche war nicht größer als sie, oder vielmehr war sie fast so groß wie er.

»Verzeiht, ehrwürdige Schwester«, sagte er. »Ich habe nichts mehr, was ich mein Eigen nenne.«

»Euer guter Wille und dass Ihr meiner gedacht habt«, sagte Angela artig, »soll mir dann Lohn genug sein.«

»Ihr müsst wissen, ich bin Schuster«, sagte der Bursche und

kratzte sich verlegen am Kopf. »Zwar braucht in diesen ach so garstigen Zeiten der Kälte jeder gutes Schuhwerk, aber keiner kann es bezahlen.«

»Wie schade«, sagte Angela und machte einige Schritte auf den Burschen zu. Dabei musste sie vorsichtig über den Lahmen am Boden steigen. »Und welcher Art verfahrt Ihr nunmehr?«

»Na ja«, antwortete der Schuster und machte nun auch einen Schritt. »Ich kann die armen Leute ja nicht mit löchrigen Schuhen herumlaufen lassen, wo Wind, Kälte und Schnee ungehindert durchdringen.«

»Ihr helft für Gotteslohn aus, wenn Not herrscht?«, fragte Angela beeindruckt. Langsam schlenderten sie jetzt Seite an Seite auf den Hundsrücken zu.

»Manches Mal ja, manches Mal nein«, antwortete er.

»Wie entscheidet Ihr das?«

»Ob jemand ...« Der Schuster zögerte und schien zu überlegen. »Ob mir jemand gefällt oder nicht. Ein guter Christ ist.«

Angela sah den Schuster von der Seite an. Er hatte ein weiches Gesicht, ebenmäßig und hell. Kräftiges braunes Haar zierte seinen Kopf, und sie vermutete breite Schultern unter seinem Kleid. Er gefiel ihr. »Wie heißt Ihr?«, fragte sie.

»Michel.«

»Ich bin Schwester Angela aus dem Konvent der Bela Crieg in der Stolkgasse.«

»Ah, darum seid Ihr immer ... vor St. Ursula.«

»Das ist die nächstliegende Kirche. Ihr habt mich dort bemerkt? Wie schön!«

Michel antwortete nicht, sondern bekam rote Flecken am Hals.

Angela lachte, als sie es bemerkte. »Warum geht Ihr nach St. Ursula? Wo seid Ihr her?«

Michel wurde traurig. »Meine Mutter ist ... nein, kam von dort.«

»Sie ist heimgegangen?«

»Vor zwei Monaten.« Michel sah betroffen zu Boden.

»Das tut mir Leid«, sagte Angela.

Michel schaute wieder auf, ihr direkt ins Gesicht. »Meine Werkstatt ist in der Filzgasse.«

Angela blickte sich um. Sie gingen durch die Wurpilpforte auf die Armenstraße. Am Berlich würden sie links abbiegen, um in die Filzgasse zu kommen. Michel musste ein armer Flickschuster sein.

Ein Schneeball traf Angelas Umhang. Sie drehte sich um und sah einen Haufen junger Burschen und Mägde, die weiter mit Schneebällen warfen, während sie im Chor riefen:

Beginen, Beginen,
nicht so heilig, als sie schienen.
Kommt da Schwester Irmeltrut,
die trägt auch einen Schelmenhut.
Beginen, Beginen,
nicht so heilig, als sie schienen.
Fängt das Schelmenbein zu jucken an,
ist sie jetzt mit Bücken dran.
Beginen, Beginen,
nicht so heilig, als sie schienen.
Beine breit und Kopf ganz leer,
Jungfräulichkeit ist gar nicht schwer.
Beginen, Beginen,
nicht so heilig, als sie schienen.

Angela blickte Michel verstohlen an. Er machte ein verlegenes Gesicht, und Angela wusste eine Weile nicht, was sie sagen sollte. Schließlich waren Michel und sie außer Reichweite des derben Haufens.

»Habt Ihr keinen Herrn?«, fragte Angela dann, weil er von seiner Werkstatt gesprochen hatte, ihr aber zu jung dafür aussah, schon Meister zu sein.

»Mein Vater ...«, stammelte Michel. »Der war mein Herr. Er ist schon vor Mutter zum Herrn abberufen worden.«

»Dann seid Ihr jetzt ganz allein?«

»Ja«, bestätigte Michel.

Er hat also kein Eheweib, dachte Angela beruhigt.

Als ob er es gehört hätte, sagte er: »Mit den Weibern fällt es mir nicht leicht.«

»Warum?«, fragte Angela. »Das verstehe ich nicht.«

Michel wurde böse. »Warum versteht Ihr das nicht? Was gibt es da zu verstehen, nein, also nicht zu verstehen?«

»Ihr habt eine Werkstatt«, stellte Angela fest. »Und seht ... hm«, sie suchte nach dem rechten Wort, »... stattlich aus. Das müsste doch ein gutes Weib anziehen.«

Sie gingen eine Weile schweigend nebeneinander, bis Michel erklärte: »Mutter ... hätte wohl keine gefallen.«

Angela lachte und sagte nichts.

In der Werkstatt angekommen, ließ sie sich die Gerätschaften und die Lederflicken zeigen. Sehnsüchtig betrachtete sie alles. Gerne hätte sie sich hingehockt und mit Michel zusammen die löchrigen Schuhe geflickt, die überall herumstanden. Ihr verstorbener Mann war Schuster gewesen. Der Geselle hatte Angela ausgezahlt und die Werkstatt übernommen, weil Angelas Können nicht ausreichte. Ihr fiel es leichter zu nähen, was ihr ihre Mutter beigebracht hatte, doch dachte sie, es würde zur Flickschusterei genügen. Die Glut im Kamin war gut angefeuert und knisterte schön.

»Es ist so herrlich warm«, lobte Angela.

»Mutter hatte es gern so«, antwortete Michel und wurde wieder rot.

»Schau, dort«, sagte Angela und zeigte in den hinteren Winkel der Werkstatt.

Sie ging hin, und er folgte ihr. Sanft strich sie Michel über das weiche Haar und die vollen Wangen.

Es muss also geschehen, dachte sie. Er ist so jung, er könnte mein Sohn sein. Vielleicht macht gerade das es ihm leichter.

Michel hielt ganz still, als sie ihre Hände an seinem Kleid herabgleiten ließ, und bewegte sich nicht.

Angelas linke Hand suchte ihren Weg unter sein Kleid und wanderte wieder hinauf. Sie fühlte, wie behaart seine Beine waren. Er wird schön stark sein, dachte sie, stärker, als sein Gesicht es verspricht. Mit der anderen Hand nahm sie die seine und legte sie auf ihre Hüfte. Sie näherte sich seinem Kopf und berührte seine Lippen mit ihren. Sie spürte, wie Leben in seine Hand kam. Die Hand glitt nach oben und drückte ihre Tutten. Angela bedeckte sein Gesicht mit leidenschaftlichen Küssen. Die Hand unter seinem Kleid legte sie auf seinen Hintern und zog ihn fest an sich heran. Seine Hand ließ von ihrer Brust ab, und er legte den Arm um sie, um ihre Umarmung zu erwidern. Sie raffte mit der rechten Hand ihr Kleid, sodass es zwischen ihren eng umschlungenen Leibern eingeklemmt und festgehalten wurde. Das Gleiche tat sie mit seinem und wies seinem erhobenen elften Finger mit der linken Hand den Weg. Sie lehnte sich an die Wand. Ein Haken, der dort herausragte, drückte sie, und sie rückte mit der Schulter zur Seite. Michels Bewegungen waren Angela nicht unangenehm. Es war wie stets, dachte sie, bis zum Kuss konnte sie es nicht abwarten, und danach war es ihr einerlei. Sie erhaschte einen Blick auf sein Gesicht und dachte: Ich tue ein gutes Werk. Es ist schon das zweite gute Werk heute. Aber für den Empfang meines himmlischen Bräutigams muss ich meinen Schoß besser bereiten.

Michel erlaubte sich ein leises Stöhnen, und Angela strich ihm wieder durchs Haar, als es an der Tür polterte. Jemand streckte den Kopf herein.

»Oh, ich sehe, ich komme zur unrechten Zeit«, sagte der Mann.

Dann sagte er: »Die Beginen«, schüttelte den Kopf und ging wieder.

Auch Angela wandte sich zum Gehen.

»Werdet Ihr … wiederkehren?«, fragte Michel bang.

»Nein«, sagte Angela bestimmt.

*

Köln, Barfüßerkloster, am Vormittag des 3.2.1327

Es war bei der Wandlung von Brot und Wein in den Leib und das Blut Christi, dass Hanß das Unrecht deutlich zu Bewusstsein kam, an dem er mitzuwirken sich hatte hinreißen lassen. Er schmeckte nämlich nicht die Süße des Herrn, sondern bloß fades Brot und schalen Wein. Das war immer das untrügliche Zeichen dafür, dass etwas nicht stimmte. Er beendete die Messe, indem er die Worte sprach, die jede Bedeutung verloren zu haben schienen. Hatte er sich doch vom Erzbischof erpressen lassen, sich wider sein Gewissen an der Verschwörung gegen Meister Eckhart und die Beginen zu beteiligen. Der Herr aber verlangte Milde auch den Irrtümern gegenüber, die Eckhart unzweifelhaft begangen hatte und weiter begehen würde. Anstatt sich zu besinnen und der Erpressung durch den Erzbischof mannhaft zu widerstehen, hatte er wie ein von Wein und Bier benebelter Trunkenbold Bruder Dirolf und nebst ihm Bruder Agelomus damit beauftragt, die Anklage gegen Meister Eckhart vorzubereiten. Warum allerdings musste Meister Eckhart derart unchristliche Thesen verbreiten? Ja, es war richtig, ihn in die Schranken zu weisen! Wie nur konnte das geschehen, ohne in die dunklen Machenschaften des Erzbischofs verstrickt zu werden? Hanß sah keinen Ausweg.

Er beschloss, bar jeden Verzuges sich zur Reise zu gürten und nach Mainz, dieser goldenen Stadt, zu ziehen. Er würde beim ehrwürdigen Vater Erzbischof Matthias beichten. Er hatte ihn kennen gelernt, kurz nachdem er vor zwei Wintern zum Abt gewählt worden war. Der Orden hatte ihn zur Versammlung nach Mainz entsandt, der Erzbischof Matthias vorsaß. Zu ihm konnte er aufschauen, denn er vereinigte Weisheit und Güte, ganz anders als Heinrich II. von Virneburg in Köln. Hanß erinnerte sich daran, wie er zum Abt geworden war. Erzbischof Heinrich wütete hasserfüllt unter den Frommen, als sei er ein angestochener Sarazene. Gram übermannte Hanß, weil ihm in den Sinn kam, wie er über die guten Brüder und Schwestern des freien Geistes vor dem Erzbischof gesprochen hatte. Es war gefährlich, sich zu ihnen zu bekennen. Er hatte sie verleugnet wie der Apostel den Herrn. Es war eine Schande, eine Schmach der Feigheit, sich selbst zugefügt … Ellikint und Mentha. Beide ähnelten seiner Mutter, die eine in jüngeren, die andere in späteren Jahren. Hanß musste das

Bild seiner Mutter verscheuchen. Zwei, Ellikint und Mentha, hatte er retten können, mehr nicht. Immerhin, jede einzelne christliche Seele wog mehr als alles Gold der Welt. Ellikint war Hurenmutter geworden, sei's drum, jedenfalls lebte sie, und Mentha Begine im Konvent der Bela Crieg bei dem Predigerkloster. Gerührt von seinem Mut, den er im Dienste des Herrn und ungeachtet der Gefahr schärfster Bestrafung durch den Erzbischof gezeigt hatte, hatten die Brüder ihn zum Abt erwählt. Damals war ich noch mutig, dachte Hanß zerknirscht, aber heute? Heute muss ich für die Brüder sorgen, und alle guten Geister haben mich verlassen. Bruder Dirolf und Bruder Agelomus bereiten die Anklage gegen den Meister der Prediger vor, der in vielerlei Hinsicht nichts anderes sagt als die Brüder und Schwestern des freien Geistes, nur ein wenig vorsichtiger: nämlich dass der gute Christ, ganz eins mit dem Herrn, nicht fehlen kann und sich in dessen Werken, mögen sie auch den anderen als böse oder schlecht erscheinen, der blanke und reine Wille Gottes ausdrückt. Aber musste er denn, um zu diesem überaus lauteren Ergebnis zu kommen, die ganzen hässlichen Werke der ungetauften Philosophen lesen? Er wischte die Gedanken beiseite.

Hanß bestimmte, dass ihn wie gewöhnlich Bruder Dudo begleiten möge. Bruder Dudo war schweigsam und verlässlich. Er und Hanß verstanden sich, ohne viele Worte wechseln zu müssen. Sie kleideten sich warm ein, um gegen die Kälte gewappnet zu sein, aber Hanß achtete streng darauf, dass er keine Zeichen seiner Würde trug. Stets wanderte er wie der Geringste unter den Brüdern. Bruder Dudo hatte Anweisung, dass er Hanß vor anderen nie mit Herrn Abt titulieren, sondern einfach als Bruder ansprechen sollte. Manchmal wünschte sich Hanß, dass er wieder nichts anderes als ein einfacher Barfüßer sein könnte, der seinem Herrn diente und den die Händel der Welt nichts angingen.

Sie würden ein gutes Stück Weges über den zugefrorenen Rhein gehen können, zumindest bis Koblenz, soweit er gehört hatte. In Koblenz würden sie bei Schwester Mathilde Halt machen. Sie war eine wahrhaft heilige Begine. Hanß freute sich auf das Wiedersehen mit ihr.

Noch am Vormittag des Tages nach Mariä Lichtmess brachen sie auf.

*

Köln, Beginenkonvent der Bela Crieg,
am späten Vormittag des 3.2.1327

Angela kehrte beschwingt in die Stolkgasse zurück, denn sie hatte die Anfeindungen vergessen, denen sie als Begine auf der Armenstraße ausgesetzt gewesen war. Sie brachte zwar keine Almosen mit, aber zwei gute Werke, von denen sie jedoch eines, wie sie beschloss, lieber für sich behalten und erst bei der Beichte Hechard offenbaren würde. Michel ist überaus nett, dachte sie, trat in die Stube und platzte wohl mitten in eine Disputation der Schwestern.

»Drei Personen in Gott«, hörte Angela Schwester Beatrix sagen, die sich mit der linken Hand nachdenklich über den Mund wischte, »das ist doch ganz einfach: Wir sind auch zwölf Schwestern und bilden zusammen einen Konvent. Derart bilden die drei göttlichen Personen gemeinsam den einen Gott.«

»So ein Widersinn!«, schimpfte Schwester Mentha mit ihrer dunklen Stimme. »Mit den drei Namen verhält es sich so, wie dass du ein Weib bist, dass du eine Begine bist und dass du ... hm ... warte mal, was von Geld verstehst. So ist der Vater streng, der Sohn weise und der Heilige Geist gütig.«

»Der Vater ist weise«, warf Schwester Godelivis ein. »Und die Mutter Maria ist gütig.«

»Maria, die gebenedeite Jungfrau, ist die Mutter«, erklärte Schwester Mentha, immer noch mit ärgerlichem Unterton. »Sie ist gar nicht Teil der Heiligen Dreifaltigkeit.«

»Vielleicht doch«, meldete sich Schwester Guta zu Wort. »Hechard sagt, dass ›Weib‹ das Höchste sei, was man von einem Menschen aussagen könnte, weil nach der jungfräulichen Reinheit die Fruchtbarkeit hinzukommen muss. Und das trifft auf Jesus zu, also kommt ihm auch der Name ›Weib‹ zu.«

»Das ist ja gotteslästerlich!«, ließ sich Schwester Hardrun schrill vernehmen. »Wisst ihr nicht, dass der ehrwürdige Vater und Herr Erzbischof Heinrich den Beginen und allen anderen frommen Weibern verboten hat, über Dinge zu disputieren, die sie nicht verstehen können, weil sie keine Lehrer der heiligen Theologie sind?«

»Ich grüße euch«, sagte Angela guter Dinge, »aber woher sollte er es erfahren, wenn wir es unter uns tun?«

»Es sei denn, sie verrät uns«, sagte Schwester Godelivis mit einem gehässigen Seitenblick auf Schwester Hardrun, »wie Judas unseren Herrn verraten hat.«

Angela küsste die Schwestern zur Begrüßung, aber ließ Schwester Hardrun aus. Sie sah, dass Hardrun zu weinen begann. Schwester Jutta nahm sie in den Arm.

»Ihr wisst, dass ich das nie tun würde«, schluchzte Schwester Hardrun. »Ihr seid doch meine Familie.«

Von einer vortrefflichen Vereinigung

Die treue Minne erhebt zu Gott ein stetes Lob.
Mechthild von Magdeburg

Köln, Beginenkonvent der Bela Crieg, am Mittag des 3.2.1327

Es war nicht zu glauben. Demudis wollte es nicht wahrhaben. Wie hatte es Salomo, der alte Gewandmacher, den sie pflegte, vermocht, es früher als alle anderen zu ahnen?

Magistra Sela war kurz vor der Sext vom großen Markt heimgekehrt, wo sie allerdings ein nur kärgliches Angebot vorgefunden hatte, und war in der Küche zusammengebrochen.

»Es geht wieder los«, brachte sie unter Mühen und gutem Zureden der Schwestern hervor.

»Was geht los?«, fragte Demudis unheilvermutend. »Wieder los?«

»Es geht wieder los«, wiederholte Magistra Sela. »Auf dem Neumarkt verkünden es die Barfüßer, von den Kanzeln predigen es die Pfennigspaffen, in den Gassen rufen die Buben uns Spottverse hinterher, auf dem Tuchmarkt tragen es die Klatschweiber weiter ... Die Leute rotten sich zusammen, ich habe mit eigenen Augen mit ansehen müssen, wie ein aufgestachelter Haufen auf dem Großen Markt eine Begine vom Hospital Brigidia verdroschen hat. Wegen nichts! Auch hetzt man gegen Hechard, unseren allseits geliebten Meister Eckhart. Man wirft ihm Ketzerei vor. Und noch mehr. Er habe eine Buhle –«

»Lächerlich!«, warf Schwester Angela ungläubig ein. »Dazu ist er doch viel zu alt. Aber Spottverse, ja, die habe ich heute auch vernommen.«

»Eine Buhle«, bekräftigte Magistra Sela laut. »Eine von uns.« Sie blickte sich um und suchte eine Schwester mit den Augen. Bei Schwester Guta blieb sie hängen. »Dich beschuldigt man.«

Demudis sah, wie Schwester Guta den Blick betroffen zu Boden senkte. Bekennt sie sich dadurch schuldig?, dachte Demudis. Oder ist sie nur beschämt wegen des Verdachtes?

»Der sich selbst befleckende Erzbischof!« Schwester Mentha spuckte aus wie eine junge Gassendirne. Tatsächlich zählte sie schon fast siebzig Lenze. Im Jahre des Herrn 1325 war sie nur knapp den Nachstellungen des Erzbischofs entronnen, derer sie sich ausgesetzt sah, weil sie sich im Gefolge des Begarden Anselm befand und als Mitglied der Brüder und Schwestern des freien Geistes galt. Deren unstetes und sorgloses Leben wurde vielerorts als anstößig betrachtet, weil sie meinten, die Taufe spreche sie von allen Sünden frei und nichts sei ihnen zu tun verwehrt.

»Nein, nicht der ehrwürdige Vater und Herr Erzbischof Heinrich«, berichtigte Magistra Sela. »Viel schlimmer.«

»Es gibt niemanden, der schlimmer ist als Heinrich, mehr Erzbube als Erzbischof«, behauptete Schwester Godelivis fest.

»Schandmaul!«, zischte Schwester Hardrun, aber erstaunlich kleinlaut. Auch sie wollte wohl nicht einer neuerlichen Verfolgung der Beginen zum Opfer fallen, dachte Demudis.

»Wer könnte uns das denn sonst antun?«, fragte Schwester Jutta.

»Der Heilige Vater in Avignon?«, mutmaßte Schwester Lora vorsichtig.

»Ach, wohin«, ließ sich Magistra Sela wieder vernehmen. »Einer aus den Reihen der Predigerbrüder selbst.«

Nun schrien alle Schwestern durcheinander.

»Wer?«

»Sag den Namen!«

»O Gott! Das kann nicht sein.«

»Verräter!«

»Das ist nicht wahr!«

»Gottloser!«

»Das glaube ich nicht!«

»Wie kommt er dazu?«

»Weißt du es sicher, Magistra Sela?«

»Zur Hölle mit ihm.«

»Ruhe!«, verschaffte sich Magistra Sela Gehör. »Es ist ein gewisser Bruder Hermann. Hermann de Summo, vom Dom, so wird er genannt, weil er eine Waise ist und wie aus dem Nichts bei den Predigern aufgetaucht ist. Kennt ihn jemand? Ist er der Beichtvater von einer von euch?«

Die Schwestern blickten sich an, und Demudis sah, wie alle mit zusammengekniffenen Mündern die Köpfe schüttelten, eine nach der anderen. Es entstand eine Pause, in der keine etwas sagte.

In die Stille hinein rief Schwester Guta mit brüchiger Stimme: »Ich werde es in die Hand nehmen und richten.«

Die Augen aller hefteten sich auf Schwester Guta. Demudis gewahrte, dass sich ihre Augen mit Tränen gefüllt hatten und sie es kaum vermochte, ihre Erregung im Griff zu halten. Aber es konnte nicht sein, dass dieser gewisse Bruder ihr Beichtvater war, denn dies war, wie bei den meisten Schwestern, Hechard selbst. Außerdem hatte sie noch nie gehört, dass die Beichtende den Vater richtet, vielmehr verhielt es sich doch eher umgekehrt.

Schwester Guta drehte sich um und lief aus der Küche. Demudis hörte, wie sie die Pforte des Hauses aufriss und in die Kälte hinausstürmte.

»Hinterher!«, brüllte Magistra Sela.

Demudis war die Erste, die sich aus der Starre lösen konnte, und setzte Schwester Guta nach. Sie erhaschte noch den Blick, wie Schwester Guta an der südlichen Kreuzung von der Stolkgasse rechts nach oben einbog. Bei der nächsten Biegung hielt sich Schwester Guta links und nahm dann den Weg der Armenstraße in Richtung auf das Vrisintor. Auf einer vereisten Pfütze glitt sie aus, und Demudis konnte sie einholen.

Am Rande nahm sie wahr, dass das aufgeregte Gelaufe die Blicke von Neugierigen angezogen hatte.

»Keifende und prügelnde Beginen!«, lachte einer von ihnen. »So wie man sie kennt.«

»Heilige Schwestern …«, begann jemand.

»… des Teufels«, ergänzte ein anderer.

»Bübinnen«, hörte Demudis lachende Stimmen rufen. »Erzbübinnen.«

Und wieder das Lied: »Beginen, Beginen, nicht so heilig, als sie schienen.«

»Sieh mal einer an! Da kommt die Begine zum Schnee wie die Jungfrau zum Kinde«, kreischte ein Weib. Es deutete mit dem Finger auf die am Boden liegende Schwester Guta. Demudis hielt das Weib seines Bauches wegen für guter Hoffnung.

»Lasst die Beginen in Ruhe, verdammtes Pack!«, ging ein junges Weib beherzt dazwischen. Es scheuchte die Leute weg, und Demudis verlor es aus den Augen.

»Was machst du für Sachen?«, fragte Demudis die gestrauchelte Schwester Guta entgeistert und bot ihr ihre Hand an, um ihr aufzuhelfen. »Warum läufst du vor uns weg? Niemand beschuldigt dich in irgendeiner Weise.« Das war vielleicht nicht ganz wahr, aber zunächst ging es darum, die Schwester zu beruhigen und zur Umkehr zu bewegen.

»Das ist es nicht«, antwortete Schwester Guta. Sie griff nach der Hand von Demudis. »Bitte, lass mich gehen. Vertraue mir. Ich kann alles wieder gutmachen.«

»Du musst uns sagen, wie du das anstellen willst«, forderte Demudis und begann sich über Schwester Gutas Heimlichtuerei zu ärgern. Heimlichtuerei ist aller Laster Anfang, dachte Demudis.

»So, muss ich das?«, sagte Schwester Guta scharf. »Was ich muss, ist, die Wahrheit zu sagen.«

»Wem?«, fragte Demudis.

Schwester Guta murmelte einen Namen, den Demudis nicht richtig hörte.

»Hechard?«, riet sie.

»... und Walram ... und Paul ... ihnen allen ...«, sagte Schwester Guta, aber Demudis spürte, dass es keine Antwort war, sondern an sich selbst gerichtet.

»Sag sie auch uns, deinen Schwestern!«, forderte Demudis heftig.

»Ich bitte dich«, flehte Schwester Guta abwehrend. »Ich muss es tun, allein! Erst mit Gott ins Reine kommen. Dann wirst du alles erfahren ... Ihr werdet alles erfahren ...«

Demudis verlor ihre Kraft und ließ Schwester Guta ziehen. Sie schaute ihr hinterher, unfähig, sich zu rühren.

Ich muss die Wahrheit sagen, dachte Demudis, als sie Schwester Guta hinterherschaute. Wem, wenn nicht uns? Wer war Walram? Wer Paul? Das verstehe ich nicht. Ihr fiel ein, dass niemand von ihnen etwas über Schwester Guta wusste. Alle erzählten aus ihrem Leben traurige ebenso wie fröhliche Begebenheiten, manche taten es immer wieder, andere nur einmal, aber von jeder wusste sie alles, was es zu wissen gab. Bloß von Schwester Guta nicht. Was hatte sie zu verbergen? Nur wer etwas Schlimmes zu verbergen hat, gibt sich der Mühewaltung hin, die die Heimlichtuerei mit sich bringt.

Langsam und nachdenklich ging Demudis schließlich zurück zum Konvent, den dereinst ein frommes Weib namens Bela Crieg gestiftet hatte und der noch heute, viele Jahre nach ihrem Tode, ihren Namen trug. Die Schwestern empfingen Demudis mit vielen Ohs und Ahs und wunderten sich, dass sie ohne Schwester Guta zurückgekehrt war.

»Ist sie dir entwischt?«, fragte Magistra Sela.

»Dabei bist du jünger als sie!«, tadelte Schwester Mentha.

»Sie will es so«, erklärte Demudis müde.

Magistra Sela stellte sich breitbeinig vor Demudis und griff ihr kräftig unter das Kinn, um ihren Kopf nach oben zu biegen. Als sie Demudis in die Augen sehen konnte, sagte sie: »Du sagst jetzt sofort, was geschehen ist!«

Demudis zog unwillig den Kopf weg. »Ist schon gut, du brauchst nicht gleich grob zu werden.«

»Mach schon, Töchterchen«, ermutigte Schwester Mentha sie.

»Also, ich setzte ihr nach«, begann Demudis, »und auf der Armenstraße hat es sie von den Beinen gerissen. Die umherstehenden Leute meinten gar, wir hätten gerauft. Als ich bei ihr war, forderte ich sie auf, mit mir nach Hause zu kommen und alles mit uns zu besprechen. Sie antwortete aber nur, sie müsse jemandem die Wahrheit sagen.«

»Die Wahrheit?«, sagte Magistra Sela verwundert. »Was meinte sie?«

»*Wen* meinte sie?«, berichtigte Schwester Hardrun.

»Sie hat einen Namen genannt«, erinnerte sich Demudis nun genauer. »Ich habe ihn nicht genau verstanden, meinte aber, es hätte nach ›Hechard‹ geklungen, also vergewisserte ich mich –« Demudis unterbrach sich und horchte in sich hinein.

»Und was hat sie geantwortet?«, drängte Schwester Angela.

»Hechard hat sie, glaube ich, bestätigt und noch weitere Namen erwähnt. Weiß eine von euch, ob Schwester Guta etwas mit einem Mann zu schaffen hat, der auf den Namen Paul hört? Oder Walram?«

Die Schwestern schauten sich ratlos an und schüttelten den Kopf.

»Sie hat mich gebeten, sie unbehelligt zu lassen«, berichtete Demudis schließlich. »Mir schien es, als sei es ihr ernst, und ich konnte nicht anders, als es ihr zu gewähren ... Ich weiß auch nicht mehr, was mich abgehalten hat, ihr zu folgen ... Es war mir, als müsste sie diesen Weg ... müsste sie einen sehr schweren Weg gehen ... allein ...«

»Das hast du richtig gemacht, Schwester Demudis. Jede von uns muss selbst wissen, welchen Weg sie geht«, beschied Magistra Sela, »und ob es derjenige des Herrn ist oder nicht, so wie es uns Hechard lehrt. Lasst uns zu Tische sitzen und beten für unsere Schwester Guta und dass Gottes Schutz auf unserem Hause ruhen möge.«

Welche Wahrheit wird es wohl sein, die Schwester Guta Hechard meinte sagen zu müssen?, überlegte Demudis bang. Hechard. Walram. Paul. Nochmals: Wer war Walram? Wer Paul? Und wer waren all die anderen? Es sah danach aus, als wolle Schwester Guta aufräumen in ihrem Leben. Aber was hatte das mit der Anklage gegen Hechard und auch gegen sie selbst als seine Buhle zu tun? Demudis war nicht wohl bei diesen Fragen. Sie beschlich das gleiche lähmende Gefühl, als sie Schwester Guta hatte gehen lassen.

*

Jenseits des Eigelsteintores, am Nachmittag des 3.2.1327

Sie hatte keine Gegenwehr geleistet und atmete schon nicht mehr, doch konnte er seine Finger, die sich tief in ihrem Hals verkrampft hatten, nicht lösen. Noch nicht. Sein Gesicht war rot angelaufen, Schweißperlen traten ihm aus den Poren und rannen ein kurzes Stück über Stirn und Wangen. Er betrachtete das blau aufgedunsene Gesicht der Toten und versuchte sich vorzustellen, dass das seine Mutter gewesen sein sollte. Kaum zu glauben. Er hatte sie nicht gekannt, nichts von ihr geahnt. Warum eigentlich sollte er sich ihretwegen ein Gewissen machen?

Man solle Vater und Mutter ehren, ging es ihm durch den Sinn. Immerhin war es ja wohl sie gewesen, die ihn unter Schmerzen geboren hatte, und wenn sie es nicht getan hätte, wäre er jetzt nicht da. Musste er ihr nicht für sein schieres Dasein danken? Oder nicht vielmehr sie dafür schelten – so wie dereinst der weise Hiob den Tag, an welchem er geboren worden war, in seinem unermesslichen Leid verflucht hatte? Andere Mütter starben bei der Geburt. Flüchtig streifte es seine Gedanken, dass ihr Tod im Kindbett besser gewesen wäre, für ihn und für sie. Wie konnte man sich nur so lange mit einer Lebenslüge gemein machen? Genau genommen waren es zwei Lügen oder sogar noch mehr, doch es kam jetzt nicht mehr darauf an, sie zu zählen. Das wäre allzu kleinlich.

Was hatte sie sich dabei gedacht, seine hochfliegenden Vorhaben erst anzustacheln und sogleich wieder zu hintertreiben? Das hatte er doch nicht zulassen dürfen!

»Vergib mir, Paul«, hatte sie gestöhnt, unmittelbar bevor ihre Seele sich von ihrem Körper getrennt hatte. Welch eine Unverschämtheit! Welch eine Niedertracht! Es war, als habe sie seine Tat dadurch im Nachhinein geheiligt.

Er löste seine Finger bedächtig von ihrem Hals und ließ ihren entseelten Körper in den pulvrigen Schnee gleiten. Er hätte nie gedacht, dass es ihm derart leicht fallen würde, einen Menschen vom Leben zum Tod zu befördern und Gottes Erbarmen zu übergeben. Er suchte geradezu nach einem Funken Bedauern, fand jedoch nichts. Es gab nur eine Erklärung dafür: Er hatte recht gehandelt. Sie war ihrer Unwahrhaftigkeit wegen der gerechten Strafe zugeführt worden. Durch seine Hand! Er war der Vollstrecker des göttlichen Willens, und das würde ihm vom großen Weltenrichter angerechnet werden.

Aber was ist jetzt zu tun?, dachte er. Jetzt unmittelbar? Das hatte er sich nicht recht überlegt, als er vom Zorne übermannt zu Werke gegangen war. Sie hatte sich seinem Tun nicht widersetzt, sondern ihn nur unverwandt angeschaut. Oder verwundert? Oder war es mitleidig gewesen? Gar abschätzig? Ihr letzter Gesichtsausdruck ging ihm nicht aus den Augen, und das Stöhnen, mit dem ihre Seele dem Körper entwichen war, hallte unschön in seinen Ohren nach. Die Erinnerung an ihr Sterben durfte ihn nicht weiter verfolgen. Aber er hegte keine Hoffnung, dass er sie je wieder würde verscheuchen können. Für einen Augenblick wurde er traurig. Seine Mutter zu töten war eine schwere Sünde, selbst wenn sie die Strafe wahrlich verdient hatte. Schwerer als alle anderen Sünden, die er so zahlreich in seinem Leben begangen hatte und, wenn ihn nicht alles täuschte, durchaus weiter begehen würde. Da gab es nichts dran zu deuteln.

Er fing sich wieder. Sollte er abwarten, bis die Leiche zufällig gefunden würde, oder sollte er jemandem einen Hinweis geben? Er kam zu keinem guten Schluss. War er es seiner Mutter nicht doch schuldig, für ein ordentliches Begräbnis zu sorgen? Allerdings könnte ihn das in die Gefahr der Entdeckung bringen. Keine angenehme Vorstellung.

Er schaute sich verstohlen um. Auch daran hatte er in seiner mörderischen Raserei nicht gedacht, dass er nämlich bei seiner Meucheltat hätte beobachtet werden können. Das Eigelsteintor war weit genug weg, als dass die Wache ihn hätte erkennen oder auch nur sehen können, was hier vorgefallen war. Glücklicherweise war auch kein Wanderer oder Fahrensmann vorbeigekommen. Im tiefsten Winter war die Straße nach Riehl nicht sehr belebt.

Er riss sich von dem Anblick seiner toten Mutter los. Bloß ja schnell weg, dachte er. Vater und Mutter ehren? Das war es. Er wusste jetzt, was er zu tun hatte. Bei dem Manne Beistand suchen, den sie ihm als Vater geschenkt hatte. Und doch wieder hatte nehmen wollen. Darum ja war es unumgänglich, ihren Mund für immer zu verschließen. Dieser hochwohlgeborene Mann würde ihm die Hilfe nicht verweigern, da war er sich sicher. Hatte sie nicht auch ihn aufs Gröbste hintergangen? Aber das musste er ihm ja nicht kundtun, und sie konnte es nicht mehr, wie sie unvorsichtigerweise beabsichtigt hatte. Langsam begann er eine Vorstellung zu entwickeln, wie er es anpacken musste, um alles zu seinem Vorteil zu wenden.

Er richtete sich auf. Mit einem Mal kam ihm die Kälte zu Bewusstsein. Er fror. Er fühlte die Nässe, die der durch die Körperwärme geschmolzene Schnee auf seiner Haut hinterließ. Er musste aufbrechen. Sein Vater würde ihm zu Stand und Ehre verhelfen. Sein! Vater! Nie würde er die entsetzliche Wahrheit hören müssen. War das nicht eine gute Tat? Er spürte keine Gewissensbisse. Noch nicht.

*

Rolandswerth, am 3.2.1327 – Koblenz, am 4.2.1327

Am schönsten war es, wenn sie über den Schnee gingen, den noch niemand betreten hatte. Hanß liebte es, im jungfräulichen Weiß seine Stapfen zu hinterlassen. Dann spürte er den Frieden von Gottes Natur um sich herum, den niemand als der sündige Mensch störte. Er schaute sich auch nicht um, wo er Spuren hinterlassen hatte; es war ihm dann, als müsse er andernfalls wie das Weib Lots zur Salzsäule erstarren, denn er hatte die Jungfräulichkeit des weißen Schnees befleckt wie einst, während er noch das gottlose Leben führen musste, die Keuschheit seiner Mutter. Nur nicht zurückblicken, wenn dort das Bild meiner Mutter mit ihrem gerechten Vorwurf lauert, dachte Hanß angewidert von sich selbst.

Stunde um Stunde hatten Bruder Dudo und er sich vorangekämpft. Seines großen Gewichtes und krummen Ganges wegen war Hanß eigentlich nicht für weite Wege geschaffen. Zum Rasten war es zu kalt. Sie trafen nur wenige Menschen, ein paar Reitersleute stoben an ihnen vorbei. Bloß einmal hatte Bruder Dudo etwas gesagt.

»Bruder Hanß«, hatte er gekeucht. »Mir ist, als würden wir nie zurückkehren.«

»Ich wollte, es wäre so«, hatte Hanß geantwortet und begnügte sich damit, dass ihn Bruder Dudo verstanden zu haben schien. Sie waren auf dem Weg, und hierher gehörten sie. Sie sollten auf der ewigen Wanderschaft sein und überall, wo man sie hören wollte, von Gott predigen, aber nirgends sich in die nichtswürdigen Zwistigkeiten solcher Heuchler einlassen, die wie der Erzbischof Heinrich, der Prediger Hermann oder auch Meister Eckhart das Evangelium des Herrn Jesu Christi nicht begreifen konnten.

Weil es bis zu den Barfüßern in Andernach zu weit war und sie den Weg nicht an einem Tag schaffen konnten, klopften sie, nachdem sie am Felsen vorbeigekommen waren, auf dem der heldenhafte Siegfried den Drachen Famir getötet und daraufhin in seinem Blut gebadet hatte, am Abend bei den Benediktinerinnen zu Rolandswerth an. Die Insel mitten im Rhein war jetzt nicht schwer zu erreichen, weil man über das Eis gehen konnte. Hanß kannte die Äbtissin, Schwester Hrotsuita, ein Ebenbild seiner glorienbeschienenen Mutter, und sie gewährte ihnen gerne einen Platz in der Gästeherberge, in der zu dieser Jahreszeit niemand sonst Quartier genommen hatte.

Hanß wusste von Schwester Hrotsuitas heiligem Leben. Weil sie ihn an seine Mutter Uda erinnerte, fühlte er sich stets befangen in ihrer Gegenwart, so als habe er ihr gegenüber eine Schuld abzutragen, wüsste aber nicht, wie er das anstellen könnte. Schon ihre Geburt am freudehellen Sternentag, dem sechsten des Januars im Jahre des Herrn 1276, dem Abschluss der sonnenärmsten Zeit des Jahres und dem Beginn des neuen Siegesganges des Lichts, war ein Zeichen ihrer Berufung gewesen, auf dem Weg des Herrn zu wandeln. Mit fünf Jahren kam Hrotsuita in die von der Begine Gertrud geleitete Schule in Bingen. Anfeindungen vertrieben die kleine fromme Schar um Gertrud und die ihr anvertrauten Kinder, und sie mussten flüchten. Aufnahme fanden sie bei den Benediktinerinnen von Andernach, deren Äbtissin Gertrud später werden sollte. Hrotsuita lernte mit großem Eifer und gewann in den freien Künsten, besonders in Latein und in der Musik, große Meisterschaft. Im Laufe der Zeit jedoch tauschte sie das Weltliche gegen das weit wertvollere Geistliche und versenkte sich in die Heilige Schrift sowie die Werke des heiligen Augustinus und des heiligen Gregors. Ihre Bemühungen wurden ihr vom Herrn durch sein Erscheinen gelohnt. Während ihr äußeres Leben von Schlichtheit, Ruhe und Gleichmäßigkeit geprägt war, hatte sie seit diesem Tage einen beständigen und aufwühlenden Verkehr mit der Überwelt. Wie ein Schatten folgten jeder dieser Begegnungen mit dem Jenseits niederwerfende Schmerzenlager, die jedoch Schwester Hrotsuitas Milde gegen jedermann keinen Abbruch taten, sodass die Schwestern sie nach Gertruds Heimgang zur Äbtissin wählten.

Bruder Dudo und Hanß hätten keine bessere Bleibe für diese Nacht finden können. Die Schwestern teilten das – allerdings kärgliche – Mahl aus Brot und heißer Suppe mit ihnen und bereiteten ihnen eine vorzügliche Schlafstatt, indem sie in ihrer ansonsten verwaisten Herberge das Ofenfeuer einheizten und ihnen eine mit heißem Wasser gefüllte Wärmeflasche brachten, um die durchfrorenen Decken anzuwärmen.

Anderntags brachen sie in der Frühe wieder auf. Die besten Wünsche der Schwestern begleiteten sie.

Als sie sich auf halbem Wege um die Sext Andernach näherten, erinnerte sich Hanß an Bruder Paul, den Abt der Andernacher Barfüßer, den er vor vielen Jahren einmal auf Pilgerschaft nach Rom kennen gelernt hatte. Bruder Paul war sehr unglücklich gewesen.

»Er hatte mit einer Magd einen Sohn gezeugt«, erzählte Hanß Bruder Dudo.

Bruder Dudo lachte. »Wahrlich, was für ein Missgeschick.«

»Nein, nein«, widersprach Hanß heftig. »Das hat ihn ganz im Gegenteil mit größtem Stolz erfüllt. Sie lebte auch als seine Konkubine nächst dem Kloster, und er konnte sehen, wie sein Sohn wuchs und gedieh.«

»Hört sich nach glücklicher Fügung an«, meinte Bruder Dudo. »Du sprachst hingegen davon, wie unglücklich Bruder Paul war.«

»Ja, eines verhängnisvollen Tages war ein großer Graf, der aus Katzenelnbogen nämlich, zu Gast bei den Andernacher Barfüßern, und ihm gefiel die besagte Magd sehr gut. Seine Augen ruhten in Wohlgefallen auf ihr. Bruder Paul hat mir auch ihre Schönheit in den leuchtendsten Farben geschildert.«

»Und sie erwiderte das Werben des Grafen?«, fragte Bruder Dudo wissbegierig.

»Durchaus«, bestätigte Hanß.

»Das mag schmerzlich für diesen Bruder Paul gewesen sein«, überlegte Bruder Dudo und wog sein Haupt bedächtig hin und her. »Aber eine Magd und ein Graf, das kann doch nicht mehr sein als eine Minne für einige wenige Nächte. Konnte dein Bruder das nicht verschmerzen?«

»Mein Bruder!«, schnaubte Hanß. »Was erlaubst du dir?«

»Sei nicht so empfindlich«, forderte Bruder Dudo. »Er ist dein Bruder in Christo. Nicht anders als ich.«

Hanß besann sich und berichtete weiter. »Es kam schlimmer für Bruder Paul. Nachdem offenbar geworden war, dass die Magd vornehmer Herkunft war, nämlich eine von Berg, und sich bloß darum als Magd verdingt hatte, weil sie sich der von ihrem Vater angeordneten Heirat entziehen wollte, nahm der Graf dieselbe zu sich.«

»Und was ist aus ihrem Sohn geworden?«, erkundigte sich Bruder Dudo anteilnehmend.

»Nun ja, Bruder Paul und seine Konkubine hatten sich darauf geeinigt, ihn als den Sohn ihres vormaligen Verlobten auszugeben, der, soweit ich mich entsinne, der Herr von Riehl war. Diese Lüge hielt sie auch dem Grafen gegenüber aufrecht. Sie nahm ihren Sohn mit, und Bruder Paul sollte, soweit mir bekannt ist, nie wieder etwas von ihm hören ... Überdies war er sich sicher, dass sie sogar ein weiteres Kind von ihm unter ihrem Herzen trug.«

»Der Graf ist weithin bekannt und besitzt bei uns in Köln gar Bürgerrecht«, wandte Bruder Dudo ein. »Walram ist übrigens sein Name, falls es dir entfallen ist. Es müsste doch herauszufinden sein, ob er einen Bastard … oder vielmehr zwei davon … auf seiner Burg großgezogen hat.«

»Bruder Paul behauptete, es sei nicht der Fall«, entsann sich Hanß. Er hing den Bildern von dem traurigen Bruder nach, die vor seinem geistigen Auge erschienen.

»Behauptete?«, fragte Bruder Dudo. »Du hegst Zweifel?«

»Ja«, antwortete Hanß. »Er hat gelogen.«

»Warum das?«

Hanß zuckte die Schultern. Aber er wusste, dass Bruder Paul Angst hatte, die Geschichte zu Ende zu erzählen. Vielleicht hatte ihn der Graf zum Schweigen verurteilt. Aber das war natürlich nur eine vage Mutmaßung, die er Bruder Dudo nicht mitteilen wollte.

»Meinst du, wir könnten deinem alten … Pilgergefährten einen Besuch abstatten?«, fragte Bruder Dudo nach einer Weile. »Vielleicht haben die Brüder auch eine warme Suppe für uns hungrige und durchgefrorene Wandersleute übrig.«

»Lass es uns versuchen«, stimmte Hanß zu.

Abt Paul wurde zwar erst in den nächsten Tagen von einer Pilgerreise nach Compostela zurückerwartet, aber die warme Suppe wurde den beiden Wanderern nicht verweigert, sodass sie hernach frisch gewärmt ihren Weg fortsetzen konnten.

Als sich die Sonne neigte, erreichten Bruder Dudo und Hanß am Tage vor der heiligen Adelheid, einem Mittwoch, Koblenz, und hier waren mehr Leute unterwegs, der Schnee niedergetrampelt. Man hielt sogar Markt auf dem Eis! Sie mussten Acht geben, dass sie nicht ausglitten dort, wo der Schnee vom Eis gefegt worden war. An anderen Stellen drohten sie zu stolpern, denn aus getautem und wieder erstarrtem Schnee hatten sich kleine Hindernisse gebildet.

Schwester Mathilde wohnte im Beginenkonvent bei den Predigern in der Weißergasse außerhalb der mächtigen Stadtmauer, die mit zahllosen teils halbrunden, teils viereckigen Schalentürmen bewehrt war. Dass sich der Konvent nicht innerhalb der Wehrmauer befand, war auch gut so, dachte Hanß. Schließlich sollte sich die

Standhaftigkeit eines Christen nicht in Mauern und Türmen, sondern im festen Glauben beweisen. Als sie das Predigerkloster St. Johannes und St. Maria Magdalena schon sehen konnten, wurde Hanß erneut klar, dass er die Unstimmigkeiten der Barfüßer mit den Predigern nie verstanden hatte. Damals, als er nach seiner Verletzung und Genesung die Gegenwart des Herrn spürte, hatte es für ihn nie in Frage gestanden, dass er sich den Barfüßern anschließen würde. Die Brüder waren ihm so rein in ihrem Bestreben erschienen, die evangelische Armut in der Nachfolge Jesu Christi einzuhalten. Nie aber hatte er sich mit dieser Entscheidung gegen andere Christen wenden wollen und schon gar nicht gegen den Orden, der sich ebenfalls der Armut verschrieben hatte, um die Kirche auf den rechten Pfad zurückzuführen.

Die Aufgabe der Prediger, wie sie der heilige Dominikus gestellt hatte, bestand darin, das Volk zu lehren und gegen die Ketzer zu verwahren und die Heiden zu bekehren. Dazu war es am wichtigsten, sich in der Schrift auszukennen. Weshalb sie die Werke der heidnischen Schriftsteller meinten studieren zu müssen, blieb Hanß ein Rätsel. Aber sollten sie doch ihren Weg gehen, wie sie ihn für richtig hielten. Warum ließ Gott zu, dass seine Geistesritter dem Wahn verfielen, sich gegeneinander zu stellen, als befänden sie sich im Kriege?

Die Kälte des Winters war nichts gegen das Gefühl, das sich in Hanß ausbreitete, wenn er an die Verschwörung mit dem Erzbischof dachte. Aus welchem Grunde hat er mich überhaupt ins Vertrauen gezogen?, dachte Hanß. Wäre ich doch nur kein Mitwisser geworden! Wahrscheinlich war es genau das, was Erzbischof Heinrich hatte erreichen wollen: Er, Hanß, sollte zum Mitwisser werden und darum zum Stillhalten verpflichtet sein, wenn der Sturm losbrechen würde. Wie gut, dass ich mich entschlossen habe, die Stadt zu verlassen. Vielleicht ist alles vorbei, wenn wir zurückkehren, und ich hatte nichts damit zu schaffen. Wenn ich dagegen dem Erzbischof offen entgegengetreten wäre, überlegte Hanß, wäre sein Zorn auch wider meine Brüder entbrannt, und sie wären womöglich zu Schaden gekommen. Das durfte er nicht zulassen.

In der Weißergasse angelangt, klopfte Hanß an der Pforte des Beginenhauses. Wie überaus beruhigend, dass hier niemand weiß, dass ich Abt bin, dachte er. Habe ich eigentlich je kundgetan, dass ich aus Köln stamme? Schwester Lucgard öffnete.

»Bruder Hanß von Mondorf und Bruder Dudo!«, rief sie sichtlich erfreut. Aber dann nahm ihr Gesicht einen tief besorgten Zug an. »Kommt geschwind hinein. Wir wissen nicht, was mit Schwester Mathilde ist … Schlimm … schlimmer als je zuvor.«

Hanß und Bruder Dudo traten in die enge Stube ein. Es duftete verführerisch nach frisch gebackenem Brot. Sie leiden also keinen Hunger, stellte Hanß zufrieden fest. Das Wasser lief ihm im Munde zusammen, denn was sie bei Äbtissin Hrotsuita in Rolandswerth zur Speise bekommen hatten, war nicht viel und kaum sättigend gewesen. Auch die Suppe der Andernacher Barfüßer hatte sie zwar gewärmt, aber mehr auch nicht. Doch Schwester Lucgard drängte die beiden Ankömmlinge die schmale, knarrende Treppe hinauf in die Schlafkammer.

Und dort sah er sie.

Schwester Mathilde lag blutverschmiert im zerwühlten Bett. Hanß ging neben ihr in die Knie und ergriff ihre Hand.

»Du bist verletzt, Schwester!«, stieß er entsetzt hervor.

»Nein«, entgegnete sie schwach.

Hanß war verwirrt. »Wer hat dir das angetan?«

»Mein Gemahl«, antwortete sie und lächelte selig.

»Du redest wirr!«, tadelte Hanß.

Schwester Lucgard mischte sich ein und erklärte: »Sie hat sich die Augen ausgeheult die ganze Nacht über, und heute Morgen, plötzlich, wurden aus den Tränen … Blut!«

Hanß sah, dass Schwester Mathildes Körper über und über zerkratzt war, als sei sie nackt durch dichtes Dornengebüsch gestromert.

»Ich musste ihn verlassen, verstehst du, Bruder Hanß?«, fragte Schwester Mathilde.

»Nein«, antwortete er.

»Das ist der schwerste Verlust und das schlimmste Darben, dass ich von ihm lassen musste«, fuhr Mathilde fort.

»Von ihm? Wen meinst du? Worüber sprichst du?«

»Ich konnte es tun.« Schwester Mathilde schien Hanß nicht zu verstehen. »Das ist der größte Sieg über mein Fleisch, dass ich es vermocht habe. Der letzte Verzicht. Ich danke dem Herrn, dass er mir die Stärke gab, standzuhalten.«

Hanß richtete sich auf und wandte sich an Bruder Dudo und Schwester Lucgard. »Bitte seid so gut und bringt mir etwas warmes Wasser und ein sauberes Stück Leinen.«

Nachdem er das Wasser gereicht bekommen hatte, begann Hanß, Schwester Mathilde vorsichtig vom Blut, das zum Teil schon verkrustet war, zu säubern. Wenn er die tieferen Striemen berührte, zuckte ihr Körper ein ganz kleines bisschen, aber sie sagte kein Wort und gab keinen Laut von sich, sondern war weiterhin ganz in ihre Seligkeit versunken. Hanß betrachtete die Striemen. Sie stammten nicht von einer Geißel, das erkannte er sofort an ihrer unregelmäßigen Form. Sie hatte sie sich durch Kratzen zugefügt. Jetzt sah er auch die Hautfetzen, die sich noch unter ihren langen, zum Teil eingerissenen und scharfkantigen Fingernägeln befanden.

»Danke, Bruder«, sagte Schwester Mathilde plötzlich und richtete sich auf. Hanß nahm neben ihr Platz.

Schleppend begann Schwester Mathilde zu berichten, was geschehen war. »Bruder Hanß, ich befand mich im Brautgemach. Meine Seele wurde von den Tugenden so herrlich eingekleidet, wie es mit Stoff nicht möglich ist. Vier Jungfrauen führten mich zu meinem Gemahl: Die Minne leitete mich. Sie war gekleidet mit der Keuschheit und gekrönt mit der Würde. Die Demut hielt mich. Sie war gekleidet mit Niedrigkeit und gekrönt mit der Erhöhung. Die Reue war die dritte Jungfrau. Sie war gekleidet mit kleinen Weintrauben und gekrönt mit der Freude. Die vierte Jungfrau war die Barmherzigkeit. Sie war gekleidet mit der Salbe und gekrönt mit der Wonne. Diese beiden letzten trugen den Mantel der Braut, das war mein heiliger Ruf. Das Schlafgemach meines Bräutigams war ganz aus Edelsteinen gemacht, das Bett aber aus purem Golde. Nie gab es eine schönere Braut als mich. Und da ich zu ihm ans Bett trat, wendete er seinen Kopf ab.

›Mein Gemahl‹, sprach ich, ›was lässt dich deinen goldumkränzten Kopf abwenden von mir, deiner schönsten Braut unter allen?‹

›Doch weißt du nicht‹, sprach er in einem hellen Ton, schöner als die Harfe zu erklingen vermag, ›dass du als Braut blutnackt sein musst?‹

So also jauchzte meine Seele ihm zu: ›Ich tanze, mein Gemahl, wenn du mich führst. Soll ich sehr springen, musst du selber voransingen.‹

Dergestalt also legte meine Seele die Tugenden ab, eine nach der anderen, wie es mir der Herr befohlen hatte, und ich legte mich zu ihm, und er nahm mich auf, sodass unsere Seelen die himmelhochjauchzenden Freuden erkosten durften.

So das geschehen war, tat sich der Abgrund auf unter mir, und ich sank in das unendliche Dunkel der tiefsten Hölle. Mein Gemahl aber, der Treueste unter allen, treuer, als je ein Mensch sein kann, folgte mir nach, wie es ihm gebührt, um mir beizustehen. Sein Platz aber ...«,

Schwester Mathilde unterbrach sich und musste mit dem Handrücken erneut hervorquellende Tränen abwischen. »Sein Platz aber ist im Himmel. Und dergestalt wies ich ihn von mir und sagte ihm, er müsse mich verlassen.«

Hanß nickte. »Wenn das göttliche Liebesglück am allerschönsten ist, dann muss man es lassen.« Wer wusste das besser als er, der allein war mit seinen Erinnerungen an Uda, seine Mutter? ... Schwester Mathilde ergriff beide Hände von Hanß, der fühlte, dass sie an den Weibern gutmachte, was er ihnen in Gestalt seiner Mutter an Schande gebracht hatte. »Bruder, du kannst ermessen, welchen Verzicht ich geleistet habe. Welchen Verzicht ich leisten konnte, um lebendig zu sterben. Lasset uns dem Herrn danken!«

*

Köln, Predigerkirche, am Nachmittag des 5.2.1327

Es war eisig wie eh, doch der Himmel erstrahlte freundlich in hellstem Blau. Das gleißende Licht blendete, sobald man das Haus verließ. Magistra Sela hatte gebeichtet. Bei ihr war das Beichten stets ein besonderer Vorgang, nicht weil sie keine Sünden beging, sondern weil ihr Beichtvater nicht sprach. Bruder Johannes hatte vor vielen Jahren ein Schweigegelübde abgelegt und hielt es strikt ein. Man erzählte sich, dass er ein Weib, das sich des Mordes an zwei seiner Brüder schuldig gemacht hatte, vom Henker abgebeten und dafür sein Schweigen eingetauscht habe. Gab es etwas Heiligeres, als dem Mörder seiner Brüder oder Schwestern zu vergeben und ihn vor dem fürchterlichen Tod zu bewahren? Sela konnte es sich nicht vorstellen.

Sie war schon zu Bruder Johannes gegangen, bevor sie sich den Beginen angeschlossen hatte in jenem unheilvollen Jahr vor mehr als zehn Wintern, als es so kalt gewesen war, dass noch im Juni Schnee lag und viele starben, so auch ihr geliebter Gatte Baruch. Baruch. Sie hatte wieder in der Nacht an ihn gedacht und wollte sich dafür die Strafe des Fastens auferlegen. Denn da Bruder Johannes nicht sprach, beichtete sie nicht nur ihre Sünden, sondern schlug auch die Pein vor, die sie sich damit verdient habe. Wenn Bruder Johannes einverstanden war, klopfte er gegen den Beichtstuhl. Sela liebte diesen dumpfen Klang. Aber heute hatte Bruder Johannes nirgends geklopft, als sie die verschiedenen Dinge sagte, die sie leisten könnte, um ihre Sünde nachgelassen zu bekommen. Er klopfte erst, als sie verzweifelt sagte: »Ehrwürdiger Vater, mir fällt nichts mehr ein. Sollte die Sünde mir dennoch nicht angerechnet werden dürfen?« Es war demnach keine Schuld darin, sich ihres fleischlichen Gemahls zu erinnern. Sela dankte der Mutter Maria, der seligsten unter den Weibern, die dies, so war sie sicher, für sie erwirkt hatte.

Sela dachte gerührt an ihre beiden Kinder, die überlebt hatten, an Blanza, die zuerst geboren worden war und die nun in Mainz lebte neben ihrem Gatten, dem Kaufmann Weinhold. Ob Dagobert inzwischen ein Weib gefunden hatte, wusste sie nicht. Er war nach Salerno gegangen, um dort Arzt zu werden. Überaus weit war das entfernt, und entsprechend spärlich kamen Nachrichten von ihm. Was gäbe sie darum, von ihm zu hören! Dass die beiden ebenso wie Anselm, der kurz nach der Geburt gestorben war, getauft werden konnten, hatte sie niemand anderem als Bruder Johannes zu verdanken. Pfarrer Marquard von der Lahn, zuständig für ihre Gemeinde, wollte es ihnen verweigern, denn Baruch war Jude. Als Lehrer und Arzt war Baruch Levi in ihrem Elternhaus, dem Ratsgeschlecht der Kones, ein und aus gegangen. Er war stets gern gesehen und hatte ihren Geschwistern und ihr redlich Lesen, Schreiben, Rechnen und Grammatik beigebracht. Aber als Gatten wollten sie ihn nicht dulden. Die Mutter, Druda von der Lintgasse, hatte aufs Heftigste geweint, nachdem sie erfahren hatte, wen ihre Tochter zu freien beabsichtigte. Der Vater, Daniel Kone, war so weit gegangen, die Hand gegen sie zu erheben. Baruch war es bei seiner Sippe nicht besser ergangen. Die Levis verweigerten ihm das Erbteil, denn bei den Juden wird die Religion über die Mutter weitergegeben: Baruchs Kinder mit Sela würden keine Juden sein können.

Auch die Kones versuchten, ihrer Tochter den Anteil am Erbe streitig zu machen, aber das erzbischöfliche Gericht, damals noch durch Siegfried von Westernburg geleitet, Gott sei seiner guten Seele gnädig, verschaffte ihr Genugtuung. Baruch und Sela ließen sich glücklich am Rande des Judenviertels nahe dem Rathaus nieder. Wie es gekommen war, dass Bruder Johannes nach der Geburt von Blanza erfuhr, dass ihr die Taufe verweigert wurde, wusste Sela nicht. Bruder Johannes schwieg ja. Aber er kam in ihr Haus, und bar eines Wortes bedeutete er ihr, ihm mit dem Kinde zu folgen. In der Predigerkirche taufte er Blanza, bewegte die Lippen, aber gab, seinem Gelübde gehorsam, keinen Laut von sich. Seit dieser Zeit ging sie zu ihm in die Beichte. Soweit es ihr bekannt war, war sie die Einzige, die das tat.

Voller Unruhe dachte Sela daran, dass Schwester Guta den ganzen gestrigen Tag verschwunden geblieben und auch heute noch nicht wieder aufgetaucht war. Zwar war Schwester Guta öfter einige Tage weg, aber dann besuchte sie ihre Base Mathilde in Koblenz, manchmal begleitet von Hechard; früher war sie regelmäßig nach Andernach gegangen, weil sie den Barfüßern dort verbunden war. Sela konnte sich plötzlich vorstellen, dass die gemeinsamen Wanderungen von Hechard und Schwester Guta der Grund für die Gerüchte waren. Meister Eckhart in Begleitung einer Begine, nicht mehr so ganz frisch, aber doch noch ein ansehnliches Weib, auf dem langen Weg nach Koblenz konnte wohl bei einem unreinen Geist Vorstellungen auslösen, die zur Grundlage der Beschuldigung geworden waren. Jeder unterstellt die eigene Schlechtigkeit den Mitmenschen, erkannte Sela betrübt.

Auch hatte sich die Stimmung gegen die Beginen verschärft, die ja schon das eigenartige Verhalten von Schwester Guta ausgelöst hatte. Überall sprach man von immer neuen Angriffen durch Bruder Hermann, diesen miesen Nestbeschmutzer.

»Schwester.«

Sela wollte gerade die Predigerkirche verlassen, als sie sich von zwei Barfüßern angesprochen sah. Dass der kleine Dicke von den beiden der Wortführer war, war Sela schnell klar. Der andere, dünn und hochgeschossen, stand breitbeinig einen halben Schritt abseits. Ihr schwante nichts Gutes, denn die Barfüßer verirrten sich selten in die Predigerkirche. Und als sie das Gesicht des Dicken genauer betrachtete, stand für sie fest, dass sich Unheil zusammenbraute.

»Was ist Euer Begehr?«, fragte sie unwirsch.

»Ich muss Euch bitten, mir zu folgen«, antwortete der Dicke geheimnisvoll.

»Wer sagt das?«, fragte Sela. Das Herz schlug ihr plötzlich vor unerklärlicher Angst bis zum Halse.

»Wie unfreundlich von mir«, sagte der Dicke. »Ich vergaß, mich vorzustellen. Bruder Dirolf ist mein Name, ich vertrete den Abt Hanß, der sich auf Wanderschaft befindet. Kommt mit. Bruder Ruotger, der hier neben mir steht, hat etwas gefunden. Ein grausiger Fund. Erwürgt. Kommt mit. Ihr müsst schauen, ob sie zu Euch gehört … gehörte.«

Als sich Bruder Dirolf in Bewegung setzte, folgte ihm Sela wie im Traume. Sie hatte eine Ahnung, aber traute sich nicht, sie auszusprechen oder auch nur zu Ende zu denken.

»Wir haben schon bei einigen nachgefragt«, erklärte Bruder Dirolf im Gehen. Kaum stapften sie durch den Schnee, geriet er außer Atem, und ihm brach der kalte Schweiß aus. »Die ganze Zeit schon suchen wir. Schließlich meinte irgendwer, wir sollten Euch fragen, die Magistra vom Konvent der Bela Crieg.«

»Worum handelt es sich?«, presste Sela beklommen heraus.

»Ihr müsst entschuldigen, ich war ungenau. Wir haben eine Leiche gefunden. Vielmehr, Bruder Ruotger war es. Jenseits des Eigelsteintores. Dorthin führe ich Euch, damit Ihr schauen könnt, ob sie aus Eurem Konvent stammt.«

»Sie ist es«, sagte Sela wie zu sich selbst.

»Wer?«, fragte Bruder Dirolf.

»Wir vermissen eine Schwester. Seit vorgestern. Schwester Guta«, erklärte Sela und wünschte sich nichts sehnlicher, als dass sich ihre Befürchtung als falsch erweisen würde.

»Die Konkubine des Eckharts«, ließ sich Bruder Ruotger vernehmen. Er hatte es zu Bruder Dirolf gesagt.

»Nichts als ein niederträchtiges Gerücht!«, warf Sela schnell ein.

Doch Bruder Dirolf sprach, als habe sie nichts gesagt. »Sieht diesem Eckhart ähnlich. Wahrscheinlich hat er sie erwürgt, um sich ihrer nun, nachdem alles ruchbar geworden ist, zu entledigen.«

»Ein Gerücht!«, wiederholte Sela.

»Das wird sich zeigen«, entgegnete Bruder Dirolf mit einem frechen Grinsen, das Sela dem Umstand ganz und gar nicht angemessen fand.

Voller feindseligem Schweigen gingen die drei weiter, bis Sela, um Etliches hinter dem Eigelsteintor, das Unvermeidliche feststellen musste. Im Schnee lag dort niemand anderes als Schwester Guta. Zwei Barfüßer hielten neben ihrer Leiche Wache und beteten. Ihnen war offensichtlich kalt, denn sie hüpften beim Beten von einem Bein auf das andere.

Sela sank neben Schwester Guta nieder und küsste ihre kalten Lippen. Ihr ganzer Leib war wie zu Stein gefroren.

»Es ist, als würdest du nur schlafen, Schwester Guta«, sagte

Sela. Ihre Tränen tropften auf Schwester Gutas Gesicht und rollten ihr die Wange hinunter. Sie hinterließen kleine Löcher im Schnee.

»Nur der Herr kann sie wach küssen«, hörte Sela einen der Barfüßer sagen.

Bruder Dirolf hockte sich neben sie und wies mit dem Finger auf den Hals. »Seht her, Magistra. Die Würgemale. Sie ist ermordet worden. Das ist über jeden Zweifel erhaben. Wohin sollen wir sie bringen? Sie darf hier nicht liegen bleiben, schließlich war sie trotz allem eine christliche Seele. Und die Brüder können nicht ewig in der Kälte stehen.«

»Ins Totenhaus der Prediger«, beschied Sela mit erstickter Stimme. Bruder Dirolf war wahrhaftig ein Ausbund an Unbarmherzigkeit.

»Wohlan«, befahl Bruder Dirolf seinen Brüdern.

Sie packten die Leiche und trugen sie davon. Sela dagegen konnte sich lange nicht erheben. Sie verharrte und gab sich ihrer Trauer hin, ohne die Kälte zu spüren.

Von augenscheinlicheren Zeugnissen

Die suchende Minne gehört allein sich selber an.
Mechthild von Magdeburg

Köln, Konvent der Bela Crieg, am Spätnachmittag des 5.2.1327

Demudis war gerade dabei, in der Küche den Sauerteig für das neue Brot anzusetzen, als Magistra Sela eintrat. Das blanke Entsetzen stand in ihrem Gesicht, und sie wirkte so eingefroren wie der Rhein, sowohl äußerlich als auch innerlich.

»Was ist geschehen?«, fragte Demudis. »Ist dir ein Teufel über den Weg gelaufen?«

»Schwester Guta«, antwortete Magistra Sela tonlos. »Sie ist … tot.«

»Nein«, hauchte Demudis und dachte, dass sie wohl den gleichen Gesichtsausdruck wie ihre Magistra angenommen habe. Es war ihr ähnlich, wie wenn sie daran erinnert wurde, was ihr der Gewandmacher Theoderich Oasterseye angetan hatte, als trete ihr Geist aus dem Körper und betrachte zwei fremde Weiber, die sich in der engen Küche des Konventes befanden.

»Doch. Friede ihrer Seele. Aber es kommt noch ärger«, sagte Magistra Sela.

»Noch ärger?« Demudis konnte und wollte das nicht annehmen.

»Sie ist gemeuchelt worden!«, brachte Magistra Sela mühsam heraus.

»Gemeuchelt?«, fragte Demudis fassungslos. »Ist es nicht schlimm genug, dass sie tot sein soll, musst du auch noch in Rätseln sprechen? Ich begreife es nicht! Nichts!« Die Heimlichtuerei von Schwester Guta, ging es ihr durch den Kopf, mit ihr musste es etwas zu schaffen haben.

»Nach der Beichte bei Bruder Johannes sprach mich ein Barfüßer an, ein gewisser Bruder Dirolf nämlich. Er faselte etwas davon, dass sie eine Leiche gefunden hätten, die Leiche eines Weibes, einer Begine, und dass sie nun suchten, zu welchem Konvent sie denn gehöre. Er führte mich also zu dem Fundort der Leiche, und als ich betrübt feststellen musste, dass es sich wahrhaftig um Schwester Guta handelte, hat er mir die Würgemale an ihrem Hals gezeigt. Ist das nicht schrecklich? Ich habe so lange dort im Schnee gesessen, lange nachdem die Barfüßer ihre Leiche schon weggeschafft hatten, ins Predigerkloster, wie es ihnen von mir befohlen worden war.«

»Wer hat ihr das angetan?«, fragte Demudis. Es war natürlich eine sinnlose Frage, denn wie sollte Magistra Sela die Antwort wissen?

Zu Demudis' Überraschung antwortete die Magistra gleichwohl. »Bruder Dirolf behauptete mit großer Bestimmtheit, Hechard sei es gewesen, um seine Holde aus dem Wege zu schaffen, weil es herausgekommen sei, dass er eine habe.«

»Das ist eine gemeine, dreckige Lüge!«, kreischte Demudis unbeherrscht.

Magistra Sela hob abwehrend die Hände, als fürchte sie einen Angriff. Demudis merkte daran, wie sehr sie sich vergessen hatte und ungerecht grob gegen die Magistra geworden war.

»Ich gebe dir nur wider, was er gesagt hat«, sagte Magistra Sela fast entschuldigend.

»Wie kann dieser Bruder das wissen?« Demudis versuchte, ihren Zorn zu zügeln und nicht wieder den Eindruck entstehen zu lassen, er richte sich gegen die Magistra. Gegen wen richtete er sich? Wenn sie das nur wüsste, dann könnte sie handeln! Aber so waren ihr die Hände gebunden. Das ist zum Verrücktwerden, dachte sie.

»Bruder Dirolf hat mir nicht mehr gesagt«, erklärte Magistra Sela und ließ Kopf und Schultern hängen. »Ich habe auch nicht nachgefragt.«

Demudis versuchte sich vor Augen zu führen, dass Schwester Guta nie wieder zu ihnen zurückkehren würde. Während der kurzen Zeit, die sie im Konvent lebte, war noch keine Schwester in das Brautgemach des unsterblichen Bräutigams abberufen worden. Sie konnte es sich nicht vorstellen. Fast war es ihr so vorgekommen, als habe der Tod, der allerorten das Leben der Menschen beherrscht, hier keine Macht. Aber er hatte es doch! Zumal durch verruchte Hand …

»Du hast sie als Letzte gesehen, und sie hatte wirre Andeutungen gemacht«, sagte Magistra Sela.

»Ich habe alles berichtet, was ich von ihr vernommen habe«, beteuerte Demudis und erinnerte sich, welch beklemmendes Gefühl sie gleich beschlichen hatte, als Schwester Guta von der Wahrheit sprach, die sie allen sagen müsse. Was für ein Widersinn es wäre, wenn die Wahrheit zu so etwas Schlimmem wie Mord geführt haben sollte, dachte Demudis, ohne es zu sagen.

Es entstand eine Pause.

Dann sagte Magistra Sela wie in Gedanken: »Ich fürchte das Schlimmste … für Hechard. Man wird ihn als Mörder hinstellen wollen. Das würde es ihnen so einfach machen, ihn ein für alle Mal loszuwerden.«

Demudis schlug die Hände vors Gesicht. Das war zu viel. Wollte die Magistra wahrhaftig andeuten, dass Hechard in Gefahr war, mehr als ohnehin schon?

»Was sollen wir nur tun?« Es war keine wirkliche Frage. Demudis hatte das Gefühl, sowieso nichts ausrichten zu können. Das Schicksal würde über sie hinwegrollen.

Anders Magistra Sela. Zu Demudis' Erstaunen brachte sie kraftvoll einen Vorschlag heraus: »Du wirst Nachforschungen anstellen. Und, denke daran, du musst schneller sein als Bruder Dirolf.«

»Bruder Dirolf?«, fragte Demudis stutzig.

»Wenn er versucht, seine Anklage gegen Hechard vorzubringen«, erklärte Magistra Sela sorgenvoll.

»Wie viel Zeit habe ich denn?«, erkundigte sich Demudis unsicher.

Die Magistra machte eine hilflose Geste. »Das weiß der Himmel allein.«

Benommen verließ Demudis die Küche. Sie war unschlüssig,

wie sie nun an ihre Aufgabe herangehen sollte. Die Magistra hatte sie eindeutig gestellt. Doch wie konnte sie sie lösen?

Sie nahm sich einen weiteren sandfarbenen Umhang wider die Kälte und trat hinaus auf die Stolkgasse. Der frostige Wind pfiff ihr um die Ohren. Es hatte erneut geschneit. Die Sonne senkte sich schon gen Abend.

Demudis schritt den Weg über die Armenstraße ab, den sie hinter Schwester Guta hergelaufen war. Kinder mit blau gefrorenen Lippen, aber erhitzten roten Backen tollten ausgelassen im Schnee dort umher, wo Schwester Guta ausgeglitten war. Welche Richtung hatte sie danach eingeschlagen?, fragte sich Demudis. Ich hätte sie nicht gehen lassen dürfen! Aber das ist ein eitler Gedanke, denn was vergangen ist, kann man nicht ändern. Nicht einmal Gott könne das, wie Hechard einmal einen alten Magister, der wohl aus Aquin stammte, wiedergegeben hat.

Wenn ich wüsste, an welcher Stelle ihre Leiche gefunden wurde ... Ich habe die Magistra gar nicht danach gefragt, wie unachtsam das von mir war. Ihre Leiche ... Demudis merkte, dass dies im Augenblick bloß ein Wort war. Sie hatte noch nicht von ihr Abschied genommen. Das musste jetzt warten. Sie erinnerte sich nur an die lebende Schwester Guta. Dass sie jetzt ein toter Körper sein sollte, bis der Herr sie erwecken würde, vermochte sie sich nicht einzugestehen.

Wüsste ich also, an welcher Stelle ihre Leiche gelegen hat, würde ich schließen können, wie sie gegangen ist. Die Barfüßer, fiel Demudis ein, sie müssten die Stelle kennen. Besser ich frage dort nach als die Magistra, denn sie haben sie zuerst gefunden. Vielleicht bekomme ich noch mehr heraus, wenn ich mich an sie wende.

Demudis fand von der Armenstraße aus einen Schlupf durch die alte Mauer. Eine Schneewehe hatte ein Hindernis zwischen den eng zusammenstehenden und an die Mauer gelehnten Häusern gebildet. Demudis musste mit dem Fuß gegen den Berg aus verharschtem Schnee treten. Es knarrte etwas, fast als würde Holz bersten. Ein Teil des weißen Berges kam ihr entgegen, drang unter ihre Haube, in ihren Kragen, in die Ärmel und die Schuhe ein. Sofort schmolz der Schnee durch die Körperwärme, und es wurde unangenehm feucht. Die äußeren Schichten der Feuchtigkeit begannen zu frieren. Demudis versuchte sich das Wasser aus dem Gesicht zu wischen, aber am Ärmel hing noch Schnee, sodass es nur noch schlimmer wurde. Es fühlte sich an, als trüge ihr Gesicht eine Maske aus Eisen. Ich muss schnell ins Kloster, wo es wärmer ist, dachte sie. Es ist ja nicht weit. Auf der anderen Seite der alten Mauer ging sie etwas ostwärts und bog dann in die Mariengasse links ein, an der Rorengasse ein paar Schritte rechts befand sich der Eingang zum Barfüßerkloster.

Demudis klopfte an die Pforte und empfand Beklemmung. Das Kloster der Minoriten war dunkler als das der Prediger, und es erschien ihr fast drohend. Manche Beginen wählten sich auch die Barfüßer zur Seelsorge, aber sie waren strenger und achteten genauer auf die Einhaltung von Armut, Fasten, Keuschheit und Gehorsam. Hechard dagegen hielt die äußeren Werke der Selbstkasteiung nicht nur für unnötig, sondern angesichts des Seelenheils für schädlich. In der Predigt am letzten Sonntag, einen Tag vor Mariä Lichtmess, hatte er gesagt, wenn eine auch bloß mit der rechten Gesinnung auf einen Stein träte, hätte sie mehr für ihr Seelenheil getan als diejenige, die das in den Leib und das Blut gewandelte Brot und Wein ohne dieselbe empfinge. Immer wieder rügte er Schwester Hardrun, wenn sie ihren Körper kasteite, und nannte dies eigensüchtig und geradewegs unkeusch. Aber selbst Schwester Hardrun ging nicht zu den Barfüßern, denn bei denen wusste man nie, was sie im Schilde führten. Der Herr Abt, Hanß mit Namen, galt als frommer und gottesfürchtiger Mann, und Schwester Mentha hatte er vor den Nachstellungen des teuflischen Erzbischofs Heinrich – o Gott, vergib mir die Sünde, so wenig demütig über meinen mir von deiner Allmacht zugewiesenen Hirten zu urteilen, dachte Demudis – bewahrt, und dafür mussten ihm alle Diener des Herrn dankbar sein.

Sie war in Gedanken abgeschweift, als der Torwächter ihr auf ihr Klopfen hin endlich die Luke in der Pforte öffnete und nach ihrem Begehr fragte. Es war ein greises, zerfurchtes Gesicht, das sich zeigte, und Demudis vergab dem Bruder seine Langsamkeit, obwohl sie kaum etwas weniger ertragen konnte. Geduld zählte nicht wirklich zu ihren Tugenden.

»Ehrwürdiger Bruder, Schwester Demudis ist mein Name, und ich komme vom Konvent der Bela Crieg am Predigerkloster.«

»Hm«, machte der Bruder, wobei Demudis nicht entscheiden konnte, ob es abschätzig gemeint war.

»Meine Magistra hat mit einem Eurer Brüder ... ähm ... gesprochen. Es geht um eine ernste Angelegenheit. Ich möchte ihn gern noch etwas fragen.« Demudis überlegte, welchen Namen Magistra Sela ihr genannt hatte. »Bruder Dirolf.«

»Über was gesprochen?« Der Bruder war so neugierig, dass er fast durch die Luke kroch.

Demudis hatte nicht daran gedacht, sich eine Ablenkung einfallen zu lassen. Bruder Dirolf jedenfalls musste Stillschweigen bewahrt haben über das Grausige, was er entdeckt hatte, denn sonst wüsste es der Torwächter bestimmt schon. Es war auch gut so, denn es würde nichts bringen, mit ihm die Bluttat zu besprechen. Es würde nur zu noch mehr Gerüchten führen.

»Entlaufene«, sagte Demudis hastig. »Eine der Unsrigen ist uns entronnen, und wir wüssten gern über ihren Verbleib.«

»Haha«, machte der Greis, ohne zu lachen. »So wird von Euch gesagt, dass es Euch nämlich an dem rechten Gehorsam gebricht.«

»Ich bitte Euch, Bruder, es ist wichtig.«

Der Alte zögerte. Dann sagte er: »Findet Euch in der Kirche ein, Schwester, und wartet dort. Ich werde Bruder Dirolf Bescheid geben.«

Er schloss die Luke bedächtig. Beim Vorlegen des Riegels gab es ein unangenehmes Klacken. Dann hörte Demudis langsam schlurfende Schritte, die sich entfernten.

Sie ging um die Ecke zum Eingang der Barfüßerkirche auf der Rosengasse. Es war dort nicht so warm, wie sie gehofft hatte, aber immerhin windgeschützt. Sie rieb sich die klammen Hände, um sie trocken zu machen. Das ganze dreigliedrige hohe Mittelschiff war durchflutet von dem bunten Licht, das die prachtvollen

Fenster spendeten. Demudis ging zwischen den Rundpfeilern nach vorn in Richtung des Altars. Ihr Blick wanderte in die Höhe zu dem Kreuzrippengewölbe. Die Erhabenheit, die sich darin spiegeln sollte, stellte sich im Augenblick bei ihr nicht ein. In den Kreuzgängen waren die Barfüßer dabei, die Abschnitte des Leidensweges Christi an die Wand zu malen. Vor dem Schmerzensmann, der fast fertig gestellt war, blieb sie stehen. »Schmerzensmann« war nicht wirklich zutreffend. Fein und vornehm, fast schon hofartig, war das Bildnis des Herrn, sicherlich angetan, denjenigen Schwestern zu gefallen, die sich die Gottesminne allzu fleischlich vorstellten. Aber der Herr ist wahrer Mensch, und darum ist sein Leiden wahres Leiden, überlegte Demudis. Sie setzte sich in eine Bankreihe, von der aus sie die ganze Kirche überblicken konnte, und ließ ihren Blick schweifen. Ihr Herz schlug ihr bis zum Halse.

Nach geraumer Zeit erschienen zwei Barfüßer, die, wenn sie keine Kutten getragen hätten, für ein närrisches Paar hätten gehalten werden können. Der eine war klein und kugelrund, der andere groß und hager wie eine Bohnenstange. Bohnen, dachte Demudis, was gäbe ich drum, wenn sie wieder wachsen würden anstelle des schier unendlichen Schnees.

»Seid Ihr die nämliche Begine«, begann der dünne Bruder, »von der Bruder Thietmar uns ausrichten ließ, dass sie uns sprechen wolle?«

»Gewiss«, bestätigte Demudis. »Bruder Dirolf meinte ich.«

»Gott mit Euch«, sagte der Dicke und zwängte sich neben sie in die Kirchenbank. Der andere blieb daneben stehen.

»Gott mit Euch«, erwiderte Demudis den Gruß an beide gewandt. »Schwester Demudis aus der Stolkgasse bin ich.«

»Schickt Euch Bruder Hermann?«, fragte der Dicke, der sich, wie Demudis belustigt feststellte, bei der Speise ganz gewiss nicht die evangelische Armut auferlegte.

»Wer von Euch ist Bruder Dirolf?«, fragte sie zurück. Sie merkte, dass ihre Hand zitterte, und verbarg sie in einer Rockfalte im Schoß.

»Verzeiht, Schwester. Meine Wenigkeit heißt Dirolf«, antwortete der Dicke, und Demudis musste sich ein spöttisches Lächeln über das Wort »Wenigkeit« verkneifen, »und das da ist Bruder Ruotger.«

»Bruder Dirolf«, sagte Demudis, »Ihr habt offenbar das Grausige, was Ihr entdeckt habt, nicht kundgetan, denn der Bruder an der Torwache wusste von nichts.«

»Schickt Euch Bruder Hermann?«, wiederholte nun Bruder Ruotger die Frage des anderen.

Sie erwarten offenbar jemanden mit einer Nachricht von Bruder Hermann, schloss Demudis. Was es damit wohl auf sich hat? Vielleicht ist es klug, so zu tun, als ob ich das sei. Dann könnte es sein, dass sie mir offenherziger Mitteilung machen.

»Er ist im Augenblick nicht zugegen«, wich Demudis aus. Sie beobachtete, dass die beiden Brüder wissend nickten. »Darum wende ich mich an Euch. Die Tote war eine Schwester aus unserem Konvent.«

»Eine entlaufene Schwester«, sagte Bruder Dirolf und kicherte vor sich hin. »Bruder Thietmar sprach von einer Entlaufenen. Da habt Ihr Euch eine feine Lüge ausgedacht.«

Bei dem Wort »Lüge« empfand Demudis einen Stich. Sie musste sich vorsehen. In Bruder Ruotgers ungesund schmalem Gesicht sah Demudis eine ihr unerklärliche Angst geschrieben.

Er fragte: »War es nicht recht, dass wir mit Bruder Hermann darüber sprachen? Er war sehr begierig darauf und hat versprochen, ihrer Familie Bescheid zu geben.«

Demudis biss sich auf die Zunge. Ihrer Familie? Wieso wusste Hermann von Gutas Familie und sie selbst nicht? Er hatte doch das Gerücht in die Welt gesetzt, sie sei die Buhle von Hechard. Konnte es wirklich sein, dass er ihre Geheimnisse kannte, die sie gegenüber ihren Schwestern so sorgsam verborgen gehalten hatte? Demudis hätte zu gern gefragt, aber dann hätten die Brüder sofort gemerkt, dass sie nicht im Auftrag von Bruder Hermann handelte. Und das schien ihr doch eine gute Tarnung zu sein. Darum entschloss sie sich, nun die Frage zu stellen, mit der sie hergekommen war.

»Wo habt Ihr die Leiche aufgefunden?«

»Jenseits des Eigelsteintores«, antwortete Bruder Dirolf.

Gleichzeitig fragte Bruder Ruotger: »Seid Ihr sicher, dass Bruder Hermann Euch sendet?«

»Könnt Ihr mir zeigen, wo es genau gewesen ist?«, bat sie, ohne auf Bruder Ruotgers Frage weiter einzugehen. Ihre Selbstsicherheit verfehlte die Wirkung auf die beiden Brüder nicht, denn sie bestanden nicht auf einer Antwort.

»Unverzüglich?« Bruder Ruotger klang unwillig.

»Unverzüglich«, bestätigte Demudis, obwohl sie in ihren feuchten Kleidern schrecklich frieren würde.

Demudis sah, wie die Brüder einen Blick wechselten, und als sie voranschritt, folgten sie ihr. Sie mussten nur geradewegs nach Norden durch die Pfaffenpforte gehen, vorbei an dem Predigerkloster über die Marzellenstraße und zwischen den weiß bedeckten Feldern der innerstädtischen Bauern weiter zum Tor.

»Weiß es Euer Abt?«, fragte Demudis die einen halben Schritt hinter ihr gehenden Barfüßer.

Bruder Dirolf antwortete: »Der ehrenwerte Vater und Herr Abt Hanß ist unterwegs.«

»Nach Mainz«, ergänzte Bruder Ruotger. Demudis hatte das Gefühl, dass die Offenheit Bruder Dirolf nicht ganz recht war. »Er beichtet seine Sünden bei Erzbischof Matthias.«

»Ganz schön weit«, sagte Demudis, um das Gespräch in Gang zu halten und kein unerquickliches Schweigen aufkommen zu lassen.

»Es soll eine herrliche Stadt sein«, erwiderte Bruder Ruotger. »Nicht von ungefähr nennt man sie die ›goldene‹.«

»Unser Köln ist doch auch schön!«, wandte Demudis ein.

Doch fast zur selben Zeit tadelte Bruder Dirolf: »Dem Gold haben wir abgeschworen, es ist kein Zeichen von Gutheit, Bruder Ruotger.«

Bruder Ruotger gab sich nicht geschlagen. »Unzählige Kirchen und Klöster sind dort neu erbaut und gegründet worden, der Markt blüht, und die Bürger sind nicht weniger frei als hier in Köln. Es soll sehr angenehm sein dort.«

»Der Erzbischof, dieser Matthias von Bucheck, ist ein ausgemachter Feind von unserem ehrwürdigen Vater und Herrn Erzbischof Heinrich II. von Virneburg«, gab Bruder Dirolf zu bedenken.

»Und dann geht Euer Abt ausgerechnet zu ihm in die Beichte?«, fragte Demudis verwundert.

»Vater Hanß tut, was er will«, lachte Bruder Ruotger.

»Das ist nicht zum Lachen«, wies ihn Bruder Dirolf zurecht. »Es ist eine Schande, dass sich der ehrenwerte Vater und Herr Abt Hanß so wenig mit den Gegebenheiten abfindet.«

»Gegebenheiten? Was meint Ihr damit?« Demudis konnte sich darauf keinen Reim machen.

Bruder Dirolf breitete die Arme ein wenig aus, führte sie wieder zusammen und ließ die Hände schwach aneinander klappen. »Sicherlich sollen wir nur Gott dienen. Das ist unser Auftrag. Aber die weltlichen Dinge müssen auch bedacht werden, sonst ergeht es uns schlecht. Denn wenn die Herren wollen, machen sie den Mönchen schnell den Garaus. Man muss klug und umsichtig handeln, wenn man nicht untergehen will im Gezänk der Oberen.«

Erst nachdem sie das Tor durchschritten hatten, überließ Demudis den beiden Brüdern die Führung. Es war nicht weit, bis sie auf eine Stelle hinter einer Gruppe kahler Bäume und Sträucher zeigten.

Der Schnee war heruntergetrampelt. Demudis schaute die Brüder fragend an.

Bruder Dirolf wies auf Bruder Ruotger. »Bruder Ruotger hat sie entdeckt.«

»Wann?«, fragte Demudis.

»Na, heute eben, zwischen Sext und vielleicht Terz, ich meine, zwischen Terz und Sext«, stammelte Bruder Ruotger.

»Es hat eine Zeit gedauert, bis wir herausgefunden haben, zu wem sie gehört«, ergänzte Bruder Dirolf. »Bruder Ruotger kam ganz aufgelöst ins Kloster, wie Ihr Euch denken könnt, denn man findet ja nicht alle Tage eine Tote im Schnee –«

»Eine Erwürgte«, unterbrach Demudis in fragendem Ton, um sich zu vergewissern.

»Sehr richtig«, bestätigte Bruder Dirolf. »Es war unschwer zu erkennen für jemanden wie mich, der ich auch in der Medizin um einiges bewandert bin. Ich habe Bruder Ruotger zur Fundstelle begleitet, und es ist mir sofort aufgefallen. Sodann fragten wir in einigen Konventen der Beginen nach, bis wir von einer Schwester den Hinweis bekamen, wir mögen uns an Eure Magistra wenden.«

Demudis wandte sich an Bruder Ruotger. »Ihr seid an dieser Stelle vorbeigekommen?« Sie merkte, dass sich das ziemlich einfältig anhörte, denn wäre er nicht vorbeigekommen, hätte er die Leiche nicht entdecken können. Aber sie wusste nicht, wie sie es hätte anstellen können, nach dem Grund seines Vorbeikommens zu fragen, ohne Bruder Ruotger zu nahe zu treten. Was hatte er hier zu suchen?

»Ja«, antwortete Bruder Ruotger einsilbig. »Zufällig.«

»Zufällig?«, echote Demudis erstaunt. Wie konnte es sein, dass sich ein Barfüßer zufällig jenseits des Eigelsteintores herumtrieb?

»Wollt Ihr die Worte unseres guten Bruders anzweifeln?«, blaffte Bruder Dirolf.

»Ist schon gut«, beruhigte Bruder Ruotger eilig. »Mach kein Geheimnis drum. Ich war bei den Bauern auf dem Hof von Nikolaus. Seine Tochter lag im Sterben, und sie wünschten sich einen Minoriten für die letzte Ölung.«

»O wie schrecklich«, sagte Demudis und schämte sich nun für ihre aufdringliche Neugier. »Zwei Tote so kurz hintereinander.«

Das Gesicht von Bruder Ruotger hellte sich unversehens auf. »Nein, nein, Veronika, die dreijährige Tochter von … äh … diesem Bauern, sie ist nicht gestorben. Ein Wunder des Herrn!«

»Und dann seid Ihr doch dem Tod begegnet«, warf Demudis ein, um das Gespräch wieder zu Schwester Guta zurückzulenken, obwohl sie in einer hinteren Ecke ihrer Gedanken vermerkte, dass der Bericht über den Leichenfund sich für sie nicht ganz überzeugend angehört hatte.

»Dem einen gibt der Herr, dem anderen nimmt er«, sagte Bruder Dirolf herzlos. »Immer nach Maßgabe der ewigen Gerechtigkeit, denn diese Tote hier war augenscheinlich eine Sünderin.«

»Dann wusstet Ihr also, wer sie war!«, rief Demudis ungehalten. Ich muss vorsichtiger sein, dachte sie bei sich, und darf mich nicht gehen oder von Gefühlen übermannen lassen.

»Das haben wir erst später erfahren«, verteidigte sich Bruder Ruotger. »Als uns Bruder Hermann angesprochen hat. Eure Magistra hat uns gesagt, wir sollten ihre Leiche ins Predigerkloster bringen. Bruder Dirolf kann es bestätigen!«

»Wir haben das getan, was sie uns aufgetragen hat«, pflichtete Bruder Dirolf ihm bei und schaute Demudis misstrauisch an. »Natürlich verbreitete sich die Kunde schnell unter den Predigern, und sie strömten herbei, um die Tote anzuschauen. Es gab viele Klagen. Aber Bruder Hermann nahm uns beiseite und gab uns Kunde von ihr.«

»Ihr erwähntet, er wollte ihrer Familie Bescheid geben«, sagte Demudis. Sie hatte das Gefühl, nun alles von den Brüdern erfahren zu haben, außer was es mit Bruder Hermanns Wissen um Gutas Familie auf sich hatte. »Da wir im Konvent, so eigenartig es auch für Eure Ohren klingen mag, von einer Familie nichts wissen, aber ihr auch gern unser Beileid aussprechen würden, wäre es sehr freundlich von Euch, mir deren Namen zu verraten.«

»Fragt Bruder Hermann doch selbst«, empfahl Bruder Ruotger.

»Sie ist nicht von Bruder Hermann geschickt worden«, stellte Bruder Dirolf fest. »Wir gehen, Bruder Ruotger!«

Ich muss ihn wirklich selbst fragen, dachte Demudis. Sie schaute sich um, als die Brüder von dannen getrottet waren. Schwester Guta war also nicht weiter Richtung Vrisintor gegangen. Sie hatte sich statt nach Westen gen Norden gewandt, Richtung Riehl. Wenn sie nicht noch woanders gewesen war. Aber was auch immer in der Zwischenzeit geschehen sein mag, überlegte Demudis, irgendwann muss sie das Eigelsteintor passiert haben. Demudis erinnerte sich nicht, jemals gehört zu haben, dass Schwester Guta etwas in Riehl zu schaffen gehabt hatte. Sie fragte sich aber nicht nur, warum sie nach Riehl oder wenigstens in Richtung Riehl hatte gehen wollen, sondern auch, wie es dem Meuchler möglich gewesen war zu wissen, dass sie sich genau zu diesem Augenblick dort befunden habe. Hatte sie zwischen der Zeit, als sie Demudis weggeschickt hatte, und dem Gang durch das Eigelsteintor mit jemandem gesprochen? Oder war sie erwürgt worden, als sie von Riehl zurückgekehrt war? Zeit genug dazu wäre ja gewesen. Wie dem auch sei, das Rätsel war gleich schwer zu lösen.

Einen Zufall wollte Demudis nicht annehmen. Kein Räuber überfiel eine Begine, denn niemand, der bei Troste war, konnte annehmen, dass sie irgendetwas von Wert bei sich trüge.

Nachdenklich ging Demudis stadteinwärts, um im Prediger-kloster Hechard aufzusuchen und mit ihm über Schwester Guta zu sprechen. Er war ihr Beichtvater gewesen. Niemand hatte ihr näher gestanden als er, und von ihm müsste sie einiges erfahren können. Außerdem hatte Bruder Hermann ihn des Mordes beschuldigt. Was gedachte Hechard dagegen zu unternehmen? Hatte Bruder Hermann schon die Schöffen unterrichtet? Auch mit ihm wollte sie sprechen und die Familie von Schwester Guta ausfindig machen.

Als sie gedankenverloren über die Marzellenstraße ging, stieß sie unachtsam mit einem Mann zusammen. Sie erschrak sehr und strauchelte. Vor ihrem Auge erschien das widerlich keuchende Gesicht von Theoderich Oasterseye. Seine schmierigen rohen Hände grabschten nach ihr und zerrissen ihr schönes blaues Kleid. Sie biss in die dargereichte Hand. Der Mann, der ihr aufhelfen wollte und eine Entschuldigung murmelte, zog seine Hand erbost weg.

»Beginen, Beginen, nicht so heilig, als sie schienen«, schimpfte er kopfschüttelnd, während er sich von dannen machte. »Sie werden immer frecher! Prediger Hermann hat vollkommen Recht.«

Mühsam und noch benommen erhob sich Demudis. Sie fühlte sich, als habe sie wie einst die heilige Ursula gehandelt, die sich, gerade erst im zarten Alter von acht Jahren, dem König der angreifenden Hunnen, Attila, verweigert und dafür mit den elftausend anderen Jungfrauen den Märtyrertod erlitten hatte. Sie versuchte, das Bild ihres Peinigers zu verscheuchen. So schnell wird falsch verstanden, was man tut, dachte sie. Ob es sich dergestalt auch bei Bruder Hermann verhält? Vielleicht hat er gute Gründe für das, was er macht. Aber es darf nicht stimmen, was er bezüglich Hechards behauptet!

Sie vermeinte, wie in Nebel eingehüllt zu sein, als sie an den Predigern rechts einbog, um zur Pforte des Klosters zu gelangen.

Bruder Hinkmar hatte die Torwache, und Demudis fragte ihn beiläufig, wann Schwester Guta das letzte Mal hier gewesen sei.

»Zu Mariä Lichtmess.« Bruder Hinkmar zögerte keinen Augenblick mit der Antwort. »Ist es nicht furchtbar, was mit ihr geschehen ist?«

»Du hast ein starkes Gedächtnis, Bruder«, schmeichelte Demudis, um ihn zu weiteren Auskünften geneigt zu machen. »War sie zur Beichte bei Hechard?

»Nein, nein«, widersprach Bruder Hinkmar. »Verhielte es sich so, würde ich den Tag bestimmt nicht erinnern. Es war etwas ganz und gar Merkwürdiges, darum ist es mir haften geblieben. Sie hat sich mit einem Bauernburschen getroffen.«

»Mit wem?« Demudis wurde hellhörig.

Bruder Hinkmar zuckte die Achseln. »Das weiß ich nicht, Schwester.«

»Sie haben sich im Kloster getroffen«, bohrte Demudis dennoch weiter. »Das deucht mir ein Widersinn zu sein.«

»Mir auch. Im Abthaus. Der Herr Abt Norbert wird also mehr wissen als ich. Neugier ist eine Sünde. Ich frage nicht«, behauptete Bruder Hinkmar. Demudis nahm ihm das nicht ab. Sie kannte kaum einen Mönch, der nicht neugierig war, obwohl sie es immer nur den Weibern nachsagten, besonders den Beginen.

Demudis hatte nun erfahren, dass Schwester Guta an Mariä Lichtmess im Kloster gewesen war, um einen Bauernburschen zu treffen. Es hatte sich ein neues Rätsel aufgetan. Aber eigentlich ging es ihr um den Tag nach Mariä Lichtmess. Denn das war der Tag, an dem Schwester Guta aus dem Konvent entlaufen war mit dem Ziel, Bruder Hermanns Angriffe auf die Beginen und auf Hechard zu unterbinden. Sie entschloss sich, direkt nach dem entscheidenden Tag zu fragen.

»Am Tage nach Mariä Lichtmess«, sie machte eine kleine Pause, damit er seine Erinnerung hervorrufen konnte, »war Schwester Guta auch hier?«

»Das entzieht sich meiner Kenntnis«, antwortete Bruder Hinkmar. »Bruder Einhard hatte Torwache. Warum, Schwester, fragst du nach all diesen Dingen? Haben sie etwas mit ihrem schrecklichen Tod zu tun?«

»Neugier ist eine Sünde, hast du eben selbst gesagt, vergiss das nicht, Bruder Hinkmar«, tadelte Demudis, aber versuchte, ein Lachen vorzutäuschen, und fügte hinzu: »Schwester Guta ist entwichen, am Tage nach Mariä Lichtmess. Ich versuche herauszubekommen, wo sie danach überall gewesen ist, bevor sie ... ihren Tod fand.«

»Begreife«, brummte Bruder Hinkmar.

Demudis konnte seinem Gedankengang nun nicht folgen. »Warum ›begreife‹?«

Bruder Hinkmar wich ihrem Blick aus. »Was so über sie gemunkelt wird.«

Demudis ärgerte sich über diese Antwort. »Lässt du mich nun bitte eintreten, damit ich von dem ehrenwerten Vater und Herrn Abt Kunde empfangen kann?«

Bruder Hinkmar schien ihren Ärger nicht mitbekommen zu haben, denn er blieb freundlich: »Nur zu, Schwester, er hält sich in seiner warmen Stube auf.«

Demudis überquerte den kleinen, verschneiten Vorhof und ging zum Abthaus. Es war kaum weniger geräumig als das eines besser gestellten Bürgers, verfügte über eine Schlafkammer, eine Wohnstube, einen Empfangsraum, ein eigenes Schysshaus mit Grube, sogar eine eigene Küche und einen eigenen Brunnen. Aber soviel Demudis wusste, aß der Abt immer mit den Brüdern, und die Küche wurde nicht benutzt, außer dass im Winter der Herd befeuert wurde, um es im Haus warm zu halten.

Sie klopfte und drückte die Tür auf. Der Abt entzündete gerade eine Kerze in der Stube, als Demudis eintrat. Die Wärme, die ihr entgegenschlug, war eine unbeschreibliche Wohltat. Aber wie immer, wenn sie vom Kalten ins Warme kam, begannen ihre Hände und Füße zu kribbeln, als liefen ihr Tausende Ameisen darüber.

»Ehrenwerter Vater und Herr Abt Norbert«, begann sie unsicher.

»O wie schön, dich zu sehen, Schwester«, sagte Abt Norbert. Aber sein Gesicht war in sorgenvolle Falten gelegt. »Die Frische des Lebens steht dir ins Gesicht geschrieben.«

»Und doch bin ich in der traurigen Angelegenheit hier, die uns alle bedrückt, Vater«, dämpfte sie seine Aufmunterung.

»Sprich, meine Tochter.«

Demudis überlegte, was der Abt wohl bereits wisse oder gehört habe, aber vermutete, dass es nicht viel sei außer dem Tod von Schwester Guta, denn Bruder Hermann würde sich ihm, der als Fürsprecher Hechards galt, nicht anvertraut haben.

»Schwester Guta, Vater, hatte sich, bevor sie dem Meuchler in die Arme gelaufen ist, auf und davon gemacht. Ich denke, es könnte etwas mit ihrem Tod zu schaffen haben. Mich hat Magistra Sela beauftragt, die Mordtat zu enträtseln.«

»Dies ist sehr löblich von ihr.« Abt Norbert faltete die Hände vor seinem Bauch, der sich gewaltig wölbte. »Die Diener des Herrn regeln ihre Angelegenheiten selbst und greifen nicht auf die Hilfe der Schöffen zurück, denen wir nicht zu trauen wagen.«

»Bruder Hinkmar vom Tor hat mir kundgetan, an Mariä Lichtmess habe sich Schwester Guta hier bei Euch mit einem Bauernburschen getroffen. Sie hat uns nichts davon erzählt.« Demudis hoffte, dass der Abt aus ihren Worten keine Anklage gegen sich heraushören würde dergestalt, etwas verschwiegen zu haben.

»Eigenartig, oder?« Der Abt schien nach Demudis' Beobachtung nicht so empfindlich zu sein wie Bruder Dirolf. »Dieser Bursche tauchte hier auf und wies ein Empfehlungsschreiben von Graf Walram vor, in welchselbigem er darum bat, ohne jeden Verzug ein Treffen mit Schwester Guta herbeizuführen. Ich sah keinen Grund, ihm, der als Beschützer von Köln in hohem Ansehen steht, dies abschlägig zu bescheiden.«

»Der Graf von Katzenelnbogen?« Demudis wäre beinahe die Zunge aus dem Halse gefallen. Konnte es sein, dass Schwester Guta ihn gemeint hatte, dem sie die Wahrheit hatte sagen wollen?

Welche Wahrheit? Was verband sie mit ihm? Weder ihr noch den Schwestern war bei dem Namen Walram in den Sinn gekommen, es könne sich um den Grafen handeln. Aber selbst unterstellt, Schwester Guta habe nach Katzenelnbogen gewollt, um dem Grafen eine wie auch immer geartete Wahrheit mitzuteilen, hätte sie nicht das Eigelsteintor gewählt, um dorthin zu gelangen! Die Gedanken in Demudis' Kopf überschlugen sich.

»So verhält es sich«, bestätigte Abt Norbert.

»Was geschah hernach?«, fragte Demudis und fürchtete, dass ihr ihre Erregung jetzt allzu deutlich anzumerken sei.

»Sie sprachen ungefähr eine Kerzenlänge miteinander, allein, worum die Schwester ersucht hatte.« Eine Runzel zeigte sich auf der Stirn des Abtes, und er schien zu spüren, dass es Grund zur Beunruhigung gab. »Meinst du, das könnte zur Aufdeckung ihres gemeinen Endes beitragen?«

»Ich stehe erst am Beginn der Untersuchung und kann noch nichts darüber sagen«, wehrte Demudis schnell ab. »Dürfte ich mit Hechard, der ja ihr Beichtvater war und ein besonderes Amt ihr gegenüber bekleidete, ein paar Worte diesbezüglich wechseln, ehrenwerter Vater?«

Abt Norbert schaute auf seine gerade entzündete Kerze und dann zum Fenster hinaus.

»Es wird Nacht, meine Tochter. Es sollte reichen, morgen mit Meister Eckhart zu sprechen.«

»Danke, Vater«, sagte Demudis, war aber enttäuscht.

*

St. Goar, am Abend des 5.2.1327

Den ganzen Tag hielt die Ergriffenheit über das Erlebnis von Schwester Mathilde in Koblenz an, ihre Begegnung mit dem Herrn, der ihr Gemahl war und von dem sie lassen musste und konnte um dessentwillen. Er hatte sie ermahnt, dies in allen Einzelheiten, derer sie sich entsinnen konnte, ihrem Beichtvater zu diktieren, damit er es bewahre für die Nachwelt. Ihr Beispiel konnte Menschen, Weibern wie Männern, die schwankenden Herzens waren, als Ermutigung und Mahnung dienen.

Auf dem Weg hatte Hanß halb belustigt, halb missbilligend feststellen müssen, dass Bruder Dudo sich mit den Burgen bestens auskannte. Burg Helfenstein gegenüber von Koblenz und Burg Stolzenfest gegenüber der Lahnmündung waren von den Trierer Erzbischöfen erbaut worden. Besonders Burg Stolzenfest sei wichtig, um den Ort zu sichern, an welchem die Kurtrierer Besitztümer mit Kurmainz, Kurpfalz und Kurköln zusammenstießen. Erzbischof Balduin von Trier erhob hier den Rheinzoll. Hanß hasste Erzbischof Balduin ebenso wie denjenigen von Köln, weil er in gleicher Weise das Geschäft der weltlichen Macht spielte, nur auf geschicktere und erfolgreichere Art und Weise. Verdrießlich fand Hanß, als Bruder Dudo eine Weile später darauf hinwies, dass Burg Lahneck, ein kurzes Wegstück die Lahn hoch, von den Mainzer Erzbischöfen erbaut worden war, nicht von Erzbischof Matthias, sondern von einem seiner Vorgänger. Vielleicht waren die Mainzer Erzbischöfe keinen Deut besser als die Kölner und Trierer? Hanß brummte so abweisend, dass es Bruder Dudo unterließ, zu den weiteren Burgen, der Marksburg und den »die feindlichen Brüder« genannten Sterrenberg und Liebenstein, etwas zu bemerken. Die feindlichen Brüder? Hanß fragte Bruder Dudo nicht, ob er wisse, warum die Burgen so genannt wurden. Erst als sie an der Baustelle einer Burg vorbeikamen, konnte Bruder Dudo es sich wohl nicht verkneifen, darauf hinzuweisen, dass der Trierer Erzbischof Balduin hier eine weitere Zwingburg baute, um die unruhigen Bürger der Stadt Boppard zu unterwerfen. Wie die Kölner Bürger begehrten die Bopparder auf und verlangten, ihre Angelegenheiten selbst regeln zu können.

Genächtigt hatten sie schließlich bei den Kanonikern in St. Goar oberhalb von Burg Rheinfels. Die Kanoniker lebten sonder Gelübde so frei wie die Beginen; jene waren aber im Unterschied zu diesen Geistliche. Hanß war beeindruckt von ihrer Freundlichkeit und Lebensfreude, allerdings verfügten sie nicht über ihre eigene Gerichtsherrlichkeit wie die Klöster, sondern unterlagen ihrem Fürsten, was Hanß weniger erstrebenswert schien. In Köln allerdings, überlegte er, machte es keinen großen Unterschied, da der Erzbischof sich als beides ansah, als weltliches und kirchliches Oberhaupt. Hanß bedauerte, so müde zu sein, dass er kaum Gelegenheit hatte, ein längeres Gespräch mit den Kanonikern zu führen. Sie boten ihm und Bruder Dudo von ihrer Suppe an, in der sich wahrhaftig etwas Schweinefleisch befand, was ihren unermesslichen Reichtum belegte, den sie auch genießen durften, da sie keine Armut gelobt hatten. Hanß spürte, wie ihn Bruder Dudo erwartungsvoll anschaute. Sie waren so hungrig und hatten so viele Wegstunden durch den Schnee gemacht, wie konnte er es dem Bruder und sich verweigern, den geschundenen Körper durch gutes Fleisch zu stärken? Hanß nickte, und Bruder Dudo löffelte mit Heißhunger. Auch Hanß hielt sich nicht zurück.

»Sprich, Bruder«, sagte einer der Kanoniker lachend, der während des Mahls schon einigen schweren Wein zu sich genommen hatte, »wo du dein eines Auge gelassen hast!«

»Hätte ich es noch, so wäre ich nicht hier«, antwortete Hanß.

»Erzähl!«, forderten die anderen, durch sein Rätsel neugierig geworden.

»Nun denn. Es war vor etlichen Jahren, und ich würde lügen, wenn ich sagte, ich wüsste nicht genau Jahr und Tag, denn es war Himmelfahrt im Jahre des Herrn 1299, und ich zählte gerade achtzehn Lenze. Ich war für eine süße, viel begehrte Magd entbrannt, Agnes mit Namen. Zu jener Zeit, so sollt ihr wissen, war ich noch stattlich und des Buckels wie des schiefen Ganges ledig.«

Die Kanoniker machten viele Ohs und Ahs und rückten näher an ihn heran. Hanß musste sich zugestehen, dass er die Aufmerksamkeit ebenso wie die Erinnerung genoss, was ihm bestimmt nicht als Verdienst zugerechnet werden konnte.

»Sie aber ließ sich nicht nur meine Minne gefallen, sondern auch noch die anderer Burschen, die umso heftiger um sie buhlten. Sie schenkte ihre Huld mal dem einen und mal dem anderen, und jeder, den sie traf, fühlte sich, als schwebe er in den Wolken, während für die anderen sich der Himmel verdüsterte. Als mir ihre Gunst zuteil wurde, vereinigte ich mich mit großer Leidenschaft fleischlich mit ihr, aber ich durfte die Stunde nicht lange auskosten, denn sie hatte Vorkehrungen getroffen, dass der Bäckergeselle Peter sich ebenfalls einfand. Sie wollte dem gehören, sagte sie hernach, der den Sieg im Kampfe davontrage. Ob ich wollte oder nicht, es blieb mir nichts anderes übrig, als mich dareinzufinden. Denn Peter war nicht verborgen geblieben, was vorgefallen war. Wutentbrannt stürzte er sich auf mich. Ich befand mich im Nachteil, weil ich, wie es aus dem vorher Gesagten offensichtlich ist, meine Kraft bereits verausgabt hatte und mich dergestalt geschwächt sah.« Hanß bemerkte, wie einige Kanoniker anfingen zu grinsen. Einer hielt sich die Hand vor den Mund, aber vermochte nicht zu verbergen, wie sehr er zu lachen hatte. Das steckte die anderen an, und schnell wurde das Gepruste immer ärger. Halb genoss Hanß die Aufmerksamkeit, die ihm solcher Art zuteil wurde, halb fragte er sich ungehalten, was die Kanoniker da so komisch fänden. »Kurz gesagt, Peter hat mich übel zugerichtet, während ich ihm kaum einen Harm zufügen konnte«, beendete Hanß den Bericht rasch, als wieder halbwegs Ruhe eingekehrt war.

»Und, hat die Magd, diese Agnes, den Sieger genommen?«, fragte einer der Kanoniker atemlos.

Hanß lachte. »Da kennt ihr die Seele der Weiber schlecht, dass ihr eine solche Frage stellt! Sie hat Peter ob der Gewalt, die er mir angetan hat, verstoßen und mich mit großer Inbrunst gepflegt.«

»Aber du bist nun hier und nicht an ihrer Seite!«

»Während ich genas, sprach der Herr durch den Mund meiner Mutter, Uda mit Namen, zu mir, und ich bekehrte mich«, erklärte Hanß kurz. Er war müde und wollte nicht noch tiefer in die Erinnerung eindringen und vor allem nicht an die andere Sünde der Fleischlichkeit gemahnt werden, begangen mit der Mutter, nicht, wie in der Sage über König Ödipus, aus Unwissenheit, sondern im Angesicht der ganzen schrecklichen Wahrheit. Dabei hatte jener beide Augen verloren und er selbst nur eines. Wie gnädig vom Herrn! So wehrte er die weiteren Fragen der Kanoniker ab, die vor allem begehrten, mehr über die Schönheit der Magd zu erfahren. Schließlich ließen sie jedoch ab von ihm und stimmten zu, ihm seine verdiente Ruhe zu gestatten.

Die Kanoniker verfügten über keine Gästeherberge, aber sie wiesen ihnen eine schmale Schlafstelle im Dormitorium zu. Froh, die müden Beine betten zu können, verfiel Hanß sogleich in süße Träume.

*

Köln, Beginenkonvent der Bela Crieg,
am Abend des 5.2.1327

Im Konvent bereiteten sich die Schwestern auf die Nachtruhe vor. Demudis schloss sich ihnen an. Es gab keinen anderen Gesprächsgegenstand als den Tod von Schwester Guta. Die Schwestern waren unaufmerksam, liefen ziellos umher, seufzten und weinten, sobald sie auf eine der übrig gebliebenen Habseligkeiten der Gemeuchelten stießen.

»Es gibt so vieles, das wir von Schwester Guta nicht wussten«, berichtete Demudis betrübt. »An Mariä Lichtmess etwa hatte sie sich mit einem von Graf Walram aus Katzenelnbogen geschickten Bauern bei Abt Norbert unterredet. Hatte eine von euch Kunde davon?«

»Nein«, sagte Schwester Sophia, und Demudis sah, dass sie für alle sprach. »Was kann das bedeuten? Ist der Bauer ihr Mörder?«

»Oder der Graf gar?«, fragte Schwester Dideradis. »Wie unausdenkbar!«

»Besser der als Hechard!«, warf Schwester Lora ein.

»So weit bin ich noch nicht«, gestand Demudis ein. »Es war ja am Tage nach Mariä Lichtmess, dass Schwester Guta, aufgeschreckt über Magistra Selas Bericht einer Hetzrede von Bruder Hermann, aus dem Hause stürzte. Sie hatte gesagt, sie wolle die Nachstellungen unterbinden.«

»Wie hatte sie das erreichen wollen?«, fragte Magistra Sela in die Runde.

Demudis wusste es nicht.

Schwester Beatrix überlegte: »Vielleicht, weil ja sie das Ärgernis darstellte, hatte sie vor, Köln zu verlassen. Denn schließlich wurde sie als die Konkubine von Hechard benannt.«

»Ist das so abwegig?«, fragte Schwester Godelivis.

»Hechard ist zu alt«, stellte Schwester Angela fest.

War das ein Grund?, fragte sich Demudis. Schützte Alter vor der Lüsternheit? Sie zweifelte daran nach allem, was sie so gehört hatte. Sie selbst fühlte schon lange nichts mehr, aber das war etwas anderes. Daran wollte sie jetzt nicht denken.

»Immerhin ist es auffällig, dass Hechard Schwester Guta des Öfteren auf dem Weg zum Besuch ihrer Base Mathilde in Koblenz begleitete«, sagte Demudis, um sich von ihren Gedanken abzulenken. »Was auf dem Wege geschah oder bei Schwester Mathilde, die wohl auch eine Begine ist, das liegt für uns völlig im Dunkeln. Hechard hält nichts davon, den Körper zu züchtigen, sondern ihm zu geben, wonach er verlangt.«

»Was willst du damit sagen?« Magistra Sela baute sich vor Demudis auf, und Demudis erwartete jeden Augenblick eine schallende Ohrfeige. »Hast du dich mit diesem ... diesem Bruder Hermann verbündet?«

Demudis blieb standhaft. Sie richtete sich gerade auf und schaute ihrer Magistra in die Augen. »Wenn ich herausbekommen soll, wer unsere Schwester gemeuchelt hat, muss ich alles denken dürfen, was zum Täter führen könnte.«

»So viel steht fest«, sagte Schwester Hardrun mit knarrender Stimme. »Hechard war es nicht. Er ist heilig.«

Demudis freute sich, dass Schwester Hardrun offensichtlich in Zeiten der Unbill fest zu ihnen stehen würde. Andererseits hatte sich Hechard schon verdächtig gemacht durch seine einsamen Wanderungen mit Guta. Es war eben nicht so einfach, dass wahr war, was wahr sein sollte. Aber sie sagte:

»Ich verdächtige Hechard nicht. Wer kann schon meinen, dass seine knorrigen alten Hände jemanden zu erwürgen vermögen?«

Magistra Sela ließ die Arme hängen und sagte: »Verzeihung, Schwester, ich war grob. Was hast du noch herausgefunden?«

Demudis holte tief Luft. »Schwester Guta geht durch das Eigelsteintor, begibt sich demzufolge irgendwo in Richtung Norden. Oder befindet sich auf dem Rückweg aus dem Norden. Wäre es nicht, wenn sie wirklich verschwinden wollte, um Hechard und uns vom Makel zu befreien, nahe liegend, dass sie zu ihrer Base gewollt hätte? Und was hat sie in den zwei Tagen gemacht? Oder hat sie dort die ganze Zeit tot gelegen, und die Leiche ist nicht gefunden worden?«

»Wo hat sie gelegen?«, fragte Schwester Beatrix. »War es unmittelbar auf dem Weg?«

»Eher ein wenig abseits«, antwortete Magistra Sela.

Demudis nickte. »Es kommen nicht viele Leute an der Stelle lang, jetzt, wo das Wandern im Schnee so beschwerlich ist und die Bauern kein Getreide und kein Gemüse zum Markt bringen. Man schaut sich nicht um, sondern zieht die Kappe tief ins Gesicht zum Schutz gegen die Kälte.«

»Aber Bruder Ruotger ist die Leiche aufgefallen, als er vorüberging«, wandte Magistra Sela ein.

Demudis nickte. »Ich habe ihn danach befragt. Es mag ein Zufall sein. Aber irgendwie traue ich ihm nicht.«

»Was könnte stattdessen geschehen sein?«, fragte Schwester Beatrix.

»Ich wünschte, ich wüsste es«, sagte Demudis und zuckte die Schultern. »Ich habe noch etwas anderes überlegt: Früher, bevor ich hier in den Konvent eingetreten bin, so habt ihr mir gesagt, sei Schwester Guta regelmäßig nach Andernach zu den dortigen Barfüßern gegangen. Beide Ziele, Koblenz und Andernach, liegen aber gen Süden. Ich erinnere mich nicht, dass Schwester Guta je erwähnt hätte, Verwandte im Norden zu haben.«

»Sie hatte kaum je etwas über sich preisgegeben«, sagte Schwester Mentha mit Tränen in den Augen.

»Auf dem Weg wohin auch immer wird Schwester Guta jedoch erwürgt. Eines der Rätsel besteht darin, wie der Mörder wissen konnte, dass sie sich auf diesem Weg befand und dass sie sich zu diesem Zeitpunkt auf diesem Weg befand.« Plötzlich verhedderte sich Demudis in ihren Gedanken und konnte nur noch Wortfetzen in den Raum stellen. »Graf Walram … der Bauernbursche … das Empfehlungsschreiben. Bruder Hermann … will der Familie Bescheid geben.«

»Familie?«, fragte Magistra Sela entgeistert. »Wessen Familie?«

»Das ist es, was die Barfüßer mir sagten, die sie gefunden haben«, erklärte Demudis, »dass nämlich Bruder Hermann ihnen verkündet hätte, er wolle ihrer Familie Bescheid geben.«

»Woher weiß er von ihrer Familie und wir nicht?«, fragte Magistra Sela nach.

»Ich werde ihn fragen müssen«, antwortete Demudis müde.

Nachdem sie schließlich zur Ruhe gekommen und sich gebettet hatten, schmiegte sich Schwester Godelivis wieder angenehm eng an Demudis. Demudis bewegte ihre Hüfte ein wenig, um ganz auf Tuchfühlung mit Schwester Godelivis zu gehen. Aber von der lieblichen Nähe spürte Demudis kaum etwas, denn sie lag mit offenen Augen da und überlegte, kam jedoch zu keinem weiteren Schlusse.

Demudis stöhnte, als sie merkte, dass ihr die Augen langsam zufielen.

»Kannst du nicht schlafen, Schwester?«, wisperte Schwester Godelivis schlaftrunken. »Was bedrückt dich?«

»Schwester Guta«, antwortete Demudis leise, »dass sie uns auf ewig verlassen hat.«

»Hast du sie denn inniglicher als mich geliebt?«, fragte Schwester Godelivis, und Demudis hörte aufkeimenden Zorn heraus.

»Red keinen Kehricht.«

*

Köln, Beginenkonvent der Bela Crieg,
am Morgen des 6.2.1327

Das Erste, was Demudis spürte, waren fürchterlich pochende Kopfschmerzen.

»Aua!«, hatte Schwester Godelivis geschrien. Demudis erwachte abrupt und stellte fest, dass sie Schwester Godelivis wohl von sich gestoßen hatte. Im Traum war es ihr so vorgekommen, als griffen klebrige kalte Hände nach ihr.

»... Theoderich ...«, grummelte Demudis entschuldigend, war aber noch nicht in der Lage, einen ganzen sinnvollen Satz zu bilden, »... Oasterseye ...«

»Ich tu dir doch nichts!«, rief Schwester Godelivis vorwurfsvoll und entfleuchte dem Bett.

Im Nachbarbett hatte sich Schwester Mentha aufgerichtet, fuchtelte wild mit den Armen, als wolle sie rudern, und strampelte mit den Beinen, als würde sie sich vor dem Ertrinken retten müssen. »... vor Akkon also, als Prinz Eduard endlich zugestanden hatte, wie mächtig der Feind ist, kleideten wir Weiber uns mit Kettenhemden ein und ergriffen Schwerter.«

»Oh!«, entfuhr es Schwester Angela.

Unbeirrt fuhr Schwester Mentha fort: »Es war der Sommer im Jahre des Herrn 1272 ... Nicht meine Halbschwester Eleonore, nein, sie blieb, natürlich, ganz die Dame und Prinzessin. Trotz der Schwäche unseres Geschlechts kämpften wir mit der Härte, die jedem Ritter zur Ehre gereicht hätte. So manche von uns ließ ihr Leben auf dem Schlachtfeld; andere wurden von den Sarazenen gefangen genommen und später als Sklavinnen verkauft.«

»Wie schrecklich!«, rief Schwester Jutta. »Ein furchtbarer Gedanke!«

Schwester Mentha schaute sie abschätzig an, sagte aber nichts dazu, sondern erzählte weiter: »Ich bemerkte, wie einer der wild gewordenen Assassinen auf Prinz Eduard losgeht, Eleonores Gatten. In der Hand hielt er, ihr werdet es nicht glauben: ein vergiftetes Messer. Ich stürzte mich auf ihn und spaltete ihm den Schädel, dass das graue Hirn ihm herauslieft wie aus einem kaputten Krug. Aber der Teufel hatte den Prinzen bereits verletzt. Wir trugen ihn vom Schlachtfeld, und um zu verhindern, dass er stirbt, saugte ich an seiner Wunde, sofort, dann während sie ihn trugen, und schließlich ohne Unterlass den ganzen Tag, als er im Zelte lag ...«

»Und hat er es überlebt?«, fragte Schwester Angela atemlos.

»Er ist gestorben«, vermutete Schwester Hardrun, »weil sie zu heftig an ihm gesaugt hat. Sonst wäre der kleine Kratzer wohl rasch abgeheilt.«

»Er hat überlebt«, trompetete Schwester Mentha mit so stolzgeschwellter Brust, wie es ihr in ihrem Alter noch möglich war. »Dank meines Einsatzes. Und den haben sowohl er als auch Eleonore mir stets vergolten.«

»Wie alt warst du?«, fragte Demudis und schwang ihre Beine über den Bettrand.

»So an die vierzehn Lenze zählte ich vermutlich«, antwortete Schwester Mentha und schürzte ihre alten rissigen Lippen wie eine junge Magd.

»Dir hat der Herr ein großartiges Leben geschenkt, Schwester Mentha«, sagte Demudis. Sie bewunderte Schwester Mentha. Kurz nach Beendigung des Kreuzzuges hatte sie geheiratet, Guillelmus von Toulouse. Die Geschichte ihres Lebens erzählte sie den Schwestern oft und gern und jedes Mal mit neuen Ausschmückungen. Von ihren neun Kindern waren drei noch am Leben, ein viertes, die Tochter Makrina, hatte immerhin lange genug gelebt, um Schwester Mentha einige Enkelkinder zu schenken, bevor sie von jenem Schreckenswinter im Jahre des Herrn 1316 dahingerafft wurde. Nachdem Schwester Menthas Gatte zum Herrn abberufen worden war, hatte sie Bruder Anselm kennen gelernt, einen jungen Hitzkopf, der mit seinen Brüdern und Schwestern des freien Geistes durch die Lande streifte und das Königreich Gottes predigte. Im Jahre des Herrn 1325 hatte der Erzbischof von Köln viele von ihnen, derer er habhaft werden konnte, niedermetzeln lassen, aber Schwester Mentha war ihm entwischt …

»Wo ist eigentlich Schwester Guta?«, hörte Demudis Schwester Godelivis fragen. Sie will es nicht wahrhaben!, dachte Demudis.

»Tot … gemeuchelt«, schluchzte Schwester Lora.

Aus den süßen Träumen erwacht und im Jammertale hienieden angekommen, ging es Demudis durch den Kopf, und sie überlegte, was nun als Nächstes zu tun sei. Als Erstes mit Bruder Einhard sprechen, denn er hatte nach Mitteilung von Bruder Hinkmar am Tag nach Mariä Lichtmess die Torwache innegehabt. Er musste wissen, ob Schwester Guta an diesem Tage nochmals im Kloster gewesen war. Demudis erschien es wichtig herauszufinden, wer Schwester Guta zuletzt lebend gesehen hatte. Was war zwischen ihrem Weglaufen aus dem Konvent und ihrem Tod geschehen? Sodann musste sie Hechard und Bruder Hermann befragen. Hechard war eine leichte Sache, aber wie konnte sie es fertig bringen, Bruder Hermann zum Reden zu bringen und offen ihr gegenüber zu sein, obgleich er doch gegen die Beginen hetzte? Wie war es überhaupt möglich, dass er mit Hechard unter einem Dach lebte und sich als »Bruder« ansprechen ließ? Das würde ich nicht aushalten!, dachte Demudis. Aber na ja, wir haben auch unsere Schwester Hardrun. Immerhin hat sie gestern gezeigt, dass sie sehr wohl weiß, was die Treue von ihr verlangt, ganz anders als es sich offenbar bei Bruder Hermann verhält.

*

Köln, Predigerkloster, am Vormittag des 6.2.1327

Zwischen der Prim und der Terz ging Demudis hinüber zum Predigerkloster und verlangte, Bruder Einhard zu sprechen.

Bruder Einhard war ein ernster alter Mann, zu dem Demudis sofort Vertrauen fasste.

»Ich sprach gestern mit Bruder Hinkmar darüber, wann ihr unserer … verstorbenen Schwester Guta hier zuletzt ansichtig geworden seid. Er hielt die Wache an Mariä Lichtmess, sagte aber, du, Bruder Einhard, seiest am Tag nach Mariä Lichtmess am Tor gewesen.«

»Schwester Guta«, sagte Bruder Einhard und wischte sich mit dem Handrücken über die Augen. »Es ist ein Jammer um sie. Wir haben gestern Abend alle für sie gebetet. Sie hat es bitter nötig, denn sie ist, nach allem, was man so hört, eine große Sünderin gewesen.«

Demudis sah ein, dass sie sich in Bruder Einhard getäuscht hatte. Sie musste sich zusammenreißen und ganz gegen ihren inneren Antrieb Zurückhaltung üben. »Sieh es mal so an, Bruder Einhard. Wir müssen herausfinden, wer die Sünde begangen hat, ihr das Leben zu nehmen, was nämlich nur Gott gebührt.«

»Wie wollt ihr das anstellen?«, fragte Bruder Einhard milde. »Es muss heimlich und bei Nacht geschehen sein, weil niemand es gesehen hat. Solche Mörder findet man nicht, sie werden erst am Jüngsten Gericht ihrer gerechten Strafe zugeführt.«

»Es gibt Gerüchte, schlimme Gerüchte. Gerüchte, die die Predigerbrüder betreffen. Wir müssen dafür sorgen, dass sie aus der Welt geschafft werden.«

Bruder Einhard nickte fast unmerklich.

»Wie ist es, hast du sie am Tage nach Mariä Lichtmess gesehen? Ist sie am Tor gewesen?« Demudis fühlte, dass sie drauf und dran war, aus der Haut zu fahren.

»Schwer zu sagen. Ein Tag ist wie der andere«, sagte Bruder Einhard und wiegte den Kopf.

»Hat sie nicht nach Hechard gefragt, um zu beichten?«, versuchte Demudis, ihm auf die Sprünge zu helfen.

Mit einem Mal hellte sich das Gesicht des Alten auf. »Warte, Schwester Demudis, warte. Mir kommt da etwas in Erinnerung, weil es wahrhaftig absonderlich ist. Sie wollte bei Bruder Hermann beichten.«

»Bei Bruder Hermann?«, vergewisserte sich Demudis ungläubig.

»Ja, bei Bruder Hermann«, bestätigte Bruder Einhard. »Wo er sie doch so in den Schmutz gezogen hat und den Meister. Darum habe ich es im Herzen bewahrt.« Er legte seine Hände auf die rechte Brust.

Es kam auf die Zeit an, so hakte Demudis nach: »Und es war am Tage nach Mariä Lichtmess?«

»Bestimmt.« Bruder Einhard bewegte den Kopf schnell von unten nach oben und zurück.

Demudis wurde lauter: »Wann?«

Bruder Einhard schaute sich fragend um, als ob er rechts oder links von ihr die Antwort fände. »Mittag?«, fragte er unsicher, verzog den Mund und kniff ein Auge zu.

»Ich weiß es nicht, du musst es wissen!«, rief Demudis und konnte ihre Ungeduld kaum bezähmen.

»Schwer zu sagen. Um die Sext, meine ich.«

Schwester Guta hatte demnach bei Bruder Hermann gebeichtet, nachdem sie ihr entwischt war. Demudis musste mit ihm so dringend reden wie mit Hechard. Aber Bruder Hermann war nach Mitteilung von Bruder Einhard am gestrigen Tage aufgebrochen, und es sei ihm nicht bekannt, wann er zurückerwartet werde. Es war ja auch zu vermuten gewesen, dass sich Bruder Hermann unterwegs befand, denn er wollte ja, sofern die Barfüßer die Wahrheit gesprochen hatten, die Familie von Schwester Guta aufsuchen. Je nachdem, wo diese sich aufhielt, brauchte das seine Zeit. So ersuchte sie, sich mit Hechard unterreden zu dürfen.

»Der Meister hat es heute erfahren«, sagte Bruder Einhard unvermittelt. »In drei Tagen muss er vor dem Gericht der Inquisition beim Erzbischof erscheinen.«

Damit kann ich mich nicht auch noch befassen, dachte Demudis, das muss ich zurückstellen, sonst ertrage ich es nicht.

»Bitte«, drängte sie, »ich muss ihn gleichwohl sprechen.«

Bruder Einhard sagte zu, ihn zu holen, aber Demudis bemerkte, dass seine Hilfsbereitschaft durchaus zwiegespalten war. Die Brüder sind unsicher, dachte Demudis, welche Partei obsiegen wird, und wollen nicht zur falschen Seite gehören. Das Lumpenpack.

Hechard und sie trafen sich in dem kleinen Empfangszimmer der Gästeherberge, die für die Zusammenkünfte zwischen den Brüdern und außenstehenden Besuchern vorgesehen war, wenn nicht der Abt seine Stube zur Verfügung stellte. Demudis wollte den Abt aber nicht darum bitten, diese benutzen zu dürfen, denn sie wusste nicht, wie sehr sie sich noch auf ihn verlassen konnte, nachdem sie Bruder Einhards Abneigung zu spüren bekommen hatte. Das Empfangszimmer der Gästeherberge war allerdings, wie Demudis feststellen musste, viel kälter als die Stube des Abtes.

»Ehrenwerter Vater«, sagte Demudis und fiel zu Hechards Füßen. Sie ergriff seine knochige Hand und küsste sie. Hechard half ihr auf. »Ich weiß, dass dies ein schlimmer Tag ist für Euch.«

»Der schlimmste überhaupt«, sagte Hechard. Nach einer Weile fügte er schwer atmend hinzu: »Aber, meine Tochter, sage weiter ›Bruder‹ zu mir.«

»Bruder«, setzte Demudis erneut an und setzte sich Hechard gegenüber auf einen der harten Schemel, »ich störe ungern deine Ruhe. Aber es geht um den Tod von Schwester Guta.«

»Um sie ist es mir so leid wie um den Glauben selbst«, brummte er dunkel. Draußen musste wohl die Sonne hervorgebrochen sein, denn helle Strahlen fielen durch die Scheibe und trafen Hechard ins Gesicht. Er musste die Augen zu schmalen Schlitzen machen, um nicht geblendet zu werden.

Wusste er etwas? Wenn ja, was? Nun ist es so weit, dass ich nicht einmal mehr dem vertrauen kann, dem ich am meisten von allen vertraut habe, dachte Demudis traurig und fühlte sich verlassen. »Du weißt, Bruder, was man über dich sagt?«

Hechard nickte stumm.

»Über dich und Schwester Guta?«, wurde Demudis deutlicher.

Aber Hechard blieb stumm.

»Die Barfüßer, die sie gefunden haben, beschuldigen dich. Wie kannst du da gelassen bleiben?«, ereiferte sich Demudis, die spürte, wie das Misstrauen in ihr langsam immer höher stieg.

»Muss ich mich mit lügnerischen Hunden abgeben?«, fragte Hechard schließlich.

»Vielleicht ja«, sagte Demudis unbarmherzig. Sie musste ihn zum Reden bringen! »Zumal sie nur die Überbringer der Anklage waren. Vielmehr handelt es sich um einen Prediger, von dem die –«, Demudis erstickte fast, als sie sich zwang, das Wort auszusprechen, »Mordanklage ausgesprochen worden ist.«

»Mordanklage?« Hechard merkte auf.

»Davon spreche ich doch andauernd. Er hat das Gerücht in die Welt gesetzt, du hättest Schwester Guta auf dem Gewissen!«, rief Demudis.

»Nein«, widersprach Hechard. »Der Bube ist verschwunden, seit gestern. Mir ist nicht zu Ohren gekommen, dass er Derartiges von mir behauptet.«

Wie kann er das so unbeteiligt sagen?, fragte sich Demudis. »Die Barfüßer, wie schon kundgetan, haben dies Magistra Sela und mir gegenüber geäußert. Haben Abt Norbert oder die Schöffen nichts verlauten lassen?«

»Nein«, wiederholte Hechard. Dann schien ihm etwas eingefallen zu sein. »Bruder Hermann hat einen Spießgesellen. Sein Name ist Wilhelm. Kein dummer Junge eigentlich, er schreibt ihm die Hasspredigten. Schade um die christliche Seele. Er könnte etwas wissen.«

»Auch über die Familie von Schwester Guta?«, fragte Demudis aufgeregt.

»Wie kommst du darauf?«, gab Hechard die Frage zurück.

Demudis hatte das Gefühl, dass in Hechard eine Veränderung vorgegangen war. Seine Gelassenheit hatte sich plötzlich in ein Lauern gewandelt. »Die nämlichen Barfüßer haben mir angedeutet, dass Bruder Hermann Schwester Gutas Familie Bescheid geben wolle. Nun haben wir so gar keine Kenntnis von ihrer Familie oder dass sie überhaupt eine hat. Mir erscheint es unwahrscheinlich, dass Bruder Hermann etwas über ihre Familie erfahren haben sollte ...«

»Es gibt Gründe«, murmelte der Greis.

»Sag mir mehr«, forderte Demudis, weil sie danach dürstete, das junge Gewächs ihrer Erkenntnisse mit neuem Wissen düngen zu können.

Hechard seufzte. »Ich wünschte, ich dürfte es.«

»Du sprichst vom Beichtgeheimnis?«, fragte Demudis bang.

Der Greis nickte.

»Es gibt nichts, was du mir offenbaren darfst?«

»Nichts.« Hechard kniff den Mund fest zusammen.

Demudis hatte einen rettenden Einfall. »Das Empfehlungsschreiben des Grafen Walram, das ein gewisser Bauernbursche vorgelegt hat, um mit ihr ins Gespräch zu kommen, fällt, soweit ich sehen kann, nicht darunter.«

Aber Hechard antwortete nicht, sondern erhob seine Stimme zu einem Donnerhall, wie er es manchmal tat, wenn er in höchster Erregung war: »Geh fort von mir, du willst mich versuchen in meiner schwersten Stunde, da mein Glaube auf dem Spiele steht!«

Demudis nahm ihren ganzen Mut zusammen und versuchte es mit einer weiteren Frage: »Weißt du etwas von einem gewissen Paul, mit dem Schwester Guta zu tun hatte?«

Die Augen des Greises verdunkelten sich, und er wiederholte, aber ganz leise, fast wie eine flehentliche Bitte gesprochen: »Gehe fort von mir.«

Als Demudis mit gesenktem Haupte schon fast zur Tür hinaus war, rief Hechard ihr hinterher: »Suche bei dem jüngst verstorbenen Herrn von Riehl, meine Tochter. Dort findest du Antworten.«

*

Riehl, am Mittag des 6.2.1327

Demudis hatte sich entschieden, unverzüglich nach Riehl zu gehen, denn sie schätzte es als vordringlicher ein, Hechards Wink zu folgen, als mit Bruder Wilhelm zu sprechen, der ja nur der Genosse von Bruder Hermann war und von dem man nicht wissen konnte, ob der überhaupt Einblick in die Dinge hatte, nach denen sie forschte. Hechards Hinweis passte ja auch gut dazu, dass sich Schwester Guta wohl auf dem Weg nach Riehl oder von Riehl zurück befunden haben musste, als sie entseelt wurde.

Die Mägde wollten Demudis nicht zu Frau Engelradis vorlassen, der Witwe Adolf von Riehls, der, wie man ihr sagte, am Tage vor Mariä Lichtmess verstorben war. Demudis klopfte wieder und harrte im tiefen Nass stehend aus. Auf dem Vorhof befand sich ein, wie Demudis vermutete, prächtiger großer Brunnen, der fast ganz unter den Schneemassen verschwand. Das Haus war bis Mannshöhe gemauert aus hartem, unregelmäßigem Stein, und darüber erhob sich ein hervorspringendes Fachwerk mit gründlich geweißten Flächen und feuerrot gefassten Streben. Rechts und links von der Eingangspforte gingen zwei große Flügel ab, während sich in der Mitte fast so etwas wie ein Turm erhob. Viele Giebel und Erker schmückten das Haus und kündeten von seinem Reichtum.

Demudis klopfte wieder und wieder und wurde stets aufs Neue abgewiesen, bis eine Frau den Kopf aus einem Fenster steckte und unfreundlich rief:

»Ei, Weib, was machst du für ein Getön?«

»Seid Ihr die Herrin von Riehl?«, fragte Demudis artig.

»Wer will das wissen?«

»Schwester Demudis heiße ich«, erklärte Demudis, »und lebe im Konvent der Bela Crieg bei den Predigern von der Stolkgasse. Darf ich mit Euch sprechen? Ich bitte Euch ums Inständigste. Eine unserer Schwestern ist … verstorben …«

»Was kommst du zu uns?«

»Ich habe Kunde über hiesige Familienbande«, antwortete Demudis möglichst unbestimmt.

»Wenn wir die gleiche Eselin meinen, dann kann sie uns gestohlen bleiben«, keifte die Frau.

Demudis Herz sank. »Aber ihre Familie sollte Bescheid wissen.«

»Verdammt in alle Ewigkeit«, fluchte die Frau ganz unhöfisch wie ein altes Fischweib. »Nun gut, tritt ein.«

Kurz darauf wurde die Pforte geöffnet.

Wundervolle Wärme schlug Demudis entgegen, als sie eintrat. Der Boden der Halle war mit einem Mosaik aus weißen und schwarzen Platten ausgestattet. Die Decke wölbte sich fast wie eine Kapelle und war mit Jagdbildern bemalt. Die Magd führte Demudis eine breite, mit einem roten Teppich belegte Treppe hinauf in das Gemach der Herrin. Schwere Vorhänge zierten die Seiten der Fenster, und die hölzerne Decke wie auch die sie tragenden Stempel waren gülden verziert. Das Feuer im Kamin verbreitete eine wohlige Wärme. Die Herrin, deren Trauer Demudis nicht wirklich tief empfunden dünkte, saß ganz in eine feine grüne Wolldecke eingewickelt an einem großen Tisch, der mit Wein und Gebäck gedeckt war.

Demudis fiel der Herrin zu Füßen und sprach: »Hohe Herrin, entschuldigt, dass ich Nichtswürdige Eure geheiligte Trauer um Euren ach so teuren Gemahl zu stören gewagt habe.«

Frau Engelradis machte sich nicht viel Umstände mit Drumherumreden. »Eine sehr ärgerliche Geschichte.«

Demudis erhob sich. Frau Engelradis wies ihr mit der Hand nachlässig winkend einen Stuhl an.

»Bitte, berichtet«, sagte Demudis, um ebenfalls keine Zeit mit weiteren Höflichkeiten zu verschwenden, da sie augenscheinlich nicht willkommen waren.

Frau Engelradis schöpfte tief Luft. »Es war am Fest der heiligen Martina, dem vorletzten Tage im garstigen Januar, da war mein Gatte Adolf bereits dabei, auszuatmen. Als sich besagter Tag dem Ende neigte, kam Graf Walram zusammen mit einem Müßiggänger, den er als Adolfs Sohn vorzustellen sich erdreistete.«

Demudis erfasste sofort ihre missliche Lage. »Adolfs Sohn? Nicht der Eurige?« Gleichzeitig war ihr nicht entgangen, dass von dem Grafen die Rede war, von dem nach Abt Norberts Aussage der Abgesandte stammte, der mit Schwester Guta an Mariä Lichtmess gesprochen hatte.

»Gott hat mir keine Kinder geschenkt.« Für einen kurzen Augenblick machte Frau Engelradis auf Demudis einen wahrhaft traurigen Eindruck.

»Ein Sohn, der ihm nicht bekannt war, so wenig wie Euch?«, vergewisserte sich Demudis.

»Ich sehe, dass ich etwas weiter ausholen muss«, sagte Frau Engelradis und begann überraschend bereitwillig zu erzählen. »Im Jahre des Herrn 1282 ehelichte Adolf eine gewisse Mathilde von Berg, eine Base von mir und meiner Schwester. Nachdem sie lange Jahre keine Kinder zur Welt gebracht hatte, verlangte die Familie von Riehl, dass ihm die Familie von Berg eine … fruchtbare Frau geben möge. So wurde ihm meine Schwester Guta von Berg –«

»Unsere Guta?«, fragte Demudis verdutzt. »Die aus dem besagten Konvent der Bela Crieg in Köln?«

»Sie galt als verschollen, aber Graf Walram hat es behauptet. Ich habe sie nicht in eigenen Augenschein nehmen können, um selbst zu entscheiden, ob es meine Schwester ist oder eine Hochstaplerin, denn sie ist nie hier aufgetaucht. Wahrscheinlich hat sie ihr Vorhaben als undurchführbar erkannt.«

Die Gedanken schossen Demudis wie Blitze durch den Kopf. Sie musste jetzt ruhig bleiben, um von Frau Engelradis so viel wie möglich zu erfahren. Aber in ihren Beinen kribbelte es vor unterdrücktem Bewegungsdrange.

»Die Vermählung mit Mathilde wurde also aufgelöst«, fasste Demudis zusammen, damit Frau Engelradis den Faden aufnahm und weiterspann, »und er sollte Guta heiraten.«

»So verhielt es sich«, bestätigte Frau Engelradis. Sie nickte bedächtig und hatte ihren Blick in weite Ferne gerichtet. »Die Familie von Berg verlangte ihrerseits, dass Adolf seine Zeugungsfähigkeit durch einen Priester feststellen ließe, der in der Nacht vor der Hochzeit zugegen war. Aber meine Schwester Guta … nun ja, sie lief weg, bevor sie sich das Sakrament der Ehe gespendet haben sollten am folgenden Tag, mitten während der Hochzeit. Das war ein Aufheben, damals, fast drei Dutzend Jahre ist das her.«

»Was ist mit dieser, dieser ersten Frau von Berg geschehen?«, fragte Demudis, während sie überlegte, dass nach dem, was Frau Engelradis erzählt hatte, Guta wahrhaftig ein Kind von Adolf unter dem Herzen hatte tragen können, als sie sich auf und davon gemacht hatte.

»Base Mathilde?« In Frau Engelradis' Worten schwang Verachtung. »Dem Vernehmen nach ist sie Begine geworden. Soweit mir bekannt ist, weilt sie nunmehr in Koblenz. Vordem war sie, wenn ich mich recht entsinne, in Kerlingen. Wir hören selten voneinander.«

»Dann handelte es sich nicht um eine Hochstaplerin«, schloss Demudis erfreut, »ich meine, dann war unsere Schwester Guta keine solche, denn sie hat stets die Base in Koblenz besucht, die da Mathilde heißt.« Doch noch während sie sprach, merkte Demudis, dass ihre Begründung nicht sehr stichhaltig war.

»Sei dem, wie es will«, setzte Frau Engelradis ihren Bericht fort. »Graf Walram hat Adolf diesen Lümmel, Martin mit Namen, als Sohn vorgestellt. Und da mein Gemahl ganz kinderlos war, vernarrte er sich, seinen Geist schon vom Todeshauch erfasst, in diesen … diesen Erbschleicher.«

»Und Eure Schwester Guta sollte herkommen ...«, versuchte Demudis atemlos den Bericht zu beschleunigen.

Frau Engelradis überging dies. »Mein Gemahl Adolf verstarb am Tag vor Mariä Lichtmess. Herr Bruno, mein Schwager, verlangte von diesem Martin ein Zeugnis seiner Abstammung, und dieses sollte seine Mutter, Guta, meine Schwester, erbringen.«

»Was ist geschehen?«, fragte Demudis gespannt.

»Nichts«, antwortete Frau Engelradis mit sichtlicher Zufriedenheit. »Diese Person ist nie eingetroffen, und folglich können wir Martin nicht als Herrn von Riehl anerkennen.«

»Wo weilt Martin nunmehr?«, fragte Demudis weiter.

Frau Engelradis warf Demudis einen verächtlichen Blick zu. »Mitten im Aufbruch, um mit seinem leichten Weibe zurück in das Loch zu verschwinden, aus welchem er hervorgekrochen kam.«

»Ihr sagtet, Eure Schwester Guta habe als verschollen gegolten«, versuchte Demudis erneut, eine Schlussfolgerung zu ziehen, »aber ihre Base, die auch die Eure ist, hat sie regelmäßig besucht.« Damit beschuldige ich sie der Lüge, dachte Demudis, ich hoffe, sie nimmt mir das nicht übel.

Frau Engelradis schien die Anklage gar nicht verstanden zu haben, denn sie sagte ruhig: »Ich habe meine Base seit jener Zeit nicht wieder gesehen.«

»Darf ich mit diesem ... diesem Martin sprechen?«, fragte Demudis.

Bevor Frau Engelradis antworten konnte, machte sich mit lautem Gepolter die Ankunft von jemandem bemerkbar, der seinen Eintritt nicht zu verbergen versuchte. Als es dann so weit war, erschrak Demudis trotz der geräuschvollen Ankündigung doch. Es handelte sich um einen großen, schweren Herrn, vor dem Demudis sofort Angst hatte.

Er würdigte sie keines Blickes, sondern ging zu Frau Engelradis und legte ihr die mit kostbaren Edelsteinringen geschmückte Hand auf die Schulter. Demudis verachtete den Prunk.

»Frau Engelradis«, sagte er, seinen Kopf ein wenig zu ihrem Ohr hinuntergeneigt, »Ihr braucht Euch nicht abzugeben mit diesem Gesindel.«

Er richtete sich zu voller Größe auf und zeigte mit dem Finger auf Demudis: »Scher dich fort, elende Begine!«, brüllte er. »Und nimm diesen Erbschleicher und sein Lotterweib gleich mit.«

Der Mann fackelte nicht lange, sondern packte Demudis und schleifte sie aus dem Zimmer, die Treppe hinunter in den Hof. Dort standen zwei verängstigte Gestalten.

»Lasst euch hier ja nie wieder sehen!«, brüllte er den dreien hinterher.

»Schwester Demudis von den Beginen aus der Stolkgasse in Köln«, stellte sich Demudis vor. »Man ist nicht gastfreundlich in diesem Hause. Wer ist der Grobian?«

»Bruno von Riehl«, antwortete das Weib, »der Bruder des teuren Verstorbenen. Er will Herr von Riehl werden, natürlich. Ich bin Anna aus Katzenelnbogen.«

»Martin«, sagte der Bursche. »Weißt du was von ... von ... meiner Mutter?«

Demudis schaute sich unsicher um und gewahrte, wie Herr Bruno drohend darauf zu warten schien, dass sie sich von dannen machte.

»Machen wir, dass wir fortkommen«, sagte sie zu den beiden anderen. Demudis konnte sich nur schwer an die Neuigkeiten gewöhnen, welche sie über Schwester Guta erfahren hatte, und suchte Bestätigung: »Du hast nach deiner Mutter gefragt, Martin. Meinst du Guta?«

»Guta von Berg«, ergänzte Anna.

»Erschreckt nicht«, fing Demudis an, denn sie wusste nicht, wie sie es den beiden sagen sollte. »Sie ist tot. Ermordet.«

Hätte ich nicht erwarten sollen, dass Bruder Hermann hier die Nachricht überbringen wollte?, dachte Demudis. Oder meinte er ihre Base Mathilde? Es konnte kaum sein, dass er darauf versessen war, nach Koblenz zu gehen, um es ihr mitzuteilen. Allerdings würde es sich für sie lohnen, mit Schwester Mathilde zu sprechen, vielleicht würde sie mehr berichten als Frau Engelradis.

Demudis bemerkte, dass ihre beiden Begleiter zu weinen begannen.

»Siehst du«, schluchzte Anna, »deine Mutter hat dich nicht

verraten. Sie konnte nicht kommen. Wie schrecklich. Wie furchtbar.«

»Ich glaube, sie wollte kommen«, berichtete Demudis. »Man fand sie erwürgt am Wegesrand hinter dem Eigelsteintor, die Straße, die nach Riehl führt. Ich hatte überlegt, vielleicht sei sie getötet worden, als sie auf dem Rückweg war. Aber nach dem, was ich von Frau Engelradis und von euch beiden höre, war sie wohl auf dem Hinweg.«

Martin legte den Arm um Annas Schultern.

»Es ist schön, dass du dies nun tun kannst, ohne dass wir das Gefühl haben müssen, in Blutschande zu leben«, sagte Anna. »Wir haben uns.«

»Ihr seid in dem Glauben aufgewachsen, Blutsgeschwister zu sein?«, fragte Demudis. »Du erinnerst dich nicht an deine Mutter, an Guta, meine ich?«

Martins Augen wurden glasig. »Das Früheste, an das ich mich erinnern kann, ist, als ich wohl an die drei Lenze zählte. Es war ein Tag grad so kalt wie der heutige. Vater – es fällt mir schwer, an den guten Bauern Seifried nicht als meinen Vater zu denken – nahm mich bei der Hand, und wir gingen in den Schweinestall. Im Stall war es eigentlich gruselig dunkel, aber jetzt erscheint es mir, als eröffnete sich mir die ganze Welt. Auf einmal vernahm ich das Kreischen des Schweins. Das Nächste, was ich im Gedächtnis habe, ist, wie Vater mich von dem Blut trinken ließ. Die Wärme verbreitete sich in meinem kleinen geschwächten Körper und spendete mir ungeahnte Kraft. Vater ist ein Zauberer, war ich mir sicher gewesen. Voller Dankbarkeit erkannte ich, dass das Tier sein Leben geben musste, um das meine zu erhalten. Meiner jungen Seele erschloss sich der Sinn des Gebetes, das wir über das Mahl sprachen und an Gott richteten, und fürderhin hatte ich dieses Bild stets im Kopf, wenn ich von dem Herrn reden hörte. Seit diesem Tage war ich kein nutzloses Kind mehr, sondern ging Vater bei den Schweinen und Hühnern zur Hand, und bald konnte ich stolz sein, die Hühner allein versorgen zu können. Anna, sie war ein wenig älter als ich und gleich mir ein ernstes Kind, kümmerte sich um Felix, während Mutter Günther die Brust gab. Felix, ja, nun ist auch er heimgegangen.«

Er hat nicht auf meine Frage geantwortet, ärgerte sich Demudis. Doch anstatt nachzuhaken, legte sie sich die Teile der Geschichte zurecht, wie sie sie bislang verstanden hatte: Guta von Berg wird mit Adolf von Riehl vermählt und entläuft, bevor es zur Hochzeit kommt. Aufgrund der Probe seiner Zeugungsfähigkeit, die die Familie von Berg Adolf abverlangt, weil dessen erste Ehe mit Mathilde von Berg kinderlos geblieben ist, wurde Guta gleichwohl schwanger. Sie gebar einen Sohn, den Demudis nun wohl vor sich hatte. Guta hat Martin zu Pflegeeltern gegeben, augenscheinlich Bauern in Katzenelnbogen, und war in einen Beginenkonvent eingetreten. Sie hatte die Geschichte geheim gehalten, aber der Graf von Katzenelnbogen wusste von ihr und wollte nach dem Tod des Herrn von Riehl für Martin dessen Erbschaft einklagen. Dazu war das Zeugnis der Mutter erforderlich.

Es ergaben sich viele Fragen: Warum hatte Guta ihren Bastard an eine Bauernfamilie in Katzenelnbogen gegeben? Vielleicht konnte ihr Mathilde etwas zu den Gründen sagen. Warum wusste der Graf von Katzenelnbogen davon? Warum hat er versucht, das Erbe für Martin zu erlangen? Dazu würde sie am besten den Grafen höchstselbst befragen. Hatte das überhaupt etwas mit dem Tod von Guta zu tun? Wahrscheinlich, denn sie hatte erwähnt, dem Grafen eine Wahrheit sagen zu wollen. Vielleicht, dass Adolf von Riehl nicht der Vater von Martin war? Aber warum war sie dann offensichtlich nach Riehl aufgebrochen und nicht in Richtung Katzenelnbogen gegangen?

Demudis hielt den Atem an. Herr Bruno. Frau Engelradis. Sie wären ihres Erbes verlustig gegangen, wenn Guta die Sohnschaft von Martin hätte bezeugen können. Sie wussten davon, dass Guta sich auf den Weg machen würde. Sie oder ihre Spießgesellen hätten ihr auflauern und sie töten können.

Demudis wollte unverzüglich kehrtmachen, bremste sich dann allerdings. Es könnte gefährlich werden. Besser, dachte sie, ich hole mir den Beistand des Grafen. Er will Martin zum Erben machen. Wenn ich ihm berichte, dass die Zeugin gemeuchelt worden ist, wird er nicht ruhen noch rasten, diese Schmach von sich abzuwenden.

Damit habe ich noch nicht gelöst, musste sich Demudis eingestehen, was es mit Bruder Hermanns Eingreifen in das Geschehen auf sich hat. Bei den von Riehls ist er nicht gewesen. Also muss er doch nach Koblenz zu der Base von Guta aufgebrochen sein. Was führt er im Schilde? Warum beschuldigt er Hechard? Nein, der Grund lag offen zutage: Seine Feindschaft gegen Hechard. Aber wie will er die Anklage begründen? Hofft er, bei Schwester Mathilde etwas zu erfahren, was die Anklage stützt? Er hat einen Vorsprung von einem Tag, überlegte Demudis. Ich muss mich beeilen.

Während Demudis nachdachte, sprach Anna: »Wir waren eine glückliche Familie auf einem glücklichen Hof in einem glücklichen Dorf. Erst viel später sollten wir erfahren, dass nicht alle Bauern einem Grafen sich verpflichtet haben, der so gnädig ist wie Graf Walram. Er achtet stets darauf, dass es den Bauern wohl ergeht, und fordert nie mehr, als ihm für den erwiesenen Schutz zusteht. Im Gegenteil, wenn es einmal schwierig ist, erlässt er einem Bauern seine Schuld, denn er will, wie er sagt, dass er auch die nächsten Jahre seinen Zehnt bekommt. ›Der Bauer ist bedrückt, der Graf ist nicht entzückt‹, sagt Walram gern, und die Leute lachen, denn sie wissen, dass er es gut mit ihnen meint. Martin, haben wir je gehört, dass sich ein Bauer oder auch nur ein Hintersasse vom Grafen losgesagt hätte, um einen anderen Herrn zu suchen? Es gibt keinen stattlicheren Mann als den Grafen, und alle Mägde schmachten nach ihm, alle, außer mir, weil ich schon immer nur Augen für dich gehabt habe, obwohl ich früh merkte, dass wir nur heimlich Blicke tauschen durften.«

Sie sagt dies, vermutete Demudis mitleidig, um ihrem geliebten Martin die Rückkehr auf den Hof leichter zu machen, nachdem er gehofft hatte, in den Herrenstand aufzusteigen. Anna ist ein tapferes und gutes Weib.

»Wie ist es bis hierhin gekommen«, nahm Martin den Faden auf, »nachdem es so ausgesehen hatte, dass alles eine derart glückliche Wendung nehmen würde? Wir waren die Kinder von Seifried und Maria. Erinnerst du dich, wie wir nach getaner Arbeit herumtollten, anders als die Alten, die ermattet am Küchentisch saßen und sich früh zur Ruhe begaben. Felix war immer der stärkste von uns gewesen, er konnte am weitesten pissen und am härtesten raufen, und wie oft hatte ich doch den schwächlichen Franz bewahren müssen vor den Nachstellungen des großen Bruders!«

»Jetzt übertreibe aber nicht«, mahnte Anna und erlaubte sich ein Lächeln, »vielmehr war es meist Gertrud, die jüngste von uns, die mit ihrer lieblichen Stimme den großen Bruder bat, Franz zu verschonen.«

Martin wandte sich an Demudis, die gedankenverloren neben den beiden durch den Schnee stapfte: »Vor fast zehn Jahren ist Gertrud gestorben. Das war ein trauriger Tag für die ganze Familie, obwohl alle so geschwächt gewesen waren, dass wir die Trauer erst viel später wahrhaft empfinden konnten. In jenem Winter im Jahre des Herrn 1316 wüteten Eis und Schnee für viele lange Wochen. Es gab wenig zu essen, und das Brennholz war so knapp, dass es meist auch kein Feuer gab, um sich daran zu wärmen. Gertrud war dennoch ganz heiß geworden, erst im Gesicht, dann am ganzen Körper, und später hatte sie zu husten angefangen, bis ihre Stimme klang wie die einer alten Frau. Sie schlief am Tage, wachte in der Nacht, lallte unverständliches Zeug. Schließlich ist sie aus ihrem unruhigen Schlafe nicht mehr aufgewacht.«

»Vielleicht wäre es anders gekommen, wenn Gertrud nicht gestorben wäre«, überlegte Anna. »Sie hätte Mutter womöglich umstimmen können, Mutter, die nach Vaters Tod so hart geworden war.«

»Mutter! Mutter!«, presste Martin heraus. »Maria ist nicht meine Mutter! Nicht sie war es, die mir unter Schmerzen das Leben schenkte und deren Milch ich eingesogen habe. Ich hasse sie! Ich hasse sie! Nein, das bringe ich nicht über mich. Sie ist ein herzensgutes Weib. Ach, ich weiß nicht, wohin ich gehöre! Als Gertrud geboren worden war, war ich schon alt genug gewesen, um zu sehen, welch zärtliche und liebevolle Mutter Maria ist. Schrie Gertrud, sah Maria, wie es die Hebamme gesagt hatte, sogleich nach, ob das Leinen gewechselt werden musste, die Bänder zu stramm saßen oder das Kind Hunger litt. Maria nahm Gertrud auf, sang ihr Lieder, während du und ich ihr abnahmen, was die Mutter im Haushalt zu tun hatte, wir holten Wasser, stampften die Butter, kneteten den Teig, lasen die Eier der Hühner auf. Franz dagegen hing am Rockzipfel der Mutter und brüllte, anstatt sich nützlich zu machen, während Felix sich Gott weiß wo herumtrieb und der Mutter Kummer bereiten würde, indem er mit zerrissenen Kleidern zur Vesper erschien. So ist es auch geblieben. Als ich größer war, ging ich mit Vater ins Feld hinaus, säte und fuhr die Ernte ein, während Anna das Haus bewirtschaftete. Vater war sehr ungehalten, dass Felix, der als ältester doch den Hof erben sollte, auch unter Androhung von Schlägen sich nicht bereit fand, seine Hände zu ehrlicher Arbeit einzusetzen. Vater brachte es auch nie übers Herz, Felix die gehörige Tracht Prügel wirklich zu verabreichen. Ließ sich Felix doch einmal herab, sich an der Arbeit zu beteiligen, so wünschten wir alle, er hätte es gelassen, denn so viel konnte niemand richten, als was er durch Unachtsamkeit zerstörte. Wie oft seufzte Vater: ›Was täte ich nur ohne dich, Martin!‹«

»Vater«, wiederholte Anna. »Vater war gerecht. Denk an jenen Tag im März vor vielen Jahren, als der Gerichtstag stattfand. Früh, kaum dass die Sonne aufgegangen war, hatte Sebastian, der krummbeinige Küster, das Zeichen gegeben, laut und vernehmlich. Zur neunten Stunde läuteten alle Glocken zusammen, damit alle Hufner wussten, dass das Gericht abgehalten und niemand sonder Erlaubnis fehlen durfte. Man versammelte sich unter jener Ehrfurcht gebietenden alten Eiche am Rande von Katzenelnbogen. Angeklagt aber war niemand anderes als unser Felix, der einem Genossen im Streite nach durchzechter Nacht ein Auge ausgeschlagen hatte. Der Hasenfuß Rotbert, der damals der Bauermeister war, getraute sich nicht, Felix einer Missetat zu beschuldigen, und folgte dessen frecher Behauptung, Ortlieb, so hieß der Geschädigte, habe seinen Zorn gereizt, indem er ihn, Felix, bezichtigt habe, kein ganzer Mann zu sein. Rotberts Zurückhaltung war verständlich, unser Vater nämlich stand in hohem Ansehen im Dorfe und beim Grafen, während Ortlieb aus einer Familie von Hintersassen stammte, die kein eigenes Land besaßen, und darum nahm auch dessen Vater an dem Gericht nicht teil. Erzürnt über die Ungerechtigkeit schalt Vater das Urteil und nahm zum Erstaunen aller, die anwesend waren, den Platz des Richters ein. Er sagte mit gebrochener Stimme: ›Da es in der Schrift heißt, dass man Auge für Auge geben solle, so gehört eins deiner Augen, Felix, deinem unglücklichen Genossen Ortlieb. Du sollst es nur zurückkaufen können, wenn du ihm dafür den vierten Teil des Ertrages in diesem Jahr übergibst, auf dass Ortlieb ein ordentliches Stück Landes für sich erwerben, einen Hof errichten und dorthin eine gute Magd heimführen kann.‹ Jeder wusste, dass er sich selbst verurteilt hatte, denn von Felix war ja bekannt, dass er keine Arbeit leistete. Felix fand keinen einzigen Fürsprecher unter den Versammelten, die unseres Vaters Urteil mit stummem Nicken bejahten. So schuftete Vater zusammen mit dir für die Schuld des Taugenichts, und wir darbten im Winter fürchterlich, obwohl der Graf, gerührt von der Geschichte, uns in jenem Jahr einen großen Teil seines Zehnts erließ; aber niemals gab es ein Wort des Dankes von Felix. Mutter dagegen wandte sich gegen Vater. Denn sie vergötterte ihren Erstgeborenen, auch wenn es wir waren, die ihr die Last des Tages abnahmen und es ihr erlaubt hatten, sich nach all den Mühsalen des Lebens auch mal ein wenig Ruhe zu gönnen. Nie wieder wurde es wie vordem. Vielleicht wäre es anders gekommen, wenn ich einen stattlichen Bauernburschen hätte und du eine kräftige Magd mit nach Hause gebracht hättest. So dagegen beäugte Mutter argwöhnisch jedes vertraute Wort, das wir miteinander tauschten, und wurde oft allzu ausfällig.«

»Wie gerecht der Vater war«, ergänzte Martin, »hatte jeder auch an jenem Tage sehen können, als der Fremde etwas von Vaters Korn auf den Wagen lud, um es als Wegzehrung für sein Pferd zu haben. Das war Unrecht, denn es ist den Reisenden nur erlaubt, das Korn zu schneiden, was sie vom Wege aus erreichen, und zwar ausschließlich zum sofortigen Verzehr des Tieres. Ich verstehe die Missetäter nicht, die vorgeben, sie wüssten das nicht, denn alle wissen es. Nachdem der Bauermeister den Fremden als Dieb zum Tode verurteilt und den Preis von drei Schillingen festgesetzt hatte, mit denen der Fremde seine Haut und sein Haar lösen könne, stellte sich heraus, dass der Fremde nicht einmal die geforderten drei Schillinge besaß. So hätte er bei Vater seine Schuld abarbeiten müssen. Dazu war er auch bereit. Aber am Abend weinte er, weil er nicht rechtzeitig zur Beerdigung seiner Schwester kommen würde, und Vater erließ ihm nicht bloß seine Schuld, sondern gab ihm auch noch genug Korn mit, um am nächsten Tage bis zum Ziel zu kommen.«

»Das Rad des Lebens«, flüsterte Anna, »es dreht sich zu schnell für uns. Wir kannten es nicht anders, als Vater abgeschieden war und wir als Knecht und Magd für Felix schuften mussten. Als Felix dann an Heilige Drei Könige voll des Weines im Schnee eingeschlafen und erfroren ist, Gott sei seiner Seele gnädig ... Es war eine Sünde, dass wir frohlockten, nun den Hof unser Eigen nennen zu dürfen. Wie schrecklich war es, dass Mutter Franz zum Erben erklärte, weil du nicht ihr Sohn seist. Es hat gedauert, bis wir erkannten, was es bedeutet, dass wir nicht im Blute als Bruder und Schwester verbunden sind.«

Demudis sah, wie Martin Annas Körper ein wenig stärker an sich drückte.

»Wie glücklich priesen wir uns, nachdem Graf Walram dir deine Herkunft offenbart und dich hierher gesandt hatte, damit du in dein rechtmäßiges Erbe eintreten kannst. Deine ...«, Anna unterbrach sich, weil es ihr, wie Demudis spürte, schwer fallen musste, es auszusprechen, »... Mutter fand sich bereit zum Zeugnis. Aber sie kam nicht. Niemand soll sich mehr wähnen, als seines Standes ist. Lass uns zurückkehren und glücklich vermählt als Knecht und Magd unserem jüngeren Bruder den Hof bewirtschaften.«

Martin küsste Anna. »Glücklich vermählt«, wiederholte er.

Sie waren nun am Ufer des Rheins angelangt, dessen zugefrorenen Lauf sie aufwärts folgen würden. Martin und Anna wollten nicht rasten, sondern unverzüglich den Weg fortsetzen. Demudis aber, die nicht weniger in Eile war, musste zuvor noch ihre Magistra in Kenntnis setzen. Sie hatte nun viel über Schwester Gutas Leben und das ihres Sohnes erfahren. Sie war sehr traurig, dass dies erst nach ihrem Tod geschehen war. Hechard wusste das alles wahrscheinlich, war jedoch gehalten, es in seinem Herzen zu verschließen. Umso dankbarer war sie ihm, dass er ihr den Hinweis gegeben hatte, bei den von Riehls nachzuforschen. Obgleich sie also ein gutes Stück vorangekommen war, kehrte sie mit mehr Fragen als Antworten zurück.

Demudis ordnete im Kopf noch einmal die Leute, die sie fürderhin zu befragen gedachte, um den Mörder von Schwester Guta der Gerechtigkeit zuzuführen: Bruder Wilhelm, der ihr vielleicht Auskunft über Bruder Hermann geben konnte; Schwester Mathilde in Koblenz, von der sie hoffte zu erfahren, warum Schwester Guta Martin zu einer Bauernfamilie in Katzenelnbogen gegeben hatte; und vor allem den Grafen, der ihr sagen konnte, wie er zu seinem Wissen um Martins Geburt gekommen war, und von dem sie Beistand erbitten würde, um Herrn Bruno einem Verhör unterziehen zu können. Je mehr sie darüber nachdachte, desto sicherer erschien es ihr, dass Herr Bruno die Tat begangen hatte: Er verfügte über starke Hände, und unzweifelhaft war er derjenige, dem der Tod von Schwester Guta am meisten nützte.

*

Köln, Predigerkloster, am Abend des 6.2.1327

Bruder Hermann hatte ihm mitgeteilt, er müsse etwas Wichtiges besorgen, wobei er Wilhelm nicht zumuten könne, zugegen zu sein. Es sei gefährlich, hatte er geheimnisumwittert hinzugefügt, aber unumgänglich. Es würde Meister Eckhart in einer Weise bloßstellen, wie es niemand für möglich halten würde. Das letzte Zeugnis für dessen unvorstellbare und abgrundtiefe Niedertracht.

Ein wahrer Bruder, dachte Wilhelm gerührt, er ist ein wahrer Bruder für mich, sogar ein Vater, er sorgt sich um mich, und zugleich vertraut er mir. Ließ er nicht mich die Predigten schreiben, die alles entscheiden werden?

Es machte ihm allerdings schwer zu schaffen, dass die anderen ihn dieser Tage mieden. Am schlimmsten trieb es Bruder Johannes, der aufgrund seines Gelübdes im Schweigen geübt war und Blicke wie vergiftete, todbringende Pfeile versenden konnte. Wilhelm war Tausende von qualvollen Toden gestorben. Ja, es machte ihm etwas aus, jedenfalls jetzt, wo er sonder den Schutz von Bruder Hermann dastand. Hermann, dachte Wilhelm, würde selbstredend wissen, was zu sagen wäre.

Bloß am Rande, weil er nicht bemerkt worden war, hatte Wilhelm eine Disputation unter einigen Brüdern mitbekommen. Er las gerade in einem Werke Platons, das er nicht verstand. Ihm rauchte der Kopf, den er ganz in dem gewaltigen Folianten vergraben hatte. Hinter dem nächsten Bücherschrank hörte er, wie ein Bruder heftig wurde:

»Was soll das heißen, ›Wirklichkeit‹? Das ist doch kein Wort. Du meinst sicherlich ›Wahrheit‹!« Es war die Stimme von Bruder Nikolaus. Ihn hatte der Orden aus Straßburg vor etlichen Monaten gesandt, um die Rechtgläubigkeit Bruder Eckharts überprüfen zu lassen, aber es hatte nicht lange gedauert, da war er dem Banne des Meisters gänzlich erlegen.

»Gewiss nicht«, erwiderte eine Stimme, die Bruder Seuse gehören musste, einem treuen Schüler von Meister Eckhart. »Die Wahrheit ist nicht immer und überall gleichzusetzen mit dem, was wirkmächtig ist.«

»Nur Gott wirkt, und Gott ist mit der Wahrheit gleichzusetzen«, beharrte Bruder Nikolaus.

»Wenn Wirklichkeit und Wahrheit nicht voneinander verschieden wären, würde es nichts Böses geben können, denn die Wahrheit kann nichts Böses wirken«, steuerte ein dritter Bruder bei, den Wilhelm als Tauler erkannte, einen weiteren Schüler des Meisters.

»Es ist bekannt unter den Philosophen«, erklärte Bruder Nikolaus von oben herab, »dass das Böse kein eigenes Prinzip ist, das ist die Ketzerei der Manichäer. Vielmehr besteht das Böse bloß in der Abwesenheit des Guten, so wie die Kälte in der Abwesenheit der Wärme besteht.«

»Oder umgekehrt die Wärme in der Abwesenheit der Kälte, demnach könnte man auch sagen, das Gute bestünde in der Abwesenheit des Bösen, was in einen völligen Aberwitz münden würde«, höhnte Bruder Tauler.

»Das sind eitle Wortspiele«, wies ihn Bruder Seuse zurecht. »Ein Vergleich ist nicht die Sache selbst. Bleiben wir bei Gut und Böse. Die Abwesenheit des Guten ist das Böse, hast du gesagt, Bruder Nikolaus?«

»Durchaus«, bestätigte dieser.

»Nun denn. Dann sage ich: Die Abwesenheit des Guten wirkt das Böse. Das Böse hat dadurch kein eigenes Prinzip, aber eine Wirkmächtigkeit. Und das nennt der Meister ›Wirklichkeit‹.«

»Ich bin beeindruckt«, gestand Bruder Nikolaus zu. »So folgt daraus, dass ›Wahrheit‹ eine Beziehung zu Richtig und Falsch, also auch zu Gut und Böse hat, während ›Wirklichkeit‹ ein Sein bedeutet, das davon unabhängig zu betrachten wäre.«

»Ein kühner Gedanke, das gebe ich gerne zu«, sagte Bruder Seuse. »Wir müssen das noch weiter untersuchen. Ist es möglich, das Sein außerhalb des Begriffes des Guten zu bestimmen? Dagegen steht selbstredend der heilige Thomas, besonders in seiner Summe gegen die Heiden …«

Wilhelm rann eine Träne über die Wange. Wie gern hätte er sich ihnen zugesellt und an dem »kühnen Gedanken«, wie Bruder Seuse es genannt hatte, mitgesponnen! Es war gut, dass Bruder Hermann Beweise bringen wollte. Denn die Mitbrüder waren, Gott sei's geklagt, immer noch begaukelt. Es stand gar zu befürchten, dass der zauderhafte Abt Norbert sich entscheiden könnte, sich schließlich doch rückhaltlos auf die Seite des Meisters zu stellen und Bruder Hermann und ihm Ausgangsverbot aufzuerlegen.

Wilhelm hatte andererseits auch Mitleid mit dem Meister. Der Vorwurf gegen ihn war zu ungeheuerlich. Wilhelm glaubte nicht, dass Bruder Hermann ihn bezüglich der Unkeuschheit angelogen haben würde. Allerdings war Unkeuschheit keine Sünde, die nicht verziehen werden konnte. Wilhelm fühlte sich unwohl in seiner Haut, denn er war ja zugegen gewesen, als der ehrwürdige Vater und Herr Erzbischof Heinrich zusammen mit dem Barfüßerabt Hanß sich verschworen hatte. Sie führten nichts Vornehmes im Schilde, das bestimmt nicht. Wenn dagegen dem Meister eine Bluttat nachgewiesen werden könnte ... Meuchelei *war* unverzeihlich. Das stand außer Frage. Bruder Hermann hatte ihm berichtet, dass er eine Unterredung des Meisters mit einem Buben von einem geheimen Versteck aus habe mit anhören können, wie sie sich zum Mord verabredet hätten. Alles bitten von Wilhelm hatte aber nichts gefruchtet, Bruder Hermann war nicht deutlicher geworden. Warum hatte er alles nur so unscharf angedeutet und Wilhelm keinen reinen Wein eingeschenkt?

Ein Magister hatte in einer Disputation einmal die Bemerkung fallen gelassen, die Wahrheit benötige Gewalt so wenig wie Heimlichtuerei, denn sie stünde für sich und habe die Kraft, sich gegen die Lüge durchzusetzen. Das konnte nicht anders sein. Da Gott die Wahrheit ist, würde es, wenn man Lüge für stärker als die Wahrheit ansieht, heißen, dass man den Teufel für stärker als Gott hält, was denkunmöglich ist, da der Teufel von Gott geschaffen wurde und das Geschaffene nie größer und stärker sein kann als der Schöpfer.

Ein schwankender Geist bemächtigte sich Wilhelm. Ach, lieber Bruder Hermann, betete er, bitte bleibe nicht zu lange fort und stehe mir bei in diesen bösen Zeiten.

Bruder Einhard stieß ihn an der Schulter. Wilhelm zuckte zusammen. »Jemand wartet auf dich, Bruder. Im Gästehaus. Eile.«

*

Auf dem Weg nach Mainz, am 6.2.1327

Der letzte Tag der Wanderung sollte kaum weniger hart werden, der Weg war eher noch weiter als kürzer. Aber alle Qualen wollte Hanß auf sich nehmen, um nur nicht in Köln verweilen zu müssen. Kaum waren sie von St. Goar aufgebrochen, erreichten sie die Rheinbiegung, die den breiten Fluss eng zusammenzwingt und an dessen Scheitelpunkt der hohe Felsen herausragt, der Loreley genannt wird. Hanß vergaß sich und stieß ausgelassen gellende Laute aus, um das berühmte Echo zu hören, nach welchem der Felsen seinen Namen hat. Bruder Dudo tat es ihm nach und beide freuten sich wie die Kinder.

»›Ley‹ nennen die Leute hier den Felsen, und ›Lore‹ ist das Rufen. Die Leute sagen«, wusste Bruder Dudo, »dass es die Hanselmänner, die Zwerge sind, die in dem Felsen wohnen und jeden Laut, den sie vernehmen, sogleich wiederholen.«

Hanß lachte. Es ist so viel angenehmer, sich nachsichtig an dem zu freuen, was die Leute sagen, anstatt den Aberglauben zu bekämpfen, dachte er. Wenn Gottes Natur sich einen Spaß mit uns erlaubt, erlauben wir uns auch einen Spaß mit unseren Vorstellungen.

Etwas später verflog seine Fröhlichkeit wieder. Das Gehen im Schnee wurde mühsamer, und Hanß spürte bereits Erschöpfung, obwohl es noch lange vor Mittag war. Zudem ragte mitten im zugefrorenen Rhein wie ein schreckliches Schlachtschiff Burg Pfalzgrafenstein auf, an der trotz der Eiseskälte eifrig gebaut wurde. Der Heilige Vater in Avignon hatte König Ludwig den Bayern scharf zurechtgewiesen, als er vernahm, dass dieser zur Unterstützung von Burg Gutenfels diesen Turm errichten ließ, denn er sollte zu nichts anderem dienen, als die verfluchten Steuern und Zölle noch härter eintreiben zu können. Aber überall schien das Weltliche über das Geistliche zu siegen, stellte Hanß betrübt fest, als er hoch oben den gemauerten und überdachten Wehrgang erblickte, an den nunmehr letzte Hand angelegt wurde.

Stunde um Stunde kämpften sich Hanß und Bruder Dudo weiter, bis sie zum nicht weniger schrecklichen Mäuseturm gelangten an der Stelle, wo sich der Rhein an der Nahe-Mündung gen Osten wendet. Der Turm diente ebenso wie die Burg Ehrenfels zur Beherbergung der Soldaten, die mit der Eintreibung des Zolls beauftragt waren.

»Du willst bestimmt nicht wissen, warum er ›Mäuseturm‹ genannt wird«, vermutete Bruder Dudo, als der weiße Turm sich kaum von dem weißen Schnee abhob, der den zugefrorenen Rhein bedeckte.

Hanß brummte, er solle es schon sagen, und erfuhr, dass es wiederum ein Erzbischof von Mainz gewesen war, der sich in einem

Hungerjahr, allerdings vor langer, langer Zeit, hierhin geflüchtet hatte, als das Volk ihn verfolgte, weil er dessen Leiden durch die Hortung von Getreide noch gesteigert hatte. Aber die Strafe ereilte ihn, weil die Mäuse die Verfolgung fortsetzten, die den Menschen verwehrt war, und ihn in eben diesem Turme auffraßen.

Hanß seufzte, sagte jedoch nichts.

Kurz darauf passierten sie Bingen, und es war viel erbaulicher, an die Heilerin Hildegard zu denken, die aus dieser Stadt stammte. Nachdem Hanß über die heiligen Visionen nachgegrübelt hatte, die Hildegard hinterlassen hatte, kam ihm zu Bewusstsein, dass sie ein Weib war, und die Erbaulichkeit hatte ihr Ende. Auch Mathilde war ja ein Weib, überlegte Hanß. Sie verfolgen uns überall und versuchen uns, dachte er, hört das denn nie auf?

»Mir geht dieser Abt Paul nicht aus dem Kopfe«, sagte Bruder Dudo plötzlich. »Ich frage mich, wer die größere Sünde beging: Die Braut, als sie ihrem rechtmäßigen Ehemann entlief? Wer war es gleich? Ach ja, ein von Riehl! Oder der Abt, als er dieser Unterschlupf gewährte?«

»Das war barmherzig!«, sagte Hanß ungehalten.

»Wie man's nimmt«, beharrte Bruder Dudo. »Also der Abt, als er ihr beiwohnte? Oder das Weib, als es kundtat, es habe den Sohn des Mannes geboren, dem es sich entzogen hatte? Oder Graf Walram von Katzenelnbogen?«

»Er hatte kein Wissen von alledem«, wandte Hanß ein. »Aber sei es, wie es will, festzuhalten bleibt: Eine Sünde zieht die nächste nach sich.«

»Du meinst, es geht alles von dieser ersten Sünde aus, dass die Braut entlaufen ist?«, vermutete Bruder Dudo.

Hanß fand, dass sie nun schon wieder zu viel geredet hätten, aber er musste dies noch geraderücken, denn er hatte es durchaus nicht so gemeint. »Nein, dass der Vater die Tochter gegen ihren Willen einem Manne gegeben hat. Zwei Menschen zu vermählen, steht nur dem Herrn, unserem Gott, zu.«

Von der Liebeswunde

Die wissende Minne ist allen Geschöpfen gleich zugetan.
Mechthild von Magdeburg

Köln, Predigerkloster, am Abend des 6.2.1327

Unruhig lief Demudis im Empfangszimmer des Gästehauses im Predigerkloster auf und ab. Sie hatte der Magistra von ihren Nachforschungen berichtet, aber es war inzwischen schon zu spät geworden, um jetzt noch nach Koblenz oder gar Katzenelnbogen aufzubrechen. Darum wollte sie den Abend nutzen, um mit Bruder Wilhelm zu sprechen.

»Ach«, machte der Bruder, der nach geraumer Zeit zur Tür eintrat. Demudis wusste nicht, ob er der war, den sie erwartete.

»Bruder Wilhelm?«, fragte sie.

»Hm«, machte der Angesprochene.

»Ihr seid überrascht, mich zu sehen? Wir kennen uns nicht näher, soviel ich weiß. Mal in der Kirche gesehen. Schwester Demudis aus der Nachbarschaft bin ich.«

»Mir wurde nicht gesagt, wer mich erwartet«, entschuldigte sich Bruder Wilhelm schließlich. »Ja, ich bin's. Was ist Euer Begehr, geschätzte Schwester Demudis?«

»Es wird wohl kaum nötig sein, Süßholz zu raspeln und um den heißen Brei herumzureden«, sagte Demudis gereizt. »Ihr schreibt, soviel ich gehört habe, die vermaledeiten Predigten, mit denen Bruder Hermann gegen seine eigenen Brüder und gegen uns Beginen hetzt.«

»Ich bitte um Verzeihung«, sagte Bruder Wilhelm, und Demudis hatte den Eindruck, dass er am liebsten im Boden versunken wäre. »Da sind wir wohl aufs Gröblichste missverstanden worden. Niemals würden wir uns anheischig machen, Eure Gottgefälligkeit in Zweifel zu ziehen, nur eben um die eine ging es, die

Unzucht getrieben hat mit, na ja, mit Meister Eckhart, den Ihr Hechard nennt. Bruder Hermann kann es bestätigen.«

»Sie ist ermordet worden«, zischte Demudis. »Ich muss Euch bitten, die Würde der Toten zu achten.«

Demudis sah, wie in Bruder Wilhelms massigen Körper Leben kam. »Schlimme Dinge treibt die Sünde hervor. Weil die Buhlschaft zwischen dem Meister und der Begine nunmehr ruchbar wurde, konnte er es nicht dabei belassen und trachtete danach, sie aus dem Wege zu räumen. Bruder Hermann wird den Beweis erbringen.«

Demudis fühlte, wie sie unsicher wurde und anfing, den Bruder, sei er auch ein Erzbube, ernst zu nehmen. Sie zitterte. Ein Schwächling, der eine derartige Ungeheuerlichkeit mit so viel Überzeugung vorbrachte, war zu viel für Demudis. »Das ist nicht möglich«, hielt sie jedoch tapfer gegen seine Anschuldigung.

»O doch«, widersprach Bruder Wilhelm. »Die Welt ist bevölkert mit derartigen Bösewichten. Meister Eckhart beauftragte einen Meuchler, dies für ihn zu erledigen.«

»Und woher wollt Ihr das alles wissen?«, raffte sich Demudis auf, ihm entgegenzuschleudern.

»Bruder Hermann hatte Schlimmes befürchtet, nachdem er die Unterredung des Meisters mit einem Lumpen zufällig belauschte. Aber schon in Bälde wird der Tag kommen, an dem für Gerechtigkeit gesorgt wird. Wir versprechen es Euch.«

»Kein Wort nehme ich Euch ab«, wehrte sich Demudis erneut gegen die Furcht, die sich in ihr der alles durchdringenden Kälte zum Trotze wie eine grausame wütende Feuersbrunst ausbreitete. Wie konnte es nur sein, dass sie so plötzlich die Überzeugung, der Herr Bruno von Riehl sei der Täter, verlor und eine andere Möglichkeit in Betracht zog? Es ist keine Möglichkeit!, schärfte sie sich ein. Ich ziehe sie nicht in Betracht!

»Das erwarten wir auch nicht«, sagte Bruder Wilhelm wie beiläufig.

Er spricht von »wir«, stellte Demudis fest. Entweder ist er dem Wahne verfallen, ein ganz Großer zu sein, oder er bildet sich ein, sein Genosse sei zugegen und würde ihm beistehen. »Ich habe von Bruder Dirolf, dem Barfüßer, gehört, Bruder Hermann wolle der Familie von Schwester Guta die Nachricht von ihrem … äh … Ableben überbringen. Ich habe heute mit ihrer Schwester, Frau Engelradis von Berg, Witwe des Herrn Adolf von Riehl, gesprochen. Dort ist Bruder Hermann nicht gewesen. Ihr wisst bestimmt, wohin er gegangen ist.«

Bruder Wilhelms Selbstsicherheit verflog so schnell, wie sie entstanden war. Demudis sah ihn bleich werden. Sogar eine Träne rann ihm über die Wange. »Nein«, bekannte er fast unhörbar.

»Und das soll ein Freund sein?«, bohrte Demudis in der Wunde. »Er behandelt Euch nicht gut und zieht Euch nicht ins Vertrauen!«

Doch ihre Absicht, ihn durch ihre Gemeinheit zum Reden zu bringen, schlug fehl.

Stattdessen heulte er: »Es ist wahr, glaubt es mir, ich bitte Euch.«

»Es geht mir um etwas anderes.« Demudis ersann einen weiteren Weg, den nämlich, ihm den Hergang klar vor Augen zu führen. »Bruder Einhard hat sich erinnert, dass Bruder Hermann zur Sext am Tage nach Mariä Lichtmess mit Schwester Guta gesprochen habe. Sie sei zu ihm in die … Beichte gegangen. Damit war er der Letzte, der sie, soweit ich weiß, lebend gesehen hat.«

»Was wollt Ihr damit sagen?«, fragte Bruder Wilhelm wieder ein wenig schärfer. »Es war eine Beichte.«

Du wirst mir keine Gewalt antun, dachte Demudis, du nicht, du Bube! Sie zwang sich, äußerlich ruhig zu bleiben. »Sie ist uns kurz vor der Sext abhanden gekommen. Ich habe versucht, sie zurückzuhalten, aber sie war sehr aufgebracht über Eure Predigt oder vielmehr die von Bruder Hermann, in der sie eines Vergehens beschuldigt wird, das nicht über meine Lippen kommen mag.«

»Oho, so feinfühlig?«, spottete Bruder Wilhelm. »Nun ja, sie war in der Tat aufs Äußerste erregt, als sie sich zu Bruder Hermann flüchtete.«

Der Spott kam Demudis hart an. Schon heftiger fragte sie: »Was war ihr Anliegen?«

»Beichten, nehme ich an«, erklärte Bruder Wilhelm und lächelte schmallippig. »Sie wollte dadurch erreichen, wie Ihr Euch vielleicht denken könnt, dass er seine gerechte und wahre Beschuldigung aufgeben sollte, um sie durch eine Lüge zu ersetzen.«

Es war ja unerträglich, mit diesem üblen Burschen zu sprechen! »Was für eine Lüge?«

»Dass er leugnen möge«, antwortete Bruder Wilhelm bereitwillig, »sie sei die Konkubine des Meisters, den Ihr Hechard nennt.«

So weit, so gut. Das hatte sie eigentlich schon vorher gewusst. Ihr war wichtig zu erfahren, was gesprochen worden war. »Welchen Grund hätte sie vorbringen können, der ihn hätte überzeugen sollen?«

»Welchen Grund?« Völlige Verständnislosigkeit zeichnete sich in Bruder Wilhelms breiigem Gesicht ab.

Demudis konnte nicht ausmachen, ob er nur so tat oder wirklich ein derartiger Tor war, dass er nicht verstand, was sie gemeint hatte. Überheblich erläuterte sie ihm: »Ja, wenn man etwas von einem anderen will, muss man doch einen Grund angeben können. In Euren Disputationen heißt Ihr das, soweit ich erfahren habe, ›Argument‹.«

Bruder Wilhelm hatte sich offenbar wieder gefangen. »Sie hat ihn nicht überzeugt«, entgegnete er knapp.

Er ist kein Narr, entschied Demudis, sondern will mir in gewitzter Weise einen Haken schlagen. »Aber mit was wollte sie ihn überzeugen?« Sie betonte das »wollte« und hoffte, dass er ihr nicht wieder ausweichen konnte. Sie hatte sich jedoch zu früh als Siegerin gefühlt. Gewissermaßen war es auch keine sinnvolle Hoffnung, dass er ihr auf diese Frage eine Antwort geben konnte, schließlich handelte es sich um eine Beichte, deren Inhalt Bruder Hermann unter keinen Umständen an Bruder Wilhelm hatte weitergeben dürfen.

»Mit süßen Worten, die ihr der Teufel eingegeben hat«, murmelte Bruder Wilhelm unwillig.

»So sprecht mir doch von diesen Worten!«, rief Demudis. Ihre

Stimme hallte unangenehm im Raume nach. Bei einem Heuchler wie Bruder Hermann konnte man nie wissen, ob er es mit dem Beichtgeheimnis so genau nahm.

»Sie sind es nicht wert, im Gedächtnis bewahrt zu werden«, sagte Bruder Wilhelm abweisend. Dann besann er sich und setzte hinzu: »Beichtgeheimnis.«

Es war schier nichts aus ihm herauszubekommen. Demudis wechselte den Gegenstand des Gespräches und fragte: »Hat sie gesagt, was sie hernach vorhatte?«

»Nein, darüber haben sie nicht gesprochen«, behauptete Bruder Wilhelm fest. Aber kurz hatte er seinen Blick abgewandt, und Demudis spürte, dass er die Unwahrheit sagte.

»Wart Ihr denn zugegen? Bei ihrer Beichte? Oder was hat Euch Bruder Hermann davon erzählt? So sprecht doch endlich!« Gegen ihren Willen hatte Demudis einen flehenden Ton angeschlagen.

»Hechards Verschwörung zu ihrem Tode, von der ich sprach, ist nach Bruder Hermanns Zeugnis am Tage zuvor erfolgt.« Bruder Wilhelms Rede floss aalglatt und geschmeidig. Er war so glitschig, dass sie ihn nicht zu fassen bekam.

»Kennt Ihr den Mörder?«, fragte Demudis nach einer kurzen Pause.

»Bruder Hermann kennt ihn. Also fragt bitte nicht mich nach seinem Namen oder Verbleib. Der Tag, an dem alles offenkundig werden wird, naht.«

Nicht, um ihm einen Gefallen zu tun, sondern weil sie merkte, dass es keinen Sinn hatte, fragte sie tatsächlich nicht. Stattdessen wich sie aus: »Er wusste also von dem bevorstehenden tödlichen Anschlag, wie sich daraus erhellt, dass er sagte, er habe die dahingehende Verschwörung belauscht: Hat er denn Schwester Guta gewarnt vor dem bevorstehenden Mord, als er mit ihr sprach?«

»Ja«, bestätigte Bruder Wilhelm zu ihrer Überraschung ohne Umschweife. »Schwester Guta glaubte ihm allerdings kein Wort, wie Ihr übrigens offenbar auch nicht.«

»Er hat sie gewarnt, nach Riehl zu gehen?«, vergewisserte sich Demudis. Dieser Punkt musste geklärt werden. Sie hatte den Eindruck, dass er wichtig war oder werden könnte.

»Gewarnt?«, fragte Bruder Wilhelm verwirrt und schien wiederum den Faden zu verlieren. »Ja, sie war zwar eine Sünderin, aber es ist nicht das Amt des Menschen, derlei Sünden zu richten. Bruder Hermann hätte sie gern vor diesem schändlichen Tode bewahrt.«

Bruder Wilhelm hatte das »gern« so übertrieben betont, dass Demudis es für erstunken und erlogen hielt. »Gleichzeitig predigte er, damit sie und Hechard auf den Scheiterhaufen kommen. Eure Rede ist ohne Hand und Fuß.«

»Das mag Euch so scheinen«, erwiderte Bruder Wilhelm mit ausgesuchter Freundlichkeit. »Wir treten ein für die gerechte Strafe. Der Mord war ungerecht. Alles andere ist eine davon gänzlich zu trennende Frage.«

»Sei es drum. Sie war auf dem Wege irgendwohin, und Bruder Hermann wusste es, weil er es aus einem heimlich belauschten Gespräch entnommen hat. So könnt Ihr es mir doch sagen!«, versuchte Demudis erregt, das Gespräch wieder in eine für sie dienliche Bahn zu lenken.

»Ich habe mich mitnichten geweigert, es Euch preiszugeben. Sie war auf dem Weg nach Riehl«, beruhigte Bruder Wilhelm.

»Was hatte sie dort zu suchen?« Demudis war so überrascht, dass sie die Frage stellte, obwohl sie die Antwort ja bereits kannte. Aber es konnte nützlich sein zu erkunden, wie viel Bruder Hermann und Bruder Wilhelm von der Wahrheit kannten.

Bruder Wilhelm hatte anscheinend ebenso wenig Hemmung, darauf eine Antwort zu geben: »Sie wollte Zeugnis ablegen wider einen, den sie als Fälscher und Lügner bezeichnete. Der Bursche, der sich mit Meister Eckhart zu ihrer Meuchelung verschworen hat, sah sich von ihr als Lügner bezeichnet. Es hat ihm wohl viel ausgemacht.«

»Martin?« In Demudis' Kopf begann sich ein Zusammenhang zu bilden. »Der Bauernbursche …?« Ohne es zu wollen, machte sie durch diese Frage Bruder Wilhelm zu einem Teilhaber an ihren Nachforschungen. Das aber war das Letzte, was sie wollte.

»Ich weiß nicht, wen Ihr meint«, antwortete Bruder Wilhelm

in leichtem Plauderton, als ginge es nicht um einen Mord, »aber es ist an Mariä Lichtmess geschehen, wie ich meine.«

»Das Empfehlungsschreiben von Graf Walram«, entfuhr es Demudis. Sie schlug sich auf den Mund. Ich sollte mich hüten, ihm Kenntnis von etwas zu geben, was er noch nicht weiß, dachte sie.

»Wovon sprecht Ihr?« Bruder Wilhelm kam nun anscheinend selbst durcheinander in seinem oder Bruder Hermanns Lügengespinst.

»Das erfuhr ich von Bruder Hinkmar, der den Bauernburschen an Mariä Lichtmess eingelassen hat«, erklärte Demudis wohl oder übel. »Und Bruder Hermann ist aufgebrochen, ihrer Familie Bescheid zu geben. Was hat das zu bedeuten?«

»Ihr werdet es erfahren.« Bruder Wilhelm lächelte versonnen.

»Ich möchte es jetzt und hier von Euch erfahren«, beharrte Demudis.

»Das werdet Ihr nicht«, beschied Bruder Wilhelm sie.

»Der Teufel hole Euch, Bruder Wilhelm«, zischte Demudis und erhob sich. Sie hätte nie gedacht, dass sie je einen Kerl für schlimmer als Theoderich Oasterseye halten würde. Jetzt war es so weit. Theoderich, der Gewandmacher, hatte nur ihren Leib geschändet, dieser aber schändete ihren Geist. Demudis fühlte sich hilflos, hilfloser, als sie sich bei dem körperlichen Angriff gefühlt hatte. Wie war es möglich, sich gegen die Überwältigung der Seele zu wehren? Der Herr stehe mir bei!

Gleichwohl hatte sie einen Vorteil erringen können. Denn sie konnte sich nun zusammenreimen, wen Bruder Hermann beschuldigte, als Handlanger von Meister Eckhart gehandelt zu haben: Martin. Aber was sollte Martin mit Meister Eckhart zu tun haben? Wenn Martin gelogen hätte und Schwester Guta ihm nicht zugesagt hätte, seine Herkunft zu bezeugen, so würde Herr Bruno als Täter ausscheiden. Dagegen könnte Martin vom mörderischen Zorn gepackt worden sein. Aber dann würde es sich nicht um eine Verschwörung zum Mord handeln, sondern um eine Tat aus Leidenschaft. Meister Eckhart hätte also damit nichts zu tun. Demudis atmete erleichtert auf.

Nicht unerheblich für die Entscheidung, ob Schwester Guta die Bezeugung zugesagt hatte oder nicht, überlegte Demudis weiter, dürfte sein, ob Martin wahrhaftig der Sohn Adolf von Riehls ist. Diese Frage machte es umso dringlicher, mit Schwester Mathilde in Koblenz und Graf Walram von Katzenelnbogen zu sprechen. Man will jemandem nur die Wahrheit sagen, wenn er im Irrtum befangen ist. Demudis konnte sich Schwester Gutas Hinweis, sie wolle unter anderem einem Walram die Wahrheit sagen, so erklären, dass sie ihm mitteilen wollte, Herr Adolf sei nicht der Vater von Martin.

Es wäre viel eher denkbar, Martin als Mörder in Betracht zu ziehen, wenn man Hechard aus dem Spiele ließe, schloss Demudis beruhigt. Es war bei näherem Hinsehen ganz und gar unerfindlich, wie Bruder Hermann diese Verbindung überhaupt herstellen wollte. Und war es nicht bemerkenswert, dass Adolf von Riehl weder mit seiner ersten Gattin Mathilde noch mit seiner zweiten, Frau Engelradis, ein Kind zu zeugen vermochte, aber mit Schwester Guta? War es näher liegend, von der Unfruchtbarkeit zweier Frauen als eines Mannes auszugehen?

Demudis versuchte, sich Martin als Mörder vorzustellen. Er hatte den Eindruck eines lieben Jungen auf sie gemacht. Aber er war gleichwohl vernarrt in den Gedanken gewesen, Herr von Riehl zu werden. Die drohende Enttäuschung, das nicht zu erreichen, könnte ihn schon zu Unerhörtem angestachelt haben. Wie verhielt es sich mit Anna? Gesetzt, Martin wäre der Würger, wüsste sie davon? Demudis verneinte die Frage bei sich. Anna war darauf bedacht, Martin das Leben auf dem Hof in Katzenelnbogen schmackhaft zu machen. Sie war glücklich mit dem, was Gott ihr zugewiesen hatte.

*

Hinter der Godesburg, am Abend des 6.2.1327

Martin und Anna waren hungrig. Nachdem sie sich von Schwester Demudis getrennt hatten, hatte sie ihr Weg über den Rhein an

Köln vorbei von Wesseling bis Bonn geführt. Sie bettelten hier und da, aber es war wenig zu bekommen, weil kaum jemand mehr hatte, als er selbst zum Leben brauchte. Martin griff nach Annas Hand. Hätte er nur auf sie gehört, dann wären sie bereits vor Tagen aufgebrochen und vielleicht schon daheim angekommen.

Martin wollte lieber an die bevorstehende Hochzeit denken als an seine tote Mutter. Wie war das doch schön gewesen, als im vergangenen Herbst Peter, der Sohn seines Genossen Rudolf, die Katrin geheiratet hatte. Die Schenke war viel zu klein gewesen, und so war aus Brettern ein riesiger Tisch vor ihr errichtet worden. Der Vater von Peter hatte mehrere seiner kostbaren Schweine geschlachtet und unerschöpfliche Mengen Wein herbeigeschafft. Martin war sehr neidisch darauf gewesen, dass Rudolf einen Sohn hatte und dieser jetzt schon heiratete, während er selbst nur die Heimlichkeit suchen durfte. So viel wie auf der Hochzeit hatten er und Anna im Leben nicht gefressen und gesoffen. Zu vorgerückter Stunde war sogar Graf Walram mit Gefolge erschienen, um dem jungen Paar Glück zu wünschen. Er hatte als Geschenk einen Beutel mit Münzen überreicht und außerdem einen seiner Sänger von der Burg mitgebracht, der in schönen Liedern die Herrlichkeit der Frauen besang. Als sich das Dunkel über das Dorf senkte, wurden Fackeln entzündet, die die Nacht zum Tag machten. Und während die Tänze immer wilder und ausgelassener wurden, forderte die Familie von Katrin Peter heraus, seine Manneskraft unter Beweis zu stellen. Vor Martins innerem Auge erschien das Bild, wie Katrin sich ins Gras legte und ihren Rock lüftete. So machte Peter die Magd zum Weib. Hernach nahm Graf Walram, der sie unter vielen Hoch-Rufen zu Eheleuten erklärte, ihren Treueid entgegen und gelobte ihnen, ihrer zukünftigen Familie und ihrem Hause seinen ewigen Schutz.

Mitten in seine Gedanken fragte Anna: »Wie war sie, deine … Mutter?«

Er hatte es ihr in der kurzen Zeit schon so viele Male erzählt und sich immer wieder die Bilder durch den Kopf gehen lassen, aber wenn man so wenige Erinnerungen hatte, musste man sich an sie klammern. »Du weißt, wie der Graf mit uns nach Riehl ritt, um mich dem Herrn Adolf vorzustellen, dessen Sohn ich bin. Was für ein Ritt! Die edlen Tiere. Es ging so schnell, so sicher war ihr Tritt im Schnee, die kahlen Bäume flogen an uns vorbei.«

»Martin!«, tadelte Anna. »Es steht uns nicht zu.«

»Ich weiß«, seufzte er. »Noch rechtzeitig erreichten wir Riehl am Tage der heiligen Martina. Ein so feiner Herr war er, mein Vater! Aber seine bösen Leute wollten mir nicht geben, was mir zusteht, nachdem er zum Herrn abberufen wurde. Mit dem Empfehlungsschreiben des Grafen begab ich mich also in das Predigerkloster zu Köln, wo mir der bezeichnete Bruder ein Treffen mit ihr bereitete.«

»Wie war sie?«, wiederholte Anna ihre Frage.

»Ein weißes ebenmäßiges Gesicht«, antwortete Martin verträumt, »umkränzt von güldenem Haar, das wie Seide schimmerte. Ich habe nie eine andere Frau erblickt, die schöner war als sie, so schön wie eine Königin.« Martin überlegte, dass das, was er gesagt hatte, Anna kränken könnte, und fügte hinzu: »Bis auf dich, liebe Anna, natürlich.«

»Ich bin weiß Gott kein schönes Weib«, sagte Anna ernst. »Aber ich werde dir eine tüchtige Gemahlin abgeben.«

»Wie gerne hätte ich dir –«, begann Martin.

Aber Anna unterbrach ihn schnell: »Schweig doch still und sei's zufrieden, wie es der Herr für uns vorgesehen hat.«

Nach einer Weile sagte Anna: »Sie hat dich nicht verraten, deine Mutter. Behalte das im Sinn. Es war gut, dass wir in Riehl verweilt haben, bis uns die Begine ihren Tod kundgetan hat.«

Es waren schreckliche Tage in Riehl gewesen. Frau Engelradis von Berg, die Witwe, ein geldgieriger Drache sonder Gleichen. Nicht besser Herr Bruno von Riehl, sein Bruder, und Frau Christine von Neuss, dessen Gattin. Martin schauderte. Der Herr hatte es schon gut gefügt, dass er dort nicht sein weiteres Leben verbringen musste. Abergunst regierte das Haus. Jedes Wort war wie eine böse Waffe, die kaum geringere Verletzungen verursachte als das Schwert. Hatte sie ihn nicht »Fahr in die Kuh« genannt, um solcher Art ihre Verachtung für die Bauern auszudrücken und anzudeuten, dass diese mit dem Vieh rippelten? Anna war durch

Frau Engelradis, als sie herzhaft bei der Speise zugelangt hatte, als »Frau Leer-den-Topf« gescholten worden. Sogar Graf Walram hatte über diesen derben Spott genüsslich gelacht. Aber nachdem er abgereist war, kannte Frau Engelradis keine Zurückhaltung mehr und sprach von ihnen nur noch als »Herr und Frau Raffezahn«, was so viel hieß, als dass sie sie mit Teufeln gleichsetzte.

»Wer um alles in der Welt hat wohl deine Mutter gemeuchelt?«, hörte Martin Anna überlegen.

Er wusste es so wenig wie sie. Martin befiel aber der unangenehme Gedanke, dass noch nicht alles ausgestanden war.

Kurz hinter der Godesburg fanden sie eine freundliche Bauernfamilie, die sie im Stall schlafen ließ. Ihre Füße waren wund und ihre Körper starr vor Kälte. Eng umschlungen schliefen sie ein.

*

Köln, Ellikints Hurenhaus, am Abend des 6.2.1327

Ellikint räumte ihre Wirtsstube auf, nachdem die letzten Gäste das Haus verlassen hatten. Sie hatte Gepa und Junta erlaubt, schon zu Bett zu gehen. Sie wollte ein wenig allein sein. Jeder Tag, den sie erwachte, war ein Geschenk. Und sie vermochte es, das Glücksgefühl bis zum Abend zu bewahren. Ellikint deckte Wein und Bier ab und kehrte sorgsam den Boden.

Gott hatte den Engel in Gestalt des einäugigen Barfüßers Hanß gesandt in jenen argen Tagen, als der Erzbischof Heinrich unter den Brüdern und Schwestern des freien Geistes wütete wie einst Herodes unter den Juden. Ellikint trug nur eine Sorge mit sich herum, wie sie es ihm je würde vergelten können, denn er hatte alles abgelehnt, was sie anzubieten hatte. Ganz anders als dieser Teufel von den Predigern. Ellikint war froh, dass die Barfüßer sich Hanß zum Abt gemacht hatten. Eine bessere Wahl hätten sie nicht treffen können.

Schwester Mentha und sie wären jetzt tot wie Bruder Anselm, wenn sie nicht fort gewesen wären. Ja, es war die Beerdigung ihrer Patentante gewesen, derentwegen sie nach Königsdorf gegangen waren. Als sie wiederkamen und in die Casiusgasse neben dem Neumarkt einbiegen wollten, fing dieser Bruder Hanß, nunmehr Abt der Barfüßer, sie ab, bei dem Schwester Mentha manches Mal gebeichtet hatte. Heute beichtete sie bei Abt Hanß, Schwester Mentha dagegen ging zu den Predigern, wie die anderen Beginen. Der Ratschluss des Herrn ist wahrlich unerforschlich, dachte Ellikint. Hanß, damals noch einfacher Bruder, hatte berichtet, dass die Büttel von Erzbischof Heinrich, diesem Teufel, alle festnehmen würden, die im Hause von Anselm sich befänden. Schwester Mentha wollte in die Casiusgasse stürzen und erhaschte noch einen letzten Blick von Anselm, aber Bruder Hanß hielt ihr den Mund zu. Er geleitete sie ins Barfüßerkloster und brachte sie in der Gästeherberge unter. Dort waren sie sicher, denn weder Erzbischof noch Schöffen noch Gewaltrichter hatten Zutritt, wenn es der Abt nicht erlaubte. Und der damalige Abt der Barfüßer war alt, fast so alt wie der Erzbischof selbst, aber ein frommer Mann, der seinem Bruder Hanß sehr zugetan war.

Einem jungen Barfüßer hatte sie eine Kutte abgeschwatzt, indem sie ihm schöne Augen und einige Hoffnungen gemacht hatte, allerdings ohne sie späterhin einzulösen. In der Dämmerung war sie als Mönch verkleidet in das Haus der Brüder und Schwestern des freien Geistes zurückgekehrt. Es waren wahrhaftig alle weg, bis sie in einer Truhe den zitternden Bonzino entdeckte, steife Glieder, halb tot vor Angst, von der Enge und der stickigen Luft in der Truhe. Sie wollte ihm die braune Kutte überstreifen und ihn ins Kloster der Barfüßer bringen, aber er verabscheute diese und verlangte stattdessen, dass sie einem gewissen Bruder Hermann von den Predigern Bescheid geben solle. Sie hatte keine Zeit, sich zu erkundigen, wie er jenen kennen gelernt hatte und warum er so überaus vertrauenswürdig war, tat vielmehr, worum Bonzino gebeten hatte.

Ein gewisser Bruder Hermann. Ellikint lachte bitter. Dieser hatte Bonzino zwar gerettet, aber er ließ es sich von ihr zurückzahlen. Wohin Bruder Hermann Bonzino wohl gebracht hatte? Ellikint hatte nie wieder von ihm gehört. Was würde geschehen, wenn sie den Preis nicht mehr zahlte? Oder gar den Spieß herumdrehte und Bruder Hermann anklagte. Ach nein!, ging es Ellikint durch den Kopf, das wäre keine genüssliche Vorstellung; eine Hure, eine ehemalige Schwester des freien Geistes gar, die sich anheischig machte, einen gut beleumundeten Prediger der Sünde zu zeihen. Und wenn schon, die Sünde wäre ja die Rettung von einem der Ihren, also würde sie sich selbst widersprechen.

Anders als Schwester Mentha Anselm hatte Ellikint Bonzino nicht geliebt, auch wenn er dies Bruder Hermann wohl so weisgemacht hatte. Oder hatte Bruder Hermann es sich nur ausgedacht, um sie besser erpressen zu können? Andererseits könnte es schon sein, überlegte Ellikint, dass Bonzino, der schüchterne kleine Junge, noch kaum fähig zu einem wirklichen gefestigten Glauben, ihr verfallen gewesen war. Gleichviel, sie war es Anselm und Schwester Mentha schuldig, den letzten Überlebenden der Brüder und Schwestern des freien Geistes, wo immer er sich auch aufhalten möge, zu behüten und geduldig den geforderten Preis zu entrichten.

Bruder Hanß hatte gemeint, Ellikint sei zu jung und zu verführerisch, um wie Schwester Mentha zu den Beginen zu gehen, als man sich darum sorgte, was aus ihnen beiden werden sollte. Nun ja, wenn man an Schwester Godelivis dachte, die war auch jung, oder an Schwester Angela, die war auch verführerisch … Wie dem auch sei, Ellikint wollte sich nicht beklagen. Das Beginenleben wäre wahrhaftig nichts für sie gewesen, musste sie zugeben. Und Erzbischof Heinrich ließ Mentha und sie unbehelligt, denn ihm ging es, wie Ellikint meinte, nicht darum, die frommen Leute zu Tode zu bringen, sondern ihre Ansammlung aufzulösen. Niemand hatte widerrufen. Alle waren auf dem Scheiterhaufen verbrannt worden.

Hätte ich widerrufen? Hätte es Schwester Mentha getan?

Gott hatte ihnen diese Probe erspart. Danke, lieber Gott, mein guter Hirte, betete Ellikint.

*

Mainz, am 7.2.1327

Gestern, am Tage der heiligen Dorothea, waren er und Bruder Dudo völlig erschöpft, ansonsten wohlbehalten in Mainz angekommen, einer reichen Stadt, die kaum weniger Menschen zählte als Köln. Doch war es so spät geworden, dass der ehrwürdige Vater und Herr Erzbischof von Mainz Matthias sich schon zur Ruhe begeben hatte, wie sie erfahren mussten, nachdem sie an die Pforte seines Palastes geklopft hatten. Doch Hanß war hier allen wohl bekannt, und man ließ ihn ein.

Am folgenden Tage war Erzbischof Matthias zunächst beschäftigt gewesen, sodass Hanß ihn nicht zu Gesicht bekam, bis er an diesem Samstag die Vorabendmesse las. Anschließend begab sich Hanß in den Beichtstuhl. Sein Herz fing an, wie wild zu rasen.

»Vater«, sagte er zitternd, »ich komme als Sünder.«

Es dauerte eine Weile, bis Erzbischof Matthias die Stimme erkannte.

»Hanß, mein Bruder«, sagte er dann mit warmer Freude in der Stimme, »es ist so schön, dich zu hören. Lass uns das Wiedersehen feiern.«

»Es ist mir ernst, Vater«, beteuerte Hanß.

»Na, na. So schlimm kann es doch nicht sein. Also, leg los, mein Sohn.« Erzbischof Matthias, das wusste Hanß, befleißigte sich gern einer weniger vornehmen Ausdrucksweise.

»Es ereignete sich am Freitag, dem vorletzten Tage des grausigen Januars, am Tage der heiligen Martina«, begann Hanß stockend. »Der Erzbischof von Köln, Heinrich II. von Virneburg, hatte mich zu sich rufen lassen. Zudem waren zwei Prediger geladen. Einer der Prediger legte Zeugnis ab wider Bruder Eckhart, den sie Meister nennen, wohl bekannt, da er in Diutisch predigt, um von den Beginen verstanden werden zu können. Gegen die richtet sich die Verschwörung, denn, wie du weißt, Vater, verübelt es ihnen Heinrich, dass sie das Volk anstiften, sich von den Bettelorden betreuen zu lassen anstatt vom Weltklerus.«

»Ja, ja«, bestätigte Erzbischof Matthias. »Die alte Leier. Ekelhaft. Wie er sich erdreistet, diesen heiligen Weibern nachzustellen. Aber was nun ist dein Teil an der Verschwörung?«

»Ich ... Er hat mich unter Druck gesetzt. Vor zwei Wintern habe ich, als er gegen die Brüder und Schwestern des freien Geistes wütete, einige retten können, wenigstens zwei der Weiber vor dem Feuer bewahrt ... Er ließ mich, wie Ihr wisst, gewähren und forderte nun den Teufelslohn. Um es nicht mit anzusehen, bin ich diesmal feige geflohen, zu dir.«

Erzbischof Matthias sagte lange nichts.

Hanß wartete und wartete, bis ihm die Tränen in die Augen schossen.

»Vater, ich bitte dich«, weinte er, »bitte verzeih mir und lege mir die gerechte Strafe auf, die härteste, die ich zu ertragen vermag.«

»Du wirst dieses tun«, beschied Erzbischof Matthias. »Unverzüglich, das heißt morgen in der Frühe, brichst du auf, um nach Köln zurückzukehren. Du rettest, wen du retten kannst, und wenn es dich dein Leben kostet. Falls der Herr aber verfügen sollte, dass du es lebend durchstehst, wallfahrtest du sodann nach Compostela zum Grab des heiligen Jacobus. Und ist Heinrich, der elende Hundsfott, bis zu deiner Rückkehr, die Gott eine glückliche werden lasse möge, noch nicht in der Hölle, na ja, dann kommst du mit deinen Brüdern eben zu mir nach Mainz. Ihr seid immer herzlich willkommen.«

»Danke, Vater«, sagte Hanß.

*

Koblenz, am 7.2.1327

Bei Koblenz gab es einen Zwischenfall.

Man hielt, wie es dieser Tage üblich war, den Markt auf dem Eis des Rheins. Von Graf Walram hatte Martin ein paar Pfennige für die Wegzehrung bekommen. Martin sah, wie entkräftet Anna war. Sie musste nicht weniger Hunger haben als er. Als er den Stand des Bäckers sah, der himmlisch duftendes Brot feilbot, entschloss er sich, eines zu erstehen. Froh riss er ein Stück ab und reichte es Anna, die es gierig verschlang. Dann genehmigte er sich selbst, von dem Brot zu essen. Dabei wurde ein riesiges Loch im Inneren des Laibes sichtbar. Zornig zeigte er es dem Bäcker.

»Du hast mich betrogen, du Bube!«, fauchte er.

Der Bäcker hob die Hände. »Betrogen? Ich? Niemals! Ich bin ein ehrlicher Handwerksmann.«

Er wollte es wohl auf die leichte Schulter nehmen, aber das ließ Martin nicht mit sich machen. Er schrie: »Sieh her, wo du hineingekrochen bist. Das schuldest du mir!«

»He, he«, sagte ein Umherstehender. »Was ist denn hier los?«

»Schaut her, ihr Leute!«, rief Martin anklagend und zeigte sein Brot mit dem Loch. »Das habe ich soeben gekauft und, Gott sei Dank, schon gebrochen, damit sogleich der Lug und Trug offenkundig wurde.«

»Die Bäcker betrügen allenthalben«, schallte es von einer anderen Seite.

»Niemandem kann man mehr trauen dieser Tage.«

»Ich hatte auch so ein Brot, gestern!«

»Gebt ihm den Strick!«

»Seid doch froh, dass es überhaupt Brot gibt, ihr Narren!«

»Wenn die Bäcker fleißiger wären, gäbe es genug Brot!«

Im Nu war ein Handgemenge von schreienden und schlagenden Menschen entstanden.

Martin zeigte auf die Brote des Bäckers, die noch auslagen. »Du schuldest mir ein weiteres Stück. Gib es mir sofort!«

Statt ein Brot zu bekommen, flog Martin eine Faust ins Gesicht.

»Haltet ein«, sagte die Frau, die am Nebentisch Körbe verkaufte. Sie hatte eine kraftvolle Stimme, nicht laut, aber gehorsamheischend. »Fremder, was hast du zu beklagen?«

Martin führte den Schlag, zu dem er schon angesetzt hatte, nicht aus. »Gutes Weib, hier ist das Brot, das ich gekauft habe. Sieh her! Es ist ganz hohl in der Mitte.«

»Das Brot wird nach Gewicht verkauft, nicht nach Größe«, belehrte das Weib ihn.

»Wenn nur Luft drinnen ist, wiegt es auch nichts!«, beharrte Martin gereizt. Er war ja kein Tor und ließ sich übers Ohr hauen.

»Wie wahr«, bestätigte das Weib. »So muss es gewogen werden, und wenn es zu wenig wiegt, muss der Bäcker dir den Teil ersetzen, und ansonsten wirst du dich entschuldigen, Fremder.«

»Es kann nicht mehr gewogen werden, Druda«, sagte der Bäcker. »Er hat die Hälfte schon verfressen.«

»Hm«, machte das Weib, das der Bäcker mit Druda angesprochen hatte. »Wärst du bereit, deine anderen Brote wiegen zu lassen, hier vor uns als Zeugen? Wenn sie alle das rechte Maß haben, wollen wir annehmen, dass es sich auch bei dem an den Fremden verkauften so verhält. Ansonsten schuldest du nicht nur ihm das fehlende Gewicht.«

»Dann gnade dir Gott«, rief einer, der auch vorher mitkrakeelt hatte. »Denn wir werden es nicht tun!«

»Einverstanden«, sagte der Bäcker.

Martin sah, dass die Hand des Bäckers zitterte. Er frohlockte, dass es nun möglich sein werde, den Betrüger zu überführen, und das ließ ihn den Schmerz vergessen, der von seinem Auge ausging, auf dem die Faust gelandet war.

Es wurde eine Waage herbeigeschafft, und es zeigte sich zu Martins Verdruss, dass ein Brot nach dem anderen das besagte Maß besaß. Kleinlaut entschuldigte er sich bei dem Bäcker und trollte sich mit Anna von dannen.

»Ich bin froh, wenn wir wieder zu Hause sind«, sagte Anna und strich Martin sanft über das blaue Auge, »wo wir wissen, wie gebacken wird. Komm, lass uns den Rest vom Brot essen und guter Dinge sein.« Wie hätte sie auch vorausahnen können, was sie Schlimmes in Katzenelnbogen erwartete.

Von der Würde des Leidens

Die tönende Minne ist noch gemengt mit Traurigkeit.
Mechthild von Magdeburg

Auf dem Weg nach Koblenz, am 8.2.1327

Die Magistra hatte ihr verboten, sogleich am gestrigen Tage, dem der heiligen Ava, aufzubrechen, denn es war die Beisetzung von Schwester Guta angesetzt. Alles Drängen von Demudis half nichts, sie hatte voller Ungeduld ausharren müssen. Demudis hatte angeführt, dass in drei Tagen vor dem Gericht der Inquisition die Anklage gegen Meister Eckhart eröffnet werden würde. Da wäre es doch hilfreich, wenn sie zumindest beweisen könnte, dass Schwester Guta nicht seine Konkubine war und nicht von ihm oder in seinem Auftrag ermordet worden war. Magistra Sela jedoch blieb hart. Demudis dürfe bei der Trauerfeier nicht fehlen.

Aber während sie die vertrauten Worte der von Abt Norbert sehr schön gelesenen Totenmesse vernommen hatte, hatte Demudis gehört, wie Schwester Guta aus dem Sarg zu ihr sprach: »Weine nicht und betrübe dich nicht um meinetwillen, teure Schwester, denn deine Trostlosigkeit geht mir so nahe, dass ich, wenn es der Wille unseres süßesten Liebhabers zuließe, allezeit in diesen Schmerzen leben wollen würde, um in allem deine und der anderen Schwestern, die ich in Köln zurückgelassen habe, Trösterin sein zu können.«

Demudis hatte gesehen, wie die Cherubim und Seraphim ihre Seele hochhoben zum Kreuze, damit Schwester Guta von ihrem himmlischen Bräutigam den Kuss süßer denn Honig empfangen konnte. Sie jedoch war dem holdseligen Bräutigam Jesus Christus ungestüm um den Hals gefallen, um ihn inniglich zu umschlingen und aus seinen einzelnen Wunden nach Art einer Biene, welche begierig aus den verschiedenen Blumen saugt, besondere Wonnen in sich zu ziehen. Und derweil gesungen wurde »Sei gegrüßt, o Braut, der Jungfrauen Königin, Rose sonder Dorn«, hatte Demudis gesehen, wie der gerührte Bräutigam seiner Braut ein Geschmeide aus prachtvoll schimmernden Edelsteinen um den Kopf kränzte. Dann hatte sie den Herrn erblickt, der strahlend in seiner Gottheit, mit Ehre und Herrlichkeit gekrönt, hervorgetreten war und gesagt hatte: »Jetzt, meine Geliebte, werde ich dich erhöhen«, und so hatte er die Seele in unbeschreiblicher Weise durch seine heiligen Wunden gegrüßt, dergestalt dass jede Wunde eine beseligende Einwirkung auf sie ausübte, nämlich durch den lieblichen Ton, einen wohl tuenden Hauch, einen reichlichen Tau und einen herrlichen Glanz.

Ergriffen dachte Demudis daran, dass sie selbst Derartiges noch nie erlebt hatte. Sie hatte sogar auf die Schwestern herabgeblickt, die von solchen Dingen berichteten. Wie ungerecht sie gewesen war! Wie verblendet! Ich danke dir, meine Schwester, murmelte sie, du Arznei der Gnade.

So geschah es, dass Demudis erst heute, am Tage der heiligen Cointha, in der Früh nach Katzenelnbogen aufbrechen konnte, um mit dem Grafen Walram zu sprechen. Warum wollte er den Bauernburschen Martin zum Erben des Hauses von Riehl machen? Martin war der Sohn von Schwester Guta. Aber wer war sein Vater? Wahrhaftig der Herr Adolf von Riehl? Demudis hatte plötzlich eine Eingebung: Oder war Martin der Sohn des Grafen? Dann hätte er ihn in sein eigenes Erbe einsetzen können, um ihn in den Adelsstand zu erheben. Nein, vielleicht doch nicht. Gesetzt, der Graf habe einen rechtmäßigen Sohn, der Graf werden sollte. Dann könnte es durchaus sein, dass er für seinen Bastard nach einer anderen Lösung Umschau gehalten hatte. Ein kühner Gedanke, der allerdings nach einer Erklärung verlangte, wie der Graf Walram von Katzenelnbogen zum Vater eines Sohnes werden konnte, dessen Mutter Schwester Guta aus dem Kölner Konvent der Bela Crieg war.

Wann war Schwester Guta eigentlich in den Konvent eingetreten? Demudis wusste es nicht. Sie hatte vergessen, es die Magistra zu fragen. Nein, »vergessen« war der falsche Ausdruck, denn ihr war ja nicht eingefallen, dass es wichtig sein könnte, dies zu wissen. Jetzt war es zu spät, denn sie war schon etliche Stunden unterwegs, und es würde ihr zu viel Zeit stehlen, umzukehren und es in Erfahrung zu bringen. Demudis spann den Faden weiter: Nehmen wir an, Schwester Guta entläuft dem Herrn Adolf von Riehl und flüchtet sich als Konkubine in die Arme des Grafen Walram. Sie trägt das Kind des Grafen aus, das zu Bauern in Katzenelnbogen gegeben wird. Der Graf verfügt ihren Eintritt in einen Kölner Beginenkonvent. Er sieht seinen Bastard Martin aufwachsen und unterstützt ihn heimlich, indem er seinem Ziehvater Seifried alle nur erdenklichen Erleichterungen verschafft, wie Martin und Anna dies ja auch berichtet hatten. Als Graf Walram erfährt, dass Martin von der Erbfolge des Hofes ausgeschlossen worden ist, trachtet er danach, ihm auf andere Weise Genugtuung zu verschaffen. Er verfällt auf die Lüge, Martin sei der Sohn des Herrn Adolf von Riehl, und schickt Martin mit einem entsprechenden Schreiben zu Schwester Guta, seiner einstigen Buhle.

Wie verhält sich Schwester Guta? Stimmt sie zu und will für Martins Abkunft aus dem Blute derer von Riehl bürgen? Dann wäre der Bruder des Verstorbenen, Bruno von Riehl, der wahrscheinliche Mörder. Oder aber lehnte sie das Ansinnen dieser Lüge ab? Dann käme Martin in Frage. Doch nicht nur Martin, sondern auch der bloßgestellte Graf Walram. Er könnte zornig geworden sein und Schwester Guta aufgelauert haben, nachdem ihm Martin von der Zurückweisung durch seine Mutter berichtet hatte.

Aber welche Wahrheit hielt sie für den Grafen bereit? Dass er der Vater von Martin ist? Oder doch der Herr Adolf von Riehl? Es könnte umgekehrt sein, dachte Demudis: Schwester Guta hatte Graf Walram glauben machen, er sei der Vater, während es in Wirklichkeit der Herr von Riehl war. So wäre eine Lüge, die der Graf zugunsten seines Sohnes erfunden hatte, eigentlich die Wahrheit. Das hätte den Grafen ebenso in Wut versetzen können. Vorausgesetzt, es war Schwester Guta gelungen, ihm diese Wahrheit zu sagen. Hätte das einen Grafen in Mordlust versetzen können? Obacht, ging es Demudis durch den Kopf, der Graf Walram könnte ein gefährlicher Mann sein. Du musst vorsichtig sein, wenn du ihm begegnest.

Könnte es nicht sogar so gewesen sein, dass Schwester Guta Bruder Hermann beauftragt hat, dem Grafen die Wahrheit zu überbringen? Nein, das passte vom Zeitablauf schlecht. Außerdem war es doch ganz und gar unwahrscheinlich, dass sie jemanden mit dieser heiklen Aufgabe beauftragte, der sie so gröblich angegriffen hatte, indem er ihr eine Buhlschaft mit Meister Eckhart andichtete.

Auf dem Weg nach Katzenelnbogen würde sie, wie sie es sich trotz des verzögerten Losmarsches vorgenommen hatte, in Koblenz Halt machen und Schwester Mathilde aufsuchen. Schwester Mathilde, die Base von Guta und erste Gattin Adolf von Riehls, würde ihr hoffentlich weiteren Aufschluss über diese verworrenen Familienverhältnisse geben können. Base Mathilde stand, anders als Gutas Schwester Engelradis, mit Guta in Verbindung und wusste, dass sie als Begine in Köln weilte, obgleich sie bei den übrigen Verwandten als verschollen galt. Vielleicht werden beide, Schwester Guta und Schwester Mathilde, von der Verwandtschaft gemieden, weil sie den Beginen angehören. Was ist in Köln geschehen? Nach dem Zeugnis von Martin hat Schwester Guta zugesagt, für ihn zu bürgen. Zweifellos ist sie nach Riehl aufgebrochen. Bruder Hermann dagegen behauptet, soweit Demudis von Bruder Wilhelm erfahren hatte, mit angehört zu haben, dass Schwester Guta es abgelehnt habe, zugunsten des Bauern auszusagen, wie es Graf Walram von ihr erwartet hatte. Diese Ablehnung muss dem Beweis der Vaterschaft Adolfs über den Bauern gegolten haben. Meister Eckhart als Auftraggeber der Tötung war weder nötig, noch war es ersichtlich, wie er überhaupt ins Bild passte. In dieser Hinsicht war nicht verständlich, was Bruder Wilhelm über Bruder Hermanns Verdacht gesagt hatte.

Wer spricht die Wahrheit?, fragte sich Demudis. Wenn Martin der Mörder ist, hatte er allen Grund, sie anzulügen, um zu vertuschen, was er getan hatte. Einerlei, was Schwester Guta vorhatte, sie war also auf dem Weg nach Riehl und ist gemeuchelt worden. Wahrscheinlich. Oder sie befand sich auf dem Rückweg. Warum nahm sie meist an, Schwester Guta habe sich auf dem Hinweg befunden? Ja, es musste der Hinweg gewesen sein. Wenn sie tatsächlich in Riehl angekommen wäre, hätte sie dort ausgesagt, entweder zugunsten von Martin oder zu seinen Ungunsten. Auf jeden Fall hätte es sich dann weder für Martin oder den Grafen Walram, noch für Herrn Bruno von Riehl gelohnt, Schwester Guta zu meucheln: Die Wahrheit hätte dann das Licht der Welt erblickt und wäre nicht mehr zum Schweigen gebracht worden, indem die Trägerin eines dunklen Wissens ins Jenseits befördert worden wäre.

Inzwischen war es für Demudis sehr zweifelhaft, ob Adolf von Riehl, der weder mit Mathilde noch mit Engelradis ein Kind hatte zeugen können, dies mit Guta hätte geschafft haben sollen, wo er sie doch bloß, wenn Demudis das richtig verstanden hatte, ein einziges Mal erkannt hatte, nämlich in Gegenwart des Pfarrers. Demudis wusste, dass die Männer stets den Weibern die Schuld an Kinderlosigkeit gaben, obgleich jeder Physikus sagen konnte, dass ebenso oft der Samen der Männer zu schwach war, um den Acker des Weibes zu bestellen.

Erstaunt bemerkte Demudis, dass es für den Gang der Ereignisse nicht groß von Belang war, ob Adolf von Riehl nun wahrhaftig der Vater von Martin war oder nicht. Einzig entscheidend war dagegen, ob Schwester Guta die Vaterschaft Adolfs hätte bezeugen wollen oder nicht, gleich ob es sich um einen Lug oder um die Wahrheit handelte. Demudis war erschüttert. Nicht die Wahrheit führte zur Wahrheit. Das war ein Widerspruch, den sie nicht annehmen wollte.

Ein weiteres Rätsel stellte die Einmischung von Bruder Hermann dar, nämlich sein Wille, der Familie von Schwester Guta die Kunde ihres Dahinscheidens überbringen zu wollen. Zunächst hatte er Schwester Guta und Hechard der fleischlichen Vereinigung beschuldigt. Sodann wurde Schwester Guta erwürgt aufgefunden. Das hatte mit Bruder Hermanns Beschuldigung zunächst nichts zu tun, würde sie weder stärken noch schwächen. Der Umstand, dass Schwester Guta nun nicht mehr als Zeugin befragt werden konnte, hätte allerdings ein Ärgernis für Bruder Hermann darstellen können. Dieses Ärgernis aber schaffte er mit seiner Einmischung nicht aus dem Wege. Hechard des Mordes zu bezichtigen, war dagegen in anderer Hinsicht sehr nützlich für Bruder Hermann, wenn er denn im Sinne hatte, Hechard zu vernichten. Auch die Anklage, Hechard habe dies getan oder vielmehr tun lassen, um sich der Zeugin zu entledigen, entbehrte nicht einer gewissen Glaubwürdigkeit. Natürlich wäre es notwendig, dazu gut beleumundete Beweise anzubringen.

Viel weniger wollte Demudis einleuchten, dass Bruder Hermann, soweit Bruder Wilhelm ihr richtig Bericht erstattet hatte, Martin als Mörder benannte, der von Hechard beauftragt worden sei. Denn schließlich hätte Martin einen eigenen Grund gehabt, Schwester Guta, seine Mutter, zu erwürgen, sofern sie nicht zu seinen Gunsten sprechen gewollt hatte. Wenn sie dagegen zu seinen Gunsten hatte sprechen wollen, hätte er sich wohl auch für keinen Lohn der Welt von Hechard zu dem Mord anstacheln lassen.

Es sei denn, überlegte Demudis, Bruder Hermann habe noch einen ganz anderen Anteil. Er könnte tatsächlich das Gespräch zwischen Martin und Schwester Guta belauscht haben. Später hätte er selbst oder ein Genosse von ihm, wahrscheinlich Bruder Wilhelm, Martin die vermeintliche Botschaft von Schwester Guta überbracht, sie habe es sich anders überlegt und werde seine Herkunft doch nicht bezeugen. Damit hätte Bruder Hermann den Rachedurst von Martin wecken können. Aber zu welchem Zwecke? Doch nur, wenn er sicher gehen konnte, dass man mit Martin auch Hechard verdächtigen und verurteilen werde. Demudis schauderte. Wenn es sich so verhielte, dann befand sich Bruder Hermann jetzt auf einem Weg, an dessen Ende der scheinbare Beweis für Hechards Mittäterschaft stünde.

Schwester Gutas letzte Tat wäre gewesen, dass sie versucht hatte, denjenigen von seiner Hetze gegen Hechard und sie abzubringen, der ihren Tod schon beschlossen und eingefädelt hatte. Bruder Hermann war so gotteslästerlich, dass er ihr sogar die heilige Beichte abnahm!

Das Rätsel wurde immer unlösbarer. Demudis hatte nun drei mögliche Täter und zwei mögliche Mittäter. Den Herrn Bruno von Riehl als Täter anzunehmen, wäre die einfachste Lösung, die

Demudis auch am besten behagte. Aber sie erklärte nicht alles. Den Grafen Walram von Katzenelnbogen für den Mörder zu halten, wäre eine zweite Möglichkeit, aber sie zeichnete sich erst sehr ungewiss ab. Oder, dritte Möglichkeit, Martin war es. Er könnte Hechard zum Verschwörer haben, wie Bruder Hermann es wohl zu verbreiten beabsichtigte. Demudis verwarf diesen Gedanken. Oder Martin hatte Bruder Hermann selbst zum indirekten Mittäter, der im Hintergrund die Fäden zog. Dies war eine allzu kühne Vorstellung, und sie jagte Demudis gehörigen Schrecken ein. Besser, Herr Bruno von Riehl hat das gewaltsame Ableben von Schwester Guta besorgt, dachte sie, und mit Hilfe des Grafen wird er zu Fall gebracht.

Demudis fiel ein, dass sie auf ihrem Weg nach Koblenz auch Andernach passieren würde. Sie hatte gehört, dass Schwester Guta, bevor sie mit Hechard regelmäßig ihre Base Mathilde in Koblenz besuchte, ebenso regelmäßig nach Andernach zu den Barfüßern gegangen sei. Warum hatte sie das getan? Und warum hatte sie es später unterlassen? Demudis beschloss, dass es sich lohnen könnte, bei den Andernachern Barfüßern nach Wissenswertem über Schwester Guta zu forschen. Da es Demudis schien, als läge der Schlüssel zur Lösung des Rätsels ihrer Ermordung weit zurück in Schwester Gutas Leben, konnte es nützlich sein, noch früher anzusetzen als bei der Erinnerung ihrer Base Mathilde.

*

Auf dem Rückweg von Mainz, am 8.2.1327

Zum Abschied hatte Erzbischof Matthias sich erniedrigt, Bruder Dudo und Hanß die Füße zu waschen zum Zeichen seiner Unterwürfigkeit, wie der Herr es vorgelebt hatte. Hanß war eine solche Ehre noch nie widerfahren, und er war entschlossen, sich ihrer würdig zu erweisen.

Als sie wieder durch den Schnee stapften und Mainz lange hinter sich gelassen hatten, fragte Bruder Dudo:

»Was wird uns wohl in Köln erwarten, Bruder Hanß?«

Bruder Dudo hatte den wunden Punkt berührt, und Hanß stöhnte schmerzhaft auf. Er sagte nichts. Doch diesmal ließ Bruder Dudo nicht locker.

»Du hast Bruder Dirolf die Leitung in deiner Abwesenheit übertragen. Das wird ins Auge gehen. Er wird nicht nach deinem Willen verfahren.«

Hatte ihn Bruder Dudo wahrhaftig getadelt? Wenn ich doch nur selbst wüsste, was mein Wille ist! »Er wird nach seinem Willen verfahren, und das ist recht so«, knurrte Hanß. Bruder Dirolf gehörte zu den Barfüßern, die die Prediger bis aufs Blut hassten wegen deren Hang zur heidnischen Philosophie. Aber abgesehen davon war er ein guter Mann, beliebt bei den Brüdern und voller gnadewaltender Milde. Warum lassen wir uns trennen durch die teuflische Weltlichkeit, dachte Hanß, wo wir so innig verbunden uns wissen im Dienst am Herrn?

»Mich deucht«, überlegte Bruder Dudo weiter, »dass wir, die einfachen Mönche, die frommen Weiber, die fleißigen Handwerker, das gemeine Volk, zum Spielball der Oberen werden. Sie treiben die Bälle hin und her, und wohin wir uns auch immer wenden, wem auch immer wir Folge leisten, immer landen wir auf der falschen Seite und werden geschlagen. Auf ein Neues! Hui, fliegen die Fetzen und rollen unsere Köpfe.«

Hanß blieb stehen und keuchte. »Du sprichst unehrerbietig, Bruder Dudo.«

Bruder Dudo hielt seinem Blicke stand.

»Das Gehen mit dir will mir zur Last werden«, stieß Hanß hervor.

Immer noch schwieg Bruder Dudo.

»Aber nicht deinetwegen«, sagte Hanß schließlich und senkte den Blick. »Denn deinem Munde entweichen Worte, als seist du mein eigenes Gewissen.«

Sie gingen weiter und sprachen nichts, bis Bruder Dudo murmelte:

»Bruder Hanß, vergib mir meine Frechheit, mir liegt bloß am Herzen, dass ich dich glücklich sehe!«

»Das wirst du«, sagte Hanß nach einer Weile, in der er versuchte, an nichts zu denken. »Schon bald. Und ich werde deiner nicht vergessen.«

Hanß schmerzte der Rücken. Da er es auf dem Hinweg nicht getan hatte, fürchtete er, dass er umso stärker schmerzen würde, je weiter sie sich Köln näherten. Wenn er schon hier derart schmerzte, wie würde es dann erst am nächsten Tag sein? Es war, als wolle der Rücken verhindern, dass sie überhaupt nach Köln gingen. Vielleicht sollten sie lieber kehrtmachen und direkt nach Compostela aufbrechen. Aber nein, der ehrwürdige Vater und Herr Erzbischof Matthias hatte eine klare Anweisung gegeben: erst die Beginen und Meister Eckhart retten, dann zum Grabe des heiligen Jacobus pilgern. Angestrengt setzte Hanß einen Fuß vor den anderen.

Hatte er die Herrlichkeit nicht gesehen? Damals, als seine Mutter, Gott sei ihrer Seele gnädig, starb und sie sich die Sünden gegeneinander und die aller anderen Menschen vergeben hatten. Es war so kalt gewesen wie jetzt. Dennoch hatte die Todgeweihte darum gebeten, dass er das Fenster öffnen und das Feuer verlöschen lassen möge. Uda hatte sich aufgedeckt, um die Kälte in allen Gliedern zu spüren, und forderte ihn auf, das Gleiche zu tun. Alle fleischliche Sinneslust, worunter zuvörderst das Verlangen nach Wärme zu zählen sei, hatte sie gesagt, halte mit den Wonnen des ewigen Lebens keinen Vergleich aus, so hell sie auch im Erdenlicht erstrahlen möge. Hanß hatte gespürt, wie die Worte der Sterbenden ihm Durst machten, mit seines Herzens Mund die hoch daherströmenden Wasser der Quelle göttlicher Wahrheit aufzunehmen und Seine Werke zu bewundern. Während sie als Lebende ihm die tiefsten Qualen der Verführung hatte schmecken lassen, war sie es als Dahinscheidende nun, die ihn anleitete, die ganze Körperwelt und die Herrlichkeit Seiner Schöpfung zu durchwandern, um bis hinauf in das Reich der Seelen zu gelangen, das Land unerschöpflicher Fülle, wo der Herr Israel auf der grünen Aue der Wahrheit ewig weidet.

Sie sagte zu Hanß: Durch alles, was ist, durch Erde, Wasser und Luft, durch Erinnerung, Träume und Worte, sagt uns der

Herr, wenn wir nur bereit sind zu hören, dass nicht wir selbst uns gemacht haben, sondern er uns, der ewiglich bleibt. Wenn in einem Menschen der Lärm des Fleisches schwiege und er nun lauschend das Ohr dem zuwandte, der es erschuf, würde dann nicht erfüllt, was verheißen ist, nämlich »Gehe ein zu deines Herren Freude«? Mein Sohn, sagte sie, was mich anbelangt, so hat die Welt für mich mit allen ihren Genüssen jeglichen Reiz verloren. Ich weiß nicht, was ich hier in diesem Erdenleben noch tun und wozu ich hier noch verweilen sollte, denn weltliche Hoffnung gibt es für mich nicht mehr. Das Einzige, weswegen ich noch eine Weile zu leben wünsche, ist: Ich will dich vor meinem Tode noch als braven Gottesmann verpflichtet sehen, damit dir deine Sünden verziehen werden so wie mir die meinigen.

Während er selber fühlte, wie er von den Wunden genas, die der Kampf um die Magd Agnes ihm geschlagen hatte, wenn er auch sein eines Augenlicht wohl für immer eingebüßt hatte, gewahrte er, wie die Kräfte seiner Mutter Uda endgültig versiegten, und so versprach er ihr, sein Leben in Gottes Hand zu geben, wie sie es sich wünschte. Daraufhin konnte sie in Frieden den Heimgang zu Ihm antreten. Aber Hanß fragte sich, als er sich mühsam und mit schmerzendem Rücken den Weg durch den Schnee bahnte, ob er sich der Gnade der Mutter wahrhaftig würdig erwiesen hatte. Der Herr hatte ihm noch nicht verziehen, denn wieder und wieder spürte er diesen fürchterlichen Stachel des Fleisches, seien es die Schmerzen im Rücken, die ihn zur Rast verleiten wollten, sei es die Kälte, die ihn zur Flucht an das Feuer veranlassen wollte, seien es die nächtlichen Bilder, die das Verlangen wach hielten und ihn von der Hinwendung allein zum Herrn ablenkten.

Wie der, der nach dem Wort des Herrn den Splitter im Auge des Bruders bemerkte, aber den Balken im eigenen nicht sehen wollte, hatte er sich hinaufgeschwungen und die Sünden der anderen angeprangert. Als ob nicht der Herr allein der Richter ist! Um wie viel schlechter und schändlicher war er selbst gegenüber den Brüdern und Schwestern des freien Geistes, den Beginen und dem Prediger Eckhart! Warum war er abgewichen vom gottgefälligen Pfad, den er doch damals schon betreten hatte, als er Ellikint und Mentha rettete? Hanß konnte es sich nicht erklären. Aber indem er darauf brannte, sein Unrecht wieder gutzumachen, vergaß er seine Schmerzen und die Kälte. Mit neuem Mute schritt er hurtig aus.

»Der Herr zeigt dir«, keuchte Bruder Dudo, der jetzt kaum noch mithalten konnte, »dass du der rechten Fährte folgst, indem er dir Kraft gibt.«

Gleichwohl schafften sie es nicht bis nach St. Goar, sondern baten bei Oberwesel an der Mündung des Niederbachs in den Rhein bei den Prämonstratenserinnen um Unterkunft und einen Bissen zum Essen.

*

Köln, Beginenkonvent der Bela Crieg,
am Abend des 8.2.1327

Schwester Beatrix war zu Sela in die winzige Stube getreten, die der Magistra zustand. Sela machte sich Gedanken um Schwester Demudis. Weil Schwester Guta gemeuchelt worden war, konnte es eine gefährliche Angelegenheit werden, Nachforschungen anzustellen. War es richtig gewesen, dass sie Schwester Demudis damit beauftragt hatte? Dazu noch allein! Besser wäre es vielleicht gewesen, ihr noch eine Schwester an die Seite zu geben. Aber wer hätte dann die Alten und Kranken versorgt? Die Stimmung war gedrückt nach Schwester Gutas Tod. Sie hatte den anderen nichts von den Ergebnissen der bisherigen Nachforschungen mitgeteilt, die Demudis ihr berichtet hatte. Sie waren erschreckend und verwirrend. Es war nicht gut, die Schwestern in weitere Qualen zu stürzen, bevor feststand, wer den Mord begangen hatte und was Schwester Guta für ein Leben geführt hatte. War die Geheimhaltung richtig? War sie nötig? In der Stadt brodelte es sowieso. Weitere Gerüchte hätten den Beginen mehr geschadet als genützt. Die Nachricht vom gewaltsamen Tod Schwester Gutas hatte einige Bürger mitleidig gestimmt. Andere allerdings nannten es die gerechte Gottesstrafe für ein sündiges Leben. Die Anklage gegen

Hechard wegen Ketzerei vor dem Gericht der Inquisition stand bevor, und nicht alle Bürger glaubten an die Lauterkeit des Meisters.

Sela seufzte. Und dann noch der Ärger, den dieser Alte machte, dem Schwester Jutta zur Hand ging. Er hatte sich beschwert, sie habe ihn geschlagen. Sela konnte es sich kaum vorstellen, dass die grundgütige Schwester Jutta etwas Derartiges tat. Aber vielleicht verstellte sie sich bloß? Musste sie die Schwestern stets zu zweit zu den Alten gehen lassen, damit sie sich gegenseitig beaufsichtigten? Sela atmete schwer. Dann würden sie ja nur halb so viele Besuche machen können ...

»... so haben wir uns zwar der evangelischen Armut verschrieben«, hörte Sela Schwester Beatrix sagen. Schwester Beatrix war ungefähr zur selben Zeit in den Konvent gekommen wie Schwester Demudis, nämlich vor drei Jahren. Während Schwester Demudis mit kaum dreißig schon Witwe war, und unter welch schlimmeren Umständen!, war Schwester Beatrix mehr als ein Dutzend Jahre älter, aber ihrem Gatten entlaufen. Sie stammte aus dem Geschlecht der Jude und war mit einem Overstolzen verehelicht worden. Seine Härte gegenüber den Kindern und seine Schläge hatte sie ertragen, bis die Kinder groß genug waren, um auf eigenen Beinen zu stehen. Dann hatte sie nichts mehr bei ihm gehalten. Wie ungerecht es doch in diesem Jammertal zugeht, ich verliere meinen Gatten, den ich über alles liebe, während der ihre ewig zu leben scheint. Hechard hatte schon Recht, es bescherte der Seele nur Leid, wenn sie sich an die irdischen Güter hängt, und seien sie so hehr wie die Minne selbst.

»... gleichwohl kommen wir nicht ganz ohne aus«, redete Schwester Beatrix weiter auf Sela ein. »Nun, ich brauche es dir ja nicht zu sagen, wie viel in die zwölf hungrigen Mäuler passt, selbst wenn sie sich zurückhalten, was ja bloß einige tun. Das Holz für das Herdfeuer, die Pfennige für den Meister der Nachtkarre, den Schyssfeger, die Arznei für die Pflege der Siechen, die Gebühren für die Seelsorge, alles das verschlingt Unmengen.«

Sela gab sich einen Ruck und wandte sich Schwester Beatrix zu. »Was möchtest du mir sagen, Schwester?«

»Die Almosen, die wir bekommen, und die Stiftungen«, erklärte Schwester Beatrix, »sind, wie soll ich sagen? Sie sind unregelmäßig.«

»Der Herr gibt den Seinen im Schlaf«, sagte Sela ohne große Beteiligung. »Hat er uns jemals im Stich gelassen?«

Schwester Beatrix wog das Haupt hin und her. »Bisweilen wird es ziemlich knapp, und manchmal müssen wir auch bei den Juden Schulden machen.«

»Das Leben ist oft nicht einfach«, entgegnete Sela unwillig und musste sich daran erinnern, dass Schwester Beatrix nicht wissen konnte, dass sie ganz andere Sorgen hatte. »Es ist uns aufgetragen, uns daran zu bewähren.«

»Es gibt da einige der Kranken und Alten, um die wir uns kümmern, die über nicht unbeträchtlichen Reichtum verfügen.« Schwester Beatrix ließ nicht locker. »Dieser Salomo, zu dem Schwester Demudis immer geht –«

»Gütiger Gott!«, schrie Sela und schlug sich mit der Hand vor den Kopf. Über ihre ganze Gram um Schwester Guta und der damit zusammenhängenden Verschwiegenheit hatte sie das vergessen. »Wie konnte ich nur! Wer kann das machen, während Schwester Demudis nach dem Mörder von Schwester Guta sucht? Wer? Jutta, Schwester Jutta soll das machen!« Vielleicht würde es ihr gut tun, mal bei einem anderen Alten zu helfen.

Sela lief hinaus und suchte Schwester Jutta, um ihr zu bedeuten, dass sie an Schwester Demudis' Statt zum alten Salomo gehen müsse, der doch bar der Pflege verloren wäre. Dann kehrte sie zu Schwester Beatrix zurück.

»Danke, dass du mich erinnert hast«, sagte sie noch ganz außer Atem.

»Ich tat es, ohne es zu wissen«, sagte Schwester Beatrix bescheiden. »Was ich sagen wollte, war, dass diejenigen, die es sich leisten können, für unsere Dienste auch … bezahlen sollten.«

Das war unerhört!, fand Sela. Solch einen unverschämten Vorschlag hätte sie aus den Reihen der Ihren nicht erwartet. »Wir sollen Geld für Barmherzigkeit nehmen? Dann wäre es keine! Denk daran!«

Schwester Beatrix ließ sich von Selas Schroffheit nicht beeindrucken. »Wenn sie uns nichts zukommen lassen, die Alten, dann bekommen sie keine Unterstützung mehr und … müssen elendiglich zugrunde gehen.«

»Die guten Christen geben uns Almosen. Und denk an die Stiftungen der Dankbaren! Sie sollen uns Lohn genug sein.« Sela bemühte sich, die Fassung zu wahren.

»Die Herrn der Geistlichkeit«, sagte Schwester Beatrix und sah Sela auf eine ihr unangenehme Weise eindringlich an, »sie nehmen uns die Beichte ab und erlassen uns unsere Schuld gegen klingende Münze, sie begraben unsere Toten und beten für deren Seelen gegen klingende Münze, die Bettelbrüder nicht weniger als die Weltgeistlichen. Sollten nicht auch *ihnen* die Almosen und Stiftungen Lohn genug sein?«

Sela hielt erschrocken den Atem an und sagte nichts.

Schwester Beatrix strahlte sie siegesgewiss an. »Was sagst du dazu?«

»Salomo hat keinen Reichtum«, lenkte Sela vorsichtig ab.

»Schwester Demudis hat mich darauf gebracht.« Schwester Beatrix hatte sich genau auf diese Frage vorbereitet und nun das ersehnte Stichwort bekommen. »Er hat diese Schneiderwerkstatt. Sie ist verwaist, keiner seiner Söhne und Schwiegersöhne hat sie übernommen. Warum können wir nicht tun, wozu wir Hände haben? Schwester Angela etwa …«

Von der Vergeltung der Gnade

Die schweigende Minne genießt ohne Mühseligkeit.
Mechthild von Magdeburg

Andernach, am Mittag des 9.2.1327

Die Nacht hatte Demudis kurz vor Burg Rheineck in einem kalten Heuspeicher zubringen dürfen, aber nichts zur Speise bekommen. Hungrig setzte sie am Morgen ihren Weg durch die Eiswüste fort, die das Rheintal bot. Die Anstrengung zehrte ihre Kräfte auf. Als sie gegen Mittag Andernach erreichte, wünschte sie sich, dass die Barfüßer ihr neben ein paar Auskünften auch etwas zum Essen geben würden.

Das Barfüßerkloster war nicht schwer zu finden. Es lag östlich am Weg am Rand des Ortes. Die riesige, allerdings noch nicht ganz fertig gestellte Kirche mit den kostbaren Maßwerkfenstern und dem steilen Schieferdach zeugte von dem Wohlergehen der Barfüßer.

Demudis klopfte an die Pforte und sagte: »Schwester Demudis aus Köln heißt man mich, Bruder. Unser Konvent ist der der Bela Crieg in der Stolkgasse bei den Predigern.«

»Was ist dein Begehr, Schwester?«, fragte der Torwächter freundlich. »Du machst einen angestrengten Eindruck. Bist du am heutigen Tage den ganzen Weg von Köln gekommen?«

»Nein«, antwortete Demudis. »Ich habe nahe Burg Rheineck genächtigt, aber nichts bekommen, was Leib und Seele zusammenhält.«

»Tritt ein«, sagte der Bruder und holte sie in das geräumige Torhaus, in welchem es deutlich wärmer war als draußen. Demudis schlug sich den Schnee vom Kleid und rieb sich dann die Hände. »Es muss schon einige Winter her sein, dass eine unserer Schwestern, Schwester Guta nämlich, des Öfteren hier zu euch gekommen ist, um … um, wie ich annehme, zu beichten. Sie ist entlaufen oder jedenfalls vermissen wir sie, und ich suche nach ihr. Vielleicht ist sie hier?«

»Wir beherbergen niemanden im Augenblick«, sagte der Bruder, und Demudis kam es so vor, als habe sich seine Haltung ein ganz kleines bisschen verändert, als sei er vorsichtiger geworden. Sie wollte auch nicht kundtun, dass Schwester Guta ermordet worden war, damit der Schreck darüber nicht den Mund der Mönche versiegelte.

»Darf ich mit einem Bruder sprechen, der sich an sie erinnert?«, fragte Demudis. »Unsere Magistra macht sich große Sorgen. Ich hoffe, Hinweise zu bekommen, wohin sie sich gewendet haben könnte.«

»Komm«, sagte der Bruder kurz und führte sie über den Hof zum Gästehaus.

»Du kannst dich nicht an sie erinnern?«, fragte Demudis.

»O doch«, gestand der Bruder zu. »Sie ist lange nicht zu Besuch gewesen.«

Er hatte es so abschließend gesagt, dass Demudis ihn nicht weiter befragte, obwohl sie ein hämisches Grinsen über sein Gesicht huschen sah, das sie sich nicht zu erklären vermochte.

In einer kleinen, leidlich warmen Stube wartete Demudis, wie es ihr vorkam, ziemlich lange, bis ein Barfüßer erschien. Er hatte einen Laib Brot in der einen und einen Krug Wein in der anderen Hand.

»Bruder Paul bin ich«, stellte er sich vor. »Meines Zeichens Abt. Bruder Gerhard vom Tor hat mir gesagt, du seist hungrig.«

»Danke«, sagte Demudis und begann zu essen, bevor sich der Abt noch gesetzt hatte. Nach den ersten Bissen hielt sie inne. Paul? Schwester Guta war nach Andernach zu den Barfüßern gegangen, und deren Abt hieß Paul. War das der Paul, dem sie auch eine Wahrheit sagen sollte? Welche? Demudis wusste, dass sie nun sehr umsichtig vorgehen musste, wenn sie etwas erfahren wollte. Sie fühlte den Blick des Abtes auf sich lasten, konnte noch nicht entscheiden, ob er gnädig oder ungnädig war. Dass er ihr Essen gebracht hatte, war überaus freundlich und ließ nur Gutes vermuten, aber dennoch war sich Demudis nicht sicher. Nachdem sie den ersten Hunger und Durst gelöscht hatte, nahm sie den Abt in Augenschein. Er hatte ein rundes Gesicht und machte einen sehr zuvorkommenden Eindruck, doch gleichzeitig spürte sie eine Anspannung an ihm. Oder bildete sie es sich nur ein, weil sie ihn für jemanden hielt, den Schwester Guta unmittelbar vor ihrer Ermordung erwähnt hatte?

»Du hast nach Frau ... äh ... Schwester Guta gefragt«, begann er das Gespräch. Demudis fiel auf, dass sich auf seiner Stirn, da er sich verplappert hatte, Schweißperlen bildeten.

»Wir wissen, dass sie eine von Berg ist«, beruhigte Demudis mit einer nicht ganz genauen Aussage, denn dieses Wissen hatte sie ja gerade erst gewonnen, und die anderen Schwestern teilten es bis auf Magistra Sela noch nicht.

»Sie waren lange nicht hier«, fuhr der Abt fort.

»Wer?«, erkundigte sich Demudis. Warum hatte er in der Mehrzahl gesprochen? Schwester Guta pflegte zwar nach Koblenz zusammen mit Hechard zu gehen, aber Demudis hatte nicht vernommen, dass sie auch bei ihren Gängen nach Andernach in Begleitung gewesen war.

»Sie war lange nicht hier«, wiederholte der Abt, hatte nun aber die Einzahl gewählt. Aber Demudis bemerkte, wie sich seine Augen mit Tränen füllten.

Demudis hakte sofort nach: »Sie war nicht allein?«

»Doch, doch«, beeilte sich der Abt zu antworten. »Warum willst du es wissen?«

»Ich habe es schon dem Bruder von der Torwache berichtet, Bruder Gerhard, wie Ihr sagtet, ehrenwerter Vater und Herr Abt Paul«, erklärte Demudis. »Schwester Guta ist seit einigen Tagen verschwunden, und die Magistra hat mich beauftragt, sie zu suchen, weil wir uns Sorgen um sie machen.«

»Das verstehe ich«, sagte der Abt. »Es war klug von dir, sie bei uns zu suchen. Allein, ich muss dir leider mitteilen, dass sie uns seit Jahren nicht mehr mit ihrer geschätzten Anwesenheit erfreut hat.«

»Habt Ihr Kenntnis von irgendetwas, das mir helfen könnte, sie zu finden?«, fragte Demudis.

»Was könnte das sein, wo ich sie so lange nicht gesehen habe?«

Demudis schien es so, als habe der Abt seiner Stimme nun einen leicht gereizten Unterton gegeben.

»Ich war in Riehl, bei der leiblichen Schwester von Guta, der Frau Engelradis von Berg. Adolf, ihr Gemahl, ist kürzlich verstorben …«, versuchte Demudis, ihn zur Preisgabe seines Wissens über Schwester Guta zu bewegen, indem sie ihm andeutete, dass sie um die Geheimnisse bereits wusste, falls es die waren, die er zu bewahren versuchte.

»Die Sünden sind ihr längst abgelassen!«, fauchte der Abt sie nun offen an. »Es brauchen die alten Geschichten nicht aufgerührt zu werden!«

»Wir wollen ihr keine Sünden nachtragen, ehrenwerter Vater und Herr Abt Paul«, versuchte Demudis, ihn zu besänftigen. »Ich möchte bloß herausfinden, wo ich sie weiterhin suchen könnte.«

»Da kann ich dir leider nicht helfen«, sagte der Abt und wischte sich den Schweiß von der Stirn. »Wenn du sie siehst, grüße sie schön von mir.«

Das war ein eindeutiger Hinauswurf. In so kurzer Zeit hatte sich die anfängliche Offenheit in Zurückweisung gewandelt.

»Darf ich Euch etwas Weiteres fragen?«, versuchte Demudis, das Gespräch dennoch aufrechtzuerhalten.

»Es ist besser, wenn du jetzt gehst«, verstärkte Abt Paul seine Gegenwehr. »Der Gastfreundschaft ist jetzt Genüge getan. Also bitte ich dich, mein Kloster zu verlassen.«

Demudis wollte sich nicht damit abfinden, nichts weiter vom Abt zu erfahren, wo sie doch so dicht daran war, herausfinden zu können, was es mit dem Paul auf sich hatte, dem Schwester Guta eine Wahrheit hatte sagen wollen. »Sie, Schwester Guta meine ich, sie … wie soll ich es sagen? Ich habe mich nicht richtig ausgedrückt, es tut mir Leid. Sie ist tot, erwürgt –«

Weiter kam sie nicht. Denn der Abt schlug seine Hände vors Gesicht und begann hemmungslos zu weinen. Dann erhob er sich, reckte die Arme zur Decke und begann zu wehklagen. Schließlich erschien ein besorgter Bruder und fragte Abt Paul nach dem Grund seines Grams.

Abt Paul antwortete nicht, sondern deutete auf Demudis und sagte: »Schafft sie mir vom Halse!«

Der Bruder sah Demudis an und zuckte bedauernd mit den Schultern. Als Demudis keine Anstalten machte, den Ort zu verlassen, machte der Bruder Zeichen mit den Händen. Die namenlose Angst überwältigte Demudis, und sie wandte sich ohne weiteres Widerstreben zum Gehen.

Demudis überlegte, während sie mit gesenktem Haupte das Kloster verließ, was das Verhalten von Abt Paul wohl zu bedeuten hatte. Er musste eine tiefe Verbindung zu Schwester Guta gehabt haben, die er aus irgendeinem Grunde um nichts in der Welt verraten wollte. Und Schwester Guta hatte vor, ihm eine Wahrheit zu sagen. Demudis überlegte, ob sie es wagen könnte, auf dem Rückweg noch einmal zu versuchen, bei Abt Paul vorstellig zu werden. Vielleicht hatte er sich bis dahin beruhigt, vielleicht verfügte sie dann auch über ein Wissen, das ihn zwingen könnte, ihr zuzuhören. Auf dem Rückweg? Demudis rechnete nach, und ihr wurde klar, dass morgen der Tag war, an dem vor dem Gericht der Inquisition die Anklage wegen Ketzerei gegen Hechard eröffnet werden würde. Aber sie hatte noch keine Beweise für die Unschuld des Meisters. Sie musste sich beeilen und beschleunigte ihre Schritte.

Dichtes Schneetreiben hatte begonnen, und in ihrer Eile strauchelte Demudis über einen Ast. Erschöpft blieb sie liegen. Der Fuß schmerzte ihr höllisch. Undeutlich gewahrte sie, wie Bruder Gerhard von der Torwache ihr aufhalf und sie ins Kloster zurückbrachte. Er geleitete sie in die Krankenstube.

»Du bist verletzt«, flüsterte er ihr zu, »ruhe dich bei uns aus, aber rede um Gottes willen mit niemandem mehr über dieses Weib.«

*

Köln, Predigerkloster, am Abend des 9.2.1327

Beim Nachtgebet, das der Heiligen dieses Tages, Apollonia, geweiht gewesen war, waren die Plätze um ihn erneut frei geblieben, weil die Brüder ihn als Genossen des Nestbeschmutzers offenbar mieden wie Aussätzige. Doch dann traf wie ersehnt Bruder Hermann schließlich und endlich ein. Wilhelm hätte es auch nicht mehr länger ausgehalten.

»Bitte, Bruder Hermann«, sagte er, »lass uns, bevor wir uns zur Ruhe betten, noch eine Runde durch den Kreuzgang ziehen.«

»Es ist so kalt da«, jammerte Bruder Hermann. »Sollen wir uns nicht lieber hinausstehlen und zu Ellikint gehen?«

Wilhelm blieb hart. »Es ist mir wichtig.«

»Nun denn«, gab Bruder Hermann nach. Ergeben faltete er die Hände auf den Rücken, und verdrossen schlurfend trottete er durch den Kreuzgang. Nach einer Weile sagte er: »Bruder Wilhelm, so sprich doch. Wenn wir hier die ganze Nacht bleiben, fallen uns Hände und Füße ab, so kalt ist es.«

»Ich weiß nicht, wie ich anfangen soll«, druckste Wilhelm unbehaglich herum. »Es scheint dir nichts auszumachen, dass alle gegen uns sind.«

»Viel Feind, viel Ehr', will ich mal sagen«, lachte Bruder Hermann überheblich auf. »Aber das Blatt wendet sich bald.«

»Ich weiß ja, dass du alles gut durchdacht hast«, gab Wilhelm zu. »Aber es könnte zu spät sein, wenn ...«

»Wozu zu spät?«, fragte Bruder Hermann scharf.

»Es könnte dir ... uns entgleiten«, erklärte Wilhelm kleinlaut. Er kam sich so feige vor im Angesicht der heldenhaften Ruhe von Bruder Hermann. »Vielleicht hörst du nicht so viel wie ich. Es braut sich Unheil zusammen, die Brüder hier im Kloster ... sie rücken ab von dir ... von uns ... sie scharen sich um den Meister ... sie beratschlagen, was sie tun können gegen dich ... gegen uns ...«

Bruder Hermann lachte wieder und schlug Wilhelm auf die Schulter. »Na, das wäre ja was ganz Neues. Du hockst den ganzen Tag im Scriptorium oder in der Bibliothek, nicht dass ich das tadeln wollte, beileibe nicht, denn du tust es ja um meinetwegen, um unseretwegen, für den Sieg der Gerechtigkeit, aber da sitzt du nun und hörst und siehst nicht, was um dich herum vorgeht, und jetzt willst du mir weismachen, du würdest mehr mitbekommen als ich? Da gackern ja die Hühner.«

»Lass sie gackern«, erwiderte Wilhelm missmutig. Er konnte es nicht verstehen, dass sein Freund die Anfeindungen auf die leichte Schulter nehmen wollte. Er war ja bereit, das Kreuz mitzutragen, aber es konnte gefährlich werden, wenn sie nicht aufpassten. »Kaum einer ist bereit, mit dir anzunehmen, der Meister sei ein Ketzer und habe eine Konkubine gehabt!«

»Mit *mir* anzunehmen?«, fragte Bruder Hermann hochnäsig. »Wer schreibt denn hier die Predigten, hä?«

Wilhelm ließ den Kopf hängen. Wieder hatte er es verpatzt.

»Hab ich nicht so gemeint«, beruhigte ihn Bruder Hermann. »Deine Predigten sind beste Ware. Es stimmt nicht, dass uns kaum einer ernst nähme. Noch ein paar Tage, und die ganze Stadt ist auf unserer Seite. Dann gnade Gott diesen Lumpen von Brüdern, die sich gegen uns stellen. Du schreibst nämlich Predigten so großartig wie dieser sagenhafte Bruder Berthold von Regensburg, ein Barfüßer übrigens. Und morgen ist erst mal mein großer Tag, vielmehr unser großer Tag, Bruder Wilhelm, wenn die Anklage vor der Inquisition gegen Meister Eckhart eröffnet wird.«

»Bar eines Beweises geht es aber nicht weiter«, beharrte Wilhelm. »Die Brüder, die zunächst wankelmütig waren und von … von dem Meister abgerückt sind, haben sich, wie ich dir eben mitzuteilen versuchte, wieder hinter ihn gestellt. Wir werden behandelt wie die Leprosen.«

»Umso strahlender wird unser Sieg ausfallen. Ich verspreche es dir. Du musst nur noch ein paar Tage Geduld haben, bis … bis …« Bruder Hermann brach ab. »Bis sich alles regelt, wie ich es in die Wege geleitet habe«, setzte er schließlich nach.

Warum vertraut er mir nicht?, dachte Wilhelm betrübt. »Kannst du mir denn nichts preisgeben, selbst wenn wir es noch nicht verkünden, damit ich ruhiger zu schlafen vermag?«

»Nein.«

Wilhelm geriet außer sich. Er wuchs über sich hinaus und wagte sogar, Bruder Hermann an den Schultern zu packen und zu schütteln.

»Komm zu dir, Bruder Wilhelm«, sagte Bruder Hermann so ruhig es während des Schüttelns ging. »Sie sind so einfältig, die

Brüder. Ich muss so handeln, wie ich es tue, das ist dir doch klar, oder?«

Wilhelm ließ ab von ihm, und der Mut verließ ihn sogleich. »Du wirst schon Recht haben, Bruder Hermann. Aber ist es denn auch wahr, was du mir gesagt hast, nämlich dass Meister Eckhart sie, jene Begine, von der die ganze Zeit die Rede geht, hat ermorden lassen? Nicht dass ich zweifle. Aber eine andere Begine hat mich ganz schön in die Zange genommen deswegen. Man wird Beweise verlangen.«

»Nun hör mal«, ereiferte sich Bruder Hermann, »hast du mich jemals was falsch anpacken gesehen? Es wäre doch Wahnsinn, wenn die Anklage auf tönernen Füßen stünde! Komm, ich erzähle dir etwas, das ist so unsäglich, wie du es dir nicht vorstellen kannst, aber es entspricht der Wahrheit.«

Sie zogen einige Runden durch den Kreuzgang, ohne dass Bruder Hermann etwas sagte. Schließlich stöhnte er auf und begann:

»Es war einen Tag nach Mariä Lichtmess, der Tag, nach dem ich die erste deiner hervorragenden Predigten gehalten habe, die du dankenswerterweise für mich schriebst. Nun, die Wirkung gibt dir und mir Recht, bestätigt das Anliegen des ehrwürdigen Vaters und Herrn Erzbischofs Heinrich. Alles dein Verdienst.« Bruder Hermann klopfte Wilhelm ermutigend auf die Schulter. Wilhelm fühlte sich sehr geehrt. Bruder Hermann sprach nicht weiter, sondern schien es sich anders überlegt zu haben. »Nur so viel kann ich dir jetzt schon offenbaren, nämlich dass ich vornehmer Herkunft bin –«

»Wie das?« Wilhelm verstand nicht den Zusammenhang, aber er hatte sich daran gewöhnt, dass Bruder Hermann sprunghaft dachte. »Das will mir nicht in den Schädel«, rief er dann und packte sich mit den Händen an die Schläfen.

»Mir ging es nicht anders, als ich es hörte –«, begann Bruder Hermann fröhlich.

»Wann?«, fragte Wilhelm aufgeregt dazwischen.

Bruder Hermann sprach jedoch unbeirrt weiter: »– doch so einfach kann man mir nichts vormachen. Also habe ich in den Tagen, wo ich weg war –«

»Wo du mich allein gelassen hast!« Wilhelm dachte mit Schaudern daran.

»Komm, du bist ein großer Junge. Also ... ich habe ihn aufgesucht und mit ihm selbst gesprochen. Er wird nach Köln kommen und meine hohe Abstammung beglaubigen und den Mörder, der im Auftrage von Meister Eckhart gehandelt hat, der Gerechtigkeit zuführen. Was sagst du dazu?«

»Der Herr hat dir große Gnade erwiesen«, sagte Wilhelm ergriffen. Er brauchte einen Augenblick, um festzustellen, dass der Bericht von Bruder Hermann durchaus lückenhaft war. »Wie hast du es erfahren? Deine Herkunft? Vor allem aber: Wer nun ist dein Vater? Und wer der Mörder? Du hast doch gesagt, der Bauer war es! Es will alles keinen rechten Sinn ergeben in meinem Geiste.«

»In deinem Geiste!«, rief Bruder Hermann und lachte. »Das ist mir klar. Warte ab, und du wirst erkennen, wie alles zusammenhängt.«

»Weshalb hast du es der Magistra der Beginen nicht berichtet? Sie hat ein Anrecht darauf, es zu erfahren!« Wilhelm versuchte, so viel Vorwurf in seine Frage zu legen, wie es ihm möglich war.

»Sie würde es nicht als Wahrheit anerkennen. So wenig wie du es tust«, beschied ihn Bruder Hermann mürrisch.

Wilhelm kostete die bittere Zerknirschung des Herzens, denn er erkannte, dass ihm Bruder Hermann nicht alles offenbaren wollte. Und dies konnte ja wohl nichts anderes heißen, als dass Bruder Hermann ihm nicht sein volles Vertrauen schenkte. Was habe ich nur falsch gemacht?, fragte sich Wilhelm. Wodurch habe ich ihm Veranlassung gegeben, einen Vorbehalt wider mich zu hegen? Habe ich ihm nicht treu genug gedient? Ich zweifele an seinen Worten, an seiner Lauterkeit. Und dies ist die Strafe dafür, ich Narr! Ich muss mich bessern!

*

Köln, Palast des Erzbischofs, am Vormittag des 10.2.1327

Es herrschte peinvolle Stille. Wilhelm schaute von einem versteinerten Gesicht zum nächsten. Warum um alles in der Welt hat uns der ehrwürdige Vater und Herr Erzbischof zu genau der Stunde einbestellt, zu welcher er die Sonntagsmesse zu Ehren der heiligen Austreburta im Dom liest?, dachte Wilhelm. Er wähnte den alten Mann von allen guten Geistern verlassen. Oder will er uns leiden lassen? Ich denke nicht demütig, tadelte sich Wilhelm, es ist eine Prüfung unserer Standhaftigkeit im Angesicht des Bösen. Es fiel ihm immer noch schwer, Meister Eckhart als Verkörperung des Bösen zu sehen. Aber Bruder Hermann hatte zu ihm gesagt, er, Wilhelm, müsse sprechen, wenn Bruder Hermann dazu aufgefordert werde, weil Wilhelm den überlegeneren Geist besitze. Das hatte Bruder Hermann wahrhaftig über ihn gesagt! Wilhelm ruckelte unruhig auf dem Stuhl. Er war aufgeregt. Er musste seine Aufgabe gut erledigen. Das war er Bruder Hermann schuldig!

Bruder Hermann saß seelenruhig neben ihm. Er schien sich seiner Sache sehr sicher zu sein. Von ihm aus linker Hand saßen die amtlichen Ankläger, die Barfüßer Bruder Dirolf von Michelsberg und Bruder Agelomus von Luxenil. Soweit er verstanden hatte, würde der dicke Bruder Dirolf, den Bruder Hermann herzlich und mit Dank begrüßt hatte, das Wort führen. Er vertrat dem Vernehmen nach seinen Abt Hanß, der nicht in Köln weilte. Gegenüber saßen Meister Eckhart, in dessen gramverzerrtes Gesicht Wilhelm nicht zu schauen vermochte, und sein Verteidiger Bruder Nikolaus von Straßburg. Bruder Nikolaus war vom Heiligen Vater in Avignon vor ein paar Monaten eigentlich gesandt worden, um den Verdacht auf Ketzerei des Meister Eckharts zu untersuchen, der von Erzbischof Heinrich gemeldet worden war. Damit hatte er sich verrechnet, denn Bruder Nikolaus war ebenfalls Prediger und Meister Eckhart treu ergeben. Wenn der Meister ein Ketzer war, so auch Bruder Nikolaus! Der Thron an der Stirnseite des Raumes war leer. Ihn würde der Erzbischof besteigen.

Als der Erzbischof Heinrich II. von Virneburg schließlich erschien, machte er einen gehetzten Eindruck. Flüchtig ließ er sich küssen. Wilhelm sah, wie Bruder Nikolaus zurückzuckte, dann aber doch die geforderte Ehrerbietung walten ließ. Meister Eckhart überging der Erzbischof bei der Begrüßung. Hätte jener diesen geküsst?, überlegte Wilhelm. Kaum saß der Erzbischof auf dem Throne, fielen ihm die Augenlider so weit zu, dass man denken konnte, er schliefe. Er sagte nichts.

Schließlich begann Bruder Dirolf. »Ehrwürdiger Vater und Herr Erzbischof, wir sitzen hier heute zu Gericht über Johannes Eckhart, genannt ›Meister‹. Die Anklage lautet auf Ketzerei. Wir, die wir nicht würdig sind, Euch die Schnüre der Schuhe zu lösen, haben Euch, ehrwürdiger Vater und Herr Erzbischof, eine umfangreiche Liste mit all jenen Stellen aus den lateinischen und diutischen Schriften sowie aus den überlieferten Predigten des vorgenannten Predigers erstellt und übergeben, die zweifelsfrei den ketzerischen Geist belegen, der diesen Mann beherrscht. Bruder Hermann von den Predigern wird zusammenfassen.«

»Wir möchten die Ehre gern an Bruder Wilhelmus weiterreichen, der sich auf die theologische Argumentation vorbereitet hat.« Bruder Hermann deutete mit beiden Händen großzügig in Wilhelms Richtung.

Wilhelm erhob sich. Er holte tief Luft und begann: »Mit unermesslichem Schmerze müssen wir feststellen, dass ein Bruder aus dem Orden der Prediger, Eckhart mit Namen und Magister der Heiligen Schrift, mehr wissen will, als nötig ist, und dass er nicht entsprechend der Besonnenheit und nach der Richtschnur des Glaubens verfährt. Er hat sein Ohr von der Wahrheit abgekehrt und sich Erdichtungen zugewandt. Verführt nämlich wurde er durch den Vater der Lüge, der sich oft zum Scheine in den Engel des Lichtes verwandelt, um das finstere und hässliche Dunkel der Sinne statt des Lichtes der Wahrheit zu verbreiten. So hat dieser irregeleitete Mensch, der besagte Meister Eckhart nämlich, gegen die hell leuchtende Wahrheit des Glaubens auf dem Acker der Kirche Dornen und Unkraut hervorgebracht und ist weiterhin emsig beflissen, schädliche Disteln und giftige Dornensträucher zu erzeugen. Zahlreich sind seine Lehrsätze, die den wahren Glauben in vieler Herzen vernebeln …«

Wilhelm hatte sich so richtig in Wallung geredet, als ihn ein Donnerschlag zusammenzucken ließ. Bruder Nikolaus hatte mit der Faust gegen das schwere Holzbein des Stuhles geschlagen, auf dem er saß. Wilhelm sah durch seine angstgeweiteten Augen, wie sich Bruder Nikolaus, eine gewaltige und ehrfurchtgebietende Gestalt, langsam erhob.

»Ehrwürdiger Vater und Herr Erzbischof Heinrich«, polterte Bruder Nikolaus, und Wilhelm bemerkte, dass auch der Erzbischof jetzt die Augen vollständig geöffnet und seinen Kopf dem Redner zugewandt hatte, »wollt Ihr es dulden, dass dieser üble und gefährliche Bursche, der noch nicht einmal ein Magister der Theologie ist, mit seinen bübischen Reden den weisesten und gelehrtesten Mann, der je nach dem heiligen Thomas von Aquino die Kirche gelehrt hat, mit Unflat bewirft?«

Die Beine von Wilhelm gaben nach, und er plumpste auf sein glücklicherweise gut gepolstertes Gesäß.

»Wir sehen nicht, warum er seine gerechte Anklage nicht vorbringen sollte«, entschied der Erzbischof kurz. Wilhelm schöpfte wieder Mut. Bruder Hermann klopfte ihm aufmunternd auf die Schulter.

»Dieses Gericht«, setzte Bruder Nikolaus unbeirrt seine Gegenrede fort, »ist offensichtlich nicht aufgerufen, in dieser Sache zu verhandeln. Bruder Eckhart untersteht einzig dem Gericht des Ordens, das ihn, wenn er denn je gefehlt hätte, mit aller Härte bestrafen würde, und selbstredend dem lieben Vater in Avignon. Da Bruder Eckhart jedoch immer erklärt hat, dass er dem katholischen Glauben treu sein und Gehorsamkeit gegenüber unserem General sowie dem Nachfolger auf Petri Stuhl üben werde, gibt es keinen einzigen Anlass, irgendwelche ketzerischen Regungen bei ihm festzustellen.«

Wilhelm sah, wie die Augen des angeklagten Greises, den er dereinst so geliebt hatte, feucht wurden. Was habe ich nur angerichtet?, dachte Wilhelm. Oder war der Meister nur ein Heuchler, ein Mörder gar?

Bruder Hermann sprang nun ebenfalls erbost auf. »Und den unlauteren Lebenswandel, was habt Ihr darauf zu erwidern, Bruder Nikolaus? Ehrwürdiger Vater und Herr Erzbischof Heinrich, es steht fest, dass dieser Ketzer da, wie es unter Seinesgleichen gang und gäbe ist, außer falschen Lehren auch einen unkeuschen Umgang pflegt.«

Wilhelm überlegte, warum Bruder Hermann den Mord an dieser Schwester Guta, den der Meister nach Bruder Hermanns Wissen angestiftet hatte, nicht vorbrachte. Dann fiel ihm ein, dass Bruder Hermann ihm gesagt hatte, er wolle damit warten, bis sein Zeuge eingetroffen sei. Außerdem mochten sich die städtischen Schöffen mit Gewalttaten beschäftigen, nicht das Gericht der Inquisition.

»Zügelt Euch, Bruder Hermann«, forderte der Erzbischof scharf. »Da die Zuständigkeit des Gerichts in Frage gestellt worden ist, werden wir darüber nachdenken müssen. Aber zweifle niemand daran, dass wir den Tod der Ketzer wollen. Aller Ketzer. Im Namen des Vaters, des Sohnes und des heiligen Geistes. Amen.«

*

Andernach, am 10.2.1327

Demudis hatte den ganzen restlichen Tag geruht. Richtig Schlaf zu finden, war ihr nicht möglich, weil ihr der beim Sturz gestauchte Fuß schmerzte. Aber sie döste vor sich hin und konnte keinen sinnvollen Gedanken fassen. Am folgenden Morgen, als der Physikus der Barfüßer auf ihren wehen Fuß eine weitere wohltuende Salbe auftrug und ihn mit neuen Bändern umwickelte, beschloss sie allerdings, den Rat des Torwächters Bruder Gerhard zu missachten und ihn doch auf Schwester Guta anzusprechen.

»Sie hat ihm genommen, was er sowieso nicht hätte besitzen dürfen«, sagte der Physikus dunkel. »Aber er hat sie … sie war ihm …« Er suchte offensichtlich nach den angemessenen Worten und sagte dann: »Ach, frage ihn doch selbst, er wollte dich noch sprechen, bevor du aufbrichst.«

Der Physikus verschwand und kehrte kurz darauf mit Abt Paul im Gefolge zurück. Abt Paul blickte zu Boden, aber Demudis sah, dass seine Augen rot gerändert waren.

Der Abt trat auf sie zu und versuchte, ihr einen Beutel zu überreichen. Dabei legte er seine freie Hand auf ihren Unterarm. Demudis zuckte ob der Berührung durch die Mannsperson erschreckt zurück und nahm den Beutel nicht in Empfang. Er fiel zu Boden, und es klingelte. Der Beutel enthielt demnach Münzen.

Abt Paul hob den Beutel mühsam auf und sagte: »Verzeih mir, ich wollte dir nicht zu nahe treten. Nimm dies für euren Konvent und haltet sie, Guta, Schwester Guta, alle Zeit in Ehren. Ich war grob zu dir gestern und möchte mich in jeder erdenklichen Form entschuldigen.«

»Ich danke Euch im Namen aller meiner Schwestern«, sagte Demudis steif und griff nach dem Beutel. »Aber wollt Ihr nicht, dass der feige Meuchler von Schwester Guta gefasst wird? Das ist es, was Ihr für sie noch tun könnt, nämlich mir bei meinen Nachforschungen weiterzuhelfen.«

Abt Paul schwieg. Wie es Demudis schien, rang er mit sich, und so wollte sie seine Entscheidung, sein Wissen preiszugeben, unterstützen:

»Das Letzte, was sie vor ihrem Tod zu mir sagte, war, dass sie einigen Leuten eine Wahrheit sagen wollte. Leider konnte ich nicht alle Namen verstehen, weil sie sehr erregt war. Aber Euren Namen habe ich deutlich vernommen. Ich vermute sehr stark, dass es einen Zusammenhang mit der Mordtat gibt. Und wenn sie Euch zum Schweigen über das, was Ihr wisst, verpflichtet hat, so nehmt es doch als Entbindung von der Pflicht an, dass sie kundtat, die Wahrheit ans Licht bringen zu wollen.«

Abt Paul sah Demudis nun fest in die Augen. »Schwester«, sagte er, »nicht bloß Gutas wegen schweige ich. Es ist eine Macht, die furchtbarer ist, und er lebt noch. Sieh auch du dich vor.«

Demudis schauderte, aber gab nicht auf: »Soviel ich herausgefunden habe, hatte Schwester Guta einen Sohn, Martin mit Namen, der bei Bauern in Katzenelnbogen aufgewachsen ist. Der Vater soll der Herr Adolf von Riehl gewesen sein, jüngst verstorben. Der Graf von Katzenelnbogen hat veranlasst, dass Martin das Erbe des kinderlosen Herrn Adolf hatte antreten sollen, wobei ich nicht letzte Gewissheit habe, ob dieser der Vater ist oder nicht …«

Weiter kam Demudis nicht. Der Abt wandte sich ab und murmelte: »Das ertrage ich nicht. Lebt wohl.«

Abt Paul verließ die Krankenstube, und Demudis blieb unschlüssig zurück.

»Du solltest jetzt von dannen ziehen«, sagte der Physikus nach einer Weile.

Demudis sah ein, dass sie keine andere Wahl hatte und darauf hoffen musste, bei Schwester Mathilde in Koblenz mehr in Erfahrung zu bringen. Das Gehen würde, wie der Physikus ihr gesagt hatte, mit dem Verband beschwerlicher sein, aber der Fuß würde nicht weiter schmerzen und nicht schwellen. Und so verhielt es sich auch.

*

Koblenz, gegen Abend des 10.2.1327

Erst zur Neige des Tages traf Demudis in Koblenz ein, abgekämpft, hungrig und müde. Demudis erinnerte sich, dass Schwester Guta erwähnt hatte, der Beginenkonvent, dem Schwester Mathilde angehörte, befände sich bei den dortigen Predigern in der nämlichen Gasse. In Koblenz schienen die Beginen in gutem Ansehen zu stehen, denn jedes Weib und jeder Mann, den sie ansprach, um nach dem Weg zu fragen, machte bereitwillig und höflich Mitteilung.

Auch im Konvent hieß man sie ohne viel Aufhebens, aber mit vielerlei Küssen herzlich willkommen. Aber als sie in die Stube trat, von der ihr bedeutet wurde, dass Schwester Mathilde sich dort befände, stieß sie unversehens auf einen Kölner Barfüßer, den sie flüchtig als Abt Hanß kannte.

»Ihr hier?« Es war eine wenig ehrerbietige Begrüßung, eher wie ein Vorwurf denn wie eine Frage gesprochen, voll von Argwohn, weil sie nicht wollte, dass ein Kölner Barfüßer die Unterredung mit Schwester Mathilde mithörte, besonders da auch das Gespräch mit dem Barfüßerabt in Andernach so unerfreulich verlaufen war. Sie wusste nicht, auf welche Seite sich die Barfüßer in Köln schlagen würden. Schließlich unterstützte Bruder Dirolf die Anklage gegen Hechard. Allerdings war auch ein Prediger dabei, und die hatte sie eigentlich zu den Freunden gezählt. Wem konnte sie überhaupt noch trauen? Sie musste auf der Hut sein.

Der Abt legte ihr beruhigend seine Hand auf den Arm und führte einen Finger der anderen zu seinen Lippen.

Nun gewahrte Demudis im Inneren der Stube eine Begine im sandfarbenen Kleid sowie einen Prediger. Sie saßen an einem Tisch, auf dem eine Kerze stand sowie Pergamente und ein Tintenfässchen. Der Prediger hielt eine Feder.

Als die Begine zu sprechen anfing, schrieb der Prediger. Demudis sah, dass schon einige Blätter voller flüchtig hingeworfener Buchstaben waren. »… dass dies das Buch der sinkenden Minne ist, die mich zur glücklichen Wende der Gottentfremdung geführt hat. Da sprach die Braut: ›Mein Lieber ist mir in meinem Schlafe entgangen, da ich in innigster Vereinigung mit ihm ruhte.‹ Und da sprach die unwürdige Seele zum himmlischen Bräutigam: ›Ach, mein lieber Herr, erhöhe mich nicht zu sehr. Es ist mir viel zu gut im niedrigsten Teil, dort will ich dir zu Ehren immer mit Freuden bleiben.‹ Denn der Herr war der Braut an diesen Ort des Grauens in den tiefsten Tiefen gefolgt, da er ihr Treue geschworen hatte. Doch da musste ich wohl kundtun: ›Geh weg von mir, lieber Herr, und lass mich noch tiefer sinken, dir zum Glorienscheine.‹ So aber geriet die unwürdige Seele in so große Finsternis, dass sie die traute Zweisamkeit mit Gott verliert, seines Lichtes und seiner Wahrheit verlustig geht. In dieser Pein und diesem Schmerze aber erhöhe ich meinen Gemahl, Jesus Christus, auf ewig zu den höchsten Höhen seines jauchzenden Seins.«

Der Schreiber und Abt Hanß warteten, auch Demudis verhielt sich still, bis die Leere unerträglich wurde.

»Das ist das Ende«, sagte die Begine. »Traurig, aber doch über alle Maßen herrlich.«

Abt Hanß sagte zu Demudis: »Schwester, dies ist das größte Geheimnis, durch das Gott sich offenbart.«

»Ich bin Schwester Demudis«, sagte sie zu allen dreien, um einen Anfang zu machen.

»Verzeiht, Schwester«, sagte die Begine, erhob sich und kam Demudis entgegen. Sie nahm sie in den Arm und küsste sie. »Schwester Mathilde bin ich. Schwester Demudis? Die aus Köln, wo auch Schwester Guta, meine Base ...?«

»Genau die«, bekräftigte Demudis.

»Das ist Bruder Liutprand«, erklärte Schwester Mathilde, »mein Beichtvater, der meinte, meine unwürdigen Träume seien ein wichtiges Zeugnis des Glaubens.«

»Dessen bin ich mehr denn je sicher«, bestätigte Bruder Liutprand.

»Und das ist Bruder Hanß von Mondorf, aus Köln, glaube ich, vielleicht kennt ihr euch.«

»Wir haben uns gesehen«, sagte Demudis abschätzig. Bruder?, dachte Demudis. Er hat sich hier wohl nicht als Abt zu erkennen gegeben, sehr merkwürdig. Ich muss vorsichtig sein.

»Ich habe meine Sünden gebeichtet, Schwester Demudis«, sagte Abt Hanß. »Du kannst mir vertrauen.«

»Was führt Euch her?« Demudis war nicht überzeugt.

Abt Hanß verneigte sich vor ihr. »Ich vernehme dein Misstrauen, und ich verzeihe es dir, weil ich weiß, dass ich es selbst gesät habe.«

Die Freundlichkeit des Abtes verstimmte Demudis noch mehr, als es Feindseligkeit getan hätte. Sie wollte einfach, dass er wegginge. Man erzählte sich, dass er, bevor er sich zu den Barfüßern bekannt hatte, in Schande mit seiner eigenen Mutter verkehrt habe und sich dann aber, als er versuchte, eine Magd zu freien, mit einem Nebenbuhler einen Kampf auf Leben und Tod geliefert habe, in welchem er sein eines Auge lassen musste, der andere hingegen sein Leben. Manche behaupteten dagegen, dass es sich anders zugetragen hätte. Es fiel ihr schwer, angesichts derartiger Verbrechen dem Gebot des Herrn, alle Sünden zu verzeihen, Folge zu leisten. Sie konnte sich nicht helfen, der Kerl war und blieb ihr unheimlich.

»Hm«, machte Demudis, weil sie nicht recht wusste, wie es nun mit dem Gespräch weitergehen sollte. Es war nicht gut, diesen zwielichtigen Zeugen dabeizuhaben.

»Verspürst du Hunger?«, fragte Schwester Mathilde. »Nach dem langen Weg!«

»O ja«, sagte Demudis aus tiefstem Herzen. Das Brot, das sie bei den Andernacher Barfüßern bekommen hatte, hatte nicht lange vorgehalten.

»Wir haben nicht viel«, entschuldigte sich Schwester Mathilde, »bloß noch etwas Fladen und dicken Graupenbrei, zumindest aber eine winzige Menge Schmalz. Doch wir teilen es gern.«

Bei Tisch stellte Demudis entsetzt fest, dass Abt Hanß von einem Bruder, Dudo mit Namen, begleitet wurde, sodass es noch einen weiteren Zeugen geben würde, obwohl dieser, wie sie vernahm, nicht viel sprach. Sie wusste allerdings, dass es Menschen gab, die, obwohl sie sich fast stumm verhielten, dennoch große und offene Ohren hatten.

»Wie steht es in Köln?«, fragte Abt Hanß sie leutselig. Demudis bemerkte ein leichtes Beben in seiner Stimme. Sie konnte daraus auf seine Furcht schließen, aber nicht, ob er darum bangte, die Anklage gegen Hechard möge Erfolg haben oder abgewiesen werden.

»Die Barfüßer machen gemeinsame Sache mit einem Nestbeschmutzer aus unseren eigenen Reihen und erheben Anklage gegen einen Prediger und gegen uns Beginen«, schmatzte Demudis offen gehässig und führte einen weiteren Löffel Brei zum Mund und pustete der großen Hitze wegen auf ihn.

Schlagartig veränderte sich die Stimmung. Bruder Liutprand warf anklagende Blicke auf die beiden Barfüßer. Es war, als zuckten Blitze durch den Raum. Stummer Donner grollte über die Köpfe hinweg. Schwester Mathilde und die anderen Schwestern wichen erschrocken zurück.

Bruder Liutprand erhob sich und verließ abrupt die Tafel.

Auch Bruder Hanß stand auf. »Ist das die Gastfreundschaft der Beginen?«, fragte er. Es sollte wohl barsch klingen, aber Demudis hörte auch Traurigkeit darin, und sie kam sich sofort schlecht vor. Aber jetzt war es zu spät. Und es war ja wirklich ihre Absicht gewesen, dafür zu sorgen, dass die beiden lästigen Zuhörer das Haus verließen.

Abt Hanß und Bruder Dudo gingen grußlos, aber Demudis hörte noch, wie Bruder Dudo murmelte: »Beginen, Beginen, nicht so heilig, als sie schienen.«

»Es ist mir ein Kummer um Bruder Hanß«, sagte Schwester Mathilde. »Wohin werden sich die Brüder wenden? Sie geraten in die schreckliche Nacht hinein.«

Demudis griff nach der Hand von Schwester Mathilde. »Wende dich nicht ab von mir …«

Mathilde seufzte.

»… denn ich habe mit dir zu reden, über deine Base Guta.« Demudis musste, um zu retten, was zu retten war, ohne Umschweife alles offen legen. »Sie ist gemeuchelt worden.«

»Nein!« Es war kein Wort. Es war ein Schrei. »Wie kannst du sagen, sie sei tot?« Schwester Mathilde wurde plötzlich handgreiflich, tobte, zerrte an Demudis' Kleidern, schlug mit den Fäusten auf sie ein. Demudis hob schützend die Arme vors Gesicht.

»Sie ist es«, sagte Demudis traurig.

»Du weißt alles?«, fragte Schwester Mathilde.

Was meint sie?, dachte Demudis. »Nein, eher nichts«, antwortete sie vorsichtig. »Es ist eine schlimme Geschichte, aber wie es scheint, kenne ich nur erst ein paar Brocken davon. In Köln, musst du wissen, wird, wie ich eben zu den Barfüßern sagte, wahrhaftig Anklage geführt von den Minoriten und sogar von einem Predigerbruder gegen die Beginen und gegen den Seelsorger, den Meister Eckhart –«

»Hechard«, hauchte Schwester Mathilde.

Hatte sie es eben nicht richtig mitbekommen, als der Streit mit den Barfüßern losgebrochen war?, überlegte Demudis und sagte: »Ach ja, du musst ihn ja kennen, denn er hat Schwester Guta bisweilen begleitet.«

»Ich kenne ihn durchaus länger«, erklärte Schwester Mathilde matt. »Nachdem ich von meinem Gatten, Adolf von Riehl, verstoßen worden bin, weil ich ihm keine Erben geschenkt habe –«

»Er ist verstorben, am Tage vor Mariä Lichtmess«, warf Demudis ein.

»Der Teufel soll ihn holen«, zischte Schwester Mathilde. Doch sogleich berichtigte sie sich: »Nein, Gott sei seiner Seele gnädig.«

»Der Reihe nach«, versuchte Demudis, Ordnung in das Gespräch zu bringen. »Ich berichte zuerst, damit du verstehst, was mit deiner Base geschehen ist oder doch sein könnte, und dann ergänzt du mein Wissen. Wir Beginen und Hechard werden also angeklagt der Ketzerei –«

Schwester Mathilde konnte sie nicht ausreden lassen und fiel ihr sogleich wieder ins Wort. »Wie überall! Diese miesen Hurenböcke von Pfaffen. Aus Straßburg, wohin es mich verschlug, nachdem mein Gatte … mein, wie du sagst, jüngst glücklicherweise heimgegangener Gatte mich fortgehen hieß, haben sie mich meiner Vereinigung mit dem Herrn wegen verfolgt, und ich wäre sicherlich schon auf dem Scheiterhaufen wie einst die gute Marguerite Porete geendet, wenn Hechard mich nicht gerettet hätte, indem er mich zu seinem treuen Schüler, Bruder Liutprand, nach Koblenz schickte. Als Hechard selbst vor den Nachstellungen nach Köln geflüchtet war, begegnete er meiner verschollen geglaubten Base Guta. Ich war so froh, sie wieder gefunden zu haben … Und jetzt, jetzt sagst du, dass …« Schwester Mathilde brach in hemmungsloses Weinen aus. Sturzbäche von Tränen strömten ihr aus den Augen, und grässliche Laute entrangen sich ihrem Munde.

Demudis versuchte, zu ihr durchzudringen. »Ich weiß keinen Trost, Schwester Mathilde, aber es ist ein Rätsel um Schwester Gutas … Tod.«

»Du hast Mord gesagt!«, brüllte Schwester Mathilde sie fast anklagend an, als wolle sie an dem, was sie zunächst bezweifelt hatte, jetzt mit aller Macht festhalten.

»Dann lass mich nun beenden, was ich zu erzählen begonnen habe«, verlangte Schwester Demudis heftig. »Der Hetzer unter den Predigern ist ein gewisser Bruder Hermann de Summo. Er beschuldigt Hechard des unkeuschen Lebenswandels, und es ist Schwester Guta, deren Friedel er sein soll –«

»Das ist lächerlich, wo sie doch –«, versuchte Schwester Mathilde, wieder zu unterbrechen.

Aber dieses Mal ließ es Demudis nicht zu und fuhr fort: »Nun höre weiter. Dieser Bruder Hermann behauptete gegenüber einem Barfüßer und seinem Spießgesellen, Schwester Guta sei im Auftrage von Hechard erwürgt worden, um das Zeugnis seiner Unkeuschheit zu beseitigen. Der Genosse von Bruder Hermann hat mir das auch bestätigt«

»Wie kann er das wissen?« Schwester Mathilde rang die Hände.

»Das ist eins der Rätsel«, gab Demudis zu. »Als gedungenen Mörder bezeichnet Bruder Hermann einen Bauern, der sogar ihr Sohn sein soll.«

»Wessen Sohn?« Schwester Mathilde schien ehrlich verdutzt.

»Schwester Gutas.« Sie weiß es nicht, sie weiß von nichts!, dachte Demudis verzagt. Schwester Guta hat es vor allen verheimlicht. Sie hat sich niemandem anvertraut, nicht einmal ihrer Base. Diese teuflische Heimlichtuerei! Oder irgendetwas stimmte nicht an der Geschichte.

»Einen Sohn?«, wiederholte Schwester Mathilde ungläubig. »Hätte sie einen Sohn, wäre sie anders als ich und ihre Schwester Engelradis, die Adolf später ehelichte, nicht unfruchtbar!«

Es gelang Demudis, ein weiteres Stück dessen kundzutun, was sie herausbekommen hatte: »Der Bauernbursche ist als Sohn von ihr und Adolf ausgegeben worden, damit er sein Erbe antreten könnte. Schwester Guta sollte dem Vernehmen nach in Riehl Zeugnis zu seinen Gunsten ablegen.«

»Das wird meiner Base Engelradis und den Ihren nicht geschmeckt haben.« Schwester Mathilde freute sich diebisch.

»Hätte es auch nicht«, bestätigte Demudis. »Doch Schwester Guta ist nie dortselbst eingetroffen. Bruder Hermann nun tut kund, wie mir hintertragen worden ist, der Bube habe sie erwürgt, weil Schwester Guta das Zeugnis verweigert habe.«

»Das sieht ihr ähnlich!«, schimpfte Schwester Mathilde. »Ihr ganzes Leben war auf Lug und Trug gebaut!«

»Dagegen steht das Wort von dem Bauern, der mir sagte, sie

habe es zugesagt«, gab Demudis zu bedenken. Schwester Mathilde hält es demnach für möglich, dass Bruder Hermann Recht hat und Schwester Guta in Riehl nicht zu Martins Gunsten aussagen wollte, merkte sie sich.

»Nun verstehe ich gar nichts mehr«, gestand Schwester Mathilde atemlos. »Warum sagt dieser Prediger, dieser Hermann, dass Base Guta ermordet worden sei: im Auftrage von Hechard oder von diesem Bauern, der ihr Sohn sein soll?«

Genau das ist die Frage der Fragen, die ich zu beantworten versuche, dachte Demudis und sagte: »Bruder Hermann nennt es eine Verschwörung der beiden.«

»Und Engelradis? Die hätte auch einen Grund!«, steuerte Schwester Mathilde einen neuen Gesichtspunkt bei. »Oder Adolfs raffgieriger Bruder Bruno.«

»Aber nur, wenn Bruder Hermann nicht Recht hat«, widersprach Demudis.

»Wer hat nun Recht?«, wollte Schwester Mathilde verwirrt wissen.

»Wenn ich deine Frage bloß schon beantworten könnte.« Demudis stieß den Atem aus. »Ich versuche, eben dieses zu ergründen.«

»Ich denke nicht, dass Base Guta ein Kind ihr Eigen nennt, und noch weniger kann ich annehmen, dass Adolf in der Lage war, eins zu zeugen«, stellte Schwester Mathilde fest. Hörte Demudis da eine Spur Neid heraus?

»Das dahingestellt«, wechselte Demudis den schwierigen Gegenstand des Gespräches. »Jedenfalls war es Graf Walram von Katzenelnbogen, der diesen Bauern, Martin mit Namen, nach Riehl begleitete, auf dass er sein Erbe antreten sollte.«

»Graf Walram?« Schwester Mathilde rief die Frage aus wie einen Schrei.

»Ja. Hast du Kunde über den Grafen?« Demudis hatte das Gefühl, endlich auf etwas Wichtiges gestoßen zu sein.

»Er nämlich ist der Grund, warum Hechard, gäbe es keine anderen Gründe, nicht der Friedel von Base Guta hat sein können«, erklärte Schwester Mathilde. »Schließlich war der Graf es. Hier bei mir, da haben sie sich getroffen und ihr Liebesnest bezogen, immer wieder.«

»Schwester Guta war die Konkubine des Grafen?«, vergewisserte sich Demudis aufgeregt.

»Ja, natürlich«, bekräftigte Schwester Mathilde.

»Was ist daran ›natürlich‹?«, wunderte sich Demudis. »Was weißt du sonst darüber?«

»Nichts weiter«, sagte Schwester Mathilde.

Demudis gab auf. »Schwester Guta hat niemandem etwas von ihrem Leben erzählt, wie mir scheint.«

»Niemandem«, nickte Schwester Mathilde. »Nur Hechard weiß alles.«

»Der aber gibt nichts preis, des Beichtgeheimnisses wegen«, sagte Demudis hilflos.

»Aber woher kannte dieser Predigerbruder etwas von ihren Verheimlichungen?«, fragte Schwester Mathilde.

»Ich wollte, es gelänge mir, das herauszufinden!«, sagte Demudis. »Auch bei den Barfüßern in Andernach war ich –«

»Warum das?«

»Dachte ich mir inzwischen schon, dass du auch davon keine Ahnung hast. Früher, bevor Schwester Guta zu dir kam, ist sie nach Andernach gegangen, zu den Barfüßern. Ich fragte nach Erinnerungen an sie, aber man wies mich ab. Ich konnte nicht in Erfahrung bringen, warum. Allerdings war Abt Paul untröstlich. Doch er hatte offensichtlich große Angst, mir die Gründe zu nennen. Du kannst mir nicht weiterhelfen ...«

»Nein«, bestätigte Schwester Mathilde. »Ist der Graf schon in Kenntnis gesetzt?«

»Wer hätte das tun sollen?«, fragte Demudis. »Außer Hechard, der einen Boten geschickt haben könnte. Meinst du, das hätte er getan? Oder fällt auch das unter das Beichtgeheimnis?«

»Der eigene Tod?«, überlegte Schwester Mathilde. »Ich glaube nicht, das Base Guta das zuwege gebracht hat, selbst ihr Dahinscheiden unter das Beichtgeheimnis fallen zu lassen.«

»Ist Hechard dem Grafen verbunden, sodass er ihm Mitteilung machen würde?« Demudis forschte im Gesicht von Schwester Mathilde nach dem Funken einer Andeutung.

»Wenn nichts anderes dagegen spricht«, antwortete Schwester Mathilde dunkel und versank in Schweigen.

Wenn nichts anderes dagegen spricht, hallte es in Demudis' Kopf nach, was für ein närrischer Satz!

*

Auf dem Rückweg nach Köln, am 11.2.1327

Hanß und Bruder Dudo hatten noch Aufnahme bei den Kanonikern gefunden, die das ehemalige Kloster der Benediktiner St. Beatus bewohnten. Es lag ebenfalls außerhalb der Stadtmauern von Koblenz, abgeschieden auf einem Hügel. Misswirtschaft und Zuchtlosigkeit der Mönche hatten das Kloster verfallen lassen, bis Erzbischof Balduin die Gebäude im Jahre des Herrn 1315 einer Gruppe von zwölf Kanonikern übergeben hatte. Diese freuten sich über die Gäste, denn sie hatten unter der Einsamkeit des Ortes zu klagen und überlegten sich ernsthaft, ob sie wirklich auf Dauer dort leben wollten. Hanß dagegen gefiel die Kartause ausnehmend gut. Eine schlichte Kirche und einfache Unterkünfte mit viel Ackerland und einem gut zu bewirtschaftenden Hof. Vor allem keine Stadt drumherum, in deren Händel man verwickelt werden konnte.

Als sie am nächsten Morgen ein gutes Stück vorangekommen waren, sagte Bruder Dudo niedergeschlagen:

»Ich fürchte, Bruder Hanß, bald werden wir zwischen allen Stühlen sitzen, sodass uns die Unsrigen ebenso gram sind wie die Prediger und die frommen Frauen, und du wirst noch eins aufs Auge kriegen.«

»Das ist mein Kreuz«, keuchte Hanß, denn sie mussten eine Anhöhe hinauf, was ihn sehr anstrengte. »Aber ich werde es allein tragen und niemanden von euch mit hineinziehen. Mein Entschluss steht fest. Ich werde Köln verlassen.«

»Bruder Hanß«, sagte Bruder Dudo mit belegter Stimme, »ich

bitte dich, meiner nicht zu vergessen. Ich werde dir folgen, wenn du es mir erlaubst, wohin du dich auch wendest, und sei es in die Hölle.«

Hanß antwortete nicht darauf. Bruder Dudo würde auch so wissen, dass er ihm seine Bitte nie würde abschlagen können.

*

Köln, Kirche St. Andreas, am Abend des 11.2.1327

»Und der Herr sprach: ›Es ist ein großes Geschrei über Sodom und Gomorrha, dass ihre Sünden sehr schwer sind‹«, donnerte der Prediger. »Ich habe eine Stadt gesehen, ihr Name ist ewiger Hass. Sie ist in den tiefsten Abgründen aus vielen Steinen der Hauptsünden erbaut worden. Die Hoffart ist der erste Stein. Luzifer sei der Zeuge. Ungehorsam, üble Geizigkeit, Unmäßigkeit und Unkeuschheit, diese vier schweren Steine brachte zuerst unser Vater Adam her. Zorn, Falschheit und Mord sind die Steine, die wir Kain verdanken. Mit Lüge, Verrat, Verzweiflung an Gott nahm sich Judas selbst das Leben. Als tragende Ecksteine dienen die Sünden von Sodom. Wollt ihr, dass diese Stadt den Namen Köln trägt? Denkt, ehe ihr zur Antwort schreitet, wie es in der Schrift heißt: ›Und die Männer wandten ihr Angesicht und gingen nach Sodom. Aber Abraham blieb stehen vor dem Herrn. Der Herr sprach: Finde ich fünfzig Gerechte zu Sodom in der Stadt, so will ich um ihretwillen dem ganzen Ort vergeben.‹ So frage ich euch: Werden sich denn nicht fünfzig Gerechte finden in Köln, die dem Unheil Einhalt gebieten? Die ausmisten unter den Kupplerinnen, die sich Beginen nennen, aber auch unter den Leuten, die sich frech dem Orden des heiligen Dominikus angeschlossen haben wie ich selbst, aber abgeirrt sind? Seht euch um. Seht den verfluchten Schnee und das alles zermalmende Eis. Glaubt ihr, der Herr wird es von uns nehmen, wenn er so betrübt sein muss über die Sünden, die er zu Köln sieht?«

Der Schyssfeger Jakob hörte der Predigt andächtig zu. Er konnte von sich nicht behaupten, dass er seiner Christenpflicht regelmäßig nachkam. Wie sollte er auch? Er, bloß ein unwürdiger Meister der Nachtkarre! War es ein Wunder, dass er des Tages meist schlief und zu müde war, der heiligen Messe beizuwohnen? Aber seitdem diese Begine, der er nur seine barmherzige Hand helfend hatte reichen wollen, ihm in eben diese so mir nichts dir nichts gebissen hatte, war er hellhörig geworden. Er hatte gehört, wie man sich in den Straßen und Gassen erzählte von den Missetaten der Beginen. Er konnte von Glück sagen, nur gebissen worden zu sein. Der Prediger war ein wahrhaftiger Märtyrer, denn er prangerte auch die Verfehlung der eigenen Brüder an, ohne sich zurückzuhalten.

Von der Verklärung

Die lautere Minne ist in Gott allein stille.
Mechthild von Magdeburg

Köln, Beginenkonvent der Bela Crieg, am Morgen des 12.2.1327

Mentha hörte den Lärm als Erste. Wie das Echo einer Erinnerung aus längst vergangenen Tagen drang er ihr ins Bewusstsein, und sie erwachte. Mit einem Satz war sie aus dem Bett, als sei sie eine junge Magd.

»Schwester Angela und Schwester Beatrix, schiebt den großen Schrank vor die Pforte!«, befahl sie. »Schwester Lora, setze so viele Wasserkessel auf, wie du finden kannst ...«

Die Schwestern rieben sich die Augen.

»Was ist mit dir?«, fragte Schwester Jutta verschlafen.

»Die Sarazenen greifen an!«, bellte Mentha.

»Du hast geträumt«, sagte Schwester Lora beruhigt und drehte sich um.

»Macht schnell!« Mentha ließ nicht locker. Sie wusste, dass Gefahr im Verzuge war.

Das Wummern an der Tür und das Geschrei draußen klangen nicht freundlich.

Magistra Sela stürzte in den Raum. »Das Volk steht vor der Pforte und droht das Haus zu stürmen«, schrie sie außer sich vor Furcht.

»Macht, was ich euch gesagt habe«, schrie Mentha. Sie wandte sich an Schwester Godelivis. »Schlüpfe durch die Hintertür an der Klostermauer, bevor wir auch sie verrammeln, und laufe zu Ellikint auf dem Berlich. Sie soll mit allen öffentlichen Mägden kommen, gleich wie bewaffnet, und die Teufel von der anderen Seite aus angreifen.« Die rückseitige Tür führte zu einem schmalen Weg zwischen der Hauswand des Konventes und der Klostermauer. Die ganzen Ausscheidungen der Brüder wurden über das Rinnsal abgeleitet. Niemand benutzte den Weg, denn es stank dort unerträglich, und man watete im widerlichsten Morast. Sie konnte froh sein, dass es so kalt war, denn der Unrat war gefroren und roch nach nichts.

Mentha nahm Schwester Godelivis am Arm und schob sie die Tür hinaus. Zusammen mit Schwester Sophia versuchte sie, zur Sicherheit auch hiervor ein Hindernis zu schieben, eine schwere Truhe. Erfreut stellte Mentha fest, dass auch Schwester Hardrun mitmachte. Wenn es darauf ankommt, kann man sich wirklich auf sie verlassen, dachte sie.

Es war nicht der Augenblick, auf Gedanken Zeit zu verschwenden. Schwester Mentha eilte in die Küche. Ihr Alter spürte sie nicht mehr. Sie umwickelte ihre Hände mit Tüchern, packte einen Topf mit heißem Wasser und schleppte ihn die Treppe hinauf in den Raum über der Pforte. Sie stieß das Fenster auf.

»Weg von unserer Pforte!«, brüllte sie.

Sie machte den Frechsten aus, der an die Pforte schlug. Sie zielte und goss das Wasser hinunter. Es traf die Fäuste und spritzte dem Angreifer ins Gesicht. Die Luft war so eiskalt, dass das kochende Wasser auf dem kurzen Weg hinab erkaltete und wenig ausrichtete. Dennoch erschreckt ließ der Angreifer ab.

»Wenn wir kaltes Wasser über sie gießen, frieren sie fest.« Schwester Angela war neben Schwester Mentha getreten und hatte es ihr zugeflüstert.

»Guter Rat«, lobte Mentha.

Magistra Sela drängte die beiden Schwestern vom Fenster und rief: »Was wollt ihr, gute Leute, warum der Krawall?«

»Gute Leute«, äffte Mentha sie aufgebracht nach.

Einer der Angreifer antwortete: »Gebt uns eure Kupplerinnen heraus, die unkeuschen Schwestern, und wir lassen die anderen in Ruhe.«

»Hier wohnen nur ehrbare, gottesfürchtige Schwestern!«, gab Magistra Sela zurück.

»Beginen, Beginen, nicht so heilig, als sie schienen«, höhnte man zur Antwort.

Einer rief: »Sie beißen, kratzen und spucken, und sie verführen die Prediger.«

»Gott strafe *euch*!«, keifte jemand anderes. »Nicht *wir* wollen bestraft werden!«

»Schnappen wir uns doch die Klappermäule!« Der Ruf verbreitete sich.

Mentha sah, wie sich der Pulk in Richtung der Kirche bewegte. »Klappermäule«, so nannte das gemeine Volk die Prediger! Die Kirche ist offen, dachte sie. Sie wollen durch sie hindurch ins Kloster eindringen!

»Ich laufe andersherum zum Tor, um die Brüder zu warnen«, sagte sie zu Magistra Sela. »Hilf mir, die Truhe wieder von der Hintertür wegzuschieben.«

»Ich komme mit«, entschied Magistra Sela, als sich Schwester Mentha hinauszwängte.

Verstohlen sah sich Schwester Mentha um, als sie zwischen den Mauern an der Ecke zur Vorderseite des Klosters auf die Gasse trat. Es war niemand zu sehen. Nur wenige Meter trennten sie vom Tor der Prediger.

»Laufen wir«, sagte sie zu Magistra Sela.

Sie merkte, dass sie doch schon zu alt für den Kampf war. Die Füße taten ihr weh. Das Herz hämmerte. Das Blut pochte in den Schläfen. Die Beine drohten ihr den Dienst zu versagen. Dann vernahm sie Schritte hinter sich.

»Da will eine flüchten!«, hörte sie jemanden rufen, traute sich aber nicht, sich umzuschauen. Sie musste schwer keuchen. Fast hatte sie das Tor erreicht. Magistra Sela befand sich kurz vor ihr.

Doch da stürzte sie.

»Schwester!« Magistra Sela drehte sich entsetzt um.

Mentha war aufs Gesicht gefallen und Schnee geriet ihr in den Mund. Sie sah den Schnee blutig werden. Als sie sich auf den Rücken wälzte, durchzuckte sie ein höllischer Schmerz. Die rechte Wade.

Sie gewahrte, dass jemand auf sie zukam. Nur den grünen Rock und die langen Schuhe. Die Spitze eines Schuhs war ihrem Gesicht gefährlich nahe. Mentha winkelte ihr linkes Bein an und trat, ohne recht zu wissen, was sie tat, zwischen seine Oberschenkel in Richtung auf das Geziuglin. Der Getroffene schrie auf und wankte rückwärts, dabei stieß er mit einem der anderen beiden Verfolger zusammen. Mentha sah nun, das es derer drei waren. Drei junge Burschen.

»Lauf weiter«, forderte sie Magistra Sela auf. »Ich werde mit denen schon fertig.«

Mentha griff in den Schnee und schleuderte ihn auf gut Glück hoch.

Zwei der Angreifer standen jetzt neben ihr und lachten. »Na, Alte, willst wohl Prügel beziehen?«

Mentha sah, wie sich der Dritte noch in Schmerzen wand und mit der Hand schützend an die Lenden fasste.

»Wer wen verprügelt, werden wir ja sehen«, sagte sie herausfordernd.

»Rolf, die ist eine Maennyn«, sagte einer der beiden anerkennend. »Guck dir bloß den Andreas an.«

»Wollen wir sie ein wenig quälen?«, fragte Rolf.

»Überlasst sie mir«, forderte Andreas.

Mentha sah, wie er Anlauf nahm. Als sie den Schnee aufgewirbelt hatte, hatte sie etwas auf dem Boden gefühlt. Etwas wie einen Stein. Sie warf sich zur Seite und griff nach dem Stein. Sie zielte und feuerte ihn ab. Andreas taumelte und schlug rückwärts auf den Boden. Reglos blieb er liegen.

»Verdammt!«, fluchte Rolf.

Die beiden Männer wandten sich Andreas zu und schüttelten ihn.

Mentha hörte, wie Andreas stöhnte. Er hielt sich den Kopf. Der Stein hat ihn an der Schläfe gestreift, dachte Mentha.

Mit gellenden Schreien kam ein Prediger gelaufen. Die drei Burschen gaben Fersengeld.

»Schwester Sela hat es mir gesagt«, rief der Prediger. Mentha erkannte Bruder Frulof. »Bist du verletzt, Schwester?«

»Das Bein. Hilf mir auf, Bruder. Es waren drei, hast du gesehen? Ich habe es mit dreien aufgenommen«, sagte Mentha stolz.

Bruder Frulof packte Mentha unter den Achseln. »Kannst du gehen? Ist das Bein gebrochen?«

»Ach was«, sagte Mentha begleitet von einer wegwerfenden Handbewegung.

»Ich bringe dich ins Infirmarium«, sagte Bruder Frulof. »Was ist hier los?«

Mentha antwortete nicht, sondern fragte: »Wo ist Magistra Sela?«

»Sie hat von einem Angriff gesprochen«, erklärte Bruder Frulof. Er stützte Mentha, und sie humpelte zum Tor des Klosters.

Dort kam ihnen Magistra Sela entgegen.

»Tapfere Schwester«, sagte sie. »Bist du wohlbehalten? Danke, Bruder Frulof.«

»Wir müssen sie ins Infirmarium bringen, damit Physikus Ansgar sie untersucht.«

»Hast du Bescheid gegeben?«, fragte Mentha erregt.

»Ja«, beruhigte Magistra Sela. »Ich habe so viele Brüder, wie ich antraf, in die Kirche geschickt, um die Buben aufzuhalten. Es hat etwas gedauert, bis sie begriffen haben.«

»Ich habe noch nicht begriffen, was los ist!«, sagte Bruder Frulof.

»Die Menge hat unser Haus belagert«, erklärte Mentha. »Und als wir uns gewehrt haben, wollten sie ins Kloster, durch die Kirche.«

»Komm, wir gehen«, sagte Bruder Frulof mit sorgenvollem Nachdruck.

»Nicht in die Krankenstube«, widersetzte sich Mentha. »Bring mich zur Kirche, ich muss sehen, wie die Brüder sich schlagen.« Schmerzendes Bein hin, schmerzendes Bein her, sie wollte nicht fernab von dem Geschehen sich von einem Physikus begutachten lassen.

*

Auf dem Weg nach Katzenelnbogen, am 12.2.1327

Bei Braubach ging es vom Rhein ab landeinwärts gen Osten, um nach Katzenelnbogen zu gelangen. Sie hatte die Stelle noch vor

Mittag erreicht. Es war gut, dass sie ihrem Fuß bei den Barfüßern einen halben Tag Ruhe gegönnt hatte. Auch die Nacht bei Schwester Mathilde hatte zur weiteren Gesundung beigetragen. Er schmerzte nicht mehr, und sie konnte hurtig ausschreiten. Hoch oben auf dem Hügel südlich von Braubach sah Demudis die Marksburg, einen gewaltigen, Ehrfurcht einflößenden Bau, der nun auch ganz vom Weiß des Schnees bedeckt war. Sie liegt da wie unter einer Decke, dachte Demudis.

Zum Glück war der Weg anstrengend, denn so brauchte sie keine Trauer über das Schicksal von Schwester Guta an sich herankommen zu lassen. Aber sobald sie eine kurze Verschnaufpause einlegte, schoben sich die Erinnerungen an die Schwester vor ihre Augen. Oder sie wälzte die Fragen, auf die sie keine Antwort finden konnte, besonders die eine: Wer war der Vater von Martin?

Obgleich die Antwort nicht die ganze Angelegenheit aufzuklären vermochte, so würde sie doch die eine oder die andere Möglichkeit wahrscheinlicher machen. Die Antwort hatte sich nämlich als wichtiger herausgestellt, als Demudis zwischenzeitlich gedacht hatte. Wenn Herr Adolf von Riehl Martin zum Sohn hatte, würde es naheliegender sein, dass Schwester Guta dies auch zu bezeugen bereit gewesen war. Folglich würde sein Bruder Bruno als Mörder in Betracht kommen. Wenn umgekehrt Herr Adolf nicht der Vater war, dann wäre es sehr viel wahrscheinlicher, dass sie dessen Vaterschaft auch nicht zu behaupten beabsichtigt hatte, und dementsprechend wären entweder Martin oder der Graf Walram eher als die gesuchten Mörder anzusehen.

Nein, mit den neuen Erkenntnissen, die sie bei Schwester Mathilde gewonnen hatte, hatte sich das Bild gewandelt. Graf Walram war der Friedel von Schwester Guta. Bruder Hermann hatte Unrecht, Hechard war es nicht. Das war eine äußerst zufriedenstellende Nachricht. Außerdem würde es widersinnig sein, sich vorzustellen, dass der Graf seine Buhle tötete. So bliebe nur Martin.

Aber warum überhaupt Martin? Wenn Graf Walram der Friedel von Schwester Guta gewesen ist und Martin Gutas Sohn, warum sollte sie sich der Bitte des Grafen widersetzt haben, Martins Herkunft zu bezeugen? Damit hätte sich Schwester Guta gegen den erklärten Willen ihres Liebhabers und gegen das offensichtliche Wohl ihres Sohnes gewandt. Das war keine sehr glaubwürdige Annahme.

Folglich wurde die erste Möglichkeit, die Demudis in Betracht gezogen hatte, sehr viel wahrscheinlicher, nämlich dass Schwester Guta nach Riehl hatte gehen wollen, um Martin zu seinem Erbe zu verhelfen, aber von Herrn Bruno abgefangen und erwürgt worden war.

Nur passten Bruder Hermann und sein unerklärliches Tun noch nicht so recht dazu. Ich habe zwar vieles herausgefunden, dachte Demudis verzweifelt, bin allerdings bei der Lösung des Rätsels nicht weit genug vorangekommen. Stattdessen ist das Rätsel eher noch größer geworden. Auch das merkwürdige Verhalten des Andernacher Barfüßerabtes ging ihr nicht aus dem Sinn. Welchen Anteil hatte er an den Geheimnissen von Schwester Guta? Was veranlasste ihn, sie zu bewahren? Warum hatte er sich so heftig auf die Kunde von ihrem Tod hin gebärdet? Es sah fast so aus, als habe Schwester Gutas Geheimnis ihn in der Hand und könne Druck auf ihn ausüben, dass er nichts von dem preisgab, was er über sie wusste. Über ihren Tod hinaus? Nein, er hatte ja gesagt, es gäbe noch jemand anderes, eine fürchterliche Macht, vor der er derartig Obacht gab und dessen Geheimnis er wohl zu behüten wusste. Hechard? Nein, das war undenkbar, niemand, auch sein ärgster Feind, würde ihn nicht als fürchterliche Macht bezeichnen. Oder Graf Walram? Er war mächtig und konnte Furcht einflößen. Er konnte jemanden zum Stillschweigen verurteilen. Aber warum sollte er das tun? Vielleicht hatten sich Schwester Guta und er im Andernacher Kloster kennen gelernt, aus welchem Grunde auch immer, und von da aus hatte sich ihr Konkubinat entwickelt. Erst später wären sie darauf verfallen, sich bei ihrer Base Mathilde in ihrem »Liebesnest« zu treffen, wie Schwester Mathilde so schön gesagt hatte. Aber Schwester Mathilde hatte der Graf offenbar nicht zum Stillschweigen verpflichtet. Warum hätte er das dem Barfüßerabt Paul aus Andernach auferlegen sollen? Und was hatte Schwester Guta Abt Paul »nehmen« können, wie gesagt worden war? Mühsam kämpfte sich

Demudis weiter durch den Schnee. Sie sehnte sich nach einem Feuer und nach der Nähe von Schwester Godelivis, nach deren zärtlicher Hand.

*

Köln, am Morgen des 12.2.1327

Schwester Demudis, bitte komm bald zurück, dachte Godelivis, während sie sich zwischen den Mauern hindurchquetschte. Der ekelhafte Matsch war, wie Schwester Mentha vorausgesagt hatte, festgefroren. Es war aber schwer, sich auf dem unebenen und dunklen Weg fortzubewegen. Warum kommt mir das gerade jetzt in den Sinn?, fragte sich Godelivis. Es ist doch eigentlich gut, dass sie weg ist und ihr nichts geschehen kann. Doch nein, komm bald zurück.

Vorsichtig schaute sich Godelivis um, dass sie niemand von den Angreifern beobachten möge. Sie rannte los und erreichte unbehelligt die Ecke zur Armenstraße. Die Armenstraße hoch musste sie an der Wurpilpforte vorbei bis zum Römerturm und von dort links auf den Berlich.

Godelivis konnte sich schon vorstellen, dass Hechard ein elender Lüstling ist. Alle anderen Schwestern waren heillos in ihn vernarrt. Na ja, außer Schwester Hardrun, aber mit der war auch nicht auszukommen. War es nicht schlimm, was sie sich immer antat? Tagelang aß sie nichts. Dann wieder trank sie nichts, bis sie in Fieberwahn verfiel und unheimliche Bilder sah, die sie für die Eingebung des Teufels hielt. Weil sie es also zuließ, dass der Teufel in sie eindrang, so schlug sie sich den Rücken blutig. War es da verwunderlich, wenn sie ständig übellaunig gegenüber allen Schwestern war und die ihr selbst auferlegten Leiden an ihnen ausließ?

Ganz anders war da schon Schwester Sophia. Sie erlegte sich kaum weniger strenge Regeln auf als Schwester Hardrun, aber sie blieb immer freundlich und milde. Es lag also nicht an den Regeln, überlegte Godelivis, während sie weiterlief. Ich muss an ganz viele andere Dinge als an den Kampf denken, sonst verliere ich noch den Verstand.

Schwester Angela war ihr schon viel ähnlicher, aber nein, sie war hinter den Mannspersonen her. Dann war sie nicht mehr wieder zu erkennen, kein sinnvolles Wort war mit ihr zu sprechen. Warum geht sie nicht auf den Berlich wie Ellikint?, fragte sich Godelivis verärgert. Magistra Sela schärft mir immer ein, ich solle milde sein und nicht so aufbrausend. Sie sagt mir nicht, wie ich das erreichen kann.

Atemlos hämmerte Godelivis an die Tür von Ellikints kleinem Haus. Da Ellikint bis spätnachts arbeitete, schlief sie morgens lange. Wie ungerecht die Leute waren, die sie darob des Müßigganges schalten.

»Ellikint! Ellikint! Mach schnell auf!«, schrie Godelivis.

Ellikint öffnete die obere Dachluke, die zu ihrer Schlafkammer gehörte. »Was ist denn los?«

»Komm runter, bitte, sofort!«, brüllte Godelivis nach oben.

Es dauerte kaum einen Augenblick, dass Ellikint unten war. Sie hatte sich schnell ein Kleid übergeworfen, um nicht nackt und bloß in die Kälte hinauszutreten.

»Tritt ein, Schwester«, bat Ellikint freundlich.

»Keine Zeit«, erwiderte Godelivis. »Das gemeine Volk hat sich vor unserem Konvent in der Stolkgasse versammelt, wo Schwester Mentha wohnt, und greift an!«

Ellikint schien für einen Augenblick völlig aus den Fugen zu geraten. Godelivis sah, wie ihr alles Blut aus dem Gesicht wich, und fürchtete schon, sie würde aus dem Fenster kippen. Doch bevor sich der Schrei ihrer Kehle entringen konnte, den sie bereits in sich aufsteigen gefühlt hatte, bekam sich Ellikint wieder in die Gewalt und fragte knapp: »Was soll ich tun?«

»Schwester Mentha sagt, die Mädchen sollten sich bewaffnen und von hinten angreifen. Sie hat das Haus verrammelt und gießt kochendes Wasser auf die Leute.«

»Mutige, listige Schwester Mentha«, sagte Ellikint bewundernd. Sie rief ins Haus hinein nach Junta und Gepa. Zu Schwester Godelivis sagte sie: »Nimm die beiden mit und sag auf dem

Weg den anderen Mädchen Bescheid. Mir ist eine weitere List eingefallen, ich komme gleich nach.« Sie wusste nun, wie sie ihre Schuld bei Abt Hanß abtragen konnte. Sie konnte ihm eine neuerliche Gelegenheit verschaffen, ein gutes Werk zu tun und somit seinem Seelenheil zu dienen. Ich danke dir, o Herr, betete sie.

*

Köln, Barfüßerkloster, am Morgen des 12.2.1327

Hanß war froh, wieder unter seinen Brüdern zu sein, wenn es auch, wie er entschieden hatte, nur für kurze Zeit sein würde. Er sang inbrünstig, allerdings auch ein bisschen wehmütig mit ihnen das Gotteslob. Gestern, am Tage der heiligen Theodora, war er mit Bruder Dudo des Abends zurückgekehrt. Heute Morgen während der Besprechung im Kapitelsaal hatte er den Brüdern Dirolf und Agelomus verboten, sich weiter an der Anklage gegen den Prediger Meister Eckhart zu beteiligen. Die minderen Brüder würden sich den Weisungen des heiligen Franz gemäß aus allen Händeln heraushalten. Hanß hatte gemerkt, dass einige Brüder zustimmend genickt, andere dagegen gemurrt hatten. Er hatte es abgelehnt, weiter über die Angelegenheit zu disputieren. Im Gesang waren sie nun vereinigt. Wenn man sich der Welt zuwendet, dachte er, gibt es nur Zwist. In Gott dagegen herrscht himmlischer Frieden.

Aus dem Augenwinkel nahm er etwas Gelbes wahr. Es bewegte sich durch die Reihen der Brüder auf ihn zu. Nun vernahm er auch lautes Gezeter. Bruder Nithart von der Torwache. Seine Stimme war unverkennbar. Schrill und bösartig. Er lief hinter dem verschwommenen gelben Fleck her.

Der gelbe Fleck kam näher. Hanß zwang seine Augen, scharf zu sehen. Vor ihm stand ein Weib. Niemand anderes als Ellikint.

Ellikint fiel vor ihm auf die Knie. »Ehrwürdiger Vater und Herr Abt«, sagte sie und küsste den Saum seiner Kutte. »Die aufgebrachte Menge belagert den Beginenkonvent in der Stolkgasse. Ihr müsst helfen!«

»Was geht vor sich?«, fragte Hanß unwirsch, verärgert über die Störung des Friedens.

»Schwester Mentha hat mir die Kunde überbringen lassen«, erklärte Ellikint. »Gesindel hat sich versammelt um das Haus und droht, handgreiflich zu werden.«

»Wie viele?« Hanß wollte es nicht wahrhaben, obgleich er es hätte erwarten sollen.

»Weiß ich nicht«, antwortete Ellikint, immer noch auf Knien.

»Wer?«

»Weiß ich insgleichen nicht. Bitte, Abt Hanß«, jammerte Ellikint, »ich bin sicher, dass sich die Schwestern in größter Not befinden. Die Brüder müssen uns beistehen. Ich habe schon ein paar Mägde entsandt –«

»Mägde?«, fragte Hanß verdutzt.

»Sie haben Knüppel«, erklärte Ellikint stolz und erhob sich. »Aber es sind zu wenige, fürchte ich.«

»Ich werde mich zum ehrwürdigen Vater und Herrn Erzbischof Heinrich begeben«, schlug Hanß vor.

»Das dauert zu lange«, drängte Ellikint verzweifelt. »Es muss sofort etwas geschehen.«

Hanß zögerte nun nicht mehr. Er musste es jetzt tun. Die Stunde der Bewährung, die der ehrwürdige Vater und Herr Erzbischof von Mainz, Matthias, ihm aufgetragen hatte, war gekommen. Er erhob die Stimme.

»Brüder«, sagte er gebieterisch, »ihr habt mich zu eurem Abt gemacht, weil ich tapfer vor zwei Jahren die Schwestern in Schutz genommen habe. Ein jeder bewaffne sich mit allem, womit man zuschlagen kann, und folge Schwester Ellikint, während ich beim Erzbischof Heinrich vorstellig werde.«

Hanß beobachtete, wie sich etliche seiner Brüder, besonders die jüngeren unter ihnen, von geistlicher Beschaulichkeit in einen rauflustigen Haufen verwandelten und freudig Kampfgebrüll ausstoßend mit Ellikint zogen. Andere waren zurückgeblieben.

»Schwester Ellikint«, sagte Bruder Dirolf, indem er das »Schwester« abschätzig dehnte und den Mund verzog. »Eine wahrhaft feine Schwester, Kupplerin der Prediger!«

»Schwester!«, bestätigte Hanß. »Und jetzt – geh mir aus dem Auge.«

Er hatte seine Wahl getroffen und war sich seiner Sache gewiss. Das Bildnis seiner Mutter, das er stets vor seinem einen kaputten Auge hatte, begann zu verblassen.

*

Katzenelnbogen, am 12.2.1327

Auf einem niedrigen Berg liegend und vom Dörsbach umflossen tauchte die Burg des Grafen von Katzenelnbogen auf. Die Burg trug Trauer. Die Fahnen mit dem gekrönten roten Löwen auf güldenem Grund hingen auf Halbmast. Wenn es denn stimmte, dass Schwester Guta die Konkubine des Grafen gewesen sei und er sie minniglich geliebt hatte, so konnte es durchaus sein, dass die Trauer ihretwegen angeordnet worden war, wenn er es denn schon erfahren hatte. Von Hechard, dachte Demudis, wem sonst? Wenn Bruder Hermann allerdings mit der Rede, er wolle ihrer Familie Bescheid geben, nicht die von Riehls oder Schwester Mathilde gemeint hatte, sondern den Grafen, so konnte es durchaus sein, dass er bereits hier gewesen war. Demudis durchfuhr der Schrecken. Was, wenn sie ihn gar hier antreffen würde? Wenn er in Katzenelnbogen schon sein Gift versprüht und den Grafen überzeugt hatte, dass Hechard hinter dem Mord an seiner Buhle gestanden habe? Oder Martin? Martin war ihm geradewegs in die Arme gelaufen. Auch das machte es unwahrscheinlich, dass Martin der Täter war. Denn würde er nach Katzenelnbogen zurückgekehrt sein, wenn er die Mutter getötet hätte, die die Geliebte des Grafen war? So einfältig konnte nicht einmal ein Bauer sein! Oder hatte er nur zu ihr gesagt, er würde zurückkehren, war aber insgeheim geflohen? Dann übrigens müsste auch Anna in sein Vorhaben eingeweiht gewesen sein!

Demudis verscheuchte ihre Angst. Sie musste mit Graf Walram reden, wenn sie je würde herausfinden wollen, warum Schwester Guta erwürgt worden war und von wem. Am Tor meldete sie sich und trug ihr Begehr vor, mit dem Grafen sprechen zu dürfen.

»Wen darf ich dem Grafen melden?«, fragte der Wächter.

»Eine Begine bin ich, und aus dem fernen Köln komme ich«, erklärte sie. »Ich wäre den beschwerlichen Weg nicht durch den Schnee gegangen und hätte dafür auch die Erlaubnis meiner Magistra nicht erhalten, wenn es nicht außerordentlich wichtig wäre ...« Demudis setzte nach kurzem Innehalten hinzu: »... für den Grafen.«

»Du musst mir allerdings sagen, worum es geht«, forderte der Wächter. Obwohl es nicht unfreundlich geklungen hatte, machte Demudis einen Schritt zurück, damit er nicht nach ihr greifen konnte. Wie in einem kurzen Schlaglicht sah sie die Hände, die sie packten, die Hände von Theoderich Oasterseye, dem Gewandmacher ...

»Hab keine Furcht«, beeilte sich der Wächter sie zu beruhigen. »Es könnte schon sein, dass er dich empfängt, aber was soll ihm gesagt werden?«

»Schwester Demudis heißt man mich. Er kennt mich nicht«, sagte Demudis unsicher, »aber er hat ... Geschäfte in Köln, von deren Fortgang er Kunde haben werden will.«

»Geschäfte? Hehe.« Fast schien es Demudis, als sei er belustigt.

Sie wurde ärgerlich. »Das ist bestimmt nicht lustig.«

Der Wächter fühlte sich wohl ertappt. Er nahm sofort Haltung an und straffte sein Gesicht. »Dies sind keine Umstände zum Lachen, gewiss nicht. Warum nun sollte er dir in seiner gramvollen Stunde das Ohr schenken?«

»›Gramvollen Stunde?‹ Was meint Ihr?«, gab Demudis Unwissen vor. »Ich sehe, dass die Burg Trauer trägt, aber weiß nicht den Grund derselben.«

»Wenn du mir nicht sagst, was du vom Grafen willst«, knurrte der Wächter nun ungeduldig, »so werde ich dich unverrichteter Dinge fortschicken.«

Demudis riss sich zusammen. »Bitte, tut das nicht«, flehte sie. »Er wird es wissen wollen und Euch zur Rechenschaft ziehen, wenn Ihr mich nicht vorlasst. Es ... es hat mit dem zu tun, weshalb er solche Pein leidet.«

»Köln?«, vergewisserte sich der Wächter.

»Eine Begine aus Köln, Demudis mit Namen«, bestätigte Demudis.

»Warte«, sagte der Wächter.

Er verschwand, und es verstrich eine Weile. Demudis kam es vor, als würde sie festfrieren. Sie trat ungeduldig von einem Bein aufs andere, bis er mit einer Magd zurückkehrte.

»Irmgard«, sagte er, »das ist die Begine aus Köln, die zum Grafen vorgelassen werden will.«

Irmgard hatte ein freundliches rundes Gesicht mit einem prächtigen roten Haarschopf, der unter ihrer Haube hervorlugte. Offensichtlich war sie in guter Hoffnung.

»Wie heißt du?«, fragte sie, küsste Demudis auf die Wange, als würden sie sich schon lange kennen, und griff nach ihrem Arm, um sie über den Hof zu führen. Es war angenehm, die warme Hand am Ellbogen zu spüren.

»Schwester Demudis«, antwortete Demudis, erleichtert, einen Schritt weitergekommen zu sein, und erwiderte den Kuss.

»Demudis«, sagte die Magd Irmgard, »ein hübscher Name. Du bist durch den Schnee gegangen und musst ganz durchgefroren sein, du Arme.«

»Es geht schon«, sagte Demudis angenehm überrascht von der Zutraulichkeit der Magd. »Danke, dass du so fürsorglich bist.«

»Der Graf ist der beste Mann, den es auf Erden gibt«, erzählte Irmgard. »Er ist gut zu uns und auch zu den Bauern. Er sorgt sich um sie, weißt du, weil es doch wieder ein so schlimmer Winter ist. Aber jetzt ...«, Demudis sah, wie Irmgard plötzlich die Tränen aus den Augen quollen, »... jetzt ist er so untröstlich. Ich fürchte fast, es wird ihm das Herz brechen. Ich kann dich ihm noch nicht melden, denn die Totenmesse ist gerade im Gange. Komm mit in die Kapelle.«

Irmgard führte Demudis in eine dicht mit Trauergästen gefüllte Kapelle.

»Dort der Graf«, flüsterte Irmgard und wies auf einen stattlichen Herrn. »Links vom Grafen siehst du Odilia, die erstgeborene Tochter, die Gräfin, da er keine Frau mehr hat. Rechts von ihm Carita, bei ihrer Geburt starb die Gräfin vor dreißig Jahren, neben Carita Nikolaus, der nächste Graf.«

»Es gibt dort zwei Särge«, stellte Demudis verwundert fest. Die Deckel waren geöffnet, doch die Särge standen so, dass Demudis nicht hineinblicken konnte.

»Der Sarg rechts ist leer. Er dient als Zeichen für Guta, eine Begine …«, erklärte Irmgard leise.

Demudis fing an, still zu weinen.

Irmgard bemerkte es. »Du kennst sie?«

»Sie war meine Schwester in Christo.«

»Ah ja, Oswald vom Tor hat gesagt, du seist aus Köln«, entsann sich Irmgard.

»So ist es.«

»Morgen will er dorthin aufbrechen«, erzählte Irmgard weiter. »Vielleicht kannst du mitreiten. Der Graf ist, wie ich dir gesagt habe, sehr großzügig.«

»Sie war seine … Konkubine?« Demudis wollte ganz sicher gehen, dass sie es richtig verstanden hatte.

»O ja. Er hätte sich gern mit ihr vermählt.« Irmgards mitleidiges Gesicht nahm einen verträumten Ausdruck an. »Aber sie wollte nicht.«

»Sie wollte nicht?«

Irmgard kicherte unsicher. »Sie sagte, das würde die Minne zerstören.«

Demudis' Bild war zum zweiten Sarg gewandert, der etwas abseits stand. Ein Weib, das Demudis für eine Bäuerin hielt, beugte sich über ihn. Zu ihrem Erstaunen gewahrte sie Anna in ihr.

»Warum weint … Anna an dem anderen Sarg?«

»Oh, du kennst Anna?«, Irmgard wunderte sich. »Im Sarg liegt ihr …« Demudis hatte den Eindruck, Irmgard sei verwirrt und wisse nicht genau, wie sie es sagen sollte. »… ihr … Bruder. Ich weiß nicht recht. Für uns ist er immer ihr Bruder gewesen. Aber sein Vater Seifried, Gott sei seiner Seele gnädig, soll gar nicht sein Vater gewesen sein, sondern ein hoher Herr.«

»Er hat ... das Zeitliche gesegnet?«

»Wer? Seifried. Ja, er ist heimgegangen, vor zwei Wintern.«

»Ich meine den im Sarg, Martin, den Sohn.« Demudis konnte kaum fassen, dass der Gedanke, den sie nur als Möglichkeit im Kopf erwogen hatte, grausige Wirklichkeit geworden sein sollte. Graf Walram musste Martin für den Mörder von Schwester Guta gehalten haben! Fieberhaft überlegte Demudis, ob es dafür gute Gründe gäbe oder ob sie im Laufe ihrer Nachforschungen auf etwas gestoßen war, das Martin entlastete. Denn sie hatte ja festgestellt, dass es ziemlich einfältig von ihm gewesen wäre, als Mörder der Konkubine des Grafen in dessen Herrschaftsbereich zurückzukehren.

»Graf Walram ...« Irmgard zögerte. »Es war im Zorne. Du musst wissen, dass Martin das Erbe eines großen Herrn antreten wollte. Der hohe Herr, dessen Sohn er war, war verstorben. Also hätte er dazu das Zeugnis seiner Mutter gebraucht. Als sie es ihm verweigert hat, hat er sie erschlagen. Erschlägt man seine Mutter?«

Wenn Demudis nicht schon gewusst hätte, was vorgefallen war, hätte sie den verworrenen Bericht von Irmgard nichts entnehmen können. Aber so war es ihr möglich, es sich zusammenzureimen, und sie fragte: »Wie nun ist er zu Tode gekommen?«

»Als der Graf es erfuhr. Martin kam zurück, und bumm!« Irmgard hatte offenbar Mühe, ihre Stimme in angemessener Weise gedämpft zu halten. Sie führte die rechte Faust auf die linke Handfläche, aber bremste den Schlag noch rechtzeitig, um ein lautes Geräusch zu vermeiden.

»Er bahrt den, den er für den Mörder seiner Buhle hält, neben ihr auf?«

»Er ist sehr großzügig, Graf Walram, wie ich gesagt habe. Außerdem ist Martin der Sohn seiner geliebten Guta gewesen.«

»Wie hat er davon erfahren?«

»Was erfahren?« Irmgard schien den Faden verloren zu haben.

»Dass Martin Gutas Mörder ist«, drängte Demudis zur Antwort.

»Aha«, machte Irmgard. »Durch seinen Sohn.«

»Durch seinen Sohn?«, überlegte Demudis. »Nikolaus, sagtest du, heißt er? Was weiß denn der …?«

»Nein, den anderen, den Bastard.«

Demudis stutzte. »Welchen Bastard?«

»Wir waren auch erstaunt, denn wir wussten nichts davon … und nun will der Graf den Bastard als seinen Sohn anerkennen.«

»Er hat doch einen rechtmäßigen Sohn, warum macht er das?« Ihre gelassene Frage war nur gespielt, denn in Demudis brodelte es. Wenn der Graf einen Bastard hatte, der etwas von den Vorfällen in Köln wusste, bahnte sich nun etwas an. Was? Demudis konnte nicht anders, als eine Ungeheuerlichkeit zu erwarten. Sie versuchte durchzuatmen, aber die Angst hielt ihren Brustkorb wie in einem eisernen Käfig.

»Er ist der Minne Sohn.« Irmgard schaute Demudis von der Seite verschmitzt an. »Wenn du verstehst, was ich meine.«

»Nicht, wenn du mir nicht sagst, wer dieser Bastard ist.« Demudis wich das Blut gänzlich aus dem Gesicht.

»Hermann heißt er, ein Prediger aus Köln. Er hat ihm die traurige Botschaft überbracht. Aber zugleich hat er den Grafen auch froh gemacht, denn jetzt kann er offen zu ihm stehen.«

»Warum vorher nicht?«, fragte Demudis, die nicht noch bleicher werden konnte, als sie bereits war. Sie musste sich anstrengen, dass ihr ihre Beine nicht den Dienst versagten. Bruder Hermann als Sohn von Schwester Guta. Als Bastard des Grafen gar. Sie wusste nicht, was sie denken sollte. Das Blut stieg ihr zurück in den Kopf und pochte in den Augen. Sie sah rot. In den Zehen kribbelte es vor Kälte, aber an den Schläfen bildete sich ein Sturzbach aus Schweiß. Der Herzschlag schien für einen Augenblick auszusetzen, doch dann spürte sie, wie ihr Puls zu rasen begann. Sie vergaß auszuatmen, und als sie es nicht mehr aushalten konnte, stieß sie die Luft geräuschvoll aus.

Du musst jetzt ganz ruhig bleiben, ermahnte sich Demudis, und überlegen, was aus dieser unerhörten Kunde folgen könnte. Wenn der Graf zu seinem Bastard, also Bruder Hermann, stehen würde, wie Irmgard andeutete, würde dieser ein noch mächtigerer Feind sein! Und der geboren aus dem Schoße einer Schwester!

So lange hatten sie Seite an Seite gelebt, Schwester Guta und sie, und nichts hatte Demudis von ihrem wahren Leben geahnt! Aber jetzt, nach ihrem schrecklichen Tod, brach das ganze Gebäude von Lügen zusammen und drohte einen nach dem anderen zu erschlagen. Schwester Guta auf dem Fuße folgend hatte es nun Martin, ihren ersten Sohn, getroffen. War es möglich, das Unheil aufzuhalten? Das Unheil, von dem sie noch gar nicht wusste, wie es aussehen würde?

»Guta wollte es nicht.«

»Woher weißt du das alles?«

Irmgard lächelte. »Ich weiß alles über den Grafen. Das gehört zu meinen Obliegenheiten.«

Demudis verstummte. Sie musste die Neuigkeiten erst einmal verdauen. Was hatte sie erfahren? Dass Graf Walram der Friedel von Schwester Guta gewesen war, war ihr schon durch das Gespräch bei Schwester Mathilde bekannt geworden. Aber wenn sie noch einen Sohn hatte, einen mit dem Grafen, und wenn dies Bruder Hermann war – was bedeutete das? Es erklärte, warum Bruder Hermann ihn benachrichtigt hatte. Wie lange wusste Bruder Hermann, dass er der Sohn des Grafen war? Und wie lange, dass er derjenige von Schwester Guta war? Hatte er sie im Vollbesitz dieses Wissens der Unzucht mit Hechard angeklagt? Was sagte sein Vater, Graf Walram, dazu? Das musste sie herausfinden! Den Grafen hatte er jedenfalls davon überzeugt, dass Martin, der erste Sohn von Schwester Guta, sie gemeuchelt habe. Er hatte ihn so sehr überzeugt, dass er Martin kurzerhand das Leben nahm. Seins für ihrs. Demudis' Zweifel waren damit nicht ausgeräumt.

Sie drängte sich zu dem Sarg durch, in welchem Martin lag. Anna weinte.

»Nur ungern störe ich deine Trauer«, begann Demudis vorsichtig. Sie sah, dass Irmgard ihr folgen wollte, es aber ihres dicken Bauches wegen nicht so schnell durch die dicht gedrängten Leiber schaffte.

»Wie konnte er das nur tun!«, schluchzte Anna. »Wir wären doch auch als Knecht und Magd glücklich gewesen! Warum hat er seine Mutter erschlagen, nur weil –«

»Erwürgt«, berichtigte Demudis. Wie konnte es nur sein, dass sie Martin jetzt für schuldig hielt?, überlegte sie. Was wusste Anna? Hatte sie von dem Mord schon geahnt, als sie zusammen von Riehl nach Köln gegangen waren? »Du meinst, er hätte es getan?«

»Der Graf hat das Urteil über ihn gefällt«, knurrte Anna sie unwillig an.

»Das habe ich gehört«, sagte Demudis kalt. Sie fragte sich, wieso der Graf, den die Magd Irmgard wiederholt als »großzügig« beschrieben hatte, es Anna nicht gestattet hatte, Martin vom Henker abzubitten und auf diese Weise, wie es recht und billig gewesen wäre, vor dem schändlichen Tode zu bewahren. Aber richtig, gegen Irmgards Aussage stand auch das Zeugnis des Andernacher Barfüßerabtes Paul, dem es offenbar vor Graf Walram graute.

»Und es soll einen Zeugen geben«, ergänzte Anna.

»Das nehme ich nicht an.« Demudis war sich nun ziemlich sicher. Sie hatte sich den zeitlichen Ablauf von Schwester Gutas Weglaufen aus dem Konvent bis vor das Eigelsteintor einerseits und der Wege von Martin andererseits zurechtgelegt, soweit sie davon Kenntnis hatte. Aber es fehlte noch einiges in ihrer Beweisführung. »Du warst doch an Martins Seite in Riehl bei Frau Engelradis.«

»Der Höllenschlund möge sie vertilgen«, zischte Anna.

»Du musst also wissen, wann Martin nach Köln gegangen ist«, stellte Demudis fest.

Anna sah Demudis das erste Mal während des Gespräches in die Augen. »Natürlich, es war zu Mariä Lichtmess, als Herr von Riehl verstarb. Martin ist nach Köln, um mit Guta zu sprechen. Uns … mir hat er erzählt, auch dem Grafen, dass sie zugesagt hätte, Zeugnis für ihn abzulegen. Er war so froh, eine Mutter zu haben … nachdem er Maria, meine Mutter, verloren hatte, als Mutter verloren hatte. Aber das war wohl gelogen …«

»Was war gelogen? Dass er seine Mutter verloren hatte?«, unterbrach Demudis, weil sie Annas Ausführungen nicht mehr ganz zu folgen im Stande war.

»Nein, dass seine leibliche Mutter gewillt war, für ihn Zeugnis abzulegen; denn da musste er sie ja bereits erschlagen haben.« Anna begann wieder zu schluchzen. Ihre Stimme brach. »Der dumme Junge, gelogen … erschlagen …«

»Ist er noch mal nach Köln gegangen?«, fragte Demudis und schaute Anna fest in die Augen. Die Antwort auf diese Frage würde die Entscheidung bringen, ob Martin endgültig aus dem Kreis der Verdächtigen gestrichen werden konnte.

Irmgard hatte sich zu ihnen durchgekämpft.

»Nein, natürlich nicht«, antwortete Anna mit einem schnellen, beunruhigten Blick auf Irmgard. »Wir haben, wie der Graf es befohlen hatte, gewartet, bis sie eintreffen würde. Ist sie aber nicht. Konnte sie auch gar nicht. Ich habe gesagt: Geh noch mal schauen, warum sie nicht kommt. Aber er wollte nicht. Hat keinen Zweck, hat er gesagt. Ihm muss ja bekannt gewesen sein, dass sie schon tot war, weil er es selbst zu Wege gebracht hatte.«

Demudis wusste, dass sie sich nun dem entscheidenden Punkt näherte. Sie beugte sich zu Anna vor und legte ihr die Hand auf die Schulter.

»Anna«, sagte sie eindringlich. »Ist er nach Mariä Lichtmess noch einmal aufgebrochen? Ohne dich? Irgendwo für längere Zeit allein gewesen, eine Zeit, in der du nicht weißt, was er gemacht hat?«

»Nein.« Annas Antwort war entschieden, doch dann schaute sie sich ängstlich um.

»Dann war er kein Mörder, dein Martin«, stellte Demudis fest. »Schwester Guta ist frühestens am Tage *nach* Mariä Lichtmess durch üble Hand vom Leben zum Tode befördert worden.«

*

Köln, Predigerkirche, am Vormittag des 12.2.1327

Sela hatte Schwester Mentha durch die Hilfe von Bruder Frulof schließlich mittels sanften Zwanges ins Infirmarium bringen können. Das Bein war wohl doch gebrochen, und im Gesicht hatte sie vom Sturz Prellungen und Wunden davongetragen. Bei Physikus

Ansgar wusste sie sie in guten Händen. Hier im hinteren Teil des Klosters hatte sich die Kunde von dem Angriff noch nicht herumgesprochen. Sela überließ es Schwester Mentha, das nachzuholen. Sie selbst lief durch den Kreuzgang zu dem klosterseitigen Nebeneingang in das Seitenschiff der Kirche. Die Sonne leuchtete blutrot über die Klostermauern hinweg und erzeugte im hohen Schnee ein gleißendes Licht. Sela hielt sich die flache Hand an die Stirn, um ihre Augen zu beschirmen.

Im Inneren der Kirche hörte sie krachende Geräusche und ein eigenartiges Rumpeln. Sie zog die schwere Tür auf und trat ein. Ihre Augen brauchten eine Zeit lang, um im Halbdunkel etwas zu erkennen. Am Hauptportal beobachtete sie eine Schlägerei. Sie sah, dass es den Brüdern gelungen war, die Masse der Angreifer draußen zu halten. Vereinzelte befanden sich jedoch in der Kirche, und sie wurden, weil sie in der Minderzahl waren, von den Mönchen durch die Reihen gejagt.

Ein Mann flitzte an der Stelle vorbei, an der Sela stand, wohl ohne sie zu bemerken. Der Mönch, der ihm folgte, schwang ein abgebrochenes Stuhlbein über dem Kopf. Dabei stieß er Laute wie ein Tier aus. Weil von der anderen Seite sich auch ein sich wild gebärdender Mönch näherte, machte der Mann kehrt. Sela streckte ihr Bein vor, und der Mann flog im hohen Bogen zu Boden. Im Nu waren die beiden Mönche über ihm und hieben auf ihn ein.

Jakob hob abwehrend seine Hände vors Gesicht. Als er durch die Finger die Begine sah, wunderte ihn das kaum noch. Hatte das der Prediger nicht gestern gesagt, dass die Beginen bei den Mönchen ein und aus gingen, als seien sie mit ihnen anstatt mit dem Herrn vermählt? Jakob spürte den Schlag. Er war nicht heftig, aber schmerzhaft genug, um jeden Gedanken abzutöten.

»Schwester!«, rief er. »Helft mir, ich bitte Euch. Sie schlagen mich noch tot. Ich habe doch Weib und Kinder!«

Erst jetzt schienen die Mönche zu bemerken, dass sie beobachtet wurden. Zum Glück für Jakob hörten sie auf zu dreschen. Mitten beim Ausholen zum neuerlichen Schlage gefror die Bewegung des einen Mönches.

»Das hättest du dir eher überlegen sollen, bevor du beim Unbill mitmachst«, sagte die Begine kaltherzig.

»Bin doch nur zufällig hier«, beteuerte Jakob. »Glaubt mir bitte. Nur zufällig. Beten. Gestern in St. Andreas war es eine so schöne Predigt.« Es ist nicht ganz gelogen!, dachte Jakob selbstgefällig. Als er heute Morgen von seiner nächtlichen Arbeit zurückgekehrt war und das Geraune vernommen hatte, dass man etwas gegen die Bedrohung des Seelenfriedens und der Ernte der Bauern unternehmen wolle, wie es Bruder Hermann gesagt hatte, damit der Herr wirklich die zehn Gerechten und womöglich noch viel mehr in Köln finden und die Stadt verschonen möge, hatte er gedacht, es könne nicht schaden, einmal zu schauen, was dort in der Stolkgasse los sein würde. Er war aber wohl zu früh da gewesen und hatte niemanden vorgefunden. Um sich aufzuwärmen, war er, nachdem er eine Weile gewartet hatte, in die Predigerkirche gegangen. Dort musste er offenbar eingedöst sein. Jedenfalls war er aufgeschreckt, als die Prügelei am Eingang der Kirche begann. Mit einem Male fing das Rennen in der Kirche an, und aufgeregt hatte er versucht, nach draußen zu gelangen, bis der eine der beiden Mönche, die ihn nun mit den Stuhlbeinen bedrohten, Anstalten machte, auf ihn loszugehen.

»Dieser verdammte Hundsfott von Bruder Hermann«, knurrte einer der Mönche einen ganz unheiligen Fluch und holte wieder aus.

*

Köln, Predigerkloster, am Vormittag des 12.2.1327

Durch Bruder Hinkmar erfuhr Wilhelm davon. Er befand sich im Scriptorium, um eine weitere Predigt für Bruder Hermann zu schreiben. Das Leben im Kloster war sehr unbeschaulich geworden, hassenswert sozusagen. Wilhelm hatte schon überlegt, ob er Bruder Hermann nicht fragen sollte, in einem anderen Konvent Unterschlupf zu finden, vielleicht bei St. Johannes und St. Maria Magdalena, den Predigern in Koblenz. Oder man könnte auch als

Wanderprediger umherziehen, er würde die Predigten schreiben und Bruder Hermann sie halten. Sie würden mächtig viel Almosen einnehmen, und niemand könnte überprüfen, ob sie die wirklich an den Orden ablieferten. Nein, das durfte er nicht denken. Das wäre eine Räuberei, Diebstahl am Herrn. Andererseits würden sie in einem solchen Falle nicht mitbekommen, wie es in Köln weitergehen würde. So könnten sie die Früchte ihrer Bemühungen nicht einfahren. Hier war Wilhelm wichtiger, hier wurde er gebraucht. Und sobald er sich an sein Pult setzte, war er glücklich. Endlich wurden seine Geistesgaben in der rechten Weise anerkannt.

Wilhelm verspürte einen Stoß, der gegen seine Schulterblätter ausgeführt wurde, und wegen des Ruckes rutschte er mit seinem Griffel ab und zerstörte dabei einige der Buchstaben auf der Wachstafel, die er benutzte, um seine Gedanken festzuhalten. Ärgerlich drehte er sich um und blickte Bruder Hinkmar ins Gesicht.

»Was erlaubst du dir?«, blaffte Wilhelm. Er hatte sich eisern vorgenommen, sich nichts mehr von den Brüdern gefallen zu lassen.

»In der Kirche steht eine Meute, die alles kurz und klein schlägt. Sie wollen den ganzen Konvent verwüsten. Du musst dich nun entscheiden, ob du mit denen oder mit uns bist.«

»Wer ist ›denen‹?«, fragte Wilhelm ängstlich. Unter den hitzigen Worten des Bruders schmolz sein Vorsatz sogleich wieder dahin.

»Der Pfennigserzpfaffe, die stinkenden Barfüßer, ein gewisser Prediger namens Bruder Hermann …« Bruder Hinkmar ließ den begonnenen Satz unvollendet im Raume stehen. Das Wort »Bruder« hatte er mit besonderer Verachtung ausgesprochen.

Ohne Bruder Hinkmar eines Blickes oder Wortes zu würdigen, lief Wilhelm, um Bruder Hermann zu finden. Irgendetwas war schief gegangen. Oder doch nicht? Er verstand nicht, auf was Bruder Hermann letztendlich hinauswollte.

Er fand ihn schließlich in der Bibliothek, wo er ihn nicht vermutet hatte. Bruder Hermann saß über einem dicken Buch mit Predigten des Barfüßers Berthold von Regensburg.

»Was gibt's, mein lieber Bruder Wilhelm?«, fragte Bruder Hermann guter Dinge.

»Ich denke, es ist etwas, das dir missfallen wird.« Wilhelm wusste nicht, wie er beginnen sollte. »Nun also, es scheint so, als würden aufgebrachte Bürger sich daran gemacht haben, das, was du gestern gepredigt hast, allzu wörtlich umzusetzen. Sie haben den Beginenkonvent angegriffen, aber belagern inzwischen auch unser Kloster.«

»Hervorragend«, sagte Hermann gelassen. »Hervorragend. Der Herr hätte es nicht besser fügen können.«

»Was willst du tun?« Wilhelm war fassungslos. »Die Brüder werden uns dafür zur Rechenschaft ziehen, wenn es überhaupt am Ende des Tages noch etwas gibt, das man zur Rechenschaft ziehen kann.« Kaum hatte er dies ausgesprochen, begann Wilhelm zu zittern. Er merkte, dass er wahrhaft Angst hatte.

»Komm mit«, sagte Hermann und reckte sich. »Du kannst noch etwas lernen. Wo findet das Handgemenge statt? Was hast du gesagt? In unserer Kirche?«

»Ja.« Mehr konnte sich Wilhelm nicht abringen.

Er folgte Bruder Hermann.

Als sie die Kirche durch den Seiteneingang betreten wollten, stolperten sie fast über einen am Boden liegenden Mann, neben dem zwei mit Stuhlbeinen bewaffnete Brüder standen, die auf ihn einschlagen zu wollen schienen. Daneben befand sich eine Begine.

»Bruder Hermann, der hat uns gerade noch zu unserem Glück gefehlt«, seufzte Bruder Einhard, der eine von den beiden Schlägern. Wilhelm zuckte zusammen und trat einen Schritt hinter Bruder Hermanns breite Schultern.

»Schluss jetzt«, befahl Bruder Hermann.

Wilhelm sah hinüber zum Kirchenportal. Es gab dort Schreierei, Puffe und Tritte. Einige Männer, darunter auch Brüder, lagen am Boden.

»Euch sollten sie eins überziehen!«, erdreistete sich die Begine zu Bruder Hermann zu sagen. Wilhelm duckte sich.

»Na, na, Schwester Sela«, sagte Bruder Hermann ruhig.

Wilhelm bemerkte, dass sich auf der gegenüberliegenden Seite zum Portal hin etwas veränderte. Die Leute, die von außen her auf das Portal einströmten, drehten sich abrupt um.

»Da!«, rief Wilhelm, ohne zu begreifen, was er da sah.

Alle fünf, Wilhelm, Bruder Hermann, Schwester Sela und die beiden anderen Brüder, rannten zum Portal. Sie konnten nun erkennen, dass die Menge auf der Stolkgasse von links und rechts bedrängt wurde. Links griffen in Hurengelb gewandete Mägde an, rechts Barfüßer. Barfüßer!, dachte Wilhelm entgeistert. Das ist doch nicht die Möglichkeit! Die Welt gerät aus den Fugen. Alles ist verloren! Auch Bruder Hermann würde jetzt keinen Ausweg mehr wissen …

»Hebt mich hoch!«, befahl Bruder Hermann den beiden Brüdern.

Sie ließen ihre als Waffen benutzte Stuhlbeine fallen und gehorchten. Das ist erstaunlich, stellte Wilhelm befriedigt fest. Sie tun, was er sagt, obwohl sie ihn hassen. An Bruder Hermann geht ein großer Heerführer verloren.

Bruder Hermann breitete die Arme aus. Damit drohte er das Gleichgewicht zu verlieren und mit ihm die Brüder, die ihn stützten. Bruder Hermann konnte sich aber an der offenen Portaltür festhalten.

»Haltet ein!«, brüllte Bruder Hermann. »Hört doch auf! Gute Leute, ich weiß, dass ihr auf Gottes Wort vertraut. Also sage ich euch, dass ihr um Gottes willen aufhören möget. Schluss jetzt mit dem Geraufe!« Er wiederholte das, bis das Kampfgetümmel tatsächlich abebbte und es allmählich stiller wurde.

»Schön so!«, lobte Bruder Hermann. »Ich will euch den Frieden des Herrn verkünden, denn die, die die Schande über uns gebracht hat, die Begine Guta ist ja, wie ihr wohl wisst, dahingeschieden. Auch ihr Mörder wird seiner gerechten Strafe zugeführt. Ich sage das, weil ich es aus sicherer Quelle schöpfe.«

»Er lügt«, sagte Magistra Sela, aber ihre Stimme drang nicht weit. Nur Wilhelm schien es bemerkt zu haben. Was macht er da?, fragte er sich.

»Und mit unserem sündigen Mitbruder«, fuhr Bruder Hermann seine Ansprache fort, »von dem ich euch berichtet habe, nicht minder abscheulicher Verbrechen gegen Gott schuldig, werden wir schon selbst fertig. Das Gericht des ehrwürdigen Vaters und Herrn Erzbischofs Heinrich wird ihn richten für seine ketzerischen Reden und seinen unlauteren Lebenswandel.«

Warum macht er das?, fragte sich Wilhelm. Die Leute tun, was er gepredigt hat, und nun stellt er sich ihnen entgegen. Vielleicht geht es ihm zu weit, weil sie neben den Beginen auch uns Prediger angegriffen haben. Aber war das nicht der Sinn der Predigten? Oder war er so überaus schlau, dass er sich sowohl bei den Leuten als auch bei den Predigern als ihr Retter einschmeicheln wollte? Wilhelm sah ein, dass Bruder Hermann ihm weit überlegen war.

*

Köln, Palast des Erzbischofs, am Vormittag des 12.2.1327

Den Erzbischof Heinrich II. von Virneburg fand Hanß mehr schlafend als wach auf seinem Throne an.

»Ehrwürdiger Vater und Herr Erzbischof Heinrich«, sagte er laut, um ihn zu wecken.

»Hanß, mein Junge«, krächzte der Erzbischof dunkel, während ihm ein wenig Speichel den rechten hinunterhängenden Mundwinkel entwich und Blasen warf, »wie schön, dass du wieder zugegen bist. Wir freuen uns sehr.«

Der Erzbischof bot ihm die Wange zum Kusse. Widerwillig folgte Hanß.

»Die Freude ist leider nicht auf meiner Seite«, beeilte sich Hanß zu sagen, nachdem er den Erzbischof geküsst hatte.

»Was hast du auf dem Herzen? Sag es deinem Vater.«

Hanß räusperte sich. »Wie ich hören musste, hat dieser Prediger, der die Anklage gegen die Beginen führt, das Volk zu Missetaten aufgestachelt.«

»Wir haben das gemeinsam entschieden, erinnerst du dich, Bruder Hanß?«, fragte der Erzbischof. Plötzlich war die Müdigkeit aus seinen Augen verschwunden, und sie blitzten bösartig.

»Ihr habt mich, wenn ich mich recht erinnere, erpresst«, begann Hanß, aber der Erzbischof ließ ihn nicht ausreden:

»Was für ein arges Wort, ›erpresst‹! Wir haben einen gerechten Handel abgeschlossen, du und wir. Du hast damals deine süßen Hurenärsche bekommen, diese beiden stinkenden Schwestern des freien Geistes, und wir bekommen jetzt den Kopf dieses elenden Bubenmeisters Eckhart. So haben wir beide etwas davon.«

»Es geht mir nicht um Meister Eckhart«, berichtigte Hanß. »Seine Lehre ist mir wie Euch zuwider. Aber als Mensch ist er ein Kind Gottes und bedarf darum unserer christlichen Nächstenliebe. Worum es mir geht, das sind die Beginen ...«

»Sie lieben dich nicht, Bruder Hanß«, stichelte der Erzbischof, »nicht so, wie sie es in anderen Städten tun, wo sie dem Vernehmen nach die Kupplerinnen der Barfüßer sind. Bei uns dienen sie den Predigern. Warum die Aufregung, mein Sohn? Willst du deine Brüder, deine Stellung gar opfern für sie? Wir verstehen das nicht.«

»Meine Brüder niemals!«, sagte Hanß scharf. »Meinen Brüdern könnt Ihr nichts anhaben, sie sind untadelig. Meine Stellung dagegen steht zur Verfügung.«

»Was redest du da? Wir wollen dir nichts. Wir brauchen dich. Wir lieben dich. Also mach nicht so viel Aufhebens und kehr zurück in dein Kloster.« Die Stimme des Erzbischofs klang fast gelangweilt.

Hanß fiel ihm vor die Füße und küsste sie.

»Ich lege dir mein Amt zu Füßen«, sagte er mit gesenktem Kopf, »und mehr noch das Eingeständnis meiner schwersten Sünde, begangen damals, als ich in fleischlicher Vereinigung mit der eigenen Mutter lebte wie einst der heilige Augustinus vor seiner Bekehrung. Und daher flehe ich Euch an ...«

»Lass das doch, Hanß«, sagte Erzbischof Heinrich. »Was willst du erreichen?«

»Den Schutz der Beginen und die Einstellung des Verfahrens gegen Bruder Eckhart!«

Erzbischof Heinrich schien ehrlich verwirrt. »Und warum sollten wir dir das gewähren, was auch immer dich auch geritten haben mag, diesen Unfug zu verlangen?«

»Vater«, sagte Hanß mit aller Inbrunst, die ihm zu Gebote stand, »Ihr müsst Euch hier und heute, an diesem Ort und zu dieser Stunde entscheiden, ob Ihr ein Mann der Kirche oder der Welt sein wollt.« Hanß erhob sich und steigerte seine Rede zu einem Donnergrollen. »Da Ihr dem Tode näher seid als dem Leben, so frage ich Euch, ob Ihr es wirklich wagen wollt, Gott so zu beleidigen und in die ewige Verdammnis zu fahren? Werdet Ihr Euch dafür entscheiden, den kleinlichen Hader der Welt Eurem Seelenheil zu opfern? Wofür? Ihr werdet es auf der Welt nicht mehr genießen, und im Jenseits wird es Euch mit gleicher Münze vergolten. Wenn das Volk nun die Beginen totschlägt, so werdet Ihr jeden Tag in der Hölle totgeschlagen, des ewigen Lebens wegen aber immer wieder auferstehen. Wenn der Meister der Ketzerei wegen verbrannt wird, so werdet Ihr brennen jede Stunde, und der Qualen wird nie ein Ende sein! Ich habe mich entschieden! Ich werde Gott dienen! So wie ich es von Anbeginn gewollt habe.«

Hanß machte eine Pause, um dann in gespielt leichtem Ton hinzuzufügen: »Aber wenn Ihr Euch, wie ich sehe, davon nicht beeindrucken lasst, so sage ich, dass ich unsere dreckige kleine Verschwörung mit diesem Buben unter den Predigern offenkundig machen werde. Es gibt genug Leute in Köln, die nur auf den Anlass warten, gegen Euch loszuschlagen, und wenn dies mit der Unterstützung der Barfüßer und der Prediger geschähe, würde ich keinen Pfifferling mehr auf Euer Amt und Euer armseliges Leben geben.«

Der Erzbischof ließ kein Anzeichen erkennen, dass er sich irgendwie hatte berühren lassen von der Rede, die Hanß gehalten hatte. Hanß wartete.

»Das Verfahren der Inquisition ist eröffnet, mit Unterstützung der Barfüßer. Ich sehe nicht, wie wir es anhalten können«, sagte der Erzbischof schließlich in nörgelndem Tonfall. »Nicht dass du denkst, wir hätten Angst vor dir oder deinen schlappen Brüdern, aber es wäre doch schön, keine Unannehmlichkeiten zu haben.«

»Bruder Eckhart ist ein frommer Mann«, behauptete Hanß. »Sicherlich wird er bereit sein, einen Widerruf der Art zu unterzeichnen, dass er jeglichem Irrtum abhold sei und einen solchen, wenn er denn nachgewiesen sei, als nicht geschehen und so weiter und so weiter betrachtet sehen möchte.«

»Wenn du ihn überreden kannst dazu«, sagte Erzbischof Heinrich, »soll es so sein. Und jetzt hinfort mit dir, elender Erpresser.«

Hanß wandte sich zum Gehen. Der Erzbischof sollte seine Tränen nicht sehen, die er nicht um dessen, sondern um seiner selbst vergoss, weil er sich dazu herabgelassen hatte, den Erzbischof mit den eigenen Mitteln zu schlagen. Die zornige Wiedervergeltung aber ist durch den von Christus gestifteten neuen Bund aufgehoben. O Herr, dachte Hanß, weise mir den rechten Weg und lasse mich nicht immer abirren!

»Ich werde bleiben, bis ich sicher bin, dass Ihr Euch an das Abkommen haltet«, murmelte Hanß.

*

Katzenelnbogen, am 12.2.1327

Schließlich empfing der Graf Demudis. Ein ganzer Mann, wie man so sagte, dessen Anblick aus nächster Nähe Demudis nun sofort einen kalten Schauer über den Rücken jagte. Graf Walram stand vor dem Kaminfeuer und starrte mit glasigen Augen hinein. In der Hand hielt er einen Schürhaken, den er mit einem dicken Lederhandschuh umfasst hielt.

Irmgard hatte Demudis hineingeführt und sagte mit leiser, ehrerbietiger Stimme: »Herr Graf, Schwester Demudis.«

Langsam drehte sich der Graf um. Er legte den Schürhaken zur Seite und streifte den Handschuh achtlos ab. Dieser glitt zu Boden. Demudis sah den Schmerz des Grafen. Er drang jedoch nicht zu ihr durch. Es war ihr, als wisse sie, dass der Graf leide, ohne dass es ihr etwas ausmachte. Sie fühlte nichts. Fast unbeteiligt überlegte sie, dass es offenbar dieser Mann war, von dem der Andernacher Barfüßerabt Paul als furchterregende Macht gesprochen hatte. Ich sollte also Angst haben, dachte sie. Oder mich zumindest vorsehen.

»Du also bist Schwester Demudis?«, fragte Graf Walram und räusperte sich.

Sie musste nun Haltung bewahren, wenn sie das Rätsel um Schwester Gutas Tod lösen wollte. Und das war die Aufgabe, die ihr Magistra Sela angetragen hatte. Sie wollte nicht versagen. »Ihr wisst demnach von mir, ehrwürdiger Herr Graf?«

»Guta hat so manches erzählt.« Die Stimme des Grafen war belegt.

Demudis spürte einen Stich. Sie war gekränkt, nicht vom Grafen, sondern von Schwester Guta. »Uns hat sie nie etwas aus ihrem Leben erzählt.«

»Es gab so vieles, was verheimlicht werden musste«, seufzte der Graf. »Zu viel. Aber sie wollte es so. Besser ein bisschen Minne als gar keine, wie die Sänger verkünden. Komm, setzen wir uns.«

Der Graf klatschte in die Hände und ließ von einem Knecht einen hohen Lehnstuhl für Demudis an das Feuer heranschieben. Er setzte sich auf den seinen.

»Sag Irmgard, sie soll uns etwas süßen warmen Wein mit Vanille bringen, nicht zu stark mit Wasser getauft, wir haben's nötig«, gab er in Auftrag.

»Wenn es Euren Schmerz nicht vermehrt«, schlug Demudis vor, »so könntet Ihr ergänzen, was mir noch fehlt.«

»Es tut gut, am Ende des Lebens sich vor Augen zu halten, was Gott Gutes für uns gefügt hat«, stimmte Graf Walram langsam sprechend zu. »Ja, ich fühle, dass mein Leben zu Ende geht, jetzt, wo Guta nicht mehr ist. Nikolaus werde ich die Grafschaft gerne übergeben. Er ist sehr wohlgeraten. Er wird ein guter Graf ...«

Es kann nicht schaden, ihm ein wenig um den Bart zu gehen, dachte Demudis und warf ein: »So wie Ihr, hörte ich sagen!«

»Du schmeichelst mir, aber das ist nicht nötig«, wehrte der Graf betont bescheiden ab. »Und was Hermann betrifft, so werde ich dafür sorgen, dass er den Abtstuhl bekommt. Es ist an der Zeit, den Weichling Norbert abzulösen.«

Demudis erschauderte. Ich darf es jetzt nicht verpatzen, indem ich einen Streit vom Zaune breche, schärfte sie sich ein, um ihre

Erregung zu zügeln, und fragte zur Ablenkung: »Wie habt Ihr Schwester Guta kennen gelernt?«

»Bei den Barfüßern in Andernach, in der St.-Nikolaus-Kirche«, erzählte der Graf. »Sie diente als Magd dort und erhielt dafür Kost und Unterkunft für ihren Knaben und sich ...«

»Martin?«, vergewisserte sich Demudis schnell. Gleichzeitig rief sie sich das Gespräch mit dem Barfüßerabt in Andernach in Erinnerung. Dort also hatten sich die Wege von Schwester Guta und Graf Walram gekreuzt.

»Ja, Martin«, bestätigte Graf Walram. »Sie war dem Herrn von Riehl versprochen, jüngst verstorben, musst du wissen, entlief ihm allerdings noch während der Hochzeit. Eine gar lustige Posse.« Er erlaubte sich ein Lächeln in Erinnerung daran.

Demudis überging das und dachte laut nach: »Der Herr Adolf von Riehl hat keine Kinder, nicht von Schwester Mathilde und nicht von Frau Engelradis. Wie konnte er mit Guta, die er ja wohl dem Vernehmen nach nur ein einziges Mal erkannt hat, ein Kind zeugen?« Im gleichen Augenblick, als sie diese Frage stellte, überlegte sie, warum Schwester Guta in all den Jahren ihrer Buhlschaft mit dem Grafen keine weiteren Kinder bekommen hatte. Es gab ja Mittel und Wege, es zu verhindern. Aber die ganze Zeit über? Der Graf allerdings konnte, anders als Herr Adolf von Riehl, nicht unfruchtbar sein, weil er ja eheliche Kinder sein eigen nannte, es sei denn, auch sie wären nicht von ihm ... Demudis unterbrach sich: Es ist meine Sache nicht, *das* herauszufinden.

Die Miene des Grafen verfinsterte sich, und er schaute Demudis scharf an: »Willst du damit etwa andeuten, dass Adolf von Riehl nicht der Vater von Martin ist?«

Demudis hielt seinem Blick stand, darauf war sie sehr stolz. »Nicht andeuten. Ich stelle nur eine Frage.«

»Welche Frechheit!«, ereiferte sich der Graf. »Stellst du solcherart das Andenken der Ehrbarkeit von Guta in Abrede?«

Demudis gab auf und versuchte, den Grafen dadurch zu beruhigen, dass sie ihn zum Weiterberichten ermunterte: »Also in Andernach ...«

Es half auch, dass Irmgard mit dem Wein kam. Sie trug den

dampfenden Krug mit zwei Gläsern auf einem silbernen Tablett. Vorsichtig schenkte sie ein, damit nichts von den Gewürzen in die Gläser rutschte. Sie reichte zuerst dem Grafen ein Glas, dann Demudis. Der Graf nahm einen großen Schluck. Demudis nippte. Sie dachte, die Wärme und der Wein würden ihrem Körper gut tun, aber die Flüssigkeit war ihr noch zu heiß, brannte auf der Zunge, im Gaumen und gar in der Kehle, während sie hindurchrann. Selbst im Bauch angekommen, war die Wärme noch zu groß und verursachte Schmerz. Doch schon allein der herrliche Duft der kostbaren Vanille beruhigte sie und wahrscheinlich auch den Grafen. Einem solchen Wohlleben hatte sie abgeschworen. Jetzt konnte sie es nicht verschmähen, um nicht unhöflich wider ihren Gastgeber zu sein. Auch der Herr gebietet, dass man als Gast isst, was auf den Tisch kommt.

Ohne Zurückhaltung nahm Graf Walram den Faden auf. »Ja, sie gefiel mir gar sehr, und da mein Eheweib, Gertrud von Weisweiler, vor Jahr und Tag verstorben war, getraute ich mich, mich ihr zu nähern.«

»Einer Magd?«, unterbrach Demudis erstaunt.

»Ich wollte sie nicht freien. Das nicht. Noch nicht am Anfang. Das ist erst später gekommen. Da wusste ich dann schon um ihre vornehme Herkunft. Ich traf sie hin und wieder, denn, wie die Sänger verkünden, kennt die Minne kein Alter und keinen Stand. Als sie guter Hoffnung war, holte ich sie hier auf das Schloss. Den Jungen, Martin, der zwei Jahre zählte, gab ich zu den Bauern Seifried und Maria, die ihm gute Eltern waren. Ich habe es ihnen auch nicht schlecht vergolten.«

»Frau Engelradis von Berg, Witwe Adolfs von Riehl, sagte mir, die Familie hätte ihre Schwester Guta als verschollen angesehen.« Demudis schlussfolgerte, wahrscheinlich habe der Graf den Andernacher Barfüßern grob geboten, das Geheimnis von Guta zu bewahren. Aber im Verhalten des Abtes war noch etwas anderes mitgeschwungen. Demudis fiel es schwer, sich weiter dem Gespräch mit dem Grafen zu widmen, denn es formte sich in ihr der Gedanke, Abt Paul für den Vater von Martin zu halten. Konnte nicht er der Friedel von Schwester Guta gewesen sein, bevor es der Graf wurde? Was hatte der Bruder gesagt? Der Graf habe Abt Paul genommen, was ihm sowieso nicht gehören durfte. Damit konnte Schwester Guta gemeint sein. Und überdies ein Sohn …

»Du hast mit Frau Engelradis gesprochen? Kaum zu glauben, dass sie vom gleichen Blute ist, wie Guta es war.« Bei dem Wort »war« begannen dem Grafen erneut die Tränen zu fließen. »Ich habe es nicht verkündet, dass sie eine von Berg ist, nein, war. Sie wollte es so. Wollte dann ja auch nicht verweilen, nachdem unser Sohn geboren worden war. Durch einen Mittelsmann habe ich daraufhin eine Stiftung an den Konvent der Bela Crieg gemacht, damit sie dort würde leben können. Hermann wurde von einer Amme gepflegt, bis ich ihn in das Predigerkloster gab. Dort würde Guta ihn heranwachsen sehen können …«

»Aber er wusste nichts davon?«, fragte Demudis.

»Er wusste nichts davon und kannte seinen Vater nicht. Sie wollte es so.« Graf Walram holte tief Luft.

»Die erste Zeit im Konvent, so hörte ich, sei Schwester Guta stets nach Andernach gegangen. Ihr traft Euch dort vermutlich mit ihr bei den Barfüßern«, überlegte Demudis.

Der Graf lachte kurz auf, eher ein Bellen. »Nein, das hätte dem Abt nicht geschmeckt. Er hätte Guta gern für sich gehabt, der Lüstling. Sie hat gesagt, sie ginge nach Andernach?«

»Das war vor meiner Zeit«, sagte Demudis abwehrend. Ihr war es wichtiger, auf eine andere Frage zu sprechen zu kommen. »Wie hat Hermann schließlich erfahren, dass er Euer Sohn und der ihre ist? Denn wenn er es nicht erfahren hätte, wäre er nicht hergekommen mit … mit …«, Demudis musste, um sich zu beruhigen, einen großen Schluck Wein nehmen, der jetzt die richtige Wärme hatte. Neben der verführerischen Vanille schmeckte sie, dass sich noch herrlicher Zimt und schmackhafte Nelken als Gewürz im Wein befanden, »… mit der schrecklichen und betrüblichen Kunde.«

»Sie hat es ihm gebeichtet, kurz bevor sie der grässliche Tod ereilte«, hörte sie Graf Walram erklären.

Warum hat sie das getan?, fragte sich Demudis und fand auch gleich eine mögliche Antwort: weil sie ihn damit abbringen wollte von seiner Hetze gegen unseren Beginenkonvent. Sie hatte ihr ja auch gesagt, sie wolle allen die Wahrheit sagen. Der erste Name war ihr nicht verständlich gewesen. Es hatte in ihren Ohren nach »Hechard« geklungen, aber wahrscheinlich hatte Schwester Guta »Hermann« gemeint, weil Hechard als ihr Beichtvater ja wohl schon ganz im Bilde war. Laut sagte sie: »Schwester Guta soll also, wenn ich Euch recht vernommen habe, bereit gewesen sein, sich nunmehr zu Hermann zu bekennen, nicht aber zu Martin?«

»Hermann ist unser Sohn!«, schraubte der Graf und hob das »unser« stimmgewaltig hervor.

Demudis konnte sich mit dieser Begründung nicht zufrieden geben: »Aber es war Euer Wunsch, dass sie Martin zu seinem Erbe verhelfe. Dazu habt Ihr ihm ein Empfehlungsschreiben mitgegeben.«

»Sie hat immer getan, was ihr passte«, sagte Graf Walram bedrückt.

Demudis musste ihren ganzen Mut zusammennehmen, um vorzubringen, was ihr durch den Kopf ging: Hatte der Graf doch selbst seine Buhle ums Leben gebracht, weil er darüber erbost war, dass sie Martin nicht zu seinem Erbe verhelfen wollte? Und hatte dann Martin anstatt seiner gerichtet? Sie musste weiterfragen! Das konnte allerdings bedeuten, dass der Graf in Wut wider sie ausbrechen würde. Oder dass sie der Lösung der Rätsel um Schwester Gutas Tod ein Stück näher käme. Sie musste es wagen! Und so log sie: »Ich habe das Zeugnis von einem ehrbaren Mann, demgegenüber sie gesagt hat, sie würde nach Riehl gehen, um für die Herkunft von Martin zu bürgen.«

»Willst du das Wort meines Sohnes in Zweifel ziehen?«, brüllte der Graf.

Demudis entdeckte wie erwartet verdächtige Anzeichen von Zornesröte auf dem Hals und im Gesicht des Grafen. Sie entschied sich dennoch, aufs Ganze zu gehen und nicht locker zu lassen. Wenn der Graf sie dafür strafen würde, dann konnte sie daran auch nichts ändern. Es musste gesagt werden, was zu sagen war:

»Es gibt da eine dunkle Stelle, hochwürdiger Herr Graf Walram. Euer Sohn Hermann hetzt gegen die Beginen …«

»Er sorgt sich um das Seelenheil der Unzüchtigen«, verteidigte ihn der Vater, allerdings bemerkte Demudis, dass er in seine Worte keine Kraft mehr legte.

Jetzt nicht aufgeben, ermahnte sich Demudis, er soll der Wahrheit ins Auge sehen, welche es auch immer sein mag. Er hat es nicht verdient, geschont zu werden, ebenso wenig wie Bruder Hermann. Sie sprach es unbarmherzig aus:

»Er hat Schwester Guta angeklagt, mit … mit … einem Prediger, Herr Graf, wie soll ich sagen? Ein weiser, sehr alter Prediger … das hat er gesagt.«

»Guta machte, was sie wollte.« Der Graf war jetzt ganz kleinlaut.

Er ist ja kein Tor, dachte Demudis und vollendete, was sie begonnen hatte: »Darum hat sie sich Bruder Hermann offenbart, damit er ablässt von seinem Tun, aber stattdessen hat er …« Demudis verkniff sich wohlweislich, den Satz mit ihrer Vermutung zur bitteren Neige auszusprechen.

Von der Aufopferung

Je größer die Liebe, umso heiliger der Dulder.
Mechthild von Magdeburg

Köln, Predigerkloster, am Mittag des 12.2.1327

Mein schwerster Gang, dachte Hanß, als er sich in der Empfangsstube des Predigerabtes dem gegenübersetzte, der Meister Eckhart oder von den Beginen gar Hechard genannt wurde. Abt Norbert hatte darauf bestanden, Zeuge des Gespräches zu sein. Das machte es nicht einfacher. Das Misstrauen herrschte überall, Hanß konnte es ihnen nicht verdenken, er hatte ja selbst mitgeholfen, es zu säen. Er hatte den Meister zum Zeichen seiner Unterwürfigkeit auf die Wange geküsst, der Kuss war jedoch nicht erwidert worden. Hanß musste zugeben, dass er es auch nur widerwillig getan hatte.

Keiner sagte etwas. Die vier Augen der Predigermönche waren in starrer Anklage auf ihn geheftet. Wie die seines Vaters. Vor langer Zeit. Hanß überlegte, ob er die ganze Angelegenheit nicht abblasen und auf sich beruhen lassen sollte. Schließlich hatte er nur ein Auge, um zurückzustarren. Und das war einfach ungerecht.

»Ich bedaure sehr die ...«, Hanß suchte nach dem richtigen Wort, »... Unannehmlichkeiten, die Euch widerfahren, Bruder Eckhart.«

»Ihr seid der Urheber derselben!«, rief Abt Norbert entrüstet.

Er hatte doch zugesagt, als stummer Zeuge dem Gespräch zu folgen, dachte Hanß wütend, aber wiederholte einfach: »Ich bedaure sehr.« Er wusste nicht, was er sagen, wie er anfangen sollte. Es breitete sich eine unendliche Leere in seinem Kopf aus, und bleierne Müdigkeit legte sich ihm auf die Glieder. Ihm fehlte die Kraft, sich zu wehren und darauf hinzuweisen, dass es vor allem ein Prediger war, der gegen Meister Eckhart hetzte!

»Mich ficht es nicht an, wenn jemand meine Lehre rügt«, sagte Meister Eckhart sehr langsam und bedächtig. »Was ich sage, sage ich als Mensch. Für die Erfahrung, die die christliche Seele in der Vereinigung mit dem Herrn macht, gibt es keine Worte. Sie sind alle hohl und stumpf gegen die ganze Fülle der Freude, die die Einheit mit dem dreieinen Gott der Seele bereitet. Meine Worte sind nicht genug dafür, und ich bitte den Herrn inständig, dass mir jemand nachfolgen möge, der würdiger ist und die besseren und geschickteren Worte von Gott eingegeben bekommt.« Meister Eckhart wandte sich an Abt Norbert: »Vielleicht Bruder Tauler oder Bruder Seuse. Ich setze sehr große Hoffnungen in sie. Du musst sie unterstützen und fördern, wenn ich dereinst nicht mehr bin ...«

»Gebe Gott, dass das noch lange hin ist!«, warf Abt Norbert ein.

»Wir sollten nicht am irdischen Leben hängen«, tadelte Meister Eckhart. »Es ist nur Leid, und wenn wir es lieben, lieben wir das Leid, und dann ist es nur gerecht, wenn wir leiden. Nur das Leben in Gott ist ewige Freude, sodass der Gerechte kein Leid kennt.« Meister Eckhart machte eine Pause und sah Hanß an: »Ich sage also: Es ficht mich nicht an, wenn jemand meine Lehre rügt. Ich sage aber noch mehr: Was mir mein Herz bricht, ist, dass meine Treue zum Glauben bezweifelt wird. Ich erstrebe nichts anderes und erflehe nichts anderes vom Herrn, als dass er mir den rechten Glauben gibt, und alles gebe ich darum, ich würde selbst mein Leben geben, wenn es zum Zeugnis des Glaubens den Märtyrertod fände. Nun sage ich Weiteres und Schwierigeres: Was ich nicht ertragen kann, ist, dass es die Kirche ... dass es der Fels des Herrn höchstselbst ist, der es mir nehmen will.«

»Ich bin Euch dankbar«, sagte Hanß und presste die Fingerspitzen aneinander, bis sie ganz weiß wurden, »dass wir nicht über Eure Lehre sprechen müssen, denn wir würden keine Einigung erzielen. Ich möchte Euch einen Vorschlag unterbreiten, der mit dem ehrwürdigen Vater und Herrn Erzbischof Heinrich abgestimmt ist. Wenn Ihr, Bruder Eckhart, Euch bereit fändet, eben das öffentlich vor einem Notar zu bekräftigen, was Ihr eben hier in kleinem Kreise kundgetan habt, so würde die Anklage fallen können.«

»Welchen Wortlaut soll das zu beglaubigende Pergament haben?«, fragte Abt Norbert scharf.

»Nichts, was Bruder Johannes Eckhart nicht mit seinem eigenen Mund verkündet hätte«, beteuerte Hanß und hoffte auf das Verständnis der beiden Prediger. Sie sollten bloß aufhören, ihn so anzustarren! »Dass er dem Glauben in Treue anhängt und jeden Irrtum, wenn er ihm denn nachgewiesen werden könnte, widerruft.« Hanß sah die versteinerten Mienen der beiden Männer. Zaghaft setzte er hinzu: »Also keinen Satz im Besonderen, sondern ganz allgemein. Es sollte möglich sein.«

»Hinaus!«, rief Abt Norbert, plötzlich aus seiner Starre gelöst. Er sprang auf, und Hanß fühlte, wie er gepackt wurde. »Hinaus! Hinaus aus meinem heiligen Kloster, du hinterfotzigster aller Hurenböcke!«

*

Katzenelnbogen, am 13.2.1327

Es war beschlossen worden, dass Irmgard den Grafen ihrer Umstände wegen nicht nach Köln begleiten sollte. Zum Abschied nahm Demudis sie in den Arm und wünschte ihr für die bevorstehende Niederkunft alles Gute.

Es war lange, sehr lange her, dass Demudis auf einem Pferd gesessen hatte. Ihr Vater hatte es ihr zusammen mit ihrem Bruder Heinrich beigebracht. Aber ihr Mann Alexander war nicht so wohlhabend wie ihr Vater gewesen, und sie hatten sich kein Pferd leisten können. Demudis war erstaunt, wie schnell sie sich wieder an das Reiten gewöhnte. Mehrmals brachte sie ihr Pferd an die Seite des Grafen, aber immer sprengte er davon, so musste sie einsehen, dass er es unter allen Umständen vermeiden wollte, mit ihr zu sprechen. Sie konnte es ihm nicht verdenken. Denn war ihm schon die Geliebte genommen worden, so musste es ihn doppelt treffen, wenn es sich herausstellen sollte, dass der gemeinsame Sohn ein Schurke ist, der ihn dazu getrieben hatte, einem vielleicht Unschuldigen das Leben zu nehmen. Wenn der Graf ein

Mann von Ehre ist, überlegte Demudis, wird er sich diese Feigheit nie verzeihen.

Ansonsten genoss sie es, zu Pferde zu reisen. Die Pferde hatten ihre Mühe im Schnee, aber für den Reiter war es vortrefflich, man blieb trocken, bekam keine lahmen und kalten Füße, hatte sogar gleichsam eine Wärmflasche unter dem Achtern. Der Blick konnte frei über die Landschaft streifen, deren Weiß herrlich war. Schade nur, dass Irmgard nicht mitkommen konnte, gerne hätte sie sich mit ihr unterhalten. Aber vielleicht war es ganz gut, dass sie nicht mit nach Köln kommt, dachte Demudis, denn es wäre bestimmt keine Freude, wenn Schwester Godelivis ihrer ansichtig würde. Demudis merkte, wie sie sich freute, zu Schwester Godelivis zurückzukehren, mehr noch als zu allen anderen im Konvent, auch wenn Schwester Godelivis nicht gerade eine Rose sonder Dorn war, wie man so sagte. Man sollte alle Schwestern gleich lieben, aber welche konnte von sich behaupten, dass sie das schaffte?

Die Art und Weise, wie sich Graf Walram von seinen Kindern, besonders von Nikolaus verabschiedet hatte, sagte Demudis, dass er nicht plante zurückzukehren. Nikolaus würde der neue Graf werden. Was hatte Walram vor, überlegte Demudis, er wird doch nicht gramgebeugt Hand an sich legen und nehmen, was Gott geschenkt hat und einzig Er wieder nehmen darf? Vielleicht wird er in ein Kloster eintreten. Das wäre dann auch die beste Lösung.

Fast die ganze Strecke bis zum Rhein, ja fast bis hinauf nach Koblenz wurde der Graf von allen, die ihm auf dem Weg begegneten, mit ehrlicher Freude begrüßt. Das Volk schien ihn überschwänglich zu lieben. Bisweilen musste der Graf vom Pferd steigen, um Küsse entgegenzunehmen. Demudis bedauerte, dass sie ihm solche Pein bereiten musste. Oder hielt er an seinem Vorhaben fest, Bruder Hermann zum Abt zu machen, wie auch immer er das anstellen wollte? Er hatte den Bauern aus Wut gerichtet bar jeglichen Beweises, nur auf das doch recht windige Zeugnis seines Sohnes hin, der ein Missetäter war. Würde er bereit sein, auch ihr Gewalt anzutun? Es mochte sein, dass unter der freundlichen Schale ein Bube sondergleichen steckte.

Demudis wurde angst und bange. Sie beschloss, sich in dem Tross hinten zu halten, außer der Reichweite des Grafen. Sie musste auf der Hut sein und durfte nicht schlafen, bevor er schlafen würde. Da er abends ausgiebig zu zechen pflegte, kam ihr das schwer an. Aber tapfer hielt sie die Augen offen und achtete darauf, immer genügend Abstand zu haben, sodass sie zu fliehen vermögen würde, sollte er drohen, ihren Heimgang zum Herrn zu beschleunigen.

Hechard hatte gesagt, alles Leid würde daraus entstehen, dass etwas Schaden nimmt, was man liebt. Wenn man nun die äußeren Dinge liebt, dann liebt man das Leid, denn alle äußeren Dinge sind vergänglich wie die Welt selbst; und Vergänglichkeit ist nur ein anderer Ausdruck für Schaden und Leid. Wenn man nun die äußeren Dinge liebt, dann liebt man das Leid. Es ist nur gerecht, wenn man dann leidet. Den wahrhaft Gerechten betrübt dagegen kein Leid, sonst ist er nicht gerecht, denn er wendet sich nur Gott zu, der weder vergänglich ist, noch irgendwie Schaden nehmen kann.

Liebe ich also mein irdisches Leben so sehr, dass es mir Leid ist, wenn es droht Schaden zu nehmen?, fragte sich Demudis. Sollte ich es nicht so sehr lieben? Aber dann würde ich das Geschenk des Herrn missachten. Ich werde Hechard danach fragen müssen, wenn ich zurück bin.

Kaum hatte sie an Hechard gedacht, machte sie sich weitere Sorgen. Sie war nun viele Tage fort gewesen und wusste nicht, wie es mit der Anklage gegen ihn weitergegangen war. Sicherlich, sie brachte gute Kunde mit, nämlich dass er allem Anscheine nach weder ein minnigliches Verhältnis zu Schwester Guta gehabt habe, noch gar ihr Mörder sei. Aber es war schon noch die Frage, ob es früh genug war, und vor allem, ob man sie überhaupt anhören würde. Als sie Andernach passierten, sendete sie Abt Paul einen Gruß im Geiste, aber beschloss, jetzt nicht aus dem Tross des Grafen auszubrechen, um ihn zu fragen, ob er der Vater von Martin war. Und ihm gleichzeitig seinen Tod kundzutun. Das würde er nicht aushalten!, dachte Demudis traurig. Und doch würde sie es tun müssen. Jedoch war es jetzt eiliger, mit dem Grafen nach

Köln zurückzukehren und die Anklage gegen Hechard zumindest in einigen Punkten zu widerlegen.

*

Köln, Palast des Erzbischofs, am Mittag des 13.2.1327

Hanß fühlte sich unwohl im Amtszimmer des Erzbischofs. Er hatte den Eindruck, es bedrücke ihn selbst mehr als Heinrich, dass er diesem den Bruderkuss verweigerte. Es machte sich als ein Stich in der Leistengegend bemerkbar. Indem er den alten Mann beleidigte, behandelte er ihn nicht als Mensch, wie er von Gott geschaffen wurde, sondern als Vertreter des Amtes, in welchem er gefehlt hatte. Aber sollte sich sein Ärger nicht viel mehr auf sich selbst richten? Er war so tief gefallen, dass er handelte wie der Erzbischof, nämlich das Spiel der weltlichen Macht mitspielte und nun seinerseits den Erzbischof erpresste.

Die Prediger dagegen verweigerten es, sich die Ehrerbietung zollen zu lassen. Das konnte er verschmerzen. Er war froh, dass sie dem von ihm eingefädelten Handel zur Niederschlagung der Inquisition schließlich doch noch zugestimmt hatten: Eckhart würde einen allgemein gehaltenen Widerruf unterzeichnen und damit würde die Anklage wegen Ketzerei und unlauteren Lebenswandel fallen gelassen. Da sollte er nicht noch Freundlichkeit oder auch bloß Höflichkeit erwarten.

Hanß wollte genau das alles so schnell als nur möglich hinter sich bringen, um nur noch Gott zu dienen und mit Gott zu sein. Er nahm sich vor, sich nie wieder den weltlichen Dingen zu widmen oder an sie wertvolle Gedanken zu verschwenden, die weit besser Gott zugedacht werden konnten. Was würde er vorfinden? Wenn er mit seinen Sünden und den Erinnerungen an sie allein in der Einsamkeit verkehren musste, würde er dann standhalten können?

Er ließ seinen Blick kreisen und stellte mit Genugtuung fest, dass sich alle Zeugen am Orte befanden, die nötig waren, um der Sache eine halbwegs günstige Wendung zu geben. Die unzweifelhaft gut beleumundeten Zeugen waren nämlich Prior Johannes von Grifinsteyn, Prior Rytolph aus Elz, Lektor Octo von Schowenburg aus Koblenz, die Brüder Bruno Schernekin, Arnold von Leye, Jacob von Frankinsteyn, Godfrid, genannt Niger, Godfrid Ludwig von der Marspforte, Johannes von Düren, Theoderich von Worms, Pfarrer Arnolds sowie die Bürger Godelin von Udinchoven und Hermann aus der Breiten Straße. Hanß vermied es, den greisen Prediger anzuschauen, den er ebenso seiner ausschweifenden Lehre wegen verachtete, wie er an ihm hoch schätzte, dass er sich von ganzem Herzen um den Glauben bemühte. Als der amtliche Schreiber, Walter von Ketwich, die Urkunde gefertigt, die Zeugen niedergelegt und beglaubigt hatte, verließ Hanß den Saal im erzbischöflichen Palast.

Bruder Dudo war schon fertig gegürtet. Sie würden nie wieder zurückkehren, sondern gänzlich sich der Freiheit in Gottes Natur hingeben. Hanß spürte, wie ihm alle Last von der Seele genommen wurde, und er dankte Gott und besonders der gnadenreichen Jungfrau Maria, der Mutter des Herrn und Königin des Himmels, der Seligsten unter allen Weibern, die ihm, wie er somit annehmen zu hoffen wagte, die Schande vergeben hatte, die er seiner Mutter hatte widerfahren lassen. Wie der heilige Franz selbst würde er den Vögeln predigen und war sich sicher, unter ihnen mehr Verständnis zu finden als unter den Menschen.

»Wohin werden wir uns wenden?«, fragte Bruder Dudo.

Hanß überlegte. »War es bei den Kanonikern in Koblenz nicht fein? Sie erfreuen sich des Besuches sicherlich, sie sind so einsam.«

»Gewiss«, pflichtete Bruder Dudo bei. »Aber es ist für heute zu weit des Weges.«

»Die gebenedeite Jungfrau Maria wird uns eine Herberge weisen«, sagte Hanß, und sie stapften frohen Mutes und sonder Sorgen los. Später, wenn es Frühjahr werden würde, würden sie nach Compostela zum Grab des heiligen Jacobus pilgern, wie es ihnen vom Mainzer Erzbischof aufgetragen worden war.

Und so gereichte Hanß dieser Tag, der das Fest der heiligen Reinhild war und der derart unselig begonnen hatte, schließlich zur hellen Freude und neuerlichen Wende in seinem Leben. Nie wollte er je wieder vom Weg des Herrn abirren.

*

Köln, Ellikints Hurenhaus, am Abend des 13.2.1327

Schließlich begriff es Wilhelm. Nachdem Gepa es zugelassen hatte, dass Bruder Hermann ihr beiwohnte, lief Junta, um noch Wein zu holen. Die Mägde bemühten sich nicht darum, dass Bruder Hermann und er jetzt gingen. Ganz im Gegenteil, Gepa neckte Bruder Hermann und streichelte sein Dynck, weil sie, wie sie sagte, schauen wolle, ob er denn wirklich schon genug habe.

Wilhelm versuchte zu sprechen. Das war nicht leicht. Denn er hatte eine schwere Zunge von dem vielen Wein, viel zu viel Wein. Schließlich brachte er es heraus:

»Sie wollen uns beiseite schaffen.« Aber warum bloß?, dachte er, ohne es zu sagen.

»Was redest du da, Bruder«, schimpfte Bruder Hermann, aber lachte sofort wieder. »Wir feiern unseren Sieg. Würdest du bitte die Freundlichkeit besitzen, mitzufeiern und mir zu helfen, dieser unvergleichlich liebreizenden Magd die Begierde zu stillen?«

Der mit Thymian abgeschmeckte Wein hat ihm den Verstand benebelt, dachte Wilhelm, er weiß nicht einmal mehr, dass die Dirne nicht der fleischlichen, sondern der Gier nach Gold wegen handelt. Aber wenn er sich nicht belehren lassen wollte, bitte sehr, er sollte ins Verderben rennen, und er, Wilhelm, war Esel genug, ihm hintendrein zu trotten.

*

Köln, Predigerkirche, am Abend des 13.2.1327

Die Predigerkirche war zur Freitagsmesse am Abend nach dem Angriff gegen die Beginen und das Kloster mehr als voll. Sie quoll geradezu über. In der ersten Reihe saß der ehrwürdige Vater und

Herr Erzbischof Heinrich unter den Predigerbrüdern. Er trug keine Zeichen seiner Macht außer dem Bischofsstab in der Hand und der Mitra auf dem Kopf. Was er dachte, ließ er sich nicht ansehen.

Sela sah auch viele Barfüßer unter den Anwesenden. Abt Hanß aber fehlte. Dem Vernehmen nach war er fortgegangen, für immer.

Vor allem aber befand sich viel Volk in der Kirche. Der Erzbischof hatte Ruhe geboten und einen allgemeinen Sündenerlass gespendet, um die Gemüter zu beruhigen.

»Das hat Abt Hanß für uns gezaubert«, sagte Ellikint, die neben Sela saß. Sela hakte sich bei ihr unter. Ellikint tätschelte ihr die Hand. Hechard hatte gerufen, und viele waren gekommen. Aber es herrschte große Anspannung. Jeder wusste, dass es um die Anklage wegen Ketzerei ging. Das war eine ernste Angelegenheit, kein Fassnachtsspiel.

Ich habe Bruder Hermann noch nicht gesehen, dachte Sela.

Aber sie hatte es wohl doch halblaut vor sich hin gesprochen, denn Ellikint antwortete: »Mach dir keine Sorgen, Kindchen. Gepa und Junta, zwei meiner Mägde, kümmern sich um sie, um Bruder Hermann und seinen elenden Genossen. Sie werden ihnen so viel Wein verabreichen, dass ihr die nächsten Tage von ihnen nichts sehen und hören werdet.«

Hechard trat vom Seitenschiff an den Altar. Er stand gerade und straff. Er zeigte keine Müdigkeit, und sein Gesicht war gefasst. Mit ernster Miene feierte er die Messe.

Sela merkte, wie die große Anspannung wegen der Ungewissheit über das Schicksal von Schwester Guta, des Ausbleibens von Schwester Demudis und der Anklage gegen Hechard ihre Gedanken bei der Gabenbereitung hinderten, das Blut und den Leib des Herrn in der rechten Weise zu verkosten. Sie bat die Mittlerin zwischen Gott und den Menschen, die Jungfrau Maria, ihr die Gegenwart ihres geliebten Sohnes zu erbitten. Auf diese Fürbitte hin, so glaubte Sela, erblickte sie den König der Glorie, Jesus Christus, auf einem hohen kristallklaren Throne, von dessen Vorderseite zwei wundersame laue Bächlein ausgingen, die ihr einen wonnigen Anblick bescherten. Sie begriff, dass diese Zeichen der Gnade der Sündenvergebung und der geistlichen Tröstung waren. Während der Opferung der heiligen Hostie nun sah Sela, wie der Herr vom Throne sich erhob und sein heiliges Herz gleich einer hell leuchtenden, bis oben gefüllten und überströmenden Lampe hochhob. Diese Lampe floss, wie es ihr schien, nach allen Seiten und mit so drängender Kraft über, dass große Tropfen wieder aufspritzten, und dennoch ward die Fülle der Lampe nicht vermindert. Darin erkannte Sela das Zeichen, dass der Herr in sich selbst die allselige Fülle bleibt und niemals irgendwelchen Abbruch leidet, auch wenn er aus der Fülle seines Herzens allen übergenügsam Gnade spendet. Nun sah sie auch, wie die Herzen aller, die zugegen waren, ebenfalls als Lampen wie durch eine Schnur mit dem Herzen des Herrn verbunden waren. Manche davon standen aufrecht und brannten voll Öl, wie diejenige von Hechard oder Ellikint, andere dagegen waren leer und hingen unnütz nach unten wie diejenige des ehrwürdigen Vaters und Herrn Erzbischofs Heinrich. Sie verstand, dass die brennenden und aufgerichteten Lampen die Herzen derer bezeichneten, die mit Andacht und Sehnsucht der Messe beiwohnten, die umgestürzten aber die Herzen derjenigen, die es versäumten, sich durch Andacht zu erheben.

Nach der Messe verlas Bruder Nikolaus einen Text in lateinischer Sprache. Bei denen, die ihn verstanden, brach heftiges Gemurmel aus. Hechard gebot ihnen Ruhe.

»Brüder und Schwestern, damit ihr alle wisset, was mich betrifft, so werde ich für die, die nicht der heiligen Sprache, sondern nur des Diutischen mächtig sind, dartun, was ich zur Protestatio gegen die ungerechte Anklage wider meine Person mitzuteilen habe, im Jahre 1327 nach der Geburt des Herrn, der zehnten Indiktion, am 13. Tage des Monats Februar und dem Fest der heiligen Märtyrerin Eulalia, ungefähr zur sechsten Stunde – zur sechsten Stunde nämlich habe ich diese amtliche Urkunde vor Zeugen verlesen und unterzeichnet.

Ich, Meister Eckhart, Doktor der heiligen Theologie, erkläre, Gott zum Zeugen anrufend, vor allen, dass ich jeglichen Irrtum im Glauben und jede Abirrung im Lebenswandel, immer und so viel als mir möglich war, verabscheut habe. Aus diesem Grunde widerrufe ich, sofern sich etwas Irrtümliches finden sollte, was ich geschrieben, gesprochen oder gepredigt hätte, privat oder öffentlich, wo und wann auch immer, unmittelbar oder mittelbar, sei es aus schlechter Einsicht oder verkehrten Sinnes. Ich möchte, dass ihr wisst, dass ich alles, was einen Irrtum enthalten könnte, als nicht gesagt und nicht geschrieben betrachtet haben will.«

Sela schüttelte betrübt den Kopf. »Das ist widerlich. Das ist peinlich. Ich fasse es nicht«, schimpfte sie vor sich hin. Wie konnte Hechard, bloß um sein armseliges Leben zu retten, den Herrn verleugnen?

»Aber Magistra«, sagte Schwester Mentha, die auf der anderen Seite neben Sela saß, »gibt es einen geschickteren Schachzug? Ohne irgendetwas Bestimmtes zu widerrufen, hat er dem Erzbuben jede Möglichkeit genommen, ihn als Ketzer anzuklagen. Was jetzt nur bleibt, ist einzelne Sätze als ketzerisch bezeichnen zu lassen. Und da ist im wahrsten Sinne des Wortes kein Feuer mehr hinter.«

*

Köln, Beginenkonvent der Bela Crieg,
am Abend des 15.2.1327

Als ob sie nicht schon genug Sorgen hätte, musste sich Sela nun auch um Schwester Hardrun ängstigen. Zwar war die Anklage gegen Hechard zumindest abgemildert worden, aber Schwester Hardrun hatte seit dem Angriff auf den Konvent nicht nur nicht geschlafen und nicht gegessen, sondern auch nicht getrunken.

Sela wusste nicht genau, wie viele Jahre es her war, dass Schwester Hardrun, damals noch stolze Bürgerfrau, die Gnade der übernatürlichen Reinheit des Leibes und der Seele von der gebenedeiten Jungfrau erhalten hatte. Ihr war bedeutet worden, dass sie von jeglicher Anfechtung durch fleischliche Bewegung gefeit sei. Seitdem antwortete Schwester Hardrun auf alle Schwierigkeiten, denen sie begegnete oder die ihr begegneten, mit Steigerung der Selbstzucht. Sie wollte Gott damit geben, was er von den Sündern nicht bekam, seien dies die Mitschwestern, die ein ausschweifendes Leben führten, oder seien das Pfennigspfaffen wie der Erzbischof, die die trotz aller ihrer Verfehlungen heiligen Bräute Christi schmähten.

Schwester Hardrun röchelte und wand sich in Schmerzen.

»Trink endlich was«, zischte Schwester Angela ungeduldig.

»Ich ruhe im Brautgemach inniglicher Umarmung«, keuchte Schwester Hardrun. »An Seiner Seite befinde ich mich im Ruhebett der Demut. Der Tisch der Geduld ist gedeckt, das Spiel der Tugenden bereitet.«

»Bitte«, sagte Sela, »du wirst dein irdisches Zelt zerstören. Das ist nicht, was der Herr uns aufgetragen hat.«

»Es bedarf der Krankheit wunderbarer Schönheit und lieblichem Wohlgeruch«, brachte Schwester Hardrun hervor, »um den holdseligen Bräutigam in seinem gerechten Zorne zu besänftigen, da ihm jene sein Eigentum nehmen, die sich der Sünde befleißigen. Ich aber, seine treueste Braut, werde es ihm tausendfach zurückerstatten. Und das tue ich für euch!«

Sela seufzte und überlegte, ob sie nach Hechard schicken sollte, damit er es Schwester Hardrun ausreden sollte, sich zu töten, was mit Sicherheit ein Frevel am Herrn wäre. Hechard sagte, es sei eine selbstsüchtige Tat, den Herrn mit sich selbst zugefügter Pein notzüchtigen zu wollen, damit er Gnade spende ... Doch in diesem Augenblick trat Schwester Demudis in das Schlafgemach ein, in welchem sie Schwester Hardrun ihrer Schwäche wegen gebettet hatten.

»Ach, hier seid ihr!«, rief Schwester Demudis.

»Mein Gemahl hat mich erhört!«, schrie Schwester Hardrun und trank gierig aus dem von Schwester Angela dargebotenen Krug mit Wasser. Sie rülpste. »Gelobt sei der Herr!«

Von der vollkommenen Sühnung

Erkenntnis sonder Genuss
dünkt die weise Seele eine Höllenpein.
Mechthild von Magdeburg

Köln, Beginenkonvent der Bela Crieg, am Morgen des 16.2.1327

Gestern, am Tage der heiligen Georgia, waren Demudis und der Graf mit dem leichten Gefolge in Köln eingetroffen. Sie hatte immer noch kein weiteres Wort mit dem Grafen Walram gesprochen, aber ihrer Meinung nach wusste er, was sie dachte. Sie war sich nicht sicher, ob er ihr im Herzen Recht gab. Einerseits hätte sie ihm gern von dem Gespräch mit Anna berichtet und davon, wie sie sich die letzten Tage und Stunden von Schwester Guta vorstellte. Aber sie hatte andererseits Angst vor ihm gehabt und ihn gemieden.

Obwohl unruhig, hatte sie offenbar lange geschlafen, denn sie erwachte, als die Magistra sie sanft rüttelte, und sah, dass es schon zu tagen begann. Wo war sie? Welchen Tag schrieb man?

»Schwester Demudis«, flüsterte Magistra Sela, »du hast nach den Anstrengungen die Ruhe verdient, doch nun musst du dich erheben. Nach der Terz wird im Predigerkloster Gericht gehalten, und man erwartet dich.«

»Gericht?« Demudis richtete sich kerzengerade im Bett auf und bemerkte, dass die Schwestern sich alle bereits erhoben hatten. Sie rieb sich die Augen und versuchte, sich in der wachen Welt zurechtzufinden. »Hechard ist unschuldig!«

»Ich weiß«, sagte die Magistra und legte Demudis beruhigend die Hand auf den Unterarm. »Du hast uns gestern alles berichtet, was du herausfinden konntest.« Magistra Sela zwinkerte ihr zu. »Und den Geldbeutel von einem gewissen Abt Paul hast du uns überbracht, der ebenso das Andenken von Schwester Guta ehrt.« Die Magistra fuhr Demudis besänftigend mit der Hand über das

Haar und wurde wieder ernst. »Die Anklage gegen Hechard wegen Inquisition steht zwar kurz vor der Einstellung, aber es gilt doch noch, den schlimmen Umstand zu klären, wer denn unsere Schwester gemeuchelt hat. Dazu ist dein Zeugnis erforderlich.«

Demudis erinnerte sich. Magistra Sela hatte ihr angedeutet, Hechard habe auf Vermittlung des Barfüßerabtes Hanß widerrufen. War der Widerruf von Hechard heldenhaft, weil er es damit Erzbischof Heinrich unmöglich gemacht hatte, die Anklage fortzuführen? Oder stellte er eine Feigheit dar, um sein Leben zu retten? Die Schwestern waren uneins gewesen, und Demudis hatte vor Müdigkeit keinen klaren Gedanken fassen können.

»Im Predigerkloster?«, fragte Demudis. »Wer klagt wen an? Und wer sitzt zu Gericht?«

»Man ist, soweit mir Abt Norbert mitteilen ließ, übereingekommen, die Angelegenheit in die Obliegenheit des Klosters zu geben, und der ehrwürdige Vater und Herr Erzbischof hat einen heiligen Eid geschworen, sich an den Spruch zu halten.«

»Wer führt den Vorsitz? Abt Norbert? Wer ist angeklagt? Welche Missetat gilt es zu richten? Wo ist der Graf? Wird es Gerechtigkeit für Schwester Guta geben?« Anstatt klarer zu sehen, wurde Demudis immer verwirrter.

»Vertraue auf die Fügung des Herrn, tapfere Schwester«, ermahnte die Magistra. »Mehr als das, wovon ich dir gesprochen habe, weiß ich auch nicht.«

*

Köln, Predigerkloster, am Vormittag des 16.2.1327

Johannes hatte seit fünfzig Jahren nicht gesprochen. Er ging, nachdem Abt Norbert ihn für diesen Tag vom Gelübde entbunden hatte, damit er zu Gericht sitzen könne über Bruder Hermann und all die anderen, die in die Angelegenheit verwickelt waren, ins Infirmarium. Es war eine heikle, ausweglose Aufgabe, Gerechtigkeit walten zu lassen, den Glauben zu bewahren und die Ehre des Ordens zu schützen. Er stieß Physikus Ansgar, der über einen Becher gebeugt war, in welchem er Heilkräuter mit einem Stößel stampfte, an die Schulter und bedeutete ihm, dass er sprechen wolle. Schließlich musste er erst erproben, ob er es überhaupt noch konnte.

»... wie hört sich das an?«, fragte er.

»O Bruder Johannes!«, rief Physikus Ansgar erfreut. »Du sprichst!«

Vor Jahren war Johannes selbst Physikus gewesen. Er dachte jetzt daran, wie viel Hoffnungen die Brüder gehegt hatten, weil sie ihn als einen der besten Ärzte der Welt hatten, den Schüler des großen sarazenischen Gelehrten Averom. Der damalige Abt hatte sogar davon gesprochen, für ihn zu erreichen, dass er vorzeitig zum Magister der Theologie ernannt werden könnte, eine Ehre, die vor ihm nur dem Pariser Magister Thomas von Aquin zuteil geworden war. Damals waren die Lehren von Magister Thomas nicht weniger umstritten gewesen als heute diejenigen seines würdigen Nachfolgers Meister Eckhart. Ja, in jenem schicksalhaften Jahre, als er das Schweigegelübde abgelegt hatte, waren Thesen des Magister Thomas' vom Erzbischof in Paris verboten worden. Johannes lief ein kalter Schauder über die Schulter. Wie glücklich er sich schätzen konnte, dass der Herr ihm ein Leben geschenkt hatte, das lang genug währte, um miterleben zu dürfen, dass der große Magister Thomas, den er selbst noch gehört hatte, zum Heiligen und Lehrer der Kirche erhoben worden war. Dereinst wird auch dem Meister Eckhart eine ebensolche Ehre zuteil werden, freute sich Johannes. Er erinnerte sich der letzten Worte, die er gesprochen hatte, bevor er das Gelübde ablegte: *Ich bitte Euch, ehrwürdiger Vater und Herr Erzbischof* – es war übrigens noch Siegfried gewesen – *um das Leben dieser elenden Sünderin und gebe Gott dafür das Versprechen, auf ewig zu schweigen ...* Die Worte von Physikus Ansgar rissen ihn aus seinen Gedanken. Johannes war es gewohnt zuzuhören, aber nicht zu antworten. Seine Gespräche fanden seit nunmehr fünf Jahrzehnten bloß in seinem Innern statt:

»Was wolltest du sagen?«

»... Stimme ... Dispens ... um ... nachher ...« Johannes hörte sich selbst, doch bloß bruchstückhaft. Er hatte Physikus Ansgar den Grund des Dispenses mitteilen wollen, allerdings nur einige wenige Worte laut herausgebracht.

Physikus Ansgar lachte freundlich. »Du musst alle Worte aussprechen. Was du sagst, verstehe ich gut, aber du vergisst die Hälfte der Worte.«

»Worüber … sprechen?« Johannes war verwirrt. Er durfte jetzt sprechen. Er musste sogar sprechen, um seine Stimme zu üben, aber was sollte er sagen?

»Das musst *du* doch wissen!«, rief Physikus Ansgar. »Hungerst du nicht danach, dich mitteilen zu können?«

»Nein, alles leer.«

»Leerer Magen, großer Hunger.«

»Wer lange hungert, verliert auch den Appetit.«

»Ha, ha. Das widerspricht doch jeder Erfahrung.«

Johannes biss sich auf die Lippen. Nach fünfzig Jahren des Schweigens als Erstes eines Fehlers in der Logik überführt zu werden, kam ihn hart an. Seine Augen füllten sich mit Tränen.

Physikus Ansgar sah ihm erschrocken in die Augen. »Warum weinst du, Bruder? Habe ich etwas Falsches gesagt? Ich wollte dich niemals beleidigen …«

»Bitte, Bruder Ansgar. Es ist nur … ich habe das Gefühl, über die Jahre des Schweigens auch das Denken verlernt zu haben.«

»Das begreife ich nicht.«

»Die Worte, sie scheinen nicht zu dem zu passen, was ich denke.«

»Sprich weiter, Bruder, ich kann dich schon viel besser verstehen als am Anfang. Nun sage mir bitte, weshalb dein Gelübde aufgehoben worden ist.«

*

Köln, auf dem Weg in die Hosengasse,
am Vormittag des 16.2.1327

Nach der glücklichen Heimkehr von Schwester Demudis und der wundersamen Genesung von Schwester Hardrun ging Angela frohen Herzens mit Schwester Jutta zu dem Gewandmacher Salomo in die Hosengasse. Sie fasste Schwester Jutta an der Hand und schwang übermütig die Arme.

»Dir ist so wohl zumute«, sagte Schwester Jutta, »seit du bei Salomo in der Werkstatt arbeitest.«

»Sie ist klein«, sagte Angela, »aber es lässt sich etwas daraus machen. Wir werden viele Gewänder haben, mehr als wir brauchen, und sie für gutes Geld auf dem Tuchmarkt verkaufen.«

»Und du lässt die Finger von den Burschen«, fügte Schwester Jutta hinzu.

Angela lachte sie glücklich von der Seite an: »Bis auf einen.«

»Aber das ist gewiss nicht der himmlische Bräutigam«, sagte Schwester Jutta und drückte die Hand von Angela sanft. Angela nahm dies als Zeichen der Zuneigung.

»Nein«, sagte Angela ernst. »Er heißt Michel. Er wohnt in der Filzgasse. Ein armer Flickschuster ... und ist so süß. Möchtest du wissen, wie ich ihn kennen gelernt habe?«

*

Köln, auf dem Weg ins Predigerkloster,
am Vormittag des 16.2.1327

Verloren kam sich Dirolf vor die wenigen Schritte, die er vom Barfüßerkloster zum Predigerkloster gehen musste. Musste. Es widerstrebte ihm. Bruder Hanß hatte ihm vorübergehend die Leitung der Kölner Barfüßer anvertraut, bis der Konvent einen neuen Abt gewählt haben würde. Das konnte gut er sein. Er wusste nicht, ob er sich darüber freuen sollte. Bruder Hanß jedenfalls hatte Lebewohl gesagt und Bruder Dudo mitgenommen auf einen unbekannten Weg, von dem es, wie es schien, keine Rückkehr geben würde.

Dirolf überlegte, wessen Verrat am schwersten wog, der von Bruder Hanß oder der vom ehrwürdigen Vater und Herrn Erzbischof Heinrich II. von Virneburg oder der des Predigerbruders Hermann de Summo. Keiner konnte leugnen, dass die Prediger von der wahren Christenheit abgerückt waren. Er konnte sich nicht vorstellen, dass irgendjemand eine auch nur halbwegs sinnvolle oder gar begründete Verteidigung der Prediger vorzubringen vermochte. Anstatt im unerschütterlichen Glauben auf die Heilige Schrift zu vertrauen, brauchten sie zahlreiche, meist höchst unverständliche Werke von ruchlosen heidnischen Philosophen, um zu dem zu kommen, was sie dann frech die Wahrheit nannten. Dabei war es doch eigentlich so einfach. So leicht. Man brauchte nichts anderes zu tun, als in sich hineinzuhören, stille zu werden und die überaus süße Stimme des Herrn zu vernehmen. Der Herr beantwortete alle Fragen, die recht waren, gestellt zu werden. Worauf es keine Antwort gab, dazu war der Mensch nicht befugt, es zu erfahren. Es gab da gewisse Grenzen für das, was der Mensch in der Zeit seines irdischen Daseins wissen durfte. Man musste ja bloß an den Sündenfall denken. Den Apfel vom Baum der Erkenntnis zu essen, das war doch schließlich der ursprüngliche Ungehorsam und das Verderben der Menschheit gewesen, das Adam und Eva allen ihren unglücklichen Nachkommen vererbt hatten und immer weiter vererben würden bis ans Ende aller Tage, wenn das Jüngste Gericht abgehalten werden würde.

Noch schlimmer als um die Prediger stand es um die Beginen und die Brüder und Schwestern des freien Geistes, die weder der Vernunft noch der Schrift gehorchten, sondern nur dem Ruf ihres verderbten Fleisches. Aber die Prediger leisteten ihnen fahrlässig Vorschub, indem sie die ausschließlich am eigenen, körperlichen Wohlergehen ausgerichtete Lehre des ungetauften Philosophen, dieses Aristoteles, an die Stelle der weisen Worte des Herrn setzten.

Der Herr war allerdings auch Milde. Im neuen Bund, der die Nachteile heilte, an denen es dem alten Bund gebrach, stand Vergebung dem Zorne und der Rache gegenüber. Die Nächstenliebe war wichtiger geworden als die Gerechtigkeit. Ja mehr noch, ohne die Barmherzigkeit konnte gar keine Gerechtigkeit bestehen. Bruder Hanß hatte das immerhin selbst bewiesen, damals, als er die beiden Schwestern des freien Geistes gegen den im Übrigen unzweifelhaft gerechten Zorn des Erzbischofs in Schutz genommen hatte. Das war allerdings geschehen, bevor Dirolf nach Köln ins Kloster gekommen war. Dirolf hegte nämlich nicht die Absicht, sich mit den Gottlosen gemein zu machen, aus diesem Grunde schließlich war er in den Orden der minderen Brüder zur Nachfolge des heiligen Franz eingetreten. Er hätte der Wahl von Bruder Hanß zum Abt nie seine Zustimmung gegeben.

Die Sünder als Sünder hinzunehmen, war durchaus die eine Sache, eine ganz andere dahingegen, sie gewähren zu lassen, wenn sie so unverfroren waren, dass sie die übelsten Lügen offen predigten, und zwar in der Gestalt des angeblich wahren Glaubens. Damit verführten sie die Schafe, die schwach im Geiste waren. Der gute Hirte musste eingreifen. Und so hatte er Bruder Hanß auf die Umtriebe dieses Predigermeisters, Eckhart mit Namen, aufmerksam gemacht. Bruder Hanß hatte sich zunächst unerklärlicherweise abweisend gebärdet, bis er die Wahrheit eingesehen zu haben schien und ihn, Dirolf, aus einer glücklichen Änderung seines Gemütes heraus dazu ermuntert hatte, die Werke Meister Eckharts zu studieren und jene Stellen niederzulegen, die der Heiligen Schrift widersprachen. Das hatte Dirolf mit großer Sorgfalt und unter der tätigen Mithilfe von Bruder Agelomus gehorsam vollbracht. Er war sich keines einzigen Fehlers bewusst, den die Zusammenstellung enthielt, welche er schließlich dem ehrwürdigen Vater und Herrn Erzbischof Heinrich überreicht hatte. Dass diese Liste dem Prozess der heiligen Inquisition dienen würde, war ihm selbstredend nicht verborgen geblieben. War das bedauerlich? Jedenfalls nicht zu ändern. Sollte er sich deswegen daran hindern, die Wahrheit zu schreiben? Hätte er etwa schweigen sollen? Vielleicht hätte er das sogar getan, wenn ihn Bruder Hanß nicht geradezu bekniet hätte, mit der Niederlegung zu beginnen. Andererseits konnte er nun auch nicht wie Pilatus seine Hände in Unschuld waschen, denn er hatte ja Bruder Hanß zuvörderst seinerseits gedrängt, gegen Meister Eckhart Partei zu ergreifen. Dirolf seufzte zerknirscht auf. Wie man es drehte und wendete, es kam nur Mist heraus.

Als dann Früchte trug, was Bruder Hanß angestoßen hatte,

wollte er sie nicht essen, da sie ihm zu sauer schmeckten. Stattdessen schob er ihm, Dirolf, die Schuld zu, weil er ja zusammen mit dem gewissenhaften Bruder Agelomus die Anklage gegen den Prediger Eckhart beim Erzbischof vorgetragen habe. Insofern war Bruder Hanß der Verräter. Es hätte nicht viel gefehlt, und Dirolf wäre in heilige Raserei verfallen und hätte Bruder Hanß um sein teures Leben gebracht.

Doch der ehrwürdige Vater und Herr Erzbischof Heinrich war um keinen Deut besser. Vielleicht schlimmer gar, überlegte Dirolf. Genauer betrachtet war er der Ausgangspunkt von allem. Sein Hass gegen die Bettelbrüder war allgemein bekannt. Aber nicht unverbrüchliche Treue zur christlichen Lehre war es, die ihn trieb, was ja immerhin auch dann verdienstlich gewesen wäre, selbst wenn sich sein Trachten als Irrtum herausgestellt hätte, sondern das leere Geldsäckel des Erzbistums. Da er den weltlichen Aufgaben mehr diente als den geistlichen, hatte Erzbischof Heinrich einen nimmer zu stillenden Hunger nach Gold und anderen Reichtümern. Die Bettelbrüder aber bedrohten durch ihr heiliges Vorbild der evangelischen Armut und ihre mahnenden Worte den Reichtum der Kirche. Das könnte der Erzbischof vielleicht noch verschmerzen, aber indem die überaus zahlreich in Köln angesiedelten Beginen ihre Seelsorge hauptsächlich von den Predigern besorgen ließen, gingen dem Weltklerus die entsprechenden Gebühren verloren. Und von den Steuern auf diese Gebühren wiederum lebte der Erzbischof, und zwar nicht schlecht. Das allein veranlasste ihn zu seinem Trachten. Aber sobald sich herausstellte, dass es undurchführbar war, ließ er die Sache fallen und mit ihm die Mitverschworenen.

Was für ein Narr ich doch war, dachte Dirolf, mich da hineinziehen zu lassen. Der größte Hornochse war ich aber wohl, als ich mich mit diesem windigen Prediger einließ und mich von ihm dazu verleiten ließ, ihm beizustehen, indem ich den Tod dieser verabscheuungswürdigen Begine verkündete. Welche unsägliche Plackerei war es gewesen, bei der Leiche zu stehen und diese dann zu den Predigern zu schaffen! Dieser Bruder, Hermann de Summo, hatte einen gottgefälligen Eindruck gemacht, was bei den

Predigern nicht häufig anzutreffen war. Nun hatte Dirolf von Bruder Ruotger gehört, dass der Zeuge, den Bruder Hermann gegen Meister Eckhart hatte aufbieten wollen, dieser Graf Walram, eine taube Nuss sei und nichts tauge. Bruder Hermann war hereingelegt worden, nur so konnte Dirolf sich erklären, dass sich das Blatt zu Gunsten Eckharts gewendet hatte. Dass die Verhandlung um den Mordvorwurf gegen den Meister im Predigerkloster stattfand, verhieß nichts Gutes. Dirolf verspürte nicht nur Beklemmung, sondern richtiggehend Angst. Die Brust zog sich ihm zusammen, sein Atem ging stoßweise, das Herz begann zu flattern, und im Magen wurde ihm flau. Mit einem Male wurde er sich des Frostes bewusst, der ihn umgab. Er schlug auf ihn ein wie ein Peitschenhieb. Dirolf brach der kalte Schweiß aus, der zu kleinen Eiskügelchen wurde.

Wenn man derlei Dinge nicht mit aller Strenge zu einem guten Schlusse führt, stellte Dirolf fest, ist man verratzt und verraten. Das soll mir nicht widerfahren, wenn ich erst Abt bin. Vorher aber musste Dirolf noch diese unleidige Geschichte um Meister Eckhart durchstehen. Niemand hatte sich die Beschwernis gemacht, ihm genauere Kunde davon zu geben, was denn nun eigentlich vorgefallen war und wie man das Gericht überhaupt zusammengesetzt hatte, bis darauf, dass der Predigerbruder Johannes ihm vorsitzen würde. Es war eine missliche Lage, in der er sich befand. Er hatte sich nicht vorbereiten und ein Vorgehen erdenken können. Er musste aufpassen, nicht auf der falschen Seite zu landen und zu den Verlierern zu gehören. Das war nicht seine Absicht. Nur gut, dass es Bruder Johannes sein würde, der den Vorsitz führte. An der Heiligkeit des Schweigers konnte kein Zweifel bestehen, obwohl er ja ein Prediger war. Gottes Wege waren ebenso unerforschlich und undurchschaubar, wie sie von alles umfassender Gnade gekennzeichnet waren. Dieser feste Glaube allein gab Dirolf Mut weiterzugehen.

*

Köln, auf dem Friedhof des Predigerklosters, am Vormittag des 16.2.1327

Demudis war sogar noch zu früh im Predigerkloster gewesen. Bruder Hinkmar bedeutete ihr, der ehrwürdige Vater und Herr Erzbischof sei noch nicht zugegen. Demudis beschloss, das Grab von Schwester Guta auf dem Friedhof des Klosters aufzusuchen, um mit ihr Zwiesprache zu halten. Es gab noch einiges zu bereden.

Als sie sich dem Grab näherte, sah sie den Grafen im Schnee knien. Sie hielt sich abseits und beobachtete ihn gebannt. Er bewegte unablässig die blau gefrorenen Lippen, aber sie befand sich zu weit weg, um zu verstehen, was er vor sich hin murmelte. Nach einer Weile erhob er sich und gewahrte Demudis.

Demudis erstarrte, während der Graf seine Schritte geradewegs auf sie zulenkte. Sie war zu sehr in ihrer Angst gefangen, als dass sie es vermochte, in seinem Gesicht zu lesen.

Der Graf nickte ihr zu und sagte: »Guta vertraut dir, Schwester Demudis. Sei guten Mutes und fürchte dich nicht.«

Ohne innezuhalten, ging er weiter. Demudis getraute sich nicht, ihn aufzuhalten.

Sie dachte, es wäre schon hilfreich, wenn sie mehr über die kommende Verhandlung wüsste, um sich innerlich darauf vorzubereiten und gegen allfällige Unbill zu wappnen. Aber alle ergingen sich nur in dunklen Andeutungen.

Sie verharrte noch eine Weile und machte sich dann entschlossen auf den Weg in den Kapitelsaal des Klosters. Er war wie das ganze Kloster eigentlich für Weiber verboten. Aber Abt Norbert nahm es damit glücklicherweise nicht so genau.

*

Köln, Predigerkloster, am Vormittag des 16.2.1327

»Rette meinen Arsch«, hatte Bruder Hermann zu ihm gesagt. Bruder Hermann glich nicht mehr sich selbst. Der Graf von Katzenelnbogen war eingetroffen, wohl sein Vater. Er wohnte mit seinem Gefolge im Gästehaus des Klosters. Aber alles war missraten, nachdem die letzte der von Wilhelm geschriebenen und von Bruder Hermann gehaltenen Predigten so … so überaus erfolgreich gewesen war. Die Leute waren zur Tat geschritten, aber andere Leute zogen die Fäden und ließen die Puppen auf ihre Art tanzen. Abt Hanß und die Barfüßer waren aus dem Ruder gelaufen und hatten dem Anschein nach die Seiten gewechselt. Niemand sprach mit Bruder Hermann oder ihm. Sie hätten ebenso gut zu den Leprosen in Melaten gehen oder tot sein können. Luft, wir sind Luft, dachte Wilhelm. Wie soll ich seinen Arsch retten? Wovor? Auch Bruder Hermann hatte ihm nicht gesagt, was eigentlich vor sich ging.

Im Kapitelsaal waren der Erzbischof Heinrich, der Graf von Katzenelnbogen, Meister Eckhart, der Barfüßerbruder Dirolf, Bruder Nikolaus, Bruder Hermann, er selbst und diese unehrerbietige Begine versammelt, die ihn in Bruder Hermanns Abwesenheit so aufdringlich befragt hatte. Der ehrwürdige Vater und Herr Erzbischof Heinrich, Bruder Dirolf, Bruder Hermann und er saßen auf der linken Seite des langen Versammlungstisches, die anderen gegenüber.

Wilhelm war es unheimlich, in dem großen Saal, der zu den Versammlungen immer voll war, mit so wenigen Menschen zu sitzen. Viele Stühle blieben frei. Der Erzbischof hielt die Augen wieder wie zum Schlafe geschlossen. Der Graf machte auf Wilhelm den Eindruck eines in einer schlimmen Schlacht verletzten und besiegten Mannes. Er muss eine stattliche Gestalt gewesen sein, dachte Wilhelm, aber seine Schultern hängen nun, seine Wangen sind eingefallen, und seine Augen sind von schwarzen Ringen umgeben. Wilhelm beobachtete, wie Bruder Hermann versuchte, den Blick vom Grafen zu fangen, der aber stierte ins Leere.

Es herrschte gespanntes Schweigen. Ab und an sog jemand die Luft tief ein. Ein anderes Mal räusperte sich jemand. Die Geräusche hallten unangenehm wider.

Schließlich betrat Bruder Johannes den Saal. Was will denn der Schweiger hier, dachte Wilhelm, der hat uns noch gefehlt!

Doch Bruder Johannes ging an die Stirnseite des Tisches. Sollte es so sein, dass er den Vorsitz übernahm? Der Schweiger?

*

Köln, Hosengasse, am Vormittag des 16.2.1327

»Wo ist Demudis?«, fragte Salomo. »Ist Schwester Demudis immer noch nicht wieder da?«

Jutta brummte etwas davon, dass es ihn einen feuchten Kehricht angehe. Schweigend wusch sie ihn. Warum waren die Alten so keifig? Warum dankten sie so wenig die Mildtätigkeit, derer sie durch die Beginen teilhaftig wurden? Jutta seufzte. Schwester Demudis hatte es also nicht besser getroffen als sie selbst. Letztens hatte sich doch wahrhaftig einer bei Magistra Sela beschwert. Wie konnte sie beweisen, dass sie niemals einen Alten schlagen würde? Na ja, jedenfalls nicht, wenn er ehrerbietig war. Schlimmer als die Kinder konnten sie einen bis aufs Blut reizen!

»Ich mache mir Sorgen«, sagte Salomo schließlich.

Jutta antwortete nicht.

»Sie bleibt schon so lange aus.«

»Hm, hm«, machte Jutta. Sie ist doch schon wieder da, dachte sie, der alte Esel weiß es nur noch nicht. Sie muss beim Gericht aussagen.

»Ihr habt Euch auch Sorgen gemacht«, bohrte Salomo weiter.

»Hm, hm.«

»Aber jetzt nicht mehr. Ich sehe es Euch an, und auch Schwester Angela klappert unten so fröhlich. Warum kommt sie nicht mehr?« Salomo klang traurig. »Nicht mehr zu mir?«

Weil du so ein Miesgram bist, dachte Jutta und murmelte etwas vom Gericht, wo sie aussagen müsste.

»Ich weiß so manches«, erklärte Salomo. »Man hört so dies und das, aber ich komme doch nicht mehr auf die Straße, also bin ich darauf angewiesen, dass Ihr mir mehr kundtut. Vielleicht könntet Ihr Euch bequemen, etwas freundlicher oder wenigstens gesprächiger zu sein, Schwester Jutta?«

Auch das noch, dachte Jutta. Beschwere dich bloß bei der Magistra.

»Seid Ihr mir gram, weil ich Euch noch nicht das Schachzabel gezeigt habe?«, mutmaßte Salomo.

»Das was?«

»Hat es Schwester Demudis nicht berichtet?«

Unwillig wiederholte Jutta lauter, weil er es nicht verstanden zu haben schien: »Das was?«

»Schau dort, die Figuren auf dem Tisch mit dem Brett.« In Salomo kam Leben. »Hilf mir, mich dorthin zu begeben, und setze dich gegenüber.«

Mit einem schweren Seufzer tat Jutta, was Salomo befohlen hatte.

»Also gut, schau her. Diese ersten hier, das sind die Bauern, die gehen einen Schritt vor. Hier, die Bischöfe, sie ziehen drei Schritte in die Schräge, die Ritter, sie springen auf ihren Pferden um die Ecke.«

»Und wozu das Ganze?«

»Wenn dort, wo du hinziehst, einer der anderen Seite steht, dann, wumm, ist er weg. Wie im Krieg geht es darum, den König zu schnappen, dann ist die Schlacht vorbei, und du hast gewonnen. Lass es uns erproben.«

Nach kurzer Zeit war Jutta ganz ins Spiel vertieft. Sie machte viel falsch und lachte mit Salomo zusammen über ihre Ungeübtheit.

»Du bist mir genauso willkommen wie Schwester Demudis«, sagte Salomo. »Obwohl es schön wäre, wenn sie auch mal wieder vorbeischauen würde.«

Was für ein netter Alter!, dachte Jutta und atmete kräftig durch. Schwester Demudis, du kannst gerne meinen Alten übernehmen.

*

Köln, Predigerkloster, am Vormittag des 16.2.1327

Demudis versuchte, mit den Augen Verbindung zu dem Grafen aufzunehmen, und blickte, als dies ihr nicht gelingen wollte, hinüber zu Bruder Hermann. Er weiß die Wahrheit, war sich Demudis nun sicher.

Bruder Johannes klopfte mit den Knöcheln der rechten Faust auf den Tisch. Obwohl er mit gebremster Kraft aufgeschlagen hatte und es nur ein leises Tok-Tok gegeben hatte, schreckten alle Versammelten wie aus einem tiefen Schlaf hoch.

»Lasst uns uns erheben und Gott um seinen Beistand anflehen«, sagte Johannes. Er sprach sehr langsam, ein wenig rau. Demudis fragte sich, ob das wohl daher kam, dass er so lange geschwiegen hatte, oder ob seine Stimme auch so geklungen hätte, hätte er die letzten fünfzig Jahre wie üblich gesprochen.

Nachdem sie sich wieder gesetzt hatten, sagte er:

»Ehrwürdiger Vater und Herr Erzbischof Heinrich, hochwürdiger Graf Walram, liebe Brüder und Schwestern. Unselige Dinge sind geschehen, und sie haben sich in unseliger Weise miteinander vermengt. Soweit mir bekannt ist, begann alles mit dem Vorwurf, den Bruder Hermann gegen Meister Eckhart wegen Abirrung im Lebenswandel erhob. Bruder Hermann habe das Wort.«

»Bruder Wilhelm wird für mich sprechen«, gab Bruder Hermann bekannt.

Was für ein Hundsfott, dachte Demudis erbost.

»Bruder …«, begann Wilhelm, aber er war sich offenbar nicht sicher, wie er Johannes ansprechen sollte, denn einenteils war er als Schweiger ihm nämlich untergeordnet, andernteils führte er den Vorsitz dieser Versammlung und war dereinst gar ein Magister der Theologie gewesen. Außerdem war er der Ältere. Wilhelm setzte neu an: »Ehrenwerter Vater Johannes, darf ich daran erinnern, dass Bruder Hermann im Auftrag des hochwürdigen Erzbischofs gehandelt hat?«

Bruder Johannes schaute Erzbischof Heinrich an.

Ohne die Augen zu öffnen, sagte dieser, indem er mit der linken Hand eine weitläufige, auf seine Nebensitzer Bruder Dirolf und Bruder Hermann machende Geste vollführte: »Uns ist hintertragen worden, dass der Bruder Eckhart, den man den Meister nennt unter den Predigern, ketzerische Dinge lehrt wie die Ewigkeit der Welt und anderes, was der Schrift widerspricht in Worten und im Geiste; sowie dass derselbe unter den Beginen eine Holde sein Eigen nenne. Da durften wir um Gottes willen nicht untätig bleiben.«

»Bruder Hermann hatte sie ...«, begann Bruder Wilhelm eifrig fortzufahren, um dann aber ins Stottern zu geraten, »... auf f... fr... fri... frischer Tat ...«

Demudis warf einen raschen Seitenblick auf Hechard. Er starrte unverwandt ins Leere. Sie rief:

»Schwester Guta war die ganze Zeit über die Konkubine des Grafen! Sie kann nicht diejenige von Hechard ...«

Erzbischof Heinrich unterbrach, weiterhin ohne seine Augen zu öffnen oder sich jemandem zuzuwenden. Seine Stimme war leise und monoton, aber durchdringend: »Wenn eine unerlaubt herumstorcht, dann kann sie es doch auch mit mehreren tun wie die Huren, oder?«

»Wollt Ihr ihre Treue bezweifeln?«, fragte Graf Walram scharf. Sein Gesicht bekam nun, wie Demudis bemerkte, sogar ein wenig Farbe.

»Ihre Treue hätte dem Herrn gehören müssen«, stellte Bruder Dirolf fest, gab einen Schnalzlaut von sich und fuhr sich mit der Hand über den Mund.

»Jedenfalls ist sie, so weit ich das aus eigenem Augenschein feststellen konnte, gemeuchelt worden«, meldete sich Bruder Johannes wieder zu Wort.

Demudis bemerkte, wie sich aus Graf Walrams linkem Auge eine Träne löste und zögernd über die Wange lief.

Bruder Johannes fuhr fort: »Und Bruder Hermann hat Meister Eckhart beschuldigt, dieselbe Tat beauftragt zu haben, um sich des Beweises seiner Abirrung zu entledigen –«

Demudis gewahrte, wie Hechard ganz leicht den Kopf schüttelte, sodass ihr klar wurde, er würde trotz seiner abwesenden Miene allem genau zuhören, was man hier sagte.

Bruder Wilhelm hatte seine Sprache wieder gefunden und bemühte sich offenbar, mit großem Nachdruck vorzubringen: »Entschuldigt, ehrenwerter Vater, wenn ich Euch unterbreche, Bruder Hermann hat diese Anklage niemals öffentlich erhoben, weil er auf das Zeugnis des ... Grafen, seines Vaters, wartete.«

Demudis schlug wütend mit der geballten Faust auf den Tisch. »Auch wenn es sich für mich als ein Weib nicht geziemt, so muss ich doch das Wort an mich reißen, um zu sagen, was kein anderer tut: Graf Walram kann nur bezeugen, was Bruder Hermann ihm gegenüber kundgetan hat. Er verfügt über keine eigenen Beweise. Wie kann geduldet werden, dass ein solcher Bube wie dieser unwürdige Bruder da eine Narretei verbreitet, dergestalt, dass jemand als wahr bezeugt, was er nur von üblem Leumund vernommen hat?«

Bruder Wilhelm zuckte mit den Lidern, aber ließ sich nicht zum Schweigen bringen. »Die Beschuldigung ist nie amtlich geführt worden, das ist entscheidend«, beharrte er. Seine Stimme überschlug sich.

Bruder Johannes hob die linke Hand, um Ruhe zu gebieten. »Mir ist zu Ohren gekommen, Schwester Demudis habe nachgeforscht und wisse mehr darüber als alle anderen. So bitte ich sie hiermit, uns nun zu offenbaren, was vorgefallen ist.«

Demudis fühlte sich geehrt, dass sie endlich offenbar machen konnte, was sie durch ihre aufopferungsvollen Erkundigungen herausgefunden hatte. »Danke, Bruder Johannes. Schwester Gutas Leben ist, wie wir erfahren haben, entgegen dem Scheine recht unstet gewesen. Ihre Herkunft ist vornehm, sie ist eine derer von Berg. Vor ungefähr dreißig Wintern war sie dem Herrn Adolf von Riehl versprochen worden, nachdem ihre Base, Mathilde von Berg, nunmehr Begine in Koblenz, ihm keine Kinder geschenkt hatte. Guta entzog sich allerdings der Heirat und versteckte sich bei den Barfüßern in Andernach. Sie trug jedoch bereits eine Leibesfrucht von Herrn Adolf von Riehl in sich und gebar einen Sohn namens Martin.«

Demudis hatte sich entschlossen, ihre Zweifel an der Vaterschaft des Herrn Adolf von Riehl nicht zur Sprache zu bringen, denn sie änderten am Laufe der Ereignisse nichts. Es würde bestenfalls zur Verwirrung führen und schlimmstenfalls dazu, dass der Graf sich gegen sie wandte, was sie durchaus nicht hätte gebrauchen können. »Gottes Wille führte Graf Walram zu den Andernacher Barfüßern, und sein Auge ruhte in Wohlgefallen auf ihr. Die Andernacher Barfüßer bewahren übrigens, wie ich erfahren musste, bis heute Stillschweigen darüber, wodurch auch immer der Graf ihre Treue erlangt oder durch welche Drohungen er sie eingeschüchtert haben mag. Der Graf nahm Guta zu sich. Martin gab er zu Pflegeeltern, einer Bauernfamilie in Katzenelnbogen. Wohl auf der Burg des Grafen, soweit ich verstanden habe, gebar sie einen zweiten Sohn, Bruder Hermann. Doch schlug sie das Ansinnen des verwitweten Grafen aus, ihn zu ehelichen. Stattdessen suchte sie im Beginenkonvent der Bela Crieg hier bei uns gleichsam Unterschlupf. Der Sohn wurde dem Herrn geweiht. Viele Jahre vergingen und verliefen in diesen ... wenn man so will: geordneten ... Bahnen. Oder auch: ungeordneten Bahnen. Graf Walram sei mein Zeuge.«

Demudis sah im einen Augenwinkel, wie der Graf nickte.

Im anderen Augenwinkel erblickte sie, dass Bruder Hermann sein Gesicht in den Händen vergrub, während er die Ellenbogen auf den Tisch aufgestützt hatte.

»Nachdem Martins Pflegevater Seifried ebenso wie dessen erstgeborener Sohn Felix, der Erbe, verstorben waren, wurde offenbar, dass Martin nicht seinem Blute entstammte, denn die Witwe des Bauern, Maria mit Namen, bestand darauf, dass nicht Martin, sondern der nächste ihrer Söhne das Erbe antrete. In den Gebieten des Grafen Walram achtet man streng auf Anerbenrecht; Erbteilung wird nicht zugelassen, um die Höfe reich und stark zu halten. Da Graf Walram sich dem Sohn seiner Konkubine verpflichtet fühlte, wollte er Martin zu dem Erbe derer von Riehl verhelfen, nachdem er vernommen hatte, dass der Herr Adolf im Begriffe stand, aus dem Körper auszuscheiden, und auch dessen dritte Ehe kinderlos geblieben war. Dazu aber bedurfte es des Zeugnisses der Mutter, Schwester Guta. Wiederum sei Graf Walram mein Zeuge.«

Graf Walram nickte.

»Nun verlassen wir den festen Boden der gesicherten Tatsachen und begeben uns auf schwankendes Eis. An Mariä Lichtmess, dem Todestag des Herrn Adolf, hat sich Martin nach Köln begeben und Schwester Guta namens des Grafen Walram gebeten, für ihn Zeugnis vor den Verwandten des Herrn von Riehl zu seinen Gunsten abzulegen. Hat sie zugesagt? Dazu ist das Zeugnis von Hechard nötig.«

Demudis meinte zu erkennen, dass Hechard aus seiner scheinbaren Teilnahmslosigkeit aufschreckte und sie streng anschaute, während er sprach: »Mein Mund sei auf ewig versiegelt. Es war eine Sünde, Schwester, dir eine Andeutung zu machen, meine schwerste. Das Geheimnis der Beichte ist das Höchste aller Güter, denn was ich als Ohr Gottes vernehme, darf ich als Mensch nicht wissen.«

Erzbischof Heinrich nickte.

Nichts zu machen, bedauerte Demudis und fuhr fort: »Bruder Hermann dagegen hat behauptet, sie habe es abgelehnt.«

Bruder Hermann hob den Kopf und nickte nachdrücklich.

»Woher konntet Ihr das wissen?«, fragte Bruder Johannes und sah Bruder Hermann dabei mit hochgezogenen Augenbrauen an.

Bruder Hermann aber blieb stumm.

Demudis nahm ihren Bericht wieder auf: »Bruder Hermann hatte seine erste Predigt wider Hechard und die Beginen gehalten. Schwester Guta ist, nachdem wir es durch Magistra Sela erfahren haben, am Tage nach Mariä Lichtmess aufgebracht aus dem Beginenhaus der Stolkgasse gestürmt. Ich habe versucht, sie zur Umkehr zu bewegen, aber sie meinte, sie könne Bruder Hermann von seinem Tun abhalten. Soweit ich ermitteln konnte, ist sie zu den Predigern gegangen, um bei ihrem zweiten Sohn, also Bruder Hermann, zu beichten. Bruder Einhard hatte die Torwache und erinnert sich, Schwester Guta habe nach Bruder Hermann verlangt. Ich vermute: Sie hat sich ihm offenbart, um ihn von seiner Herkunft zu unterrichten und zu bitten, seine Angriffe einzustellen, weil sie sich auch gegen seine Mutter richteten.«

Bruder Hermann vergrub wieder sein Gesicht.

»Wir brauchen dein Zeugnis, Bruder«, ermahnte Bruder Johannes ihn.

Diesmal sprach Bruder Hermann, ohne den Kopf zu heben, und seine Worte kamen dumpf und gequetscht heraus: »Schwester Demudis spricht Recht, so wahr mir Gott helfe.«

Ich frage mich, wie er meinen konnte, dass er mit all dem durchkommen würde, dachte Demudis, während sie weiterredete: »Dabei hat sie offenbar auch davon gesprochen, dass sie nach Riehl gehe und was sie dort vorhabe. Die Frage lautet erneut, ob sie Zeugnis für oder gegen ihren Sohn Martin ablegen wollte. Was auch immer es war, sie hat es nicht ausführen können, denn sie wurde gemeuchelt, unweit jenseits des Eigelsteintores. Wie viel Zeit genau zwischen der ... ähm ... Beichte bei Bruder Hermann und Schwester Gutas Tod verstrichen ist, war nicht zu ergründen. Da es aber kein weiteres Zeugnis über ihren Verbleib bis zur Auffindung ihrer Leiche gibt, gehe ich davon aus, dass die Tötung unmittelbar danach erfolgt ist und sie dort etwa zwei Tage unentdeckt im Schnee gelegen hat. Bruder Hermann, ausgestattet mit seinem neuen Wissen um seine Eltern, begab sich zu seinem Vater, Graf Walram. Fundort der Leiche und deren Überbringung ins Predigerkloster derselben kann der anwesende Bruder Dirolf bezeugen.«

Bruder Dirolf nickte.

Ich denke, Bruder Hermann hat nicht mit Umsicht gehandelt, überlegte Demudis wiederum gleichzeitig mit ihrem gesprochenen Bericht, vielmehr hat er seine Mutter von Leidenschaft überwältigt erwürgt und das, was er daraufhin tat, nicht sorgfältig durchdacht: »Graf Walram gegenüber gab Bruder Hermann an, Schwester Guta sei durch Martin im Zorne getötet worden, weil sie nicht die Vaterschaft Adolfs von Riehl über ihn hatte bezeugen wollen. Dies reichte Graf Walram, seinerseits Martin zu richten, nachdem dieser nach Katzenelnbogen zurückgekehrt war. Doch ich habe das Zeugnis von Anna, der ... Schwester Martins, seiner Nennschwester, die ihn nach Riehl begleitet hatte, dass Martin am auf Mariä Lichtmess folgenden Tage in Riehl an ihrer Seite verweilt habe.«

Graf Walram rang die Hände und schaute, wie es Demudis schien, ins stumme Gebet vertieft zur Decke.

»Die Bäuerin Anna ist nicht zugegen, um ihr Zeugnis abzulegen«, sagte Demudis.

Bruder Johannes unterbrach: »Wenn Schwester Guta nicht vorhatte, für ihren erstgeborenen Sohn, diesen Bauern, Zeugnis abzulegen, hätte sie sich denn dann auf den Weg nach Riehl gemacht? Ist es vernünftig, Derartiges anzunehmen?«

Ja, daran hatte sie ja auch schon gedacht. Wie ohne es zu wollen, hörte sich Demudis preisgeben, was sie eigentlich hatte für sich behalten wollen: »Allerdings handelte es sich vielleicht ja doch nicht um den Sohn des Herrn Adolf von Riehl, denn mit keinem anderen Weibe hatte er Kinder ...«

»Gleichviel, wenn sie nicht zu seinen Gunsten vor den Verwandten aussagen wollte, wäre sie dann nicht in Köln geblieben?«, beharrte Bruder Johannes.

Demudis sah, wie Graf Walram ein Geistesblitz traf. Er sagte: »Martin hätte nicht in Riehl gewartet, sondern wäre vielmehr mit Anna unmittelbar zurückgekehrt. Ich Tor! Ich habe mich blenden lassen!«

Es kam etwas Leben in Erzbischof Heinrich. Er räkelte sich ein wenig und sagte missmutig: »Darüber sitzen wir nicht zu Gericht. Es geht um den Mordvorwurf gegen Bruder Eckhart, den die Prediger Meister nennen. Gibt es einen Zusammenhang zwischen dem, was gesagt worden ist, und der genannten Anklage?«

Bruder Dirolf meldete sich zu Wort: »Ehrwürdiger Vater und Herr Erzbischof Heinrich, Bruder Eckhart hat sich öffentlich zum rechten katholischen Glauben bekannt. Ich sehe nicht, dass etwas anderes möglich ist, als diejenigen Sätze des Meisters, die gegen den rechten katholischen Glauben gehen, zu benennen. Er hat erklärt, dass er sie widerrufe. Also ist er kein Ketzer.«

»Das steht nicht zur Verhandlung«, wies ihn Bruder Johannes zurecht. »Der Prozess vor der heiligen Inquisition ist ausgesetzt, wie Ihr wohl wissen solltet.«

Erzbischof Heinrich schaute griesgrämig in die Runde. »Was

die Abirrung im Lebenswandel betrifft, haben wir kein letztgültiges Zeugnis vernommen.«

»Das Zeugnis für diese Anklage scheint nach dem von Schwester Demudis Vorgebrachten von einem übel beleumundeten Manne zu stammen«, belehrte ihn Bruder Johannes. »Dies ist keine gute Grundlage derselben.«

»Dieses Weib, diese ... Schwester Guta, hat gleichfalls schmutzige Flecken auf ihrer Seele. Das steht den Beginen schlecht an«, versuchte Bruder Wilhelm, die Anklage aufrechtzuerhalten.

Demudis geriet außer sich vor Wut und brüllte: »Bruder Hermann ist der Mörder!«

Die anderen zuckten ob der ungeheuerlichen und heftig gesprochenen Worte zurück.

Bruder Wilhelm aber erwies sich zäher als gedacht: »Das ist ein neuer Vorwurf. Er gehört hier nicht her. Außerdem ist er nicht bewiesen. Hochwürdiger Bruder Johannes, ich bitte Euch, mir zu bestätigen, dass es kein Beweis für ein Vorkommnis darstellt, wenn nur eine der verschiedenen Möglichkeiten ausgeschlossen wird. Wenn dieser Bauer nicht als Mörder in Betracht kommt, beweist das allein noch keineswegs, dass es Bruder Hermann tut. Vielmehr steht fest, dass das Zeugnis eines Mannes, des Grafen Walram, angenommen wurde, der seinerseits einen Unschuldigen hinrichten ließ.«

»Wer sonst als Bruder Hermann?«, fragte Demudis. »Er wollte keine Begine als Mutter, und er wusste als Einziger, dass sie zu eben jener Zeit nach Riehl aufgebrochen ist.«

»Als Einziger? Was ist mit Meister Eckhart?«, rief Bruder Wilhelm verzweifelt.

Er hat durchaus Recht, musste Demudis zugestehen. Gleichwohl würde, wenn man nur mal rein gedanklich annehmen wollte, Meister Eckhart habe die Meuchelung in Auftrag gegeben, Bruder Hermanns Verhalten, insbesondere die falsche Beschuldigung von Martin, nicht zu erklären sein. Was allerdings ein Geheimnis bleiben wird, ist die Frage, ob Schwester Guta und Meister Eckhart sich erkannt haben. Das aber möge Gott richten, nicht der Mensch. Insgleichen würde die Frage nach der Vaterschaft des Herrn Adolf zu Riehl auf ewig in ein Dunkel gehüllt sein, denn der Vater ist, wie die römischen Rechtsgelehrten weise sagten, immer ungewiss.

Bliebe noch zu überlegen, ging es Demudis durch den Kopf, ob nicht doch Herr Bruno, der Bruder des verstorbenen Herrn Adolf von Riehl, Schwester Guta aufgelauert haben könnte. Sie verwarf diesen Gedanken jedoch. Denn auch für ihn galt, dass er den genauen Zeitpunkt, wann sie aufbrechen wollte, nicht kannte. Außerdem würde wiederum das Verhalten von Bruder Hermann kaum zu erklären sein. Vor allem würde er jetzt, wenn er frei von Schuld wäre, mehr Kraft aufwenden, um dies zu beteuern und darzutun. Ihr fiel allerdings eine mögliche Verteidigung für Bruder Hermann ein: Bruder Hermann könnte behaupten, Schwester Guta habe in dem Gespräch mit Martin ihr zustimmendes Zeugnis zugesagt, aber nach der Beichte bei ihm sich dazu durchgerungen, die ganze Wahrheit kundzutun, eingeschlossen dass Martin der Sohn eines anderen sei. Genau das nahm Demudis ja auch tatsächlich an, denn Schwester Guta hatte angekündigt, sie wolle *allen* die Wahrheit sagen. Zu ergänzen wäre: Martin und dem Grafen, dass der Herr Adolf von Riehl nicht Martins Vater sei. Jedoch würde diese Überlegung Bruder Hermann doch gar nicht viel nützen, führte Demudis ihren Gedanken weiter, denn es wäre dann nicht möglich, dass Martin von ihrem Sinneswandel erfahren hatte.

Konnte sie auf irgendeine Weise ausschließen, dass Herr Bruno der Würger war? Sie wandte sich an Bruder Wilhelm: »Wann ist Bruder Hermann nach Katzenelnbogen aufgebrochen?«

Bruder Wilhelm schaute auf einen Punkt links oben im Raum. »Am Tage der heiligen Adelheid«, antwortete er.

Demudis versuchte, Bruder Wilhelm mit ihren Blicken zu durchbohren. »Zu welcher Tageszeit?«

»So um die ...«, begann Bruder Wilhelm.

Am Rande ihres Gesichtsfeldes nahm Demudis wahr, dass Bruder Dirolf ein Zeichen machte.

»... um die Sext«, vollendete Bruder Wilhelm den Satz, aber schlug sich die Hand vor den Mund, als er es ausgesprochen hatte.

Bruder Johannes, der sich auf Zeichen gut zu verstehen schien, sprach Bruder Dirolf an: »Ihr habt versucht, die Aussage zu beeinflussen. Ihr wolltet, dass er nicht die sechste, sondern die neunte Stunde angeben würde.«

Bruder Dirolf wurde rot und begann zu schwitzen.

Demudis wusste den Grund: »Schwester Gutas Leiche ist von den Barfüßern erst zur Non in die Kapelle des Predigerklosters überführt worden. Vorher hätte Bruder Hermann es nicht wissen können, es sei denn ...«

»... er hat die Leiche entdeckt«, ergänzte Bruder Dirolf und räusperte sich. »Er hat uns gebeten, die Magistra zu benachrichtigen, damit er zeitig aufbrechen kann, um ... um den Zeugen aufzusuchen. Wir haben seinen Worten vertraut.«

»Heuchler!«, brüllte Demudis. Zu lange war es in ihrem Gedächtnis verschüttet gewesen, dass sie gleich das Gefühl gehabt hatte, an dem Bericht von dem hartherzigen Bruder Dirolf und dem einfältigen Bruder Ruotger sei etwas nicht in Ordnung gewesen. »Ihr habt vor der Magistra und mir eine Posse aufgeführt und behauptet, nicht zu wissen, um wen es sich bei der Toten handelt.«

»Bruder Dirolf!«, sagte der Erzbischof streng.

»Wir haben den Worten des Predigers vertraut«, wiederholte Bruder Dirolf und schaute betreten auf seine Finger.

»Niemand wäre so ein Narr«, murmelte der Erzbischof und schüttelte verständnislos den Kopf, »zur Non zu einer solchen Wanderung aufzubrechen.«

Wenn Bruder Hermann der Mörder war, woran sie nunmehr kaum noch zweifelte, überlegte Demudis, hatte er die Leiche seiner Mutter zwei Tage am Wegesrand liegen lassen und dann erst die Barfüßer zu der besagten Posse verleitet. Sie musste wissen, warum. »Ihr habt es erst so spät in die Wege geleitet, dass sie von Bruder Dirolf gefunden wurde«, sagte sie in fragendem Tone zu Bruder Hermann.

»Ihr stand doch ein christliches Begräbnis zu«, antwortete Bruder Hermann. »Meiner Mutter.«

Er hat immer noch nicht offen bezeugt, ihr Mörder gewesen

zu sein, stellte Demudis verdrossen fest. So entschloss sie sich, ihn herauszufordern: »Kann es nicht sein, dass Herr Bruno von Riehl, der Bruder des Verstorbenen und Erbe der Herrschaft, sofern Martin dies nicht zugestanden hätte, die lästige Zeugin beseitigt hat?«

Bruder Wilhelm wurde aufgeregt: »Ja, ja, das erscheint eine treffliche Erklärung der ganzen leidigen Angelegenheit.«

Jeder hatte dazu eine Meinung, und es entstand ein allgemeines Geraune, in welchem fast unterging, dass Bruder Hermann antwortete: »Nein, der war es nicht.«

»Wie hätte Bruder Hermann unter diesen Umständen die Leiche finden sollen? Sie lag an ihrem Fundort jenseits des Eigelsteintores, wenn ich das richtig mitbekommen habe, ungefähr zwei Tage unentdeckt, unentdeckt von allfällig Vorbeikommenden. Für diese war die Leiche demzufolge nicht sichtbar. Kann man dann nicht davon ausgehen, dass es nur der Mörder selbst gewesen sein konnte, der zu ihr führte?«, fragte Bruder Johannes und gebot mit beiden Händen Ruhe. »Alles, was gesagt werden kann, ist, wie mir dünken will, gesagt worden. So unterbreite ich Euch, verehrter Vater und Herr Erzbischof Heinrich, meine Empfehlung: Der Heilige Vater in Avignon soll über die in Frage stehenden, der Ketzerei verdächtigten Sätze von Meister Eckhart entscheiden und ihm Gelegenheit geben, sich vor ihm zu erklären. Einer Anklage wegen unlauterem Lebenswandel oder gar wegen Verschwörung zur Tötung eines Menschen fehlt die Grundlage. Sie wird nicht erhoben. Ihr aber, Heinrich, werdet den Beginen auf ewig Euren Schutz versprechen. Bruder Hermann wird als der Geringste unter uns die schwersten Dienste eines Knechtes erledigen und die Klostermauern, bis dass der Tod ihn erlöst, nicht verlassen, um auf diese Weise seine Schuld zu sühnen. Graf Walram soll seinem Sohn zur Hand gehen, denn das sehe ich als seine Pflicht an. Bruder Dirolf aber sei für sein Lebtag ausgeschlossen vom Amte des Abtes.«

Ein hartes und gerechtes und gleichzeitig mildes Urteil, dachte Demudis, denn die Sünde ist, wie Hechard lehrt, sich selbst die schwerste Strafe. Wen trifft die größte Schuld? Bruder Hermann?

Graf Walram? Gar Schwester Guta selbst? Oder Bruder Paul? Hätte Hechard Schwester Guta als Beichtvater anders beraten und somit ihren Tod verhindern können? Doch dann fiel ihr ein, dass jemand vergessen worden war, der der Wiedergutmachung mehr als alle anderen bedurfte:

»Er soll für Anna sorgen!«, rief Demudis, die sich darüber erboste, dass der Graf es Anna nicht ermöglicht hatte, Martin vom Henker abzubitten. »Sie ... sie trauert so sehr um Martin.«

»So sei es«, stimmte Graf Walram zu.

Beim Hinausgehen raunte Demudis, von Neugier getrieben, Bruder Hermann die Frage zu: »Wer war der Vater von Martin? Hat es deine Mutter dir offenbart?«

»Herr Adolf von Riehl«, murmelte Bruder Hermann schwach. Er hatte allerdings einen Augenblick gezögert, um zu seinem Vater hinüberzublicken. Zu lange, als dass Demudis ihm Vertrauen schenken konnte.

Er will seinem Vater diesen Schmerz ersparen, dachte sie, vielleicht steckt ja doch noch ein guter Kern in ihm. Immerhin bewahrte er nicht anders als Hechard das Geheimnis der Beichte, und das sollte ihm hoch angerechnet werden. Doch dann traf sie eine Erkenntnis wie ein Keulenschlag: Schwester Guta hatte bei ihm gebeichtet. Die ganze Wahrheit, wie sie angekündigt hatte. Die ganze Wahrheit aber lautete, dass Bruder Hermann nicht, wie sie es dem Grafen weisgemacht hatte, sein Sohn war. Das war die *ganze* Wahrheit, die sie dem Grafen hatte offenbaren wollen, so wie Demudis es schon beim Gespräch mit dem Grafen in Katzenelnbogen in den Sinn gekommen war. Auf diese Weise ließe sich nämlich erklären, warum sie auch Paul als jemanden aufgezählt hatte, dem sie eine Wahrheit zu sagen gedachte, nämlich das er der Vater von Bruder Hermann sei. Sie hatte vermutlich nach Riehl gehen wollen, um Adolf von Riehl als Vater von Martin zu bestätigen, sich allerdings kurzfristig anders entschieden. Was das betraf hatte Bruder Hermann demnach nicht mit falscher Zunge gesprochen! Und dann hätte sie den Grafen ebenso von der anderen Wahrheit nicht verschont, dass Bruder Hermann durchaus nicht, wie er annahm (und sie ihn glauben gemacht hatte), sein Sohn war. So hatte Bruder Hermann in der Beichte einen vornehmen Vater gefunden, der ihm eine glänzende Zukunft zu versprechen schien, im gleichen Atemzug war er ihm jedoch wieder abhanden gekommen. Darum hatte er Schwester Guta sterben lassen müssen, um sich diesen Vater zu bewahren.

Demudis schaute Graf Walram an. Sie beschloss, ihm diese Gedanken zu verheimlichen. Die Wirklichkeit, die aus Schwester Gutas Wahrheit folgte, sollte nicht noch mehr Menschenleben kosten. Wenn sie nach dem Vater der zwei Söhne von Schwester Guta suchen wollen würde, würde sie selbstredend in Andernach beginnen. Es war zwar nicht ausgemacht, dass Abt Paul dieser war, von einem oder von beiden. Aber Demudis nahm es an. Sie entschied sich insgleichen, ihm die Kunde nicht zu überbringen. Schlimmer noch als ohnehin würde er sich grämen, wüsste er darum, unter welchen Umständen der eine ungerecht gerichtet worden war, während der andere seine Mutter erwürgt hatte. Es war sicherlich besser, dass der Graf sich fürderhin als Vater des einen dünken und seine Schuld wie die seines vermeintlichen Sohnes sühnen konnte. Und Martin, der andere Sohn? Er war begraben. Für Anna würde gesorgt werden. Bruder Hermann allerdings würde Tag für Tag die Lüge seiner Mutter tragen müssen. Indem er sie erwürgt hatte, hatte er sich ihre Lüge aufgeladen und würde ihr sein Leben lang verhaftet bleiben. Mehr Gerechtigkeit und mehr Glück konnte in diesem Jammertale hienieden nicht beschieden werden. Der Richterspruch jedoch lag einzig in der Hand des Höchsten. Und dass die Milde des Herrn Schwester Guta die Sünden vergeben hatte, war ihr nicht nur eine Gewissheit des Glaubens, sondern sie hatte selbst bei deren Totenmesse geschaut, wie Er gesagt hatte: »Jetzt, meine Geliebte, werde ich dich erhöhen« und Schwester Gutas Seele in unbeschreiblicher Weise durch seine heiligen Wunden gegrüßt hatte. Denn Er ist gestorben um unserer Sünden willen.

Epilog

Im Jahre des Herrn 1329, am 27. März, erhielt der Erzbischof von Köln, Heinrich II. von Virneburg, zu der Zeit fünfundachtzig Jahre alt und noch weitere drei schlimme Jahre im Amte, die Bulle »In agro dominico« vom ebenso alten und verhärteten Papst Johannes XXII. aus Avignon. Darin wurde der Erzbischof aufgefordert, bekannt zu geben, dass siebzehn von achtundzwanzig Thesen des kürzlich verstorbenen Predigermagisters Johannes Eckhart, genannt Meister, nach eigenem Eingeständnis als »ketzerisch« und der Rest als »übel riechend« anzusehen seien. Aber das fand keinerlei Beachtung mehr.

Die Beginen des Konventes Bela Crieg in der Stolkgasse und die Predigerbrüder im Kloster daselbst jedoch mussten auf diese Weise erfahren, dass ihr verehrter Meister auf dem Wege nach Avignon oder in Avignon zum Herrn abberufen worden war. Der Papst hatte sich nicht die Mühe gemacht, Genaueres anzugeben. Man trauerte ein volles Jahr und hielt das Andenken von Johannes Eckhart in Ehren auf ewig.

Bruder Johannes von Köln, der greise Schweiger, starb jedoch unmittelbar vor Gram, als er die Kunde von Meister Eckharts Ableben vernahm. Er hatte bis zum Schluss gehofft, der Heilige Vater würde einsehen, dass der Meister überaus tief sich in Gott versenkt hatte, und ihn von allen Anschuldigungen ohne Wenn und Aber freisprechen, so wie dies auch mit Thomas von Aquin geschehen war.

Meister Eckharts Schüler, die Brüder Heinrich Seuse und Johannes Tauler, nahmen viele Schriften des Meisters in die ihren auf, um sie auf diese Weise überdauern zu lassen, bis sie erst im neunzehnten Jahrhundert durch gründliche Forschungen wieder im vollen Umfang ans Tageslicht gebracht wurden.

Noch lange erzählte man sich in Köln mit wohligem Schaudern, dass Beginen nebst ihrer stadtbekannten Unkeuschheit sonder jeden Grund Leute beißen und kratzen und mit Holzscheiten niederstrecken würden. Die Beginen aber begannen, sich zusätzlich zur Krankenpflege mit ihren geschickten und fleißigen Fingern des goldenen Handwerks zu bemächtigen.

Glossar

Abbitte: Gnadengesuch von Verwandten oder Freunden eines zum Tode Verurteilten, von der Vollstreckung abzusehen. Die Abbitte konnte an den Henker, an den Richter oder eine Autoritätsperson (z.B. Fürst, Bischof) gewandt sein und wurde oft erfüllt.

Adelheid: Äbtissin (960–1015), Heilige, Tag: 5.2.

Albertus (1193–1280): Kölner Dominikaner, einer der einflussreichsten Theologen und Philosophen des Hochmittelalters, Lehrer des heiligen Thomas.

Anerbenrecht: Der älteste Sohn erbt den ganzen Hof (keine »Realteilung«); eine Regelung, die verhindert, das die Höfe zu klein werden, um die Bauernfamilien zu ernähren.

Apollonia: Märtyrerin (gest. 249), Heilige, Tag: 9.2.

Aristoteles (384–322 v.Chr.): Griechischer Philosoph. Vermittelt über arabische Kommentatoren (vor allem Averroes und Avicenna) wurde die systematische Vernunftphilosophie des Aristoteles zur Grundlage der hochmittelalterlichen Philosophie (»Scholastik«).

Armenstraße: Heute Komödienstraße.

Assassinen: Kriegerischer arabischer Geheimbund, der gegen muslimische Fürsten und christliche Kreuzfahrer gleichermaßen kämpfte.

Auf dem Hundsrücken: Heute Auf dem Hunnenrücken.

Augustinus (354–430): Nordafrikanischer Kirchenlehrer mit für die christliche Theologie grundlegender Bedeutung. Unter dem Titel »Bekenntnisse« beschrieb er seinen Weg vom Heiden und Sünder zum Christen. Trotz der Sittenstrenge, die Augustinus lehrte, wurde sein Lebensweg zum Vorbild für Milde und Vergebung, denn er zeigte, dass auch der Sünder zum Heiligen werden kann.

Austreburta: Äbtissin (gest. 704), Heilige, Tag: 10.2.

Ava: Reklusin (gest. 1127), Heilige, Tag: 7.2.

Averom (Ibn Rossah, 1211–1272): Arabischstämmiger Gelehrter, Arzt und Abenteurer.

Avignon: Stadt in der Provence, Frankreich, zwischen 1309 und 1376 Residenz der Päpste. Wegen des schier unermesslichen Luxus, dem die Avignoner Päpste frönten, wird diese Zeit auch die »Babylonische Gefangenschaft der Kirche« genannt.

Balduin von Luxemburg (1285–1354): Trierer Erzbischof (ab 1307), der in seiner die ganze erste Hälfte des 14. Jahrhunderts umfassenden Herrschaft eine sehr erfolgreiche Territorialpolitik betrieben hat.

Barfüßer: Alltagssprachliche Bezeichnung für Franziskaner, den auf den heiligen Franz von Assisi (1182–1226) zurückgehenden Bettelorden. Der weibliche Zweig des Ordens nennt sich »Klarissen«, weil die heilige Klara (1193–1253), die Freundin von Franz von Assisi, ihn begründet hat.

Bauermeister: Dörflicher Gemeindevorsteher, der der Gemeinde entstammte, aber (meist) vom Grundherrn eingesetzt bzw. bestätigt wurde.

Begarden: Laienbruderschaft, das männliche Gegenstück zu den Beginen; sie wurden aber noch stärker der Ketzerei verdächtigt und oft verfolgt.

Beginen: Laienschwestern. Eine sehr uneinheitliche religiöse Bewegung vom 12. Jahrhundert an. Die Beginen schlossen sich manchmal den Dominikanern und Franziskanern an, manchmal auch ketzerischen Strömungen. Unabhängig davon wurden die Beginen zum Teil von der Amtskirche verfolgt, zum Teil geschützt. Auch die Regeln, nach denen sie lebten, waren unterschiedlich. Es gab kein Gelübde, weder ein Gehorsams- noch ein Keuschheitsgelübde. Sie lebten von Stiftungen, vom Betteln, vom Handwerk und von der Krankenpflege. Ihre Tracht war aber einheitlich, nämlich beige. – Köln stellte ein Zentrum der Beginenbewegung dar, Ende des 13. und Anfang des 14. Jahrhunderts haben schätzungsweise bis zu zweitausend Beginen in Köln gelebt, das sind gut sechs Prozent der Bevölkerung.

Benediktiner: Mönchsorden nach der Regel des heiligen Benedikt von Nursia (ca. 480 bis ca. 555). Die Benediktinerinnen führen sich auf Scholastika († um 543), die Schwester des heiligen Benedikt, zurück.

Berthold von Regensburg (1210–1272): Volkstümlicher franziskanischer Prediger.

Brüder und Schwestern des freien Geistes: Eine so genannte »schwärmerische« religiöse Strömung Anfang des 14. Jahrhunderts, die von der Amtskirche verfolgt wurde. Zentrum ihrer Lehre soll gewesen sein, dass Christen aufgrund der Taufe nicht sündigen könnten, gleichgültig, was sie täten. Ihnen wurde eine zügellose, genussorientierte Lebensweise nachgesagt. Da sie keine eigenen Textzeugnisse hinterlassen haben, kann ihre Lehre nur anhand der Anklageschriften interpretiert werden. Zum Teil gab es Überschneidungen mit Begarden und Beginen. 1325 ließ Erzbischof Heinrich II. von Virneburg viele ihrer in Köln lebenden Anhängern hinrichten.

Bube: Mittelalterliches Schimpfwort, oft im Sinne von »Verbrecher« gebraucht; weibliche Form »Bubin«. Steigerung: Erzbube, Erzbubin.

Cointha: Märtyrerin (gest. 249), Heilige, Tag: 8.2.

Compostela: Das dortige Grab des heiligen Jacobus gehört zu den bedeutendsten christlichen Pilgerstätten.

Dispens: Kirchenoffizielle Ausnahme von einem Gelübde.

Disputatio[n]: Gelehrtes, wissenschaftliches Streitgespräch. Verbform: disputieren.

Diutisch: Mittelalterlicher Ausdruck für die deutschen Dialekte.

Dormitorium: Schlafsaal im Kloster.

Dorothea: Märtyrerin (290–305), Heilige, Tag: 6.2.

Dynck: Mittelhochdeutsche Umschreibung für Penis (»Ding«).

Eduard (1239–1307): König von England, Ehemann von Eleonore von Kastilien.

Eleonore von Kastilien (1240–1290): Königin von England, Ehefrau von Eduard, den sie 1270–1272 auf dem Kreuzzug nach Akkon begleitete (zu der Zeit war Eduard noch nicht König, sondern erst Prinz). Eine Beteiligung von Frauen an Kampfhandlungen wird von Legenden behauptet, ist aber nicht mit Bestimmtheit nachzuweisen.

Elfter Finger: Mittelalterliche Umschreibung von Penis.

Erkennen: Biblische Umschreibung für Geschlechtsverkehr.

Eucharistie: Wandlung von Brot und Wein in Leib und Blut Christi während der heiligen Messe.

Eulalia: Märtyrerin (gest. im 4. Jahrhundert), Heilige, Tag: 12.2.

Fiedelbogen: Mittelalterliche Umschreibung von Penis.

Friedel: Mittelhochdeutsch »Geliebter«. »Friedelehe« bedeutete die nicht von der Verwandtschaft herbeigeführte Liebesheirat oder auch das unverheiratete Zusammenleben, das übrigens bis in die frühe Neuzeit hinein die Regel für weite Teile der Bevölkerung darstellte. Auch nach kirchenoffizieller Eheschließung trugen die Frauen im Mittelalter nicht die Namen ihrer Männer, sondern behielten ihren eigenen.

Georgia: Märtyrerin (gest. im 5. oder 6. Jahrhundert), Heilige, Tag: 15.2.

Geziuglin: Mittelhochdeutsch für Hoden.

Gilde: Durch Eid verbundene Bruderschaft (fraternitas) oder Genossenschaft mit eigener Binnengerichtsbarkeit, z.B. Handwerkszunft. Der in Köln im 13. und frühen 14. Jahrhundert gebräuchliche mittelhochdeutsche Begriff für »fraternitas« ist nicht überliefert. In späteren Urkunden wird der Begriff »ampt« verwendet.

Hosengasse: Heute Gelände des Fernmeldeamtes zwischen Sternengasse/Cäcilienstraße.

Hostie: Das in den Leib Jesus verwandelte Brot, das während der Eucharistiefeier ausgeteilt wird.

Indiktion: Mittelalterliche Jahreszählung, umfasst jeweils eine 15-jährige Periode. Die Datierung »zehnte Indiktion« in der Erklärung von Meister Eckhart verweist auf die Jahre, die seit der Krönung von Papst Johannes XXII. vergangen sind.

Infirmarium: Krankenstube im Kloster.

Inquisition: Einrichtung der katholischen Kirche zur Bestrafung von Ketzern. Im 13. Jahrhundert fand die (aus heutiger Sicht) »erste (oder: kleine) Inquisition« statt, die sich vor allem gegen die Katharer richtete. Im 14. Jahrhundert gab es vereinzelte Inquisitionsverfahren gegen Beginen und Begarden. Die zweite oder große Inquisition begann Ende des 15. Jahrhunderts und richtete sich ab dem 16. Jahrhundert gegen die Reformation.

Johannes XXII. (1244–1334): Papst (ab 1316) in Avignon.

Jungfrau: Junges, unverheiratetes Mädchen; auch Frau, die ein Keuschheitsgelübde abgelegt hat, selbst wenn sie davor verheiratet war (z.B. Witwe); manchmal auch auf Männer bezogen. Von Meister Eckhart wird »Jungfräulichkeit« (»juncvröuwelichkeit« und »megetlichkeit«) unstofflich und ohne sexuellen Bezug definiert als ein Dasein ohne Prägung durch äußere Einflüsse (»wie du warst, bevor du da warst«). Nach Eckhart steht der Name »Weib« aber höher als derjenige der »Jungfrau«, da nach der Reinheit (»Jungfräulichkeit«) auch die Fruchtbarkeit (»Wip«) hinzutreten muss, »sonst ist die Jungfräulichkeit zu nichts nütze«.

Kanoniker: In klosterähnlicher Gemeinschaft lebende Weltgeistliche, die aber anders als Klöster über keine eigene Gerichtshoheit verfügten.

Kerlingen: Mittelhochdeutsch für Frankreich.

Ketzer: Vertreter einer von der offiziellen Kirche abweichenden Lehre. Kommt von »Katharer«. Zeitgenössische Prediger führten das Wort allerdings auf »Katze« zurück, weil sie meinten, die Abweichler würden sich in die Herzen der Gläubigen »einschleichen«.

Ludwig der Bayer (1282–1347): Römisch-deutscher Kaiser (ab 1328) aus dem Hause Wittelsbach.

Maennyn: Mittelhochdeutsch für »Mannweib«.

Magd: Bedienstete, aber auch junges, unverheiratetes Mädchen, Jungfrau (z.B. bei Meister Eckhart wird »Magd« mit »Jungfrau« synonym verwendet), andererseits auch Prostituierte (z.T. durch ein Adjektiv verstärkt, z.B. »öffentlich«).

Magistra: Bezeichnung für die Vorsteherin eines Beginenkonventes.

Manichäer: Religiöse Bewegung in der Spätantike und dem frühen Mittelalter. Der Stifter der Religion, der Perser Mani, sah sich in der Reihe der großen Propheten Zarathustra, Buddha und Jesus. Seine Lehre ging von der gleichen Stärke des guten und bösen Prinzips aus. Die materielle Welt sei vom Bösen geschaffen. Augustinus hatte zu den Manichäern gehört, bevor er sich zum katholischen Christentum bekehrte und dann heftig gegen die Manichäer polemisierte. Darum wurden im Mittelalter alle Lehren, die einen bösen Schöpfergott annahmen, als »manichäisch« bezeichnet.

Marguerite Porete († 1310): Französische Begine, die wegen ihres Buches »Spiegel der einfachen Seelen« in einem von 1299 bis 1310 dauernden Prozess verurteilt und am 1. Juni 1310 in Paris verbrannt wurde, nachdem sie sich geweigert hatte, sich von dem Inhalt des Buches zu distanzieren. Trotz der Verurteilung und grausamen Bestrafung der Autorin entfaltete die Botschaft des Buches, die Möglichkeit einer schon hienieden zu kostenden liebenden Vereinigung mit Gott, Anfang des 14. Jahrhunderts eine große Wirksamkeit, wahrscheinlich auch bei Meister Eckhart.

Mariä Lichtmess: Nach jüdischem Brauch sucht die Mutter 40 Tage nach der Geburt den Tempel auf, um sich zu reinigen. Tag: 2.2.

Martina: Märtyrerin (gest. 230), Heilige, Tag: 30.1.

Minoriten: Selbsterniedrigende Bezeichnung der Barfüßer bzw. Franziskaner.

Mitra: Bischofsmütze.

Obolus: Auf eine antike Münze zurückgehendes Maß für Gold.

Ödipus: Nach dem griechischen Mythos König von Theben, der die Mutter heiratete und den Vater erschlug, allerdings unwissentlich, weil er als ausgesetztes Kind Vater und Mutter nicht kannte. Nach Lösung des Rätsels stach sich Ödipus als selbst auferlegte Strafe die Augen aus.

Ornat: Feierliche kirchliche Amtstracht.

Pfaffenpforte: Heute Unter Fettenhennen.

Pfennigspfaffe: Abwertende Bezeichnung für einen Geistlichen, der Seelsorge hauptsächlich als Einnahmequelle sah.

Physika, Physikus: Ärztin, Arzt.

Platon (427–347 v. Chr.): Griechischer Philosoph, der im Gegensatz zu Aristoteles eine strenge Leib-Körper-Trennung annahm. Seine Philosophie war, vermittelt über Augustinus, auch für das Christentum prägend, bis im Hochmittelalter Albertus Magnus, Thomas von Aquin und andere den Aristotelismus durchsetzten.

Prämonstratenser, -innen: Von Abt Hugo gegründeter und 1126 vom Papst anerkannter Orden, der nach der Augustinerregel lebte und besondere Selbstständigkeit gegenüber den jeweiligen Ortsbischöfen genoss.

Predigerbrüder, -orden: Bezeichnung für die Dominikaner. Vom heiligen Dominikus (1170–1221) begründeter Bettelorden, dessen Ziel die Predigt der evangelischen Armut und der Kampf gegen die Ketzer war. In der Folgezeit wurden die Dominikaner zu Trägern einer auf Aristoteles zurückgreifenden Vernunftorientierung, die dem traditionellen dogmatischen Offenbarungsglauben entgegenstand.

Prim: Erste Stunde (morgens).

Reinhild: Äbtissin (gest. 780), Heilige, Tag: 13.2.

Rippeln: Mittelhochdeutsche Umschreibung für geschlechtlich verkehren.

Rolandswerth: Heute Nonnenwerth.

Rosengasse: Heute Drususgasse.

Sarazenen: Mittelalterlicher Sammelausdruck für Araber und Muslime.

Schach: Die Regeln des mittelalterlichen Schachspiels waren etwas anders als heute. Zum Beispiel: Die Läufer (»Bischöfe«) zogen nur drei Felder, die Dame konnte wie der König nur ein Feld ziehen.

Schwestern des freien Geistes: Siehe unter »Brüder und Schwestern des freien Geistes«.

Schyssfeger: Säuberer von Kloaken und Abortgruben, ironisch auch »Goldgräber« genannt.

Scriptorium: Schreibsaal im Kloster.

Sext: Sechste Stunde (mittags).

Siegfried von Westernburg († 1297): Kölner Erzbischof.

Steinweg: Heute Hohe Straße. Wahrscheinlich die einzige gepflasterte Straße im mittelalterlichen Köln.

Storchen: Mittelhochdeutsche Umschreibung für geschlechtlich verkehren.

Terz: Dritte Stunde (vormittags).

Theodora: Kaiserin von Griechenland (815–867), Heilige, Tag: 11.2.

Theriak: Mittelalterliches Allheilmittel aus bis zu hundert verschiedenen Zutaten.

Thomas von Aquin (1224–1274): Kölner Schüler des Albertus Magnus, dann größter scholastischer Philosoph an der Pariser Universität. Zunächst angefeindet (1277 wurden einige Sätze von ihm verurteilt, wie 1329 auch von Meister Eckhart), aber 1323 heilig gesprochen.

Tonsur: Kreisrund kahl geschorene Stelle auf dem Hinterkopf katholischer Mönche als Zeichen ihrer Unterwerfung unter Gott.

Tütelin: Mittelhochdeutsch für Brustwarze, weibliche Brust (Verkleinerungsform von Tut[t]en).

Tutten: Mittelhochdeutsch für weibliche Brust.

Ursula († 451): Heilige. Der Legende nach versagte sich das junge, achtjährige Mädchen (»Jungfrau«) dem Hunnenkönig Attila während seiner Belagerung von Köln und wurde von ihm als Strafe dafür zusammen mit elftausend weiteren sie begleitenden Jungfrauen getötet.

Verschnittener: Mittelalterliche Umschreibung für Kastrat.

Vrisintor: Heute Friesentor.

Weib: Im Mittelhochdeutschen ohne jede negative Wertung, meist war eine Frau gemeint, die schon verheiratet ist und Kinder hat. »Frau« war ein niederer Titel bzw. eine ehrerbietige Anrede.

Weltgeistliche, -klerus: Nicht in klösterlicher Gemeinschaft lebende Geistliche mit Zuständigkeit für die Seelsorge der weltlichen Gemeinden. Einnahmequelle (»Pfründe«) waren die Gebühren für seelsorgerische Leistungen, auf die die Weltgeistlichen Abgaben an höhere Hierarchieebenen leisten mussten (gleichsam als Gegengabe für die Zurverfügungstellung der Pfründe).

Wertzlin (an der Brust): Mittelhochdeutsch für Brustwarze.

Wirklichkeit: Ein von Meister Eckhart bzw. dem Kreis um ihn im 14. Jahrhundert geprägter Begriff.

Wurpilpforte: Heute Kattenbug.

Zabel: Mittelhochdeutsch für Spiel.

Zisterzienser: Ein vom Benediktinerabt Robert von Molesme († 1110) gegründeter Orden, der eine besonders scharfe Fassung des Armutsgebotes befolgte (u.a. dürfe auch die Ausstattung von Kirche und Kloster keinen reichen Schmuck enthalten).

Hinweise: Die Formulierungen der »Brautmystik« (Vereinigung mit Jesus) stützen sich vor allem auf Mechthild von Magdeburg (Begine, ab 1270 Nonne, 1207–1282), Mechthild von Hackeborn (Nonne, 1241–1299) und Gertrud die Große von Helfa (Nonne, 1256–1303). Die Kapitelüberschriften sind an Gertruds Buch »Gesandter der göttlichen Liebe« angelehnt, die Zitate Mechthild von Magdeburgs Buch »Das fließende Licht der Gottheit« entnommen. – Die innere Zerrissenheit von Abt Hanß ist stark von Augustins »Bekenntnissen« geprägt. – Die Schriften von Meister Eckhart liegen in verschiedenen Ausgaben vor. Viele sind auch im Internet publiziert ebenso sein öffentlicher Protest gegen die Inquisitionsanklage sowie die Bulle »In agro dominico« unter: www.eckhart.de.

Nachwort

In der El-Arab-Trilogie (»Die Konkubine des Erzbischofs«, »Die stumme Sünde«, »Credo«) habe ich im Rahmen der jeweiligen Kriminalhandlung zwischen den Zeilen der Geschichte gelesen. Die Vertreter einer vernünftigen und toleranten Haltung zum Körper und zum irdischen Dasein sollten eine Stimme bekommen, weil in der Geschichtsschreibung zu stark der Eindruck erzeugt wird, als erschöpfe sich die Kirche im Kampf gegen die Versuchungen des Leibes. Die Stimme der Vernunft kommt uns heute, selbst wenn wir sie im Mittelalter nicht vermuten, allerdings vertraut vor.

Ganz anders verhält es sich mit der mittelalterlichen Mystik. Die extreme sinnliche Ausschweifung auch und gerade in der Askese, das Schwelgen in einer erotischen Gotteserfahrung ist uns nach Aufklärung und Säkularisation fremd geworden. Die Beginenmystik, die über drei Jahrhunderte in vielen Teilen Europas verbreitet war, setzte eine ältere Tradition fort. Aber dadurch, dass sie von Frauen getragen wurde, die die Vereinigung mit Jesus Christus, ihrem »Bräutigam« und »Gemahl«, in viel anschaulichere, ja drastischere Bilder kleiden konnten, bekam sie einen neuen, fast verstörenden Akzent. Gleichwohl handelte es sich um Lebensentwürfe, die auch in der Gegenwart denen wertvolle Anregungen zu geben vermögen, die nach einem Sinn in all dem Leiden der Welt suchen, vor allem da die technische Entwicklung keineswegs diese Leiden vermindert, sondern zum Teil sogar noch vermehrt hat.

Die bekanntere so genannte »Deutsche Mystik«, an deren Spitze Meister Eckhart steht, ist gegenüber der Beginenmystik eine rationalistische Abschwächung. Ein Beispiel ist die extreme Askese (neben Hunger- wurde bisweilen auch Durstaskese eingesetzt), mit der Gottes Gnade gleichsam verdient werden sollte. Meister Eckhart lehnte dies ab, weil es sich dabei um den Versuch handeln würde, Gottes Gnade zu erzwingen. Andererseits bemerkte er, dass, wenn Gott nicht täte, was man wolle, es einem lediglich an Demut gebreche. Demut erzwingt demzufolge Gottes Gnade. Der Unterschied liegt nicht im Konzept, sondern in den Mitteln der Umsetzung.

Der starke Einfluss der Beginenmystik auf Meister Eckhart ist biographisch zwar gut belegt, wird aber in der Rezeption der Lehre von Meister Eckhart meist nur am Rande erwähnt, wenn überhaupt. Dabei sind die Parallelen zwischen Beginenmystik und der mystischen Lehre Meister Eckharts an vielen Stellen offensichtlich. Die Abschwächung von Meister Eckhart bestand hauptsächlich darin, dass er die reale, körperlich sich manifestierende Liebesvereinigung mit dem »himmlischen Bräutigam« in eine rein geistige Angelegenheit sublimiert hat. Damit reduzierte er den Skandal der geistlichen Erotik, den die Beginenmystik schon damals in der Amtskirche ausgelöst hat, aber versuchte zugleich, viel von deren Sinngehalt zu bewahren.

Es ist wichtig, darauf hinzuweisen, dass Meister Eckhart ursprünglich kein Mystiker war. Er sah sich in der Nachfolge von Albertus Magnus und Thomas von Aquin als vernunftorientierter Scholastiker. Erst nachdem er mit der Seelsorge der Straßburger Beginen beauftragt wurde, wandte er sich mystischen Erfahrungen zu. Es kann durchaus die Frage gestellt werden, ob Meister Eckhart überhaupt eigene mystische Erfahrungen gemacht hat oder ob seine dementsprechenden Texte nicht Interpretationen der Beginenmystik darstellen.

Die Beginen stellten kein Randphänomen dar. In Köln, einem Zentrum der Bewegung, lebten Ende des 13., Anfang des 14. Jahrhunderts schätzungsweise zweitausend Beginen, das sind rund sechs Prozent der Bevölkerung. Das Beginenwesen war keine organisierte Bewegung. Im Gegensatz zur franziskanischen Bewegung rund ein Jahrhundert früher, die gegen den ausdrücklichen Willen des Franz von Assisi zwangsweise institutionalisiert wurde, hat es weder von der Kirche noch von den Beginen selbst ausgehend Bestrebungen gegeben, zu einer einheitlichen oder gar hierarchischen Organisationsform zu finden. Dort, wo die Beginen in Verruf gekommen waren, sei es durch ketzerische bzw. scheinbar ketzerische Lehren, sei es durch die Vorwürfe eines zweifelhaften Lebenswandels, wurden sie bisweilen gedrängt, sich bestehenden Ordensgemeinschaften anzuschließen; sie wählten dazu meist die Augustinerinnen, die Klarissen oder die Dominikanerinnen.

Woher der Name Begine stammt, ist bis heute umstritten. Zur Auswahl stehen: Begine käme von »benigna« (lateinisch: gütig, wohltätig), von »beige« wegen der Farbe ihrer Tracht, von »to beg« (englisch: bitten, betteln; im Grimm'schen Wörterbuch wird jedoch auch die umgekehrte Möglichkeit erwähnt, dass »to beg« aus Begine entstanden sei), von Lambert de Bègue (einem Lütticher Priester, der – wohl fälschlicherweise – als Begründer des Beginentums galt), von der heiligen Begga († 694) oder von »Albigenser« (dem Namen der südfranzösischen Katharer, einer ketzerischen Bewegung im 13. Jahrhundert).

Die Beginen wurden von der Kirche teils beschützt, manchmal sogar hofiert, teils argwöhnisch beäugt und sogar gnadenlos verfolgt. Genauso wie die Beginen sich mit den Bettelorden verbanden, verbanden sie sich an manchen Orten mit als ketzerisch stigmatisierten Gruppierungen, etwa denen der »Brüder und Schwestern des freien Geistes«. Das bekannteste Opfer der Beginenverfolgung ist die Französin Marguerite Porete, die 1310 wegen ihrer – wahrscheinlich auch Meister Eckhart beeinflusst habenden – Schrift »Spiegel der einfachen Seelen« in Paris verbrannt wurde. Sich selbst haben die Beginen jedoch fast immer als rechtgläubige katholische Christinnen definiert. Wenn sie der Ketzerei bezichtigt wurden, so meist gegen ihr Eigenverständnis.

Die soziale Herkunft der Beginen gleicht in etwa derjenigen der Nonnen: Oft waren es adelige Damen oder, in den Städten, Frauen aus dem Bürgertum. Niedere Stände waren bis ins 14. Jahrhundert hinein eher selten vertreten; später wurden die Beginenhäuser vielfach auch zu Sozialstationen, in denen ärmere Frauen aufgenommen und versorgt wurden. Die Beginenkonvente lebten von den Stiftungen, die sie bekamen, von den eigenen Gütern, die sie einbrachten, vom Betteln und vom Handwerk, das sie manchmal und an manchen Orten betrieben. Die meisten Beginen engagierten sich auch in der Alten- und Krankenpflege. Aus Beginenhäusern gingen später oft Hospize und Krankenhäuser hervor. Sie gaben sich die Regeln ihres Zusammenlebens selbst, bis auf die punktuellen Ausnahmen, wo ihnen einzelne Bestimmungen auferlegt wurden, z.B. ein Eintrittsalter von über 40 Jahren zu beachten oder von der Diskussion schwieriger theologischer Fragen wie der Trinitätslehre abzusehen. Sie legten kein Gelübde ab und waren frei zu kommen und zu gehen, wie es ihnen passte. Zu erkennen waren sie an ihrer beigen Tracht.

Die Feindschaft gegen die Beginen, die besonders vom Weltklerus ausging, hatte handfeste ökonomische Gründe: Die Beginen animierten die Bevölkerung dazu, ihre Seelsorge bei den Bettelorden zu suchen. Damit gingen dem Weltklerus die entsprechenden Einnahmen verloren. Auch die Bischöfe und Erzbischöfe, die von den Steuern lebten, die der Weltklerus auf seine Einnahmen zahlte, hatten Verluste zu beklagen. Die Beginen fungierten überdies an zahlreichen Orten als Grundstücksbesitzerinnen, wenn es Klöstern z.B. aufgrund des Armutsgebotes nicht opportun erschien, selbst eine größere Landschenkung entgegenzunehmen. Auch dies war dem weltlichen Zweig der Kirche ein Dorn im Auge, denn er hätte die entsprechenden Schenkungen gerne für sich vereinnahmt.

Reformatoren im 16. Jahrhundert erwählten die Beginen mehr noch als die Mönche und Nonnen zur Zielscheibe ihrer Angriffe und degradierten das Wort »Begine« zum Schimpfwort.

STEFAN BLANKERTZ IM EMONS VERLAG

Stefan Blankertz

DIE KONKUBINE DES ERZBISCHOFS

Die heiligen Wunder und Visionen der Magdalena von Köln, erzählt in den Worten ihrer Zofe, aufgezeichnet von deren Sohn, P. Johannes OP

Broschur, 240 Seiten

ISBN 3-89705-219-9

»Das Buch trifft den Nerv unserer Zeit: kaufen, lesen und darüber nachdenken.« Karfunkel

Stefan Blankertz

DIE STUMME SÜNDE

Aufzeichnungen des P. Johannes OP über die absonderlichsten Begebenheiten im Jahre des Herrn 1274

Broschur, 304 Seiten

ISBN 3-89705-281-4

»Detailreich, plastisch und kenntisreich erzählt.« Sonntags Post

Stefan Blankertz

CREDO

Von den mörderischen Angelegenheiten im Jahre der Fleischwerdung des Herrn 1277 nebst dem Testament des Philipp von Pistoria

Broschur, 272 Seiten

ISBN 3-89705-316-0

»Blankertz gibt wieder einmal einen gut recherchierten Einblick in die mittelalterliche Gedankenwelt.«
Pax et gaudium